MORTE A BONO

Neil McCormick

MORTE A BONO

Tradução
Rogério Bettoni

martins fontes
selo martins

© 2013 Martins Editora Livraria Ltda., São Paulo,
para a presente edição.
© 2004, 2011 Neil McCormick
Todos os direitos reservados.

Esta obra foi originalmente publicada em inglês sob o título
Killing Bono por Neil McCormick.

Os trechos da peça "O verdadeiro inspetor Cão", de Tom Stoppard,
e da música "Blowin' in the Wind", de Bob Dylan, são reproduzidos
com autorização dos detentores dos respectivos direitos.

Publisher	*Evandro Mendonça Martins Fontes*
Coordenação editorial	*Vanessa Faleck*
Produção editorial	*Cíntia de Paula*
	Valéria Sorilha
Preparação	*Aluizio Leite*
	Paula Passarelli
Revisão	*Pamela Guimarães*
	Silvia Carvalho de Almeida

Dados Internacionais de Catalogação na Publicação (CIP)
(Câmara Brasileira do Livro, SP, Brasil)

McCormick, Neil
  Morte a Bono / Neil McCormick ; tradução Rogério Bettoni. – São Paulo : Martins Fontes – selo Martins, 2013.

Título original: Killing Bono.
ISBN 978-85-8063-075-6

1. Bono, 1960- 2. Músicos de rock - Irlanda - Biografia 3. U2 (Grupo musical) I. Título.

12-11790   CDD-782.4164092

Índices para catálogo sistemático:
1. Músicos de rock : Biografia 782.4164092

Todos os direitos desta edição reservados à
Martins Editora Livraria Ltda.
Av. Dr. Arnaldo, 2076
01255-000 São Paulo SP Brasil
Tel.:(11) 3116 0000
info@martinseditora.com.br
www.martinsmartinsfontes.com.br

Para Gloria, que me salvou de mim mesmo.

APRESENTAÇÃO

por Bono

Eu era fã de Neil McCormick na escola. Ele era muito mais descolado do que eu, escrevia muito melhor do que eu e daria um astro do rock muito melhor do que eu. Mas me enganei em uma dessas coisas. Ele escreveu um grande livro, que me provocou um certo... calafrio. Eu poderia pensar em algumas pessoas que fechariam a cara ao ler este livro, e certamente eu sou uma delas. Você pode achar que, para mim, seria muito difícil gostar de um livro como este – e é uma tortura por vezes –, mas ele é muito engraçado e comovente. Eu me reconheço no estilo bastante incomum de Neil, que é de uma franqueza extraordinária. A maneira impassível com que ele descreve a própria vida é muito sedutora. Sua paixão está sempre ali, presente. Um dos dons de Neil é saber escrever sobre coisas realmente muito pesadas e fazê-las parecer mais leves. Nas diversas histórias que aparecem no livro, topamos com assuntos bem sérios, mas que passam voando por nós como uma grande bola de praia. E o mais incrível é que as músicas que ele compôs, e que são citadas no livro, soam conhecidas, ainda que não possamos escutar as melodias. As ambições desse azarado protagonista são todas fantasiosas, até que lemos as letras – nesse momento percebemos que não se trata apenas de um rapaz que acha que poderia ter sido um astro do rock. Ele é a verdadeira encarnação da famosa frase dita por Marlon Brando no filme *Sindicato de ladrões*: "Eu podia ter sido um lutador".

Bono

"Às vezes eu sonho com uma revolução, um golpe de estado sangrento dado pela segunda fileira – trupes de atores assassinados pelos substitutos, mágicos serrados ao meio pelas moças glamorosas infatigavelmente sorridentes [...] – eu sonho com campeões sovados por sparrings do tamanho de coelhinhos enquanto eternas damas de honra se rebelam e estupram os noivos por cima dos rolinhos de salsicha [...] e... marcham... Um exército de assistentes e delegados, os vices, os segundos lugares, os braços direitos – sitiando os portões do palácio em que o segundo filho já subiu ao trono depois de cometer regicídio com um martelo de croquet – reservas do mundo, erguei-vos!"

Tom Stoppard, O verdadeiro inspetor Cão. In: *Rock'n'roll e outra peças.* Trad. Caetano W. Galindo. São Paulo: Companhia das Letras, 2011.

O acaso é uma espécie de religião
Na qual se está condenado por puro azar.
Não vi aquele filme
Não li aquele livro
Amor, desça até aqui
Que esta seja a vez dos meus números.

Não sei se posso te abraçar
Não sei se sou tão forte.
Não sei se consigo esperar tanto
Até que as cores brilhem
E as luzes continuem acesas.

Então não haverá tempo para a tristeza
Então não haverá tempo para a vergonha
Embora eu não entenda o porquê
Sei que tenho de acreditar.

Continuaremos entrando naquela piscina
São as pessoas que conhecemos que nos fazem atravessar
Os portões da mansão playboy.

U2, "The Playboy Mansion"

PREFÁCIO

Eu sempre soube que seria famoso. Quando saí da escola, aos 17 anos, minha vida já estava planejada nos mínimos detalhes. Eu formaria uma banda de rock, gravaria uma série de discos históricos, faria shows com tecnologia surpreendente nos maiores estádios do planeta, até me tornar universalmente conhecido como o maior *superstar* da minha geração. E me entregaria a todos os tipos de desafios ao longo do caminho: faria filmes, escreveria livros, partiria corações, faria amizade com meus ídolos... Ah, e promoveria a paz mundial, alimentaria os pobres e salvaria o planeta enquanto pisasse nele.

Você pode achar que eu era apenas mais um adolescente cabeça de vento, arrogante e que fantasiava a onipotência. Na verdade, eu conhecia muita gente naquela época que fazia de tudo para me convencer de que eu era assim. Mas eu não me abalava com pessoas pequenas, invejosas do meu talento. Porque eu sabia, lá no fundo do meu ser, que esse não era só mais um sonho vazio. Esse era o meu destino...

E ali estava eu, 35 anos de idade, sentado em um belo exemplo de escritório frio e decadente em cima de uma casa de apostas na Piccadilly, vendo a chuva respingar na janela suja e solitária, pensando no que teria dado errado. Eu queria ser um astro do rock e acabei me tornando um crítico de rock. Para aumentar meu tormento, estava passando por um terrível bloqueio criativo, com os prazos apertados do jornal e a droga do telefone que não parava de tocar a manhã inteira com uma série de agentes me importunando a respeito das suas bandinhas de merda, todas aquelas que eu invejava em segredo simplesmente por serem mais famosas do que eu. Mas, pelo menos, conversar ao telefone me dava uma desculpa para não escrever minha coluna.

9

— É bom que seja importante — disse eu ao pegar o telefone.

— Esta é a voz da sua consciência — disse a voz com aquele sotaque de Dublin meio arrastado, exalando fumaça, noitadas e vinhos finos.

— Bono — disse, reconhecendo-o.

— Você pode correr, mas não pode se esconder — disse ele, rindo.

— Do jeito que estou me sentindo agora, acho que nem correr eu consigo — disse eu, suspirando.

E era mesmo Bono: lenda do rock, *superstar* internacional, embaixador itinerante da paz mundial e meu colega de escola na Mount Temple Comprehensive (embora isso jamais fosse ter destaque no currículo dele).

— Onde você está? — perguntei, ouvindo o eco de uma distância global do outro lado da linha.

— Miami. O parque de diversões dos Estados Unidos. Já esteve em Miami? Os gângsteres parecem estilistas. Ou talvez os estilistas pareçam gângsteres, às vezes é difícil saber a diferença...

Houve uma época em que nós dois éramos vocalistas das bandas da escola — tocando em todas as espeluncas de Dublin, convencidos de que éramos os escolhidos e destinados ao sucesso, apesar das adversidades. Agora, frequentávamos círculos bem diferentes. Eu escrevia para um jornal. Ele era a notícia. Mas de tempos em tempos, quando se lembrava de mim por algum motivo, Bono me ligava de repente para me atualizar sobre suas últimas aventuras na estratosfera do superestrelato.

— Fui a uma boate ontem à noite — disse ele, mudando a voz para um tom suave e amigável, típico de quem começa a contar uma história. — Tinha um estilo bem *Scarface*, mas, como eu disse, talvez seja só uma coisa da moda. Um bando de homem de bigode, modelos com casacos sobre os ombros, sabe? Todos os homens e mulheres baforavam charutos imensos. Nuvens de fumaça por todos os lados, anéis de fumaça subindo até o teto. Há algo de interessante numa mulher com charuto; uma combinação bastante poderosa, não acha?

— Até que você a beija e percebe que ela tem gosto de cinzeiro – resmunguei.

— Mas que romântico da sua parte. Daí me levaram para uma sala nos fundos com centenas de gavetas pequenas, do chão até o teto. E cada uma delas tinha uma plaquinha com um nome: Schwarzenegger, Stallone... Madonna! Sabe, todos os famosos que fumam charuto! Como se fosse um armário climatizado só para charutos. Um esconderijo pessoal de charutos cubanos importados ilegalmente, mantidos na temperatura e umidade perfeitas para o momento em que a pessoa quisesse aparecer e fumar. Procurei o nome do presidente, porque sabia que devia ter uma gaveta com o nome dele. Isso é bem Miami. A cidade inteira é como uma vitrine do sonho americano. Mas aí – você vai adorar isso, Neil –, eu vejo uma caixa com o nome "Sinatra"! Francis Albert! Eles guardam uma caixa para ele. Não é incrível?

Enquanto escutava, fazendo de vez em quando alguns sons animadores, vi um pombo chapinhar numa poça que se formava no parapeito externo da janela apodrecida. Miami parecia estar bem longe. Bono parecia zonzo e feliz depois de ter passado a noite se divertindo, mas eu tinha uma sensação estranha subindo no peito, um turbilhão incômodo de emoções misturadas. Estava contente por Bono ter me ligado. Lisonjeado, aliás. Eu admirava e gostava daquele sujeito tanto quanto de todas as pessoas que eu conhecia. Então por que a voz dele tinha o poder de me apunhalar com uma insegurança que me atravessava direto no coração?

— Pensei em você porque sei que sempre foi um grande fã do Sinatra. Mal posso acreditar, mas fiz um dueto com o chefão![1]

Então era isso. Tive um estalo na cabeça e soltei de repente:

---

[1] "Chairman", no original, referência a "Chairman of the Board", apelido herdado por Frank Sinatra depois de fundar o selo "Reprise Records" no início da década de 1960. (Todas as notas desta edição são do tradutor. Quando não o forem, serão devidamente identificadas.)

— Pare! Já chega! Eu deveria estar fazendo um dueto com Frank Sinatra! O que ele representa pra você? Só mais um troféu! Eu amo Frank Sinatra, deixe-o em paz! Daqui a pouco você vai dizer que foi chamado para compor a próxima trilha do James Bond!

Houve um pequeno silêncio constrangedor e, depois, Bono riu.

— Na verdade, The Edge e eu escrevemos a nova música do *Bond* para a Tina Turner.

— Ah, sai fora! — disse eu, irritado. — O problema de te conhecer é que você fez tudo o que eu sempre quis fazer. Parece que viveu minha vida.

Uma gargalhada ecoou do outro lado da linha.

— Sou seu *doppelgänger*. Se quiser sua vida de volta, terá de me matar.

Aquilo *sim* era uma boa ideia...

Desliguei o telefone e comecei a remoer meus pensamentos. Será que Bono era mesmo meu gêmeo maligno? Ou será que eu era o dele? Agora que pensava nisso, vi que nossas carreiras se afastaram desde cedo e continuaram se distanciando cada vez mais. Enquanto ele escalava até os níveis mais altos da fama e da fortuna, eu despencava para as profundezas do anonimato, um desastre do rock'n'roll, deixando apenas os mais apagados rastros nas margens da história do pop, e isso por ter sido a primeira pessoa a deixar o U2.

Ah, é verdade. Eu não havia mencionado isso, não é mesmo? Chegaremos lá.

Talvez eu fosse o *yang* e Bono, o *yin*. O contrapeso da sua vida de sorte e sucesso, absorvendo a má sorte e o infortúnio que nunca pareciam cruzar o caminho dele.

Peguei na estante abarrotada um exemplar antigo e de capa dura do *Oxford English Dictionary*, aos pedaços e cheio de marcas de dedo. **Doppelgänger** *(ad. Alem. Double-ganger): Aparição de uma pessoa viva; sósia, espectro*. Mas esse sou eu, pensei. Um reflexo fantasma de tudo o que eu sempre quis ser. E tudo o que eu sempre quis ser era personificado por um sujeito com quem eu ia para a escola. Até que ponto isso é cruel?

"Bono Deve Morrer!", digitei no computador. Ampliei a fonte para 72 e imprimi. Ficou bom. Eu conhecia algumas pessoas que usariam essa camiseta.

"Eu, Bono", digitei. Talvez eu conseguisse vender minha história para o *National Enquirer*[2]. Bono Roubou Minha Vida.

Não que eu não tivesse realizado nada por conta própria. No fundo eu sabia que isso era verdade. Mas, no brilho ofuscante do estrelato, os pequenos triunfos da vida comum quase nunca aparecem. Em vez disso, facilmente nos tornamos uma nota de rodapé na história de alguém.

Então que eu deixe bem claro desde o início. Ao contrário do que pode ser lido por aí, eu não tive a honra duvidosa de ser para o U2 o que Pete Best foi para os Beatles: o cara que perdeu o trem. Eu sei, está lá, preto no branco, na biografia autorizada do grupo, *The Unforgettable Fire*. No capítulo 4, o biógrafo Eamon Dunphy escreve sobre a primeira fatídica formação da banda que viria a ser o U2, na qual Bono, aparentemente, "revelava mais um pupilo da Mount Temple, Neil McCormick, que, assim como os outros, queria ser o principal guitarrista da banda". No entanto, depois de algumas versões terríveis de clássicos do rock como "Brown Sugar" e "Satisfaction", "Neil resolveu cair fora".

Essa historinha meio trivial parece me seguir aonde quer que eu vá, como uma fonte de muitas outras suposições biográficas. Eu ainda estremeço toda vez que vejo uma descrição minha como "membro original do U2", ou pior, "ex-U2", como se o momento que definiria toda a minha vida fosse ter petulantemente pulado fora de um ensaio na época da escola. Portanto, preste bastante atenção no seguinte: eu não estava lá, e, mesmo que estivesse, qualquer pretensão de me tornar o guitarrista principal daquele grupo em formação certamente teria sido fracassada, pelo fato de eu ter conseguido tocar só três acordes no violão do meu pai – e eu nem sabia direito quais eram os acordes.

---

2 Tabloide sensacionalista norte-americano.

Mas uma coisa quando publicada várias vezes acaba se tornando verdade, ou pelo menos a versão oficial dos acontecimentos. Acho que até os próprios membros do U2 acreditavam nisso. Com certeza foi essa a impressão que tive quando finalmente cheguei a Miami como convidado da banda para o lançamento da turnê mundial de 2001. Numa festa dos bastidores, o agente da banda, Paul McGuinness, apresentou-me a todos como membro da formação original. O fato de um cara que já foi da banda ser agora crítico musical do conservador jornal britânico *Daily Telegraph* parecia diverti-lo imensamente.

A deslumbrante Andrea Corr, de lábios carnudos, estava lá, e de alguma maneira parecia mais desejável do que nunca com uma *pint* de Guinness em uma das mãos e um cigarro aceso na outra.

– Você saiu mesmo do U2? – perguntou ela, com um ar de impressionada.

– Eu disse para o Bono que a banda não era grande o suficiente para nós dois – respondi. – Se tivessem continuado comigo, aí sim teriam viajado o mundo inteiro.

(Qual é? O que eu poderia dizer para a mulher mais bonita da Irlanda? Que foi um erro de impressão?)

– E como é vê-los no palco? – perguntou Andrea. – Você pensa "Podia ser eu lá em cima"?

Isso *sim* tocou bem lá no fundo.

Olhei ao redor, o lugar estava cheio de rostos familiares. Avistei a figura impecável e ultrarrock de Lenny Kravitz num canto, vestindo uma pele falsa totalmente inapropriada para o clima, sua expressão escondida por trás das sombras onipresentes e impenetráveis. Ele estava silenciosamente acompanhado por alguém que parecia ser um tipo de *roadie* de celular. Lenny esticava a mão e um telefone metálico e reluzente aparecia nela como por milagre. Quando a conversa acabava, ele esticava a mão e o *roadie* pegava o telefone, colocando-o novamente no bolso.

O majestoso Elvis Costello, que faz parte de uma esfera diferente no mundo do rock, usando óculos e vestido como se tivesse acabado de vasculhar um brechó beneficente, limpou a testa suada, absorto em uma conversa musical com o produtor careca Brian Eno.

Havia velhos amigos da banda, como o extremamente talentoso Gavin Friday, cantor, compositor e artista performático (com um braço agarrado à cintura de uma das lindas irmãs Corr), e Regine Moylett, a sempre equilibrada assessora de imprensa. Lorde Henry Mountcharles, talvez o mais mal vestido, jogava conversa para uma das gatinhas de Miami, com peitos estufados de uma maneira nada convincente. A supermodelo Helena Christensen, delicada e de aparência perfeita, passou esvoaçante usando um vestido fininho de verão, enquanto Christy Turlington posava esplendorosa do outro lado do salão. Havia membros da equipe do U2, rostos conhecidos de Dublin, muitos deles com aparência avermelhada e inchada depois de alguns dias bebendo sob o sol de Miami. Havia esposas, namoradas, filhos. E havia um pequeno número de personalidades locais, bronzeadas e vestidas de maneira impecável, que conseguiram descolar os cobiçados crachás que davam acesso a todas as áreas.

No andar de cima havia um enorme salão onde a festa estava a todo vapor, com o DJ *superstar* Paul Oakenfold trocando discos e garçonetes quase nuas servindo bebidas à vontade para centenas de VIPs comuns e banais. Mas era ali que encontrávamos os verdadeiros íntimos da banda, apinhados em um corredor estreito atrás do palco, se deliciando na presença do grupo.

Bono, The Edge, Adam Clayton e Larry Mullen, os quatro membros do U2, estavam espalhados pelo recinto, suados e cansados depois da apresentação, um *tour de force* de duas horas, recebendo graciosamente os elogios excessivos dessa mistura dissonante de celebridades, família, amigos, colegas, parasitas, aproveitadores e sanguessugas de todas as espécies.

Eu observava isso tudo e perguntava onde eu me encaixava. Aquela era exatamente a vida que durante todos aqueles anos imaginei para mim, e agora eu estava ali pelo acaso de uma amizade. Consegui olhar nos olhos de Bono. Como sempre, ele era o centro das atenções: astros do rock e supermodelos prestando atenção em todas as suas palavras. Ele piscou pra mim e sorriu.

Lembrei-me de uma conversa que tivemos uma vez, tarde da noite, há muitos e muitos anos. Falávamos sobre a primeira de todas as apresentações do U2, tocando versões cover no ginásio da Mount Temple em cima de carteiras bambas presas umas às outras com fita adesiva.

— Aquele show mudou minha vida — eu disse.

— Mudou a minha também — respondeu, entusiasmado.

A diferença foi que mudou a dele para melhor.

CAPÍTULO 1

Eu tive uma vida antes do U2. As memórias mais antigas que guardo são da televisão, e suponho que também sejam as de muitas crianças do final do século XX. No meu caso específico, lembro-me de um programa de cinco minutos que passava à tarde, voltado para crianças e mamães, chamado *Bill and Ben, The Flowerpot Men*. Pouparei o leitor de uma descrição detalhada do enredo e do argumento. Tudo o que você precisa saber está resumido no título prosaico. Um dia, sentindo que havia chegado a hora de discutir meus planos de carreira, informei solenemente minha mãe de que, quando eu crescesse, seria um ator de *Bill and Ben*.

Minha mãe explicou afetuosamente que meus ídolos na verdade eram bonecos. Mas eu já estava à frente dela.

– Eu sei – insisti com petulância. – Eu também serei um boneco.

Ela não entendeu. Veja bem, o que eu realmente queria era estar dentro daquela tela mágica, olhando para fora, com meus amiguinhos assistindo a todos os meus movimentos, rindo e aplaudindo. Eu nao passava de uma criança inocente, mas já havia sido picado pelo Inseto, a mais sinistra e nociva criação da modernidade saturada pela mídia de massa. Você deve saber de qual Inseto estou falando. Ele é procriado em celuloide e vinil, rasteja nas telas de cinema, propaga-se pelas ondas de rádio e se mistura aos raios de luz que emanam dos tubos de imagem, infectando com ilusões de esplendor os egos vulneráveis. E eu estava dominado por ele.

Eu queria que a câmera confirmasse minha existência. Eu queria ser alguém. Eu queria ser um lutador. Eu queria ser...

... um *Flowerpot Man*.

Meus planos de carreira mudaram com o passar dos anos, mas não sua motivação fundamental. Parafraseando David Bowie, que seria uma influência posterior da minha psique, mas não menos prejudicial: fama era o nome do jogo.

Minha família se mudou da Escócia para a Irlanda em 1971. Os Beatles tinham se separado, uma nova onda do chamado *glam rock* estava em ascendência com bandas como T-Rex, Slade e Sweet, e as paradas pop pareciam abarrotadas de canções grudentas e sem sentido, como "Chirpy Chirpy Cheep Cheep" e "Bridget the Midget". Mas acontece que nada disso representava muito para mim. Aos 10 anos de idade, eu encarava o mundo da música com um saudável desdém, uma atitude que teria evitado muito sofrimento se eu a tivesse mantido por mais uns vinte anos.

Enquanto minha irmã mais velha, Stella, assistia ao *Top of the Pops*[1] com uma veneração quase religiosa, eu tinha preferências muito mais nobres. Gostava de Frank Sinatra, artista maduro que atuava e cantava e nunca usava delineador nos olhos. Meu irmão mais novo, Ivan, era um fiel aliado no esporte altamente divertido de atormentar minha irmã em relação a qualquer ídolo adolescente que ocupasse lugar no palco principal das fantasias dela. Mas comecei a desconfiar profundamente da lealdade de Ivan quando ele começou a usar calças xadrez com a barra dobrada no estilo dos Bay City Rollers.

A última criança dos McCormick era nossa irmãzinha Louise, sete anos mais nova, jovem demais para ter alguma opinião sobre a grande divisão pop/Sinatra (ou, pelo menos, estava muito abaixo na ordem de importância da família para ter uma opinião que contasse). Louise ouvia qualquer coisa que os outros colocassem para tocar e parecia gostar, inclusive tolerando as músicas que meu pai adorava – cantores *folk* dos planaltos escoceses, que usavam saiotes e blusas de lã das ilhas de Aran –

---

1   Programa de televisão veiculado originalmente no Reino Unido entre 1964 e 2006, com apresentações dos artistas mais populares de cada época. (N. E.)

e as coletâneas com os melhores clássicos que minha mãe tentava nos empurrar às vezes em nome da educação.

Apesar das diferenças musicais, sintoma de uma rivalidade entre irmãos às vezes desagradavelmente intensa, nossa família era, de modo geral, uma família feliz. Não tenho absolutamente nenhum prazer em dizer isso, por motivos que espero deixar claros. Meus pais tinham orgulho de pertencer à classe trabalhadora, com raízes nas mineradoras britânicas de carvão, mas meu pai (através de um processo de aprendizagem, estudos noturnos e provas intermináveis) nos içou até o confortável patamar da classe média (que minha mãe, em particular, via como a classe dos que nasciam em casas próprias geminadas). Meu pai começou a trabalhar como operário aos 15 anos de idade e se tornou um engenheiro qualificado antes de ser rapidamente promovido à alta direção da automobilística Chrysler. Nós nos mudamos para a Irlanda por causa da promoção do meu pai, saindo de um bangalô em uma cidade escocesa medonha para uma casa de dois andares e cinco quartos em Howth, uma linda vila de pescadores em uma península no extremo norte de Dublin. Era um lugar bem idílico para se crescer – campos e florestas cercados pelo mar e fácil acesso à cidade grande.

Preciso dizer que meus pais nos tratavam excepcionalmente bem, e aparentemente desejavam para os filhos a educação, as oportunidades, a segurança financeira e, o que é de extrema importância, a liberdade de expressão e a realização artística que nunca foram uma opção para eles na infância. Eu costumava me lamentar sobre isso com eles.

– Você acha que deveríamos ter feito vocês sofrerem mais? – dizia minha mãe em tom reprovador toda vez que eu ensaiava minha teoria de que as dificuldades familiares são um ingrediente fundamental na quase intangível metafísica da fama, agindo como uma espécie de incentivo psicológico no impulso ao estrelato, principalmente no mundo da música. Pense comigo: quantos astros equilibrados podemos citar? Desde a dor que John Lennon e Paul McCartney compartilhavam pela morte prematura de suas respectivas mães ao divórcio que abalou as estruturas da infância de Kurt Cobain e o abandono parental que serviu de motivação para os irmãos Gallagher, a bagagem familiar dos astros do rock é abarrotada de miséria. Em particular, há certa ausência de amor parental que impulsiona alguns indivíduos a se entregarem totalmente ao público, buscando a aprovação do aplauso das massas não só pela glória, mas também como um bálsamo para suas almas torturadas.

Talvez você pense, assim como minha mãe pensava, que estou sendo melodramático; mas enquanto eu estava confortável no seio familiar, positivamente me deleitando no sentido da liberdade e da possibilidade quase ilimitadas que sentia naqueles primeiros anos no meu país recém-adotado, em outra parte de Dublin um garoto que eu ainda conheceria estava vivendo em um mundo de cabeça para baixo.

Paul Hewson – o garoto que se tornaria Bono – tinha 14 anos quando a mãe morreu, de repente e quando menos se esperava, em setembro de 1974. Ele cresceu com Norman, o irmão mais velho, e Bob, o pai, num ambiente de homens entorpecidos pela dor, incapazes de compartilhar seus sentimentos. Nós falamos sobre isso algumas vezes com o passar dos anos.

– Você só se torna um astro do rock se tiver uma ausência muito grande, e isso fica cada vez mais óbvio pra mim – admitiu Bono uma vez durante mais um telefonema desconexo do outro lado do Atlântico no meio de uma grande turnê pelos Estados Unidos. – Se tivesse a mente sã, não precisaria de 70 mil pessoas toda noite dizendo que o amam para que se sinta normal. É mesmo triste, um buraco em forma de Deus. Todo mundo tem um, mas uns são mais escuros e maiores do que outros. Quando somos abandonados ou alguma coisa é tirada de nós e nos sentimos como uma criança sem mãe, o buraco se abre. E não acho que a gente consiga preenchê-lo. Podemos até tentar com o tempo, levando uma vida intensa, mas quando as coisas estão silenciosas você ainda pode ouvir o assobio.

Para Bono, a abertura do buraco em forma de Deus foi o momento que definiu sua vida, empurrando-o ao mesmo tempo em duas direções: rumo ao santuário emocional do rock'n'roll e rumo à salvação prometida por uma fé profunda no seu criador. Se eu tivesse alguma coisa que lembrasse um buraco em forma de Deus, acho que o que estaria faltando seria Deus (Ele, Ela ou Isso).

Fui criado como um garoto católico e frequentador da igreja, e meu distanciamento gradual do conforto da fé foi um processo longo e tortuosamente doloroso (tanto para mim, eu suspeito, quanto para as pessoas que me cercavam). Aos 7 anos de idade, ocupei brevemente a função de coroinha na igreja local. Para mim, o altar era um palco e os adoradores não passavam de um público cativo, mas minhas tentativas de roubar a cena durante o serviço não eram bem-vistas pelo padre, que silenciosamente me levava para um canto depois que entregava a hóstia sagrada de maneira particularmente melodramática e sugeria que eu não era apto para aquele trabalho. (Muito menos ele, pelo que se viu: alguns meses depois fugiu com uma pessoa da congregação.)

Minha fé seria testada seriamente com a nossa mudança para a Irlanda, um país ainda rigidamente católico, com pouca separação entre Igreja e Estado. Na tenra idade dos 10 anos, eu estava nas mãos dos Irmãos Cristãos, uma ordem de sádicos reprimidos que tinham a política de incitar em nós o medo de Deus. A violência era considerada uma maneira saudável de ocupar o tempo dos garotos. Certamente, os alunos da escola primária St. Fintan não faziam quase nada exceto brigar, geralmente sob o olhar condescendente dos professores. Durante os intervalos, o pátio se tornava uma massa fervorosa de meninos agarrados em uma variedade de posições de luta corporal. Acho que passei a maior parte do primeiro ano apanhando.

Desanimados, meus pais decidiram tirar as crianças das amarras das várias ordens católicas (Stella estudava com freiras estrada acima) e nos colocar em uma escola privada com inclinações excessivamente liberais. De uma maneira muito própria, essa atitude se provou imprudente em todos os sentidos. A Sutton Park estava cheia de crianças ricas que ninguém era capaz de disciplinar por medo de que os pais parassem de pagar. Nem preciso dizer que eu adorava isso.

Não havia educação religiosa na minha nova escola. Manifestações de adoração eram reservadas para as aulas de apreciação musical, para as quais os alunos eram incentivados a levar seus próprios discos. Nosso professor colocava uma composição de Mahler, a qual ouvíamos em um silêncio entediante; depois era a vez de alguém da classe se levantar e botar um disco do Alice Cooper ou do Mott the Hoople, e discutíamos todos os aspectos de maneira ferrenha enquanto o professor virava os olhos desesperado.

Eu não tinha lá tanta escolha quando era minha vez de levar um disco. Eu só tinha um compacto, o grande sucesso "Seasons in the Sun", de Terry Jacks. Ainda é vergonhoso para mim o fato de ter sido tão trivial o primeiro disco que comprei na vida. Eu adoraria poder dizer, como a maioria dos críticos de rock, que já gostava de Velvet Underground antes mesmo de aprender a ler. Mas o que temos é isso. Em 1974, essa balada sentimental de um moribundo dizendo adeus para quem amava era uma súplica ao trágico e dramático que existia em mim. Vamos lá, todos juntos: "We had joy, we had fun, we had seasons in the sun...".

Para meu horror, minha escolha não era nada bem recebida pelos jovens boêmios na Sutton Park, que gemiam em voz alta enquanto outros cantavam junto o refrão com vozes imbecis. Meu professor elogiava a melodia e a economia narrativa da canção, o que só piorava a zombaria dos colegas. Sentia as bochechas queimando de humilhação quando ele resolvia colocar o lado B, uma canção *country* sentimental sobre uma senhora que não podia alimentar o cachorro porque não havia mais ossos no armário. De repente me vi confrontado com a pura banalidade do meu gosto musical. Terry Jacks nem usava maquiagem, pelo amor de

Deus! Agora eu estava com 13 anos e não havia mais desculpas para ser tão panaca. Quando cheguei em casa, contemplei os vinis de sete polegadas com uma sensação de intensa vergonha. Stella, que sempre detestou a música, finalmente me tirou do sofrimento. Pegou o compacto da minha mão e, com uma lixa de unha, fez um arranhão enorme na superfície do disco, recolocou-o calmamente na capa de papel e me devolveu.

– Toma – disse ela com uma objetividade incontestável.

Eu não reclamei. Simplesmente coloquei o disco arranhado de volta na estante para nunca mais ouvi-lo.

O próximo compacto que comprei foi "Streets of London", de Ralph McTell. Quando é que eu aprenderia?

A família McCormick gostava de se ver como uma família musical, embora nossas habilidades com os instrumentos deixassem muito a desejar. Meu avô dizia orgulhoso que jamais tivera uma aula na vida enquanto se deliciava tocando no órgão versões quase irreconhecíveis de "Amazing Grace" e composições clássicas populares repletas de interrupções e notas erradas. Ele foi o primeiro de uma sucessão misericordiosamente curta de músicos autodidatas. Meu pai aprendeu a tocar violão acompanhando uma série na TV, justificando com frequência sua incapacidade de tocar uma música inteira do início ao fim por ter perdido o segundo e o quinto episódios. Minha mãe, enquanto isso, ignorava o singelo fato de não ter nenhum ouvido musical e se esforçava para dominar o piano desafinado que ocupava a sala de jantar. Nossas cantorias improvisadas não eram para os fracos.

Ivan foi o primeiro a se dedicar ao aprendizado de um instrumento propriamente dito, e começou a frequentar aulas de violão bem jovem. Ainda na Sutton Park ele formou sua primeira banda, a Electronic Wizard. O grupo estreou em uma apresentação na escola no horário do almoço, tendo como pontapé inicial uma composição própria da qual ainda me lembro dos dois primeiros versos: "Electronic Wizard is our name/ Playing electric music is our game"[2]. Essa audaciosa afirmação era desmentida de alguma maneira pelo fato de o quarteto ser formado por três violões acústicos e um tarol. Rapidamente concluí que as ambições musicais de Ivan não representavam uma ameaça significativa ao meu plano de me tornar o primeiro McCormick famoso.

Eu queria ser ator, e, enquanto esperava ser descoberto por Hollywood, consegui o papel principal na peça de teatro de fim de ano na escola. Em 1975, com apenas 14 anos, eu estava prestes a fazer minha estreia como Hamlet. Eu me preparei lendo poesia enquanto passeava, resmungando para ninguém em especial e fingindo uma concentração extrema, embora duvidasse que alguém, além de mim mesmo, notasse grande mudança no meu comportamento. Comecei até a passar um tempo no cemitério que ficava nos fundos da escola. Foi lá que, duas semanas antes do final do semestre, aconteceu um desastre. Ao fazer uma pose dramática no muro do cemitério, perdi o equilíbrio, despenquei sobre uma lápide e quebrei feio o tornozelo. Meu professor de teatro me visitou no hospital e me encontrou deitado e imobilizado. Corajosamente tentei convencê-lo de que eu podia interpretar o papel de muletas.

— O show tem de continuar, senhor — insisti.

— O show vai, Neil — respondeu ele de maneira cruel. — Um dos outros garotos vai fazer o papel de Hamlet.

Esse não foi o primeiro incidente do tipo durante minha época na Sutton Park. Antes eu havia conseguido sete pontos na cabeça depois de ser atingido por uma cadeira durante uma briga na biblioteca. E o filho do prefeito de Dublin, meu colega de classe, teve a pele do rosto queimada ao tentar fazer uma bomba com pólvora retirada de fogos de artifício enquanto os amigos olhavam e gritavam palavras de incentivo. Quando um aluno foi expulso por abuso sexual em uma sala de aula, meus pais, temendo que fosse apenas uma questão de tempo até que um dos filhos acabasse morto ou preso, decidiram nos mudar de escola mais uma vez.

---

2   Em tradução livre: "Nós somos o Electronic Wizard, nosso lance é música elétrica".

Assim, no início do segundo semestre de 1975, Stella, Ivan e eu estávamos prontos para o início das aulas na Mount Temple, uma instituição progressiva que havia sido inaugurada apenas três anos antes. Era a primeira escola estadual, mista e laica de Dublin. John Brooks, um homem magro e rígido que se identificou como diretor, fez um discurso sobre possibilitar que todos nós realizássemos nosso potencial. No meio de tantos rostos desconhecidos, senti-me nervoso, porém otimista em relação ao futuro.

Talvez naqueles corredores poeirentos meu destino pelo menos começasse a se revelar.

Se um viajante do futuro me dissesse que um dia a Mount Temple Comprehensive se tornaria uma instituição lendária nos anais do *show business* irlandês, eu não ficaria nem remotamente surpreso. E se alguém me dissesse que naquela geração de estudantes havia quatro indivíduos que se tornariam o produto de exportação mais famoso da Irlanda desde a Guinness, ora, eu daria timidamente de ombros antes de olhar ao redor para tentar descobrir quais eram os outros três.

CAPÍTULO 2

Paul Hewson estudava na classe da minha irmã, uma turma acima da minha, e não demorou muito tempo para que desenvolvêssemos algo maior que um coleguismo, porém menor que uma amizade. Conversávamos durante as aulas de coral, nas reuniões matutinas e nos breves encontros pelos corredores antes de irmos cada um para a sua sala. Foi uma relação passageira, alimentada por uma característica que sempre tivemos em comum: a capacidade de falar sobre qualquer coisa como se fôssemos especialistas, não importava o quão limitado fosse nosso conhecimento sobre o assunto.

Minha afinidade com Paul não agradava muito minha irmã, que era possessiva e não aceitava que eu fizesse amizade com ninguém da sua turma. De fato, em circunstâncias normais, a tendência é a de que alunos de séries diferentes se relacionem pouco. Quando somos novos, mesmo um ano de diferença é visto como um abismo intransponível. Mas, bem antes de ser uma celebridade digna de tapete vermelho, Paul já era a estrela da escola, conhecido por todos.

Mesmo agora, penso em Bono como o "Homem Que Conhece Todo Mundo". Não há como evitar sua figura na mídia atual. Basta abrir um jornal ou folhear uma revista e lá está ele, lado a lado com líderes mundiais e agitadores políticos, poetas e artistas pop, lendas do *show business* e os sucessos do momento. As fotos que sempre vejo mostram Bono abraçando presidentes, cumprimentando ministros cordialmente, tomando vinho com os ganhadores do Prêmio Nobel, trocando óculos de sol com o papa. Basta mencionar o nome dele entre os astros do cinema e da música para ouvirmos alguma historinha sobre o amigo Bono e o desfecho sobre o cara legal que ele é.

Ele sempre foi um sedutor sociável, andava a passos largos pela Mount Temple como um cão vira-lata, farejava conversas e atividades que lhe interessavam, certificando-se de estar por dentro de tudo o que acontecia. Havia certo cinismo no sorriso, e seu lado controlador, teimoso e cabeça-dura surgia sempre nos momentos em que se sentia intimidado; mas ele tinha algo de sensível e nitidamente gentil, o que o tornava popular entre as garotas (que sempre pareciam estar nas nuvens) e era paciente com os alunos mais novos, inclusive eu. Aqueles que conversavam com Paul se sentiam honrados.

Paul era facilmente encontrado na sala de convivência por conta do interesse em Alison Stewart, uma das garotas mais lindas e admiradas da nossa turma. Alison tinha cabelos pretos e volumosos, pele macia e bronzeada, olhar ardente e lábios deliciosamente curvados. Sendo um garoto de 15 anos e com os hormônios borbulhando, esses eram detalhes que não poderiam escapar. Ela era inteligente, gentil, bem-humorada, determinada, ou seja, muita areia pro meu caminhãozinho. Na verdade, naquela fase da minha adolescência, acho bem provável que qualquer pessoa do sexo oposto fosse muita areia pro meu caminhão. Mas pelo menos com algumas delas a gente acha que tem chance. Alison tinha um tipo de camada impermeável em torno dela, e eu não conseguia imaginar como ela poderia fazer parte do mesmo mundo que um pirralho desajeitado como eu. No começo, eu era contra garotos mais velhos que se encontravam com as garotas da minha sala; eles se achavam experientes e superiores só por causa da idade e isso já gerava uma vantagem desleal, mas Alison e Paul até que combinavam. Ele tentou conquistá-la durante um ano inteirinho, até que vê-los no maior amasso entre as cadeiras e armários na sala de convivência virou uma coisa habitual.

Um dos assuntos principais de nossas conversas naquele tempo era Deus (se existia ou se não existia), o que na verdade continuou sendo assunto de discussões vigorosas entre nós durante os 25 anos seguintes. Meus problemas particulares com as questões da divindade não foram solucionados, mas minha ousadia em desafiar a ordem religiosa imposta pela sociedade irlandesa aumentava a cada dia. Para ser honesto, a proposta do ensino religioso em Mount Temple era muito diferente da dos Irmãos Cristãos. Por ser a única escola pública laica na majoritariamente católica Irlanda, a maioria dos alunos vinha da minoria protestante de Dublin. A escola em si, entretanto, não seguia uma linha sectária, oferecia aulas de Religião com uma carga de liberalismo cristão, ministradas por uma jovem professora chamada Sophie Shirley, uma pessoa bem-intencionada, mas – na minha opinião – irritantemente incompetente. Havia leituras da Bíblia e discussões em classe, nas quais Jesus era um personagem *hippie* beatificado, enquanto Deus parecia personificado por um tio velhote que apenas desejava o melhor para sua família numerosa – eu ficava imaginando que, se fosse esse o caso, por que eu ficava acordado durante a noite me perguntando se os tormentos do Inferno me aguardavam quando morresse? Eu enchia a bondosa professora com esses questionamentos, mas jamais tinha respostas que me convenciam, somente as mesmas baboseiras de que Jesus me amava.

Enquanto as diretrizes da escola em relação aos assuntos religiosos pareciam, quando muito, nebulosas, havia uma subcultura de estilo curiosa, quase fundamentalista, que renascia entre os alunos de um grupo conhecido como Movimento Cristão. Organizado sem muito rigor e de maneira extraoficial pela professora Sophie, o grupo realizava encontros de oração com frequência, e uma placa pendurada na porta informava que todos estavam convidados. Todos, menos eu. Um dia parei para ver o que estava acontecendo, e um colega literalmente mais papista que o papa (um dos principais discípulos da professora Sophie) disse que a minha petulância com as questões do espírito era suficiente para que eu não fosse bem-vindo a tal reunião misteriosa.

– Muito cristão da sua parte! – falei logo após ele ter me barrado na porta.

– Ah, não faça assim, Neil! – disse meu colega, perturbado. – Você mesmo já sabe que vai se sentar no fundo só para poder fazer bagunça. –

O que na verdade era a minha intenção, mas mesmo assim senti que me privar do benefício da dúvida foi uma atitude hipócrita.

Excluído de uma organização à qual eu não queria pertencer, passei a hostilizá-los toda vez que tinha oportunidade. A única coisa que me deixava perplexo, e que na verdade me enfureceu intelectualmente, era que o grupo incluía muitos dos meus melhores amigos, sem falar de umas das mais atraentes garotas e alguns dos caras mais legais da escola. De vez em quando, Paul e Alison participavam das reuniões, onde aparentemente estudavam o Evangelho, livres de rituais seculares, e onde encontravam conforto, harmonia e verdade. No entanto, quando leio esses mesmos livros, encontro apenas ideias contraditórias e sem lógica, contos de fadas retratados como se fossem história. O apóstolo com o qual eu mais me identificava era São Tomé. Embora seu ceticismo sobre a aparição de Cristo ressuscitado nos fosse apresentado como uma fraqueza de caráter, ter cutucado com o dedo os estigmas do seu líder espiritual para mim sempre foi a coisa mais sensata a ser feita diante daquela situação extremamente bizarra.

Eu ficava muito surpreso com o fato de um sujeito tão dinâmico e nitidamente inteligente como Paul Hewson se deixar levar por esses mitos antigos. Ele nunca se irritou com os meus constantes ataques às suas convicções, entretanto sempre saciaria a minha propensão a argumentar. "Gosto de uma boa briga" era um de seus mantras.

"É muito bom fazer perguntas", disse uma vez. Ele escutava atento meu bombardeio de dúvidas e críticas sobre o cristianismo, independentemente de como eu falasse, e tentava me convencer de que a fé é um passo necessário para que possamos nos abrir para Deus e que tudo isso valia a pena. "Quando olhamos em volta", insistia, "vemos o oceano, o sol, uma tempestade, uma garota bonita. Você não acha que deve haver alguma coisa acima dos homens, além das mulheres?!". E continuaria voltando a falar dessa questão da fé, embora ele mesmo não fosse imune à dúvida. Não gostava dessa coisa de religião organizada ou rituais vazios, e parecia mais envolvido em uma luta para aniquilar os próprios demônios.

Paul tinha um temperamento meio esquentado, dava para perceber o rosto dele vermelho de raiva, embora jamais tenha se manifestado assim para mim. A mãe dele tinha morrido no ano anterior, e logo depois disso, aparentemente, houve pequenas demonstrações de agressividade na sala de aula, quando mesas eram viradas e carteiras eram chutadas. Ele me contou que uma vez não conseguiu se lembrar de nada durante duas semanas. Teve um branco total. Estava passando por uma espécie de crise existencial e quase cedeu à pressão psicológica. "Lutava contra pensamentos suicidas", admitiu. "Estava muito infeliz, com a cabeça a mil."

A reação da escola foi exemplar. Até se recuperar, Paul poderia participar das aulas que quisesse ou ir e vir quando desse na telha. Um dos professores se prontificou a conversar e ouvi-lo: Jack Heaslip, orientador dos alunos e responsável por supervisionar aulas de orientação profissional assim como questões sociais. Heaslip era um homem barbudo, gentil, atencioso e de voz suave, tinha fortes tendências espirituais e acabaria deixando de ser professor para tornar-se pastor. Naquele momento, Paul evidentemente passou pela experiência marcante da "alteridade", a noção de que havia algo maior do que a espécie humana. Contou-me que estava cheio de dúvidas sobre a existência e que havia evocado, nas palavras dele, uma resposta interior. No entanto, ela não foi suficiente para mudar sua vida.

– Foi apenas um devaneio – disse Paul. – Recusei a acreditar em Deus. Por que eu deveria? Eu ia à igreja e parecia que lá tinha um bando de gente cantando salmos de louvor, mas que na verdade não sentiam nada, tudo parecia errado.

Sem dúvida, a perda da mãe foi o que abalou suas estruturas.

– A insignificância da vida me chocou – desabafou ele. – Em um minuto você está vivo, no próximo pode não estar mais. Não conseguia aceitar que as pessoas simplesmente desapareceriam. Se o significado da vida fosse permanecer na terra por 60 ou 70 anos, eu preferia ir embora de uma vez!

Esse argumento nunca me impressionou. A ideia de que Deus tem de existir porque, do contrário, não haveria propósito, é muito mais emotiva do que racional. Mas eu me escuto dizendo isso e consigo ver Bono sorrindo gentilmente, repreendendo-me por preferir a lógica à fé. De alguma maneira, Paul deu um salto de fé gigantesco e foi parar no rochedo da crença. Ele não precisava questionar o passado, não tinha de permitir ser atormentado pela própria mente. Ele podia levantar e seguir em frente. Deus, de certa maneira, tornou-se a base para seu caráter.

Por incrível que pareça, minha professora de religião era incapaz de demonstrar o mesmo sentido de convicção. Eu me sentava no fundo da classe, folheava a Bíblia, procurava bizarrices para chamar a atenção dela. A professora Shirley geralmente estava no meio de um sermão batendo palminhas quando eu levantava a mão de repente.

– Professora! Professora!

Ela visivelmente se continha, enquanto meus colegas da fileira de trás seguravam suas risadas.

– Sim, Neil?

Ela tinha um jeito de dizer meu nome que transmitia tanto uma irritação sofrida quanto uma apreensão nervosa. Nunca tive a impressão de que ela gostasse de incitar debates bíblicos. Um dia, diante de mais uma contradição incontestável do livro sagrado no qual ela havia baseado toda a sua vida, simplesmente começou a chorar. Sentados, nós olhávamos para ela em um silêncio perturbador, e alguns dos alunos mais devotos lançavam olhares de desprezo na minha direção. Por fim, a senhorita Sophie conseguiu se controlar o suficiente para dizer:

– Neil, se você não quer ficar aqui, sinta-se livre para passar o tempo de minhas aulas na biblioteca.

Retira-te, Satanás! Não sabia se me sentia triunfante ou desapontado, porque na verdade eu curtia a balbúrdia dessas aulas, onde eu tinha de contrapor meu juízo cético a um membro da comunidade religiosa, por mais humilde que fosse. Por outro lado, um período livre na biblioteca toda semana não era de se lamentar. Juntei meus livros e fui até a porta. Em seguida, os alunos insatisfeitos da fileira de trás começaram a levantar as mãos perguntando se podiam ir também.

— Quem quiser passar a aula de religião na biblioteca, sinta-se livre para fazê-lo — declarou a senhorita Shirley severamente.

Saímos da classe um a um, deixando a professora, com cara de desprezada, pregando para os seis convertidos que restaram.

Passei muito tempo na biblioteca, e não só por eu ser um devorador de livros dispensado das aulas de religião. Também fui dispensado das de gaélico, o que foi um alívio: sob os preceitos nacionalistas da época, se fracassássemos nas provas de irlandês, fracassávamos em tudo.

A biblioteca foi o lugar onde me aproximei mais de Dave Evans, o garoto que ficaria mundialmente conhecido como o rei da guitarra, o intelectual da música e o careca mais legal do rock: o ícone The Edge. Filho de pais galeses, Dave nasceu em Londres e também deu um jeito de escapar das aulas de irlandês. Embora sua família tenha se mudado para Malahide, ao norte de Dublin, quando ele tinha apenas um ano de idade (então, estritamente falando, talvez ele tivesse começado a se familiarizar com a antiga língua da Irlanda junto com o resto dos otários nativos), Dave de alguma forma assumia o papel de um verdadeiro galês, nascido e criado.

Preciso admitir que, naquela época, não havia nada de afiado[1] em Dave. Ele tinha o cabelo preto, grande e desgrenhado, se me lembro bem, o que não era digno de nota naquela época. Todos nós usávamos secador para deixar o cabelo armado típico dos anos 1970, e ficava tão terrível que nossa cabeça parecia ter o dobro do tamanho. Dave era quieto, um tanto estudioso e mais disposto a dedicar seu tempo na biblioteca para fazer a lição de casa do que conversar comigo sobre a última ideia controversa que impregnava meu cérebro hiperativo. Lembro-me dele

---

1   No original "edgy", trocadilho com The Edge.

como um sujeito sensato e sério, respeitoso com os adultos, mas com um senso de humor peculiar, às vezes sarcástico. Éramos corteses, mais do que amigos. Provavelmente eu era rebelde e questionador demais para o temperamento dele, embora eu mesmo me sentisse intimidado pelo seu eterno ar de superioridade intelectual. Eu tinha certeza de que ele tinha uma péssima visão das minhas excentricidades, como a brincadeira que eu fazia de afrouxar as prateleiras da biblioteca para que despencassem quando alguém colocasse um livro pesado. A descrença de Dave em relação a mim provavelmente não era atenuada por causa das fortes crenças religiosas que ele tinha, além de ele estar muito ligado ao Movimento Cristão da escola, com o qual, por algum motivo, eu tinha uma péssima reputação.

Eu e Dave éramos rivais por gostarmos das mesmas garotas na escola. Fiquei muito aborrecido quando ele conseguiu dar uns beijos em Denise McIntyre, objeto inconsciente da minha adoração, ao lado de quem eu fazia questão de me sentar na maioria das aulas. O sofrimento que eu senti quando Denise, toda alegre, me contou do breve encontro que teve com Dave foi levemente apaziguado quando ela disse que o beijo dele era "babão".

Adam Clayton entrou na Mount Temple em 1976 e o impacto foi imediato. Para começar, ele tinha um estilo muito próprio de se vestir. A escola não obrigava o uso de uniforme, mas entre a moda dos pulôveres e casacos de capuz dos adolescentes em Dublin no final dos anos 1970, o longo casaco de couro que Adam usava, com bordas felpudas e decorado com flores bordadas, certamente se destacava. De vez em quando, ele colocava por baixo do adorado casaco uma espécie de túnica, e também teve uma fase em que usou um capacete amarelo de operário por cima da cabeleira loira ondulada.

Adam era um garoto inglês de classe média alta, desengonçado e com uma falsa sofisticação e indiferença que pareciam sugerir implicitamente que, na nada tenra idade dos dezesseis, ele já tinha "estado em todos os lugares, visto de tudo e feito de tudo". Certamente, ele já tinha visitado mais lugares, visto mais coisas e feito muito mais do que a maioria dos alunos da época na Mount Temple: ele tinha acabado de chegar das férias no Paquistão, onde saiu com *hippies*, fumou maconha e teve um tórrido *affaire* (ao menos foi o que ele contou). Adam fazia o tipo polêmico e rebelde com as autoridades, e só disfarçava levemente o seu jeito com um sorriso largo e modos impecáveis. Carregava uma garrafa de café para todo lado, e tomava goles durante as aulas. Quando os professores perguntavam, irritados, o que ele estava tramando, ele educadamente explicava que estava tomando uma xícara de café, e nunca se esquecia de acrescentar "senhor" ou "senhorita" quando apropriado. Adam era inabalavelmente cortês, mas também determinado a fazer as coisas do seu jeito – o que geralmente tinha a suspensão como consequência direta.

O último dos futuros *superstars* era Larry Mullen. Ele cursava uma série abaixo da minha e era um garoto loiro, bonito e reservado; naquela fase, ninguém prestava muita atenção nele. Porém Larry foi o início de tudo isso.

Na primavera de 1976, durante o meu segundo ano na Mount Temple, apareceu uma notícia no quadro de avisos da Alameda, o corredor que atravessava o prédio principal da escola, onde costumávamos passar o tempo. "Baterista procura músicos para formar uma banda. Entrar em contato com Larry Mullen, nono ano". Aos 13 anos, meu irmão estava um ano atrás de Larry, mas, enquanto detentor orgulhoso de uma guitarra réplica da Teisco Stratocaster, Ivan foi convidado para o teste. No dia 25 de setembro de 1976, sábado, ele apareceu na modesta casa geminada de Larry em Artane junto com Paul, Adam, Dave e seu irmão mais velho, Dick Evans.

Então este é Ivan McCormick, certo? Apesar de ter vivido grande parte da vida como músico, ter participado dos primeiros ensaios do grupo que se tornaria o U2 é o único crédito de Ivan em relação a algo que se aproxime da fama. Até que um biógrafo desleixado atribui esse papel ao seu irmão mais velho, roubando de Ivan até mesmo sua nota de rodapé na história do rock. Portanto, estou feliz por ter a oportunidade de esclarecer bem as coisas. Meu irmão foi o perdedor que deixou o superestrelato escapar pelos dedos descuidados, não eu.

O pobre amontoado de pretensos astros do rock se reuniu na cozinha da casa de Mullen para discutir seus planos tomando chá com biscoitos. Rapidamente todos concordaram, como bem lembra Ivan, que estavam dispostos e preparados para formar um grupo. Bandas como Led Zeppelin, Deep Purple e Fleetwood Mac, que Ivan quase não fazia ideia de quem eram, foram citadas como boas influências. Ivan se sentia nervoso e perdido por ser o garoto mais novo dali, mas ele tinha o trunfo de ser o dono da guitarra mais bonita, harmoniosa e moderna, com o corpo pintado de branco e vermelho brilhantes, o que todos admiravam. Dave Evans, entretanto, tinha um pequeno violão branco que sua mãe havia comprado de segunda mão pela suntuosa bagatela de uma libra, e sem cordas. Mas, usando a guitarra de Ivan, Dave mostrou que conseguia tocar o solo de "Blister on the Moon", do herói do rock irlandês Rory Gallagher, o que o colocou na *pole position* para o papel de guitarrista.

O irmão dele, Dick, era o mais velho da turma: tinha 17 anos. Havia terminado o Ensino Médio no ano anterior e, como que para demonstrar seu status de adulto, usava uns tufos de pelo no rosto que não convenciam na tentativa de passar como barba. Ele havia levado um instrumento esquisito, com um formato que supostamente deveria lembrar um cisne voando, pintado à mão de amarelo brilhante. Dick construiu o instrumento no galpão que ficava nos fundos do jardim, seguindo instruções publicadas em uma edição da revista *Everyday Electronics*. O instrumento emitia um som tão convincente quanto sua aparência, mas pelo menos Dick conseguia tocar alguns acordes e manter o ritmo. E isso é mais do que podia ser dito de Paul, que também tinha um grande e surrado violão que ele dedilhava com gosto e energia, longe de algo que se parecesse com habilidade ou requinte. Mas Paul compensava sua falta de habilidades musicais com paixão e convicção, já partindo do princípio de que eles eram uma banda em vez de um grupinho incompatível de garotos da escola.

Com quatro guitarristas se espremendo entre a geladeira e a cesta de pães, a parte rítmica era composta por Adam (que tinha uma cópia barata de um baixo Ibanez, instrumento sobre o qual ele falava muito, mas na verdade não conseguia tocar) e Larry, que havia aberto a porta da cozinha para ganhar espaço e montar sua bateria, metade na cozinha e metade na pequena estufa precariamente anexada aos fundos da casa. Nessas circunstâncias estranhas, o encontro foi concluído com uma caótica *jam session* envolvendo versões duvidosas dos clássicos "Brown Sugar" e "Satisfaction" dos Rolling Stones. Havia guitarristas de mais, amplificadores de menos e nenhum consenso em relação à sequência correta de acordes das canções tocadas, mas nada disso parecia importar. Uma nova estrela havia surgido no firmamento do rock'n'roll. Para esses corajosos indivíduos (para alguns deles, pelo menos), nada mais seria o mesmo.

Ivan voltou para casa de ônibus e anunciou que havia entrado para uma banda nova. Eles se chamariam Feedback (supostamente uma referência ao barulho lamurioso que fazia quando Adam plugava o baixo no amplificador). Escutei a notícia com uma pitada de preocupação. Se o nome era algo que devia chamar a atenção, o que escolheram seria ainda menos imponente (ainda que, talvez, mais audível) que Electronic Wizard.

Minha carreira como ator estava avançando, embora em um ritmo muito mais lento do que eu gostaria. Eu fazia aulas de interpretação aos sábados à tarde e tive um momento de encorajamento quando ganhei uma competição conhecida como Padre Matthew *Feis* (pronuncia-se "fésh", gaélico para "entretenimento". Eu não fazia ideia de quem era o Padre Matthew, mas é provável que gostasse de se divertir). Era uma coisa horrenda, caracterizada por um rompante de interpretação exagerada, com adolescentes deslumbrados percorrendo energeticamente cada centímetro do palco, como se estivessem convencidos de que a arte teatral era uma atividade das Olimpíadas. Quando chegou minha vez, fiquei imóvel sob a luz central. Eu adoraria dizer que esse foi um recurso dramático cuidadosamente planejado, mas na verdade minhas pernas tremiam tanto que eu tinha medo de cair se me movesse. Era minha primeira vez diante de um público grande, e, quando os aplausos começaram, meu ego foi atingido em cheio por um raio de luz. Saí do palco tonto de felicidade, com um zumbido no ouvido por conta da descarga de adrenalina. Aquilo era tudo com que eu sempre sonhei, principalmente quando saiu o resultado e eu fui chamado de volta ao palco para receber a medalha de primeiro lugar. A principal jurada, uma crítica de teatro desconhecida, cuja autoridade era indiscutível simplesmente por ela ter percorrido um longo caminho da Inglaterra até lá, disse no meu ouvido que minha apresentação tinha sido a única coisa interessante que ela havia visto naquele dia. Tinha como ser melhor do que isso? Sim, na verdade sim. Na condecoração que recebi, ela escreveu: "Uma apresentação poderosa e contida, com bastante controle. Esse rapaz tem muito talento, cuidem bem dele".

    Mas ninguém cuidou de mim. Ninguém jamais cuidaria de mim. Não que eu soubesse disso na época, do contrário teria tido o bom senso de abandonar tudo e me concentrar no desenho técnico ou em alguma outra atividade útil. Eu continuei convencido de que o estrelato era o meu destino, embora tenha me desiludido ao descobrir que uma condecoração do Padre Matthew não valia quase nada em Hollywood.

    Ivan continuou participando dos ensaios da Feedback na sala de música da escola durante horas a fio. Ele era tolerado pelos garotos mais velhos principalmente por causa da guitarra, da qual era liberado durante as sessões enquanto Dave a assumia, deixando com Ivan seu violão barato para que ele o tocasse de uma maneira inaudível. Dick recebeu a notícia de que poderia continuar no grupo, desde que conseguisse um instrumento decente, de preferência não construído no galpão de casa.

Adam tinha um baixo, e por isso tinha o posto garantido – tudo o que precisava era aprender a tocá-lo. Mas Adam, pelo menos, tinha atitude, confiança e usava todas as gírias da moda. Com um cigarro pendurado no lábio, ele conversava sobre a escolha das "gigs" fazendo as "conexões" certas. Aparentemente, para "fechar um acordo", eles precisavam de um "bom agente" e de "ir para a estrada". Tudo parecia muito bom para os outros, mesmo que eles só tivessem uma leve ideia do que ele estava falando.

Paul era outro assunto. Ele era realmente um músico frustrado. Ele simplesmente não conseguia fazer com a guitarra tudo o que queria, então costumava abandoná-la e, em vez disso, gastava sua considerável energia tentando evocar, obter e arrancar a música dos outros de uma maneira quase mágica. Durante um improviso interminável de "Smoke on the Water", do Deep Purple (música que Ivan estava ouvindo pela primeira vez), Ivan ficou impressionado ao ver Paul se ajoelhando diante de Dave enquanto ele tocava o famoso *riff*, colocando os dedos na frente dos dedos de Dave, como se tentasse tocar a guitarra ele mesmo, mas sem encostar nela. Paul assumiu o papel de organizador, dizendo a todos o que tocariam e como fariam para conseguir, ainda que ele mesmo contribuísse muito pouco. Ele cantava o máximo que podia, brigando para encontrar as notas corretas, mas sem microfone suas limitações vocais não ficavam tão evidentes para os outros. Na qualidade de maior personalidade do grupo, ele assumiu o papel de líder.

 Estimulado com a história da banda, Ivan decidiu investir em um novo amplificador e torrou suas economias de doze libras em um Falcon Combo usado. Em casa, naquela mesma noite, enquanto remexia na nova compra, emitindo chiados de *feedback* por toda a casa, minha mãe o chamou para atender o telefone. Aparentemente, do outro lado da linha havia um jovem muito educado que precisava falar com Ivan com urgência. Era Adam. Ele queria saber se Ivan tinha comprado o amplificador por causa da banda.

— Sim — disse Ivan.

— Eu gostaria que você tivesse falado comigo antes — disse Adam, improvisando sem parar. — Quer dizer, a banda conseguiu um show...

— Mas que ótimo! — disse Ivan, empolgado. Finalmente, na estrada.

— O problema é que o show será num *pub*. E você é muito novo para entrar em *pubs*.

— Ah — respondeu Ivan.

— Na verdade, todos os shows que conseguimos serão em *pubs* — afirmou Adam. — E você não vai poder tocar em nenhum.

— Entendo — Ivan respondeu.

— Eu sabia que você entenderia. Não fique chateado, hein?

Mesmo com 13 anos de idade, Ivan sabia quando estava tomando um chute, ainda que de maneira diplomática. Ele desligou o telefone em um estado de total abatimento, voltou para a guitarra e o amplificador e aumentou o volume até o máximo, perdendo-se numa parede de ruídos.

É claro que não tinha nenhum *pub* e nenhum show. O grupo mal conseguia tocar uma música inteira, e fazer um show na íntegra seria prematuro demais, para dizer o mínimo. Mas quando os ensaios começaram a destacar os pontos fracos e fortes de cada um, a banda começou a se organizar com Larry na bateria, Adam no baixo, Paul nos vocais, Dave na guitarra principal e Dick na guitarra base. Dick, na verdade, também não era de fato desejado pelos companheiros, mas ele simplesmente ignorou as insinuações de que estava sobrando e continuou indo aos ensaios até se estabelecer, por conta própria, como membro.

Com o orgulho ferido, Ivan se negou a contar para a família sobre o andamento das coisas. A verdade foi ocultada por semanas e só veio à tona quando Stella perguntou para Paul como ele estava se saindo com seu irmão mais novo, e Paul, bastante desconcertado, acabou admitindo que eles tinham dispensado o menino.

– E por que você não disse nada? – perguntou meu pai, atônito.

– Ah, nem importa mais – disse Ivan na defensiva. – Eles eram um lixo. Eu vou formar minha própria banda.

Minha carreira como ator não estava indo nada bem. Meus pais diziam orgulhosos que o filho deles esteve certa vez no elenco de uma peça de prestígio no Gate Theatre, com o venerável ator dramático irlandês Cyril Cusack. Mas se esqueciam de acrescentar que, após duas apresentações, eu havia sido dispensado depois de esquecer a deixa. De todo modo, eu achava que aquilo era pouco para mim. Eu não tinha falas e meu único papel era o de um esplêndido auxiliar de palco cujo único propósito era mudar os móveis de lugar para os outros atores. Até onde sei, qualquer um podia fazer aquilo (quer dizer, parecia que qualquer um, menos eu). Eu buscava a adrenalina de me apresentar na frente de um público, o ego inflado pelo reconhecimento de outros seres humanos, além da estranha sensação de poder que corre pelo corpo quando mantemos os outros enfeitiçados pela simples força da vontade. Eu queria dizer as palavras que ressoavam na minha alma e davam sentido ao meu complexo mundo interior. "Ser ou não ser?". Essa era a pergunta que eu queria fazer, praticamente a única que importava. Eu queria ser Hamlet. Mas eu não consegui nem fazer a minha parte num comercial de hambúrguer, quando disseram que meu sotaque escocês misturado com irlandês poderia confundir os espectadores. O diretor não se impressionou nem um pouco quando eu disse que a frase "Hummm, deeeelicioso!" teria soado a mesma porcaria em qualquer sotaque.

Decidi resolver meus problemas de elenco escrevendo minhas próprias peças. Quando o outono de 1976 foi chegando ao fim, houve o anúncio de que uma competição aconteceria no ginásio da escola. Concluí que seria a oportunidade perfeita para mostrar minhas habilidades de escrita e atuação. Assim, juntei alguns amigos e montei uma comédia curta, que envolvia o julgamento dos meus professores por crimes contra a humanidade. Os papéis foram preenchidos por vários colegas de classe, sendo que o emocionante papel de juiz ficaria reservado para mim. Eu certamente seria o ídolo das massas quando batesse o martelo para sentenciar professores malquistos a uma variedade de punições extravagantes. Fizemos um ensaio na semana anterior para o nosso amigável tutor, o sr. Moxham, que ficou impressionado o bastante para marcar nossa apresentação como o grande final, desde que pegássemos mais leve com o personagem dele e retirássemos certas brincadeiras mais cruéis e de péssimo gosto.

Reuni meu pequeno elenco na lateral de um palco improvisado de carteiras agrupadas, enquanto uma sucessão de alunos barulhentos se apresentava cantando, dançando, tocando sanfona, contando piadas. O grande público formado por alunos da escola atrapalhou as apresentações sem nenhuma pena, mas a maioria levou no bom humor, devolvendo os insultos. O sr. Moxham, muito alegre, fazia a patrulha do ginásio, dando tapinhas nas costas dos alunos, dizendo palavras de encorajamento.

— Estão prontos para o momento de glória, rapazes? – perguntou ele para o meu grupinho.

— Sim, senhor – respondi.

— E fizeram aquelas mudanças que combinamos?

— Temos mesmo que tirar a piada sobre o cachorro da sra. Prandy, senhor? – perguntei.

— Só se quiser ficar mais um ano na escola – respondeu o sr. Moxham.

Quatro membros da Feedback estavam parados em volta dos equipamentos e da bateria, esperando para fazer sua estreia ao vivo. Dick não estava presente, pois não era aluno da escola, mas Paul, Dave, Adam e Larry se apresentariam durante dez minutos, sendo a penúltima atração, antes da nossa peça.

— Tudo certo aí, Dave? – perguntei, sentindo que cada centímetro de um profissional experiente confortava um estreante nervoso. Parecia que Dave estava apavorado por causa do público, agarrado à guitarra e olhando ansiosamente para as pessoas. Os outros pareciam bem mais tranquilos. Larry já havia feito um monte de shows, embora com trajes muito menos roqueiros na Artane Boys Band e na Post Office Workers Band. Adam esperava com calma, fingindo uma frieza de quem já tinha vivido aquilo antes. Paul praticamente pulava para cima e para baixo, dando sorrisos encorajadores e balançando a cabeça para os colegas.

Quando chegou a vez deles, o grupo começou a colocar os equipamentos no palco. Eles demoraram cerca de dez minutos para arrumar tudo, um extenso período de inatividade durante o qual os últimos resquícios de disciplina que havia no recinto se evaporaram. As crianças começaram a correr pelo ginásio em todas as direções, gritando o máximo que podiam, subindo nos trepa-trepas. Eu reuni o elenco e disse aos integrantes que entraríamos no palco assim que a banda se apresentasse e começaríamos a peça na mesma hora. Eu não fazia ideia do que estava por vir.

Um zumbido elétrico começou a soar assim que os amplificadores foram ligados. Paul ficou no centro do palco com o microfone, a guitarra pendurada no pescoço, olhando de modo provocador para a multidão barulhenta. Dave e Adam se colocaram ao lado dele. Larry bateu as baquetas e a banda se jogou em uma versão tosca e acelerada de "Show Me the Way", do bonitinho *rock star* dos anos 1970, Peter Frampton, dando o chute inicial com o rugido de um acorde em ré que ressoou como uma onda de choque no lugar.

Analisando em retrospecto, sei que essa estreia do grupo que um dia abalaria as estruturas do mundo deve ter sido, na verdade, uma coisa muito duvidosa. Não havia nada de especial na seleção de músicas, para começar. Por incrível que pareça, eles tocaram uma versão irônica do hino do pop "Bye Bye Baby", do Bay City Roller, e um *medley* dos Beach Boys. Não fizeram passagem de som, não tinham experiência nem nada para se segurarem além da esperança e do desejo. Mas eu estava completamente aturdido. Absolutamente desorientado. Aquela era a primeira vez que eu via uma banda elétrica ao vivo, e uma rajada de adrenalina passou pelo meu corpo, aparentemente perturbando meu sistema nervoso e rearranjando toda a minha estrutura molecular. Pelo menos foi isso o que senti. A guitarra de Dave estilhaçava nos meus ouvidos. As pancadas da bateria de Larry e do baixo de Adam chacoalharam as mesas que formavam o palco e pareciam reverberar no espaço todo. Eu ouvia discos no meu quarto, balançava a cabeça com os fones no ouvido, mas nada disso havia me preparado para a energia visceral do rock'n'roll ao vivo. Quando Paul começou a bater os pés no palco trêmulo, agarrou o pedestal do microfone e gritou "I want you…/ show me the way!", as meninas mais novas começaram a gritar.

    Foi o que bastou para mim. Virei para meus colegas, pseudoatores, e anunciei que não havia a menor possibilidade de continuarmos depois daquilo. Fomos rápidos e unânimes em concordar que a peça seria cancelada. O sr. Moxham, pelo que me lembro, pareceu bem aliviado.

    Depois dessa apresentação bizarra e disparada, a Feedback continuou lá, com sorrisos tontos estampados no rosto, enquanto o público pedia mais. Como o repertório ainda era muito limitado naquela época, eles tiveram de repetir a versão de "Bye Bye Baby". O ginásio quase veio abaixo, com os garotos cantando, gritando, pulando, batendo palmas, dançando. Eu olhei em volta atordoado. Uma nova visão do meu futuro começou a se formar no meu cérebro adolescente e febril.

    Nem pensei mais em me tornar um ator-escritor diretor extremamente famoso.

    Agora eu seria um astro do rock.

CAPÍTULO 3

Eu e Ivan decidimos formar uma banda. Havia algo de inevitável no fato de compartilharmos nossas ambições. Dividimos o quarto por um bom tempo durante a infância, quando costumávamos passar a noite tecendo sonhos de fama e fortuna. Não sei se o infectei com minhas próprias ilusões de grandiosidade ou se foi algo na dinâmica competitiva de nossa família, mas parecíamos igualmente convencidos de que o estrelato era nosso por direito enquanto encenávamos os papéis que acreditávamos que seriam os nossos. Era uma jornada relativamente curta de Bill e Ben para John e Paul.

Nossa relação era uma mistura complexa de lealdade filial e rivalidade fraterna. Possuíamos diversas qualidades em comum, nenhuma apreciada pelas pessoas mais próximas. Comentavam com frequência que tínhamos o mesmo senso de humor, observação raramente feita como um elogio. Nossas piadas poderiam ser bem cruéis (e eram seguidamente dirigidas a outros membros da nossa família), consolidadas por uma camada de irreverência rebelde. Ambos exibíamos poderosos ímpetos criativos e éramos motivados por um senso de ambição de proporções acima de nossas circunstâncias. Mas nossos esforços eram seguidamente obstruídos por uma rivalidade ridícula e virulenta. Fizemos alguns curtas-metragens em oito milímetros juntos, mas ainda brigávamos sobre quem deveria ser creditado como diretor. Minha irmã costumava dizer que nós nos achávamos melhores do que todo mundo, até que nós mesmos.

Para nossa primeira sessão de composição musical, sentamos na minha cama, ele com o violão e eu com caneta e papel.

— Sobre o que deveríamos escrever? — perguntou ele após dedilhar um pouco o violão como quem não quer nada.

– Não sei – confessei. – Sobre o que as pessoas costumam escrever? Eu me perguntava se Lennon e McCartney alguma vez tiveram esse tipo de problema. Por fim, o assunto que escolhemos foi algo bem mundano, que refletia as prioridades de dois adolescentes entediados. Surgiu um *blues* em doze compassos intitulado "Passe a pizza de pepperoni", cujo refrão era:

> Pass the pepperoni pizza
> Pass the pepperoni pizza
> Pass the pepperoni pizza, baby
> And another slice of apple pie[1]

Nenhum de nós ficou particularmente impressionado com nossos esforços, então o projeto do grupo foi deixado de lado por um tempo.

A música estava tomando uma parte cada vez maior da minha vida. Em 1975, descobri os Beatles, um pouco depois do resto do mundo, admito, mas com o mesmo efeito devastador na minha alma. Eu estava trabalhando de trás para a frente na minha educação musical na tentativa de alcançar meus amigos, e um belo dia decidi investir todo o dinheiro que tinha no bolso na coletânea azul chamada *The Beatles 1967-1970*. Que bela compra se tornou aquele disco!

Ao chegar em casa com minha nova aquisição, sentei na sala de estar e ouvi todo o álbum duplo com fones de ouvido. Entrei em êxtase induzido, uma experiência quase religiosa. Fiquei perdido nas espirais psicodélicas coloridas de "Lucy in the Sky with Diamonds", boiei sem rumo nas profundezas imponentes e nos contrapontos vocais solitários e flutuantes de "A Day in the Life", e me deixei envolver, perplexo, com o drama épico surreal de "I Am the Walrus". Quando chegaram os "na na na"s na conclusão sentimental de "Hey Jude", meus olhos se encheram

---

1 Passe a pizza de pepperoni/ Passe a pizza de pepperoni/ Passe a pizza de pepperoni, baby/ E outro pedaço de torta de maçã.

de lágrimas. Fiquei sentado, soluçando, emocionalmente dominado pela música pop pela primeira vez.

Estudei a foto levemente misteriosa da banda, em preto e branco, no encarte do disco. Aqueles quatro caras fizeram todo esse mundo mágico que parecia abrir novos compartimentos em meu cérebro. Eles pareciam ao mesmo tempo sábios e legais. A partir daquele dia, tornei-me um consumidor voraz de todas as coisas dos Beatles. Investiguei os álbuns gradualmente, durante um longo período da minha vida, saboreando cada disco o máximo possível antes de passar para o seguinte, temendo que a alegria autêntica que eu sentia ao ouvi-los se evaporasse quando finalmente chegasse ao último álbum. Por outro lado, o que aprendi foi que grandes álbuns têm uma força interior, expandindo-se em vez de se contraírem a cada vez que eu os ouvia.

No momento em que vi a Feedback, eu estava prestes a me desintegrar e a cair de cabeça naquilo que se tornaria uma relação de amor de uma vida inteira com o rock'n'roll. Os Beatles me levaram a outras bandas: The Animals, The Dave Clarke Five, The Kinks, The Who, The Zombies. Fiquei interessado em grupos *beat*, inesperadamente auxiliado pela minha avó materna, que descobri ter um estoque dos melhores discos de vinil dos anos 1960, que algum inquilino dela havia deixado para trás. Estava fascinado por David Bowie (que colaborou com John Lennon em "Fame", uma música que amo por razões patéticas e óbvias), mas bandas de rock progressivo dos anos 1970, como Yes e Genesis, não despertavam meu interesse. A música deles parecia falsa, excessivamente elaborada e destituída de sagacidade e emoção. Pertenciam, de acordo com a minha percepção, aos garotos cabeludos e mais velhos com quem minha irmã costumava sair. Para mim, eles que ficassem com esse tipo de música; afinal, a dos anos 1960 parecia muito mais nova e urgente. Com uma arrogância típica, eu já estava me tornando esnobe a respeito de algo sobre o qual eu ainda mal conhecia.

Em 1976, com apenas 17 anos, Stella era muito nova pra fazer o estilo *hippie chick*, mas este era, certamente, o status cultural a que ela aspirava no universo pop. Sua amiga Orla Dunne tinha o cabelo arrumado em longos cachos neoclássicos, usava faixas de gaze e andava por aí com dois galgos-afegãos enormes. Stella e Orla escutavam *soft rock* dos anos 1970 (seus favoritos eram The Eagles e The Moody Blues) e perseguiam garotos que tinham cabelos compridos, bigodes caídos e fumavam maconha. Elas gostavam de cantar e eram boas o suficiente para serem aceitas no The Temple Singers, um grupo escolar de elite que incluía ex-alunos e a nata dos comuns que cantavam no coro oficial (do qual Paul, Dave e eu éramos membros nem um pouco distintos). Após a prática de canto coral, um belo dia, as garotas se aproximaram de Paul com uma proposta.

Adam se empenhou em convencer a Feedback a se apresentar em um evento sábado à noite no saguão da St. Fintan, minha antiga escola. Encorajados pela recepção positiva da sua primeira apresentação, o grupo sentiu que deveria levar as coisas para um nível mais profissional. Sugeriu-se que uma dupla sexy de *backing vocals* acrescentaria mais classe, e Paul (que parecia conhecer a maioria das meninas da Mount Temple) disse que tinha as garotas certas para o trabalho. Então, minha irmã se tornou a segunda McCormick a se juntar ao grupo que se tornaria o U2.

Embora estivessem no mesmo ano da escola, Stella não conhecia Paul muito bem. Ele era da turma de Orla, mas como não se encaixava no conceito rígido que as garotas tinham de "atraente", Paul nunca surtiu grande interesse nelas. No entanto, ambas notaram o quanto ele podia ser divertido, uma faceta de seu caráter que, na realidade, intrigava Stella. Com a ordem de outro colega de classe, Stella assistiu a alguns encontros do Movimento Cristão. Com crescente incredulidade, ela presenciou quando, durante as orações, vários participantes começaram a murmurar animadamente palavras sem sentido – ou melhor, como eles dizem, a "falar a língua de Deus". A atuação deles foi parabenizada com entusiasmo pelos companheiros religiosos, que alegaram reconhecer o dialeto como sendo hebreu antigo, embora proferido, de acordo com Stella, com um distinto toque dublinense. Stella achou que os participantes eram um grupo ridículo que conseguia ser esquisito e estúpido ao mesmo tempo e estavam satisfeitos com sua relação pessoal com o criador. Paul, no entanto, era diferente. Para começar, ele não continha seu senso de humor no altar:

— Está achando um pouco difícil no início? — ele perguntou a Stella, de maneira compreensiva, enquanto ela observava os colegas da escola virando os olhos em comunhão com o Espírito Santo. — É tudo muito injusto. Deus não parece muito interessado em nos ajudar a mostrar o melhor para os nossos semelhantes, essa é que é a verdade.

Stella estava impressionada com o fato de que alguém podia realmente ser engraçado, irreverente e devotadamente cristão ao mesmo tempo.

Os ensaios ocorreram na casa de Adam, em Malahide, durante as férias de inverno. Stella e Orla apareciam ao meio-dia, e Adam abria a porta sonolento, usando roupão e com uma cara de quem tinha acabado de sair da cama. O resto da banda se reunia na sala de estar relativamente grande e começava a afinação, enquanto Adam se juntava a eles com a ajuda de café e cigarros. Na primeira tarde, ele perambulou de um lado para o outro com a aba do roupão aberta, e a ponta do seu membro prodigioso aparecia de vez em quando. Tendo uma experiência limitada com órgãos sexuais masculinos, Stella e Orla ficaram debatendo sobre a estranha cor púrpura e a textura ondulada da cueca de Adam, até que elas finalmente se deram conta de que ele não estava usando nenhuma. Elas caíram na risada enquanto Paul o instruía a "tirá-lo de vista antes que assustasse alguém".

As sessões foram muito divertidas, com Paul quebrando o gelo, contando piadas e preenchendo o ar com sua energia. David continuou bem quieto e Dick parecia mais velho e um pouco deslocado, de um modo que intimidava as garotas. Mas a atmosfera se iluminou quando Paul deu início aos ensaios, assegurando-se de que todos estavam envolvidos. Para aumentar o repertório de Peter Frampton e Beach Boys, a

Feedback estava ensaiando uma versão eletrizante de músicas de rock conhecidas, incluindo algumas dos Rolling Stones, "Heart of Gold" do Neil Young, "Witchy Woman" do Eagles e "Nights in White Satin" do Moody Blues. Eles decidiram que a última canção receberia, além das harmonias angelicais, um solo de flauta executado por Orla. No entanto, o grupo estava tendo problemas para executar o interlúdio instrumental. Ou, para ser mais específico, para fazer Adam entrar no tempo certo.

Depois do segundo refrão, a música diminuiu para entrarem alguns compassos dedilhados de guitarra e flauta (tocada por Orla) antes que um breve improviso do baixo anunciasse a volta da banda inteira. Todos, exceto Adam que, para divertimento inicial e derradeira exasperação dos presentes, perdia a deixa o tempo todo. Sua ausência de ritmo se tornou uma piada corrente, que divertia a todos, menos a ele mesmo. Nos momentos apropriados, todos gritavam "Agora!", e Adam, assustado, chegava meio segundo depois. Nada podia resolver o problema. Tornou-se uma responsabilidade de Larry conduzir Adam. "Apenas me observe", dizia ele antes de tocar a música. Mas não fazia a menor diferença. Adam chegava atrasado e a música andava aos solavancos de modo desajeitado até que todos se alinhassem ao baixista atrasado.

Anos mais tarde, Stella assistiu ao documentário do U2 intitulado *Rattle and Hum*. A banda, agora considerada uma das mais populares e importantes bandas de rock do mundo, estava esperando numa das alas de um imenso estádio norte-americano, preparando-se para tocar para um público de 80 mil pessoas. Enquanto se dirigiam para o palco, Stella ficou pasma ao ver Larry se virar para Adam e repetir a frase que ele havia dito tantos anos antes: "Apenas me observe".

"Meu Deus, pensei, ele ainda não consegue fazer sozinho!", Stella me disse mais tarde.

O saguão da St. Fintan era cavernoso, um galpão de concreto que funcionava como ginásio e teatro, desprovido de acústica para o rock'n'roll. Era o local onde se costumava montar uma discoteca aos sábados, o que em 1976, na Irlanda, significava um DJ de aspecto pálido tocando uma seleção batida de rock pesado e de rock progressivo (Zeppelin, Rory Gallagher, Yes), enquanto garotos de jaquetas jeans balançavam as cabeças energicamente. As poucas garotas que eram persuadidas a comparecer ficavam encostadas na parede esperando alguma música mais lenta (geralmente "Stairway to Heaven", do Zep, ou alguma outra também nada romântica do Eric Clapton). A banda principal, Ratt Salad, era um grupo de covers típico de Dublin, esgotando músicas de doze compassos com vários solos de guitarra e letras mencionando nomes de cidades dos Estados Unidos que os integrantes, muito provavelmente, nunca haviam conhecido.

No entanto, isso tudo era novidade para mim. Nunca havia ido a uma discoteca antes, nunca havia ficado sozinho com uma banda ao vivo e não tinha certeza de como deveria me comportar. Eu caminhava até a St. Fintan com Ronan, um amigo da vizinhança, e nos encostávamos na parede dos fundos com os ombros curvados e a gola da jaqueta de aviador levantada, esperando que algo acontecesse. A experiência nos ensinou a sermos cuidadosos com os garotos do bairro, para quem um contato visual era motivo para briga. "O que você está olhando?" era uma questão da qual dificilmente se saía ileso, por isso muitos de nós olhávamos fixamente para os próprios pés.

Pouquíssimas pessoas da Mount Temple pareciam apoiar a banda, e nós nos reconhecíamos com a cautela que se adquire ao estar em um território hostil. Alison estava lá, junto com o grupo que Bono tinha fora da escola, um grupo coeso de desajustados de Ballymun que se autointitulava (por razões perdidas nas brumas da automitologização da infância) Lypton Village. Encontrei a Village com a estranha timidez e o excesso de piadas internas ásperas deles, uma presença intimidadora. Eles foram simpáticos comigo (particularmente depois que Paul me deu um tapinha de boas-vindas nas costas), mas eu estava tão fora de mim que farejava o perigo em todos os lugares. Se acontecesse uma briga, provavelmente seria entre os Villages e os garotos locais – por isso eu achava melhor fingir que não conhecia ninguém. Esperei o show começar em um estado de agitação silenciosa, uma sobrecorrente de medo aumentando meu senso de antecipação. O segundo show da Feedback foi um desastre quase perfeito. O som estava ruim, com os instrumentos ecoando na parede dos fundos e a mistura dos instrumentos vergonhosamente fora de ritmo. As versões cover foram ordinárias e vulgares, faltando o requinte de uma reprodução fiel e a energia de uma reinvenção entusiasmada. Enquanto os membros da Village se jogavam uns contra os outros na frente do palco em uma demonstração física de apoio, o resto dos ocupantes do saguão parou assombrado em um silêncio cético, de adolescentes desajeitados determinados a projetar sua virilidade já então vista anteriormente. Ansioso por estabelecer contato entre a banda e o público, Paul se comportou conversando muito, balbuciando coisas entre as músicas, determinado a receber uma resposta. A que ele teve, no entanto, não foi lá muito encorajadora: "Toca essa maldita música, seu idiota!", alguém gritou depois de uma introdução verborrágica.

Então eles tocaram "Nights in White Satin". Entusiasmadas, as garotas começaram com seus oohs e aahs, mas elas mal conseguiam se ouvir pelo retorno. Nem elas nem ninguém. Quando Orla começou o solo de flauta, ficou claro que os microfones das *backing vocals* haviam parado de funcionar misteriosamente. Paul, com a guitarra pendurada no pescoço, arrastou o microfone e, após alguns compassos de uma completa confusão musical, Dave recomeçou a tocar a parte instrumental pela segunda vez, enquanto Paul se agachava na frente de Orla segurando o microfone para a flauta. Então, assim que a banda pareceu encontrar o ritmo, todos se viraram para ver o importantíssimo improviso de Adam no baixo, que, assustado, começou a tocar, atrasado e fora do tempo. Apesar dos aplausos exagerados da Village, não houve bis. Stella teve vontade de chorar. Todos aqueles ensaios para uma porcaria de apresentação.

Anos mais tarde, Bono me falou que as garotas acharam que a banda seria melhor sem ele, e tentaram persuadir os outros integrantes a expulsá-lo. Minha irmã, no entanto, nega veementemente esse fato. "Nunca pensei que eles poderiam ser bons", insiste ela em dizer. Provavelmente, fui a única pessoa que foi embora do show no St. Fintan em um estado de grande agitação. Não tinha visto nem ouvido rock ao vivo o suficiente para julgar a qualidade, mas meus ouvidos estavam zunindo por causa do volume, meu coração batia forte com a liberação da tensão e eu estava mais convencido do que nunca de que eu deveria ter a minha própria banda. Eu até gostei da Ratt Salad.

Depois do show, fazendo uma avaliação, a Feedback concordou que o experimento com as *backing vocals* havia sido um fracasso. Paul, no entanto, continuou inspirado e otimista acerca das perspectivas da banda. Ele viu uma "faísca" e estava convencido de que o grupo poderia se construir em volta dela até que conseguisse fazer seu mundo pegar fogo.

No entanto, surgiram preocupações acerca do nome da banda – que infelizmente poderia ser interpretado como uma piada pronta, sugerindo um padrão de musicalidade inferior ao profissional. Adam (cuja musicalidade talvez fosse a mais suspeita) propôs que o nome mudasse para The Hype.

Essa palavra aparecia nos artigos de música britânicos, em que jornalistas frequentemente acusavam o mundo da música de promover (*hype*) as bandas, criando uma onda de publicidade muito superior à real capacidade delas. Como nome de banda, ele parecia moderno, deliberado e ambicioso, um comentário irônico sobre a cena musical. Certamente servia para uma banda cujas ambições constantemente superavam suas capacidades reais.

Alguma coisa estava acontecendo na cena musical, um novo e urgente movimento estava tomando forma no rock underground do Reino Unido, com apenas fracas reverberações podendo ser distinguidas além dos mares irlandeses. Para detectar os sinais, precisávamos estar intelectualmente atentos. Precisávamos estar famintos por algo novo!

Basicamente, tínhamos de ser obcecados por música, anglófilos, neófitos e adolescentes na posse de uma identidade em crise com sobretons existenciais. No entanto, no meio de uma sopa sonora composta por um sentimentalismo cafona e excessivo, música *country* de péssima qualidade, baladas *folk* intensas, rock pesado pretensioso, pop piegas e disco brega que formavam a trilha sonora da vida na Irlanda, podíamos detectar os primeiros indícios de uma revolução do rock brutalmente reduzida e forçadamente agressiva.

Não havia nenhuma estação de rádio que tocasse pop nacional na Irlanda, mas quem morava em Dublin, na costa leste do país, conseguia sintonizar, através da estática, o programa noturno de John Peel, na BBC Radio One, cuja transmissão atravessava o mar e vinha de estações no País de Gales. Peel tocava uma mistura eclética de gravações das camadas mais externas da estratosfera musical, à qual eu, de maneira muito masoquista, me submeti como parte de minha educação musical em andamento. Em um estado de perplexa incredulidade, costumava deitar na cama e ouvir os instrumentais portentosos, sinuosos e psicodélicos, bem como os metais épicos, dissonantes e distorcidos de bandas com nomes que soavam como uma invocação mística a algum deus velho e louco da música, induzido pela convicção de que havia algo acontecendo naquele momento, mas que eu era muito jovem e inexperiente para compreender do que se tratava. Eu ouvia atentamente, passando por ondas de divertimento, frustração e irritação, buscando o tempo todo pela chave que destrancasse a porta desse mundo arcano.

Então, em uma bela noite, meu pequeno transistor praticamente cuspiu um som que quase me acertou fisicamente. Uma rajada exaltada de vocais furiosos e lamuriosos se derramou assimetricamente por meio de um bombardeio intenso e rítmico de baixo e bateria, encharcada por uma nuvem arrebatadora de guitarras saturadas. "I am the anti-KRRIST-a!/ I am an anar-KYST-a!". Senti como se estivesse ouvindo o equivalente sonoro de uma avalanche. "Don't know what I want but I know how to geddit...". As letras invocavam uma fúria quase incandescente, terrível e justificada em relação ao estado das coisas no mundo. "I wanna destroy the PASS-A-BOY...". Algo físico pareceu mudar dentro de mim. Isso, eu soube instantaneamente, era a *minha* música, antes que eu mesmo pudesse saber que tipo de música realmente era. Com seu jeito caracteristicamente sutil, John Peel anunciou que havíamos escutado apenas ao primeiro *single* dos Sex Pistols, um grupo de vanguarda da cena punk rock. E tanto foi assim que, aos 15 anos, descobri que eu era um punk. Agora, tudo o que eu tinha a fazer era descobrir o que significava ser punk.

Se você procurar a história do rock nos livros, verá que o punk rock foi: a) uma cena fraca do movimento *pop art* que aconteceu em Nova York em meados da década de 1970; ou b) um movimento sociopolítico agressivo feito por jovens londrinos lá pelos idos de 1976. Que seja. Os precursores e instigadores do punk, defendendo com muito zelo os seus postos no centro do fenômeno, costumam argumentar que tudo já havia acabado em 1977, exceto o grito, os cuspes e o *pogo*[2]. Bem, pode ter acabado para uma pequena elite da King's Road. Mas para nós, que estávamos de fora, no interior, jogados para longe do underground da metrópole pulsante, ele estava apenas começando.

Inicialmente, aproximei-me com grande cautela. Os poucos punks (pouquíssimos, na verdade) que surgiam ocasionalmente nas reportagens da TV ou em tabloides históricos pareciam um grupo dissoluto: um povo grosseiro e desajeitado com o senso de moda típico de mendigos psicóticos. Toda a estética do punk foi elaborada para provocar, irritar e aborrecer, e aqueles elementos da sociedade inclinados a ter reações automáticas já torciam o nariz como cossacos dementes. Meu interesse principal naquela primeira fase vinha da perspectiva de um adolescente hormonalmente ativo: as garotas sairiam comigo se eu me vestisse daquela forma? Não que elas estivessem exatamente fazendo fila para acariciar

---

2   Estilo de dança popularizado pelo punk rock no final da década de 1970, que consiste em pular ao ritmo da música sem mexer muito o corpo, nem sair muito do lugar.

meus cabelos enrolados ou fazer comentários admirados sobre o corte das minhas calças boca de sino. Mas, em 1977, as únicas pessoas que pareciam não achar os punks repulsivos a ponto de revirar o estômago eram os outros punks. E, francamente, não havia muitos deles em Dublin. Algumas das bandas de *blues* mais antigas (notavelmente a Boomtown Rats) trocaram o brim pelo couro, rasparam os bigodes e passaram a tocar suas músicas um pouco mais rápido, e isso era tudo. O punk simplesmente não tinha uma presença real na Irlanda. Não tocava no rádio ou na televisão. Não era ouvido nas discotecas. Os grupos não eram bem-vindos nas casas de shows. E, mesmo se fossem, eu era novo demais para conseguir entrar. Além de sintonizar no programa do John Peel, o único lugar onde eu podia realmente ouvir punk rock era na Advance Records, uma loja de discos independente e suja que ficava num porão no centro da cidade. Era lá que eu costumava passar algumas horas nas tardes de sábado, olhando fixamente para os pôsteres e ouvindo os últimos lançamentos nos fones de ouvido da loja até que o proprietário me mandasse comprar alguma coisa ou dar o fora.

    Minha primeira aquisição foi o primeiro disco dos Ramones. Com seus acordes poderosos e franjas desajeitadas, os Ramones eram muito atraentes para mim, como uma lâmpada para um inseto. Com medo de que meus pais desaprovassem, escondi a capa do disco debaixo da minha cama e guardei o vinil precioso junto de um do Don McLean que minha avó havia me dado.

    Apesar da invisibilidade cultural do punk na Irlanda, havia uma inestimável fonte de informação: o semanário britânico *New Musical Express*. O periódico não era vendido nas bancas de jornal locais, então eu tinha de fazer uma viagem de ônibus até o centro da cidade para pegá-lo. A viagem valia a pena. A *NME* (e, às vezes, caso estivesse esgotado, suas rivais *Sounds* e *Melody Maker*) era o meu portal para um universo paralelo povoado por bandas com nomes estranhos e cortes de cabelo mais estranhos ainda. Eu lia tudo, da capa à contracapa, passando meus dedos pelas fotos de jovens rosnando, vestindo jaquetas de couro repletas de lemas pintados e garotas com meia-calça arrastão rasgada e maquiagem muito malfeita, com os rostos aparentemente grudados por um alfinete. Meu compromisso semanal com a cultura do rock alternativo era uma experiência quase física e visceral para mim. As pessoas costumavam se referir aos jornais de música britânicos como "borrões", porque o rosto, os dedos e tudo o que encostávamos no papel durante a leitura ficava borrado de tinta preta. Eu babava com o estilo rebuscado, o uso raivoso de lemas, as especulações filosóficas e as polêmicas bizarras dos escritores que tratavam o rock'n'roll não como mais uma tendência do *show business*, mas sim como uma questão de vida e morte.

Seria exagero dizer que tudo o que sei sobre música eu aprendi com a *NME*, mas um exagero não tão grande assim. Eu acompanhava a carreira dos grupos cuja música eu nunca tinha ouvido e me divertia com a linguagem secreta daquele meio, a qual eu mal conhecia. Tal era a abundância de acrônimos empregados que, no início, parecia que os textos haviam sido escritos em código. Levei um tempo para decifrar o significado de termos como R'n'B (*rhythm and blues*), AOR (*adult-oriented rock*), MOR (*middle of the road*), além de *woofers* e *tweeters* (os quais ainda não tenho certeza absoluta do significado). Por um tempo excessivamente longo, achei que BOF era um intelectual extremamente esperto (mas não um *Boring Old Fart*, ou um sujeito avesso às novidades) e que "*gobbing on*" era uma gíria para "conversar com" – embaraçosamente, só compreendi esta última quando eu já estava totalmente imerso na cena do rock local e sugeri a um amigo, durante um show, que deveríamos chegar e "*gob*" com uma garota atraente que estava em um canto; de uma maneira muito natural, quando ele me explicou que isso envolveria enchê-la de cuspidas, fiz de conta que era exatamente isso o que eu queria.

No colégio, havia um punhado de companheiros de jornada, e estávamos começando a nos identificar uns com os outros, trocando pedaços de vastas informações falsas. Acompanhávamos a carreira de bandas que nunca havíamos visto e debatíamos apaixonadamente os méritos de discos que nunca havíamos escutado. Era quase melhor assim. As resenhas eram escritas com uma prosa tão vívida, passional, evocativa e polêmica, que só de lê-las era como ouvir as músicas dentro da cabeça, um som imaginário de uma dimensão quase apocalíptica, composições de mentira capazes de alterar nosso senso de realidade – na maioria das vezes, na verdade, os álbuns não passavam de um *pub-rock* bem porcaria, metálico, rápido e de três acordes, com alguém gritando lemas revolucionários baratos por cima. O punk estimulava cada fibra de nossos seres adolescentes porque sua verdadeira essência refletia as mudanças pelas quais nossos corpos e mentes estavam passando, uma revolta física para a independência que vinha com a maioridade. Pouco importava se a música tampouco correspondia àquelas expectativas. Nós pensávamos que sim, e isso nos bastava.

Em setembro de 1977 teve início mais um período na escola. Era o meu último ano escolar, quando aconteceriam as temidas provas finais. A pressão agora era para que eu baixasse a cabeça e estudasse, e me parecia um momento incrivelmente ruim. Meus resultados até então tinham sido bons, mas aos 16 anos minha rebeldia inata estava se tornando cada vez mais pronunciada, alimentada pela minha identificação com o punk. Quando eu mais deveria me interessar pela escola foi quando perdi o interesse por ela. Minha mente superativa tinha mais coisas para se preocupar, como qual era o sentido da vida e o que fazer para impressionar as garotas.

Em um belo dia de setembro, fui surpreendido por um encontro casual com Paul Hewson no corredor do colégio. Estudando na mesma série da minha irmã, ele deveria ir para a faculdade naquele verão. Soubemos, no entanto, que ele havia sido reprovado na principal prova de língua irlandesa, naquela que supostamente toda criança irlandesa tem de passar; consequentemente, sua vaga para estudar Artes na University College Dublin foi perdida. Então, Paul estava de volta à Mount Temple para mais um ano, sem nada para fazer além de estudar irlandês. Ele não parecia se importar muito com isso. Ele tinha a banda, tinha a Alison e a chance de fazer algumas bobagens.

Com atrevimento típico, Paul foi o primeiro a passar dos limites, fisicamente, e aparecer na escola usando os novos trajes do punk rock. Tendo invadido o guarda-roupa de Norman, seu irmão mais velho, em busca de algumas roupas de segunda mão dos anos 1960, Paul apareceu um dia vestido com calças roxas de corte reto, apertadas e amarrotadas, o casaco de um terno com lapela fina e de corte pontudo, e um par de velhas botas pretas cubanas. Ele tinha acabado de cortar o cabelo bem rente, o que na verdade era definitivamente chocante numa época em que o atraente era usar cabelo comprido; e, para completar o efeito ultrajante, ele estava usando uma corrente fininha que ia de um dos brincos até um alfinete preso na boca.

A reação foi eletrizante. Enquanto ele avançava resoluto pela Alameda, uma multidão boquiaberta, ao mesmo tempo fascinada e enojada, se afastava, rindo da estranha visão. Os professores saíram da sala para saber o motivo de toda a agitação e ficaram perplexos e horrorizados:

– Hewson, o que você pensa que está fazendo? – perguntou um deles.

– Nada, senhor – respondeu Paul.

A falta de um código de vestimenta na Mount Temple significava que eles ficariam gaguejando inutilmente enquanto Paul continuava seu passeio. Ele, atrevidamente, se aproximou de Alison e pediu um beijo. Ela estava bem ciente da propensão do namorado em cometer sandices, mas esse novo visual entristeceu-a de verdade.

– Fique longe de mim – disse ela, repelindo a aproximação dele. – O que você fez no seu rosto?

Assisti a tudo isso com uma sensação de orgulho. O punk rock tinha finalmente levantado sua cabeça feia na Mount Temple. Tentando escapar desse alvoroço, Paul se meteu na sala dos monitores. Eu o segui.

(Nenhum de nós era monitor, mas a sala era considerada ideal para os alunos mais insubordinados, e a experiência ficava muito melhor sempre que um monitor tentava nos fazer sair.)

– Onde você arrumou isso? – perguntei, admirando a correntinha dele. Tinha visto essas coisas na *NME*, mas era difícil de acreditar que alguém iria realmente mutilar sua bochecha por amor à moda.

– Na Dandelion Market – disse Paul. – Veja. – Ele piscou para mim e removeu o alfinete, mostrando que não precisava furar a pele de verdade para mantê-lo no lugar. Ouvindo a calamidade do outro lado da porta, ele parecia satisfeito com as reações que a sua aparência provocou. Exceto por uma coisa.

– A Ali terminou comigo – revelou.

O romance foi reatado mais tarde no mesmo dia, quando Paul prometeu para ela que iria deixar os alfinetes apenas para as fraldas das crianças. Seu flerte com o punk como movimento antimoda teve curta duração. (Como The Edge me lembrou, anos depois: "Bono nunca foi punk. Ele só se parecia com um porque não sabia como se vestir!".) Do mesmo modo, a Hype nunca se tornou uma banda totalmente punk, mas o punk certamente afetou a música deles. Eles conseguiram marcar um show em uma sexta à noite nos arredores improváveis do Marine Hotel, um estabelecimento elegante à beira-mar na Sutton Cross (perto da St. Fintan). Foi a primeira vez que se apresentaram para seu próprio público como atração principal, tocando na pista de um pequeno bar cheio de adolescentes bêbados. A atmosfera era como a de uma festa que vai até tarde, com gangues de garotos de escola, libertos da reprimenda da autoridade, enchendo a cara de cerveja com uma urgência nascida do medo de que a qualquer momento o barman se desse conta de que eles eram menores de idade e interrompesse o fornecimento de bebidas. O álcool nunca me atraiu muito, mas eu me divertia, nervoso, vendo meus amigos se derreterem na embriaguez, desengonçados, gaguejando e, aparentemente, deleitando-se com sua crescente falta de jeito. Todos estavam determinados a se divertir.

O grupo vinha ensaiando todo sábado na sala de música da escola e estava amadurecendo em confiança e habilidades. Dave estava ficando cada vez mais afinado na guitarra, o que deu ao garoto tímido uma nova confiança no palco, onde ele girava seus braços e fazia poses típicas do rock'n'roll. Paul começava a chamar a atenção como líder da banda, colocando todo o seu excesso de energia nas apresentações. O público estava sempre ao seu lado, e ele sustentava essa boa vontade estimulando a banda. Juntamente com os clássicos do rock, o repertório incluía um material vigoroso do Thin Lizzy e do David Bowie, além de um monte de covers de bandas punk, inclusive "Gimme Gimme Shock Treatment", dos Ramones, e a demagógica "2-4-6-8 Motorway", de Tom Robinson. Paul balançava os braços e batia os pés durante o refrão, comandando uma cantoria barulhenta. Eles tocaram sua primeira composição original, um *country rock* desarmônico intitulado "What's Going On". Tocaram "Anarchy in the USA" dos Sex Pistols, uma música ridícula para ser tocada por uma banda da Irlanda, mas, com Paul imitando Johnny Rotten e com a banda martelando acordes poderosos, o efeito foi estimulante. Stella, Orla e os floreios do *soft rock* já não existiam. No lugar, Fionan Hanvey, amigo de Paul, um personagem assustadoramente intenso da Village, subiu no palco para fazer um *backing vocal* mais grosseiro para uma versão acelerada de "Suffragette City" do Bowie. "Hey Man!", ele cantava arrastado, enquanto Paul contragolpeava, "Oh leave me alone, ya know!". Paul ainda estava tocando guitarra em várias das músicas, nem sempre fazendo a mesma mudança de acordes que os colegas de banda, mas forçava tanto a guitarra que chegou a cortar o dedo. O sangue escorreu pelo instrumento. Isso era rock'n'roll. O lugar estava uma loucura. Quando a banda terminou o *setlist*, uma loira bonita, usando um vestido azul, totalmente bêbada, veio cambaleando e bateu numa janela de vidro que separava o bar da piscina do hotel, despencando sobre um amontoado de cacos de vidro. Os garotos se juntaram ao redor para ver o sangue e os escombros. O gerente havia visto o suficiente. Eles fecharam o bar e começaram a conduzir os arruaceiros para fora do estabelecimento. Uma ambulância estava a caminho.

Passei espremido pela multidão que cercava Paul. Ele estava encharcado de suor, aproveitando os elogios e a admiração dos amigos com um sorriso largo e simplório estampado no rosto. Ele parecia tonto, perdido na emoção do momento. Algo havia nascido naquela noite. Algo verdadeiro e inquestionável. Todos que estavam ali sentiram isso. Ah, e como eu queria fazer parte daquilo tudo.

CAPÍTULO 4

Talvez ainda se sentindo um pouco culpado por causa da maneira como dispensaram Ivan de seu posto, Larry se aproximou do meu irmão um dia no corredor da escola. Ele estava acompanhado por um amigo e colega de classe, um cara alto, atrapalhado, que tinha cabelo escuro, curto e revolto, e tristes olhos castanhos. Ele também vestia uma camiseta com a gravata da escola pendendo solta na frente do pescoço.

– Vocês dois deviam se juntar – sugeriu Larry de maneira genial. – Os dois tocam guitarra e podiam formar uma banda.

– Meu nome é Frankie Corpse – anunciou o garoto desajeitado enquanto apertava a mão de Ivan.

Na verdade, seu nome era Frank Kearns, mas em uma demonstração de lealdade ao punk rock, Frank deu a si mesmo uma nova identidade. Ele não estava sozinho nessa. Garret Ryan, um garoto da minha turma, insistiu em ser chamado de Garret Rancid e fez tudo o que pôde para viver ao máximo com aquele nome. Os vários integrantes da Lypton Village inventaram nomes uns para os outros, e, uma vez decretados, não podiam ser rejeitados. Fionan Hanvey se tornou Gavin Friday. Havia também Guggi, Strongman, Pod, Dave-Id e Reggie Manuel, o Cocker Spaniel (também conhecido como Bad Dog). Paul Hewson apareceu na escola um dia usando um distintivo da Lyptom Village, o qual ele insistiu que havia aparecido milagrosamente em sua camisa preta de gola rolê, da noite para o dia. Dali pra frente, revelou, ele deveria ser chamado de Bono Vox (um nome que poderia ser uma versão do latim para "boa voz", embora tenha sido, na verdade, retirado de uma loja de aparelhos auditivos na rua O'Connell). Verdade seja dita, levou um tempo para que seu novo nome pegasse, mas, em benefício de uma narrativa mais clara, ele será chamado de Bono daqui em diante. Bono, por sua vez, nomeou

Dave Evans como "The Edge", aparentemente por conta do formato da cabeça dele, embora eu não saiba como ele conseguiu ver alguma coisa pontuda por baixo do esfregão todo embaraçado que se passava por um corte de cabelo na época de escola do Dave.

Pessoalmente, eu não estava lá muito entusiasmado com esse negócio de pseudônimos. O nome que eu queria ver brilhando era o meu próprio. Deixando isso de lado, eu estava me tornando um membro cada vez mais comprometido na pequena fraternidade punk rock de Dublin. Fui assistir a uma apresentação gratuita da Boomtown Rats na St. Fintan. Entusiasmado pelo exibicionismo extravagante de Bob Geldof, corri para a cidade para comprar o *single* de *Looking After Nº 1*, o primeiro grande disco de punk irlandês. Minha coleção de álbuns estava crescendo a cada semana e já incluía o *The Clash*, primeiro disco da banda homônima, *My Aim is True*, do Elvis Costello, *In the City*, do Jam, *Pure Mania*, dos Vibrators, e *Never Mind the Bollocks*, dos Sex Pistols. Depois de ter criado coragem suficiente para guardar os discos na sala de estar, eu estava começando a ficar um pouco irritado com quão pouco o fenômeno do punk perturbava meus pais. Quando anunciei que ia cortar meu cabelo curto, meu pai propôs que, em vez de gastar dinheiro com um cabeleireiro, ele mesmo iria fazer o corte para mim. Levando em consideração a sua falta de habilidade nesse departamento, ele não teve dificuldades em deixar o cabelo com o indispensável efeito de repicado, mas ainda havia algo não muito certo acerca dessa adesão de rebeldia adolescente dos meus pais. Minha mãe chegou até a levar minhas calças para a máquina de costura (calças retas eram um componente essencial do visual punk) e também me ajudou a tingir várias peças de roupas em tons sombrios de verde e vermelho. Um dia, quando cheguei em casa e encontrei meu pai ouvindo um disco dos Ramones e balançando a cabeça em sinal de aprovação, fiquei fumegando de raiva, mas não disse nada. O que um garoto tem de fazer para provocar uma reação nessa casa?

Ivan e Frank começaram a ensaiar juntos. Eu chegava em casa depois das aulas de teatro aos sábados e encontrava a dupla curvada sobre o amplificador do Ivan, segurando as guitarras, e Ivan ensinando cuidadosamente os acordes de "House of the Rising Sun" e "Johnny B. Goode" ao Frank. Nada muito punk rock, eu sei, mas Frank ainda era um novato e dependente do repertório dos clássicos de rock de Ivan. No entanto, sua defesa passional do punk estava começando a surtir efeitos em Ivan, que adotou o estilo elegante de se vestir de Frank e deu a si mesmo um nome punk: Ivan Axe (uma piada horrível envolvendo uma gíria do rock para designar guitarra). Apesar de serem somente dois, eles começaram a se chamar de Frankie Corpse e The Undertakers. Senti uma pontinha de inveja quando ouvi isso. Mas, levando-se em consideração que eles precisavam de mais de duas pessoas para fazer do Undertakers um grupo completo, a questão que surgiu era se eu iria me juntar a eles ou não. O fato de que eu não tinha nenhuma habilidade musical não foi nem levado em consideração. Afinal de contas, era o punk rock.

Perguntei a Adam Clayton como eu poderia comprar um baixo.

— Eu te vendo o meu, cara! — respondeu ele, com uma alegria tão mal disfarçada que deveria ter desconfiado.

As razões que escolhi para ser baixista são prosaicas. Não via nenhum atrativo na bateria: obscurecidos pelos equipamentos, os bateristas tendem a sentar no fundo do palco. Eu queria ficar na frente, e queria cantar. Os teclados pareciam dar muito trabalho. Além de todas aquelas teclas brancas e pretas, havia uma série de botões para levar em conta. O baixo, no entanto, tinha apenas quatro cordas, e cada uma delas era grossa e fácil de manter perto dos dedos. E, de qualquer maneira, assistindo ao Adam tocar guitarra, acabei concluindo que duas das cordas eram supérfluas. Escolhi o baixo porque pensei que quase poderia me sair bem com ele.

A The Hype estava começando a conquistar seus próprios fãs. Um dia, no horário do almoço, fizeram um show no saguão da escola. Parecia que cada garoto naquela escola tentou se infiltrar na multidão apertada nos corredores enquanto a banda se jogava em um *setlist* de quebrar o pescoço, incluindo a versão punk para o tema de abertura de um popular seriado de super-herói, com Bono pulando alto ao gritar "Batman!" em determinados momentos.

Agora sim eles estavam começando a parecer uma banda de rock. Bono vestia camisa de gola rolê e calça jeans pretas, e havia adotado um penteado liso, estilo *new wave*. Dave Edge passou a usar camisetas esportivas listradas e jeans vermelho, com um *blazer* preto de um tamanho comicamente maior que o seu por cima, complementado com uma insígnia naval. Adam sempre foi parecido com um astro do rock, e Larry era um garoto tão bonito que nem fazia diferença como ele se vestia. Os garotos mais novos da escola os tratavam como celebridades, seguindo-os pelos corredores, rindo e apontando.

Eu fui ao ensaio da Hype na semana seguinte. A escola estava misteriosamente deserta quando passei por lá, apenas com o estranho eco das guitarras e o som da bateria crescendo logo acima do playground. Eles estavam em pleno fluxo na sala de música, com os amplificadores da guitarra e do baixo posicionados em ambos os lados da bateria de Larry, e todos em círculo para que vissem um ao outro tocando. Bono, que tinha então abandonado as tentativas de tocar guitarra, havia assumido o papel de vocalista. Ele era o centro das atenções, com uma espiral de energia e atividade, e de vez em quando balançava os braços freneticamente, como se estivesse conduzindo as guitarras de The Edge e Dick, e logo depois fechava os olhos para improvisar os vocais, como se estivesse convocando-os de outra dimensão, falando em línguas estranhas como os seus amigos do Movimento Cristão. "Some Day... Maybe tomorrow... New Direction... Hello... Oh, no, no, no...", ele meio que falava e meio que cantava em um tom arrastado, quase como Bowie. Eles estavam trabalhando em uma música própria que carregava algumas semelhanças com o *country rock* do The Marine. Era um rock amorfo e expandido, baseado em uma bateria e um baixo rápidos e vigorosos, com Dick arranhando a guitarra num ritmo frenético enquanto The Edge assumia aos poucos, de maneira escalonada. Enquanto isso, Bono agarrava-se no meio dessa barulheira quase sempre caótica, buscando as palavras. As frases que emergiam eram elípticas, esquivas, nem sempre fazendo sentido. "I walk tall, I walk in a wild wind... I love to stare, I... I love to watch myself grow... Some day... Maybe tomorrow... Resurrection hello... Oh no, no, no, no, no, no, no..."[1].

Eles devem ter tocado aquela música por mais ou menos uma hora, com a melodia constantemente se dissolvendo, e depois todos os instrumentos se reunindo novamente, entremeada com surtos de uma conversa agitada, principalmente entre Bono e The Edge, para saber qual seria o próximo rumo a tomar. Certamente, o ensaio deve ter beirado o caos, enquanto a música, de alguma maneira teimosa, resistia aos esforços de tomar forma pelas mãos da banda, mas o ânimo do início ao fim foi inspirador: cinco jovens músicos lutando para construir seus próprios terrenos sonoros e descobrir o que queriam expressar. O refrão em si era revelador; Bono repetia uma única frase muitas e muitas vezes: "Street missions... Street missions... Street missions... Street missions...".

Eu conseguia visualizar Bono como um padre, sobre um caixote no parque, tentando levar sua mensagem ao mundo. Primeiro ele tinha de chegar a um acordo sobre qual era a mensagem, é claro. Sempre que tinha dúvida, ele cantava "Hello, oh no, oh-oh-oh-oh". Acho que essas frases podem ser encontradas em todas as músicas mais antigas da banda.

Mais tarde, Adam sentou alegremente para me mostrar seu baixo. Era a cópia de um Ibanez cor de cocô, tinha uma forma horrorosa e uma péssima qualidade. Não que eu soubesse a diferença. Ele me contou que estava relutante em me vender por setenta libras, e que faria isso só para

---

[1] Eu caminho alto, eu caminho em um vento selvagem... eu amo encarar, eu... eu amo ver que estou crescendo... algum dia... talvez amanhã... olá, ressurreição... oh não, não, não, não, não, não...

me ajudar. Esse preço era provavelmente o dobro do que havia lhe custado, mas na época me pareceu plausível. Eu estava completamente por fora, e Adam com certeza percebeu isso. Sentei perto dele e dedilhei as cordas, ouvindo aquele agradável som grave que vinha do amplificador. Adam o pegou de volta e, com o cigarro pendurado na boca, começou a tirar um *riff*.

– Tem um bom movimento – declarou ele, de maneira encorajadora.

– É, com certeza tem – concordei demonstrando conhecimento, me perguntando onde estava o movimento e se havia algum botão para controlá-lo. Depois entreguei a ele um calhamaço de notas de dez libras.

– Foi um prazer negociar com você – disse Adam, e sorriu com malícia.

Trinta libras era a soma de todas as minhas economias, extraídas da minha poupança. O resto eu peguei emprestado com meu pai, com a garantia de que eu devolveria tudo com juros quando fosse rico e famoso. Para ser honesto, acho que meu pai estava convencido de que era um investimento confiável.

Recrutamos um baterista. Keith Edgley estava na mesma série que Ivan. Ele tinha 15 anos, o rosto corado, e podia ser frequentemente encontrado se escondendo atrás do laboratório de ciências, onde os que se diziam indesejados costumavam se juntar para fumar um cigarrinho rápido e para cometer outros atos de revolta pessoal. Ele se tornou Keith Karkus[2], um nome que apelava para o seu "mafioso" interior. Fazendo jus ao seu gosto macabro, Frank queria que eu me chamasse Neil Nasty, isto é, "obsceno", mas eu não tinha nada disso.

– Nada cai bem com o nome Neil – disse eu, tentando persuadir meu caminho para fora desse negócio todo.

– Neil Down! – deixou escapar Ivan, enquanto os outros caíram na gargalhada.

---

2   Gíria irlandesa punk para "carcass" (carcaça ou cadáver).

E foi assim que, apesar dos meus protestos, minha carreira no rock teve início com uma piadinha sem graça.

Em um fim de semana de janeiro de 1978, todos os integrantes se encontraram entre os laços das cortinas da pequena sala de estar do Frank pela primeira vez. Guitarras e baixo estavam plugados em dois pequenos amplificadores de ensaio. Havia um microfone ligado ao aparelho de som *hi-fi* da família. A mãe do Frank ficava nos rodeando, lembrando-nos de não colocar os pés no sofá e reclamando, nervosa, do equipamento de Keith espalhado pela sala.

– Querido, não quebre nada! – queixou-se ela, bagunçando o cabelo do filho.

– Mãe! – protestou Frankie Corpse.

Eu sabia como ele se sentia. Era duro ser um punk rocker dentro de casa.

Ivan me ensinou os primeiros passos de um *riff* de doze compassos. Quando todos estavam prontos, Frank gritou "Um, dois, três, quatro!" (os Ramones contavam assim, então nós também contaríamos) e nos jogamos em uma versão ridícula e acelerada de "Johnny B. Goode". Como explicar a emoção daquele momento? A bateria estava retumbando, um choque barulhento do chimbal desordenado com o chacoalhar do tarol; eu tocava baixo catando milho nas cordas, com raiva e fora do tempo; o ritmo da guitarra de Frank era um borrão vago e Ivan estava gritando as palavras de uma canção com uma voz ainda esganiçada. Mas, quando chegou o momento do solo principal, olhamos uns para os outros e caímos na gargalhada.

Apesar de toda a euforia e adrenalina por conta do som, é difícil superar o barulho que uma guitarra elétrica faz, principalmente quando o volume do amplificador de válvula está no máximo e o misterioso botão de "ganho" ainda ajuda a aumentar a distorção de fundo. Quando você ouve o zunido muito perto e alto, gerando harmônicos estranhos no meio de multiplicações aleatórias de notas que colidem, é como se houvesse dez instrumentos de uma vez, um barulho que jamais conseguiríamos capturar numa gravação. E quando parece que aquilo está sendo tocado pelos seus próprios dedos, é quase impossível não sermos transportados.

Esse primeiro ensaio foi ao mesmo tempo frustrante e libertador. Nós constantemente dávamos de cara com os limites de nossas habilidades amadoras e tudo parecia desabar, acabando em uma cacofonia de cordas vibrando e uma bateria executada sem a menor emoção. Mas em outros momentos, mesmo no mais primitivo dos níveis, de repente nos uníamos e a música simplesmente explodia e proliferava, tornando-se algo muito maior que a soma de suas partes um tanto despretensiosas. Eis a maravilha da amplificação. A força primária do ritmo. A glória divina da melodia. E a simples beleza do rock'n'roll de três acordes.

Acredite, não estou sob o efeito de nenhuma ilusão sobre como soou de verdade o primeiro ensaio da Frankie Corpse e The Undertakers. Mas eu sei como me senti. E foi bom.

Nós ensaiávamos sempre que possível, geralmente em casa, em Howth (onde o regime parental era mais favorável aos adolescentes punks), mas às vezes ensaiávamos na escola, por algumas horas, no equipamento superior da The Hype. Sob o comando de Frank, começamos a aprender "Glad to See You Go", que era a primeira faixa do lado A do novo álbum dos Ramones, o *Leave Home*. Depois que ficamos craques nela (ou, pelo menos, uma aproximação frenética dela), passamos para a segunda faixa, "Gimme Gimme Gimme Shock Treatment". Tivemos problemas com essa, até que The Edge gentilmente se ofereceu para tirar os acordes. O problema foi que acompanhar suas instruções não fez a música parecer nem um pouco mais autêntica.

— Ele tirou os acordes certos, mas na ordem errada — Ivan entendeu, finalmente. — Veja só, ele está do Lá para o Sol, e não do Sol para o Lá, entendeu?

Nós tentamos, e eis que Ivan estava certo. A The Hype, que também incluiu "Shock Treatment" no set deles, estava tocando a música de trás para a frente.

Acho que todos sentimos uma pontinha de orgulho dessa descoberta, como se isso de alguma maneira nos colocasse no mesmo nível dos nossos colegas mais experientes. E isso deu uma perspectiva interessante à originalidade frequentemente observada da maneira como The Edge toca guitarra. Mas, de qualquer maneira, agora a Hype estava começando a ir além dos covers. Adam começou a telefonar para os lugares para negociar shows de apoio, e com seu inglês sofisticado, apresentava-se como o agente de uma banda quente e promissora. Eles viajaram quase cem quilômetros até a cidade mercantil de Mullingar para tocar em um bar em troca de uma quantia que mal pagaria os custos com a gasolina, e o único retorno que tiveram foi um habitante local perguntando qual era o propósito de se percorrer todo aquele caminho só para tocar covers ruins.

— Se quiséssemos ouvir covers — disse o sujeito, sabiamente —, ficaríamos com as diversas bandas que temos por aqui, capazes de tocar tão mal quanto vocês.

Pelo menos essa é a história que The Edge contava enquanto tentava persuadir seus colegas de banda de que a única maneira de ir para a frente era com material original.

Eles começaram a ensaiar novas músicas numa velocidade razoavelmente prodigiosa, embora, levando em consideração o processo de improvisação de Bono ao compor novas letras, o material raramente parecesse completamente finalizado, com vários "oh-oh-oh"s cantados por cima dos acordes incertos de The Edge. O imaginário de Bono tendia ao abstrato, mesmo quando o tema em questão refletia a realidade algumas vezes banal da vida adolescente. "White walls, morning eyeballs/ A thousand voices echo through my brain/ School daze, new directions"[3], cantava ele de uma maneira tempestuosa, aparentemente se baseando na sua infeliz experiência com as provas finais. O refrão foi construído

---

3   Muros brancos, olhos matinais/ Mil vozes ecoando no meu cérebro/ Confusão na escola, novas direções.

em cima de uma piada de mau gosto comparando a escola ao holocausto nazista, e era cantado de maneira irregular e aos soluços, típico do estilo *new wave*: "C-C-C-Concentration Cramp! Ha ha ha!". "The Fool" era mais promissora, um anseio épico que rapidamente despertou a minha atenção. Eu amava os versos de abertura, embora eu não fizesse ideia do que significavam (e não tenho a menor convicção de que Bono saiba): "Alive in an ocean/ A world of glad eyes... Insane/ Walk a wall backways/ It's all just a shameful game"[4]. No refrão, Bono declarava, impetuoso: "I break all the rules/ They call me a fool"[5]. Ele falava animadamente sobre criar um personagem que pudesse retratar no palco, alguém que representasse um forasteiro, um sábio idiota capaz de romper ilusões. "Just a fool, a street jester, the hero of society"[6], cantava ele por cima da parte final. "Just a fool, a street jester/ Look at me, now can't you see?"[7]. Não era exatamente sutil, mas dizia muito sobre a grandiosidade de sua ambição.

Enquanto isso, Frankie Corpse e The Undertakers começaram a aprender outra música dos Ramones. Foi ficando cada vez mais claro que a ideia do Frank para o grupo era aprender todo o lado A do *Leave Home* e, então, passar para o lado B. Frank amava Ramones.

Para ser sincero, Ramones era o começo ideal para uma banda de rock jovem: a progressão dos acordes era simples e os arranjos eram essencialmente resumidos para que todos pudessem tocar as mesmas notas, ao mesmo tempo, o mais forte e rápido possível, ainda que o efeito total fosse incrivelmente dinâmico. Joey Ramone tinha uma voz triste e chorosa, capaz de partir o coração mesmo quando cantava sobre assassinatos e doenças mentais. Eu ouvi sinfonias completas de som elétrico no zumbido da guitarra de Joey Ramone. As músicas deles me faziam rir, me

---

4 Vivo no oceano/ Um mundo de olhos alegres... Insano/ Subir no muro pelo caminho de trás/ É tudo um jogo indecente.
5 Quebro todas as regras/ Eles me chamam de tolo.
6 Apenas um tolo, um palhaço das ruas, o herói de uma sociedade.
7 Apenas um tolo, um palhaço das ruas/ Olhe para mim, não consegue ver?

enfureciam, eu pulava pelo quarto socando o ar. Aos 16 anos, eu estava tão extasiado por toda a obra dos Ramones que nunca sequer questionei a automitologização cômica em cima deles, e acreditava que Johnny, Joey, Tommy e Dee Dee eram, de fato, a prole bastarda de alguma família bizarra e mutante vinda dos lixões de Nova Jersey e que haviam topado com a essência secreta do rock'n'roll, mas que eram, na realidade, burros demais para compreender totalmente seu próprio valor. Fiquei devastado quando soube pela *NME* que os Ramones não eram parentes de verdade.

É como descobrir na infância que o Papai Noel não existe: nosso mundo interior sai do eixo por um momento, como se fôssemos compelidos a nos realinharmos a uma realidade mais áspera e banal. Eu me senti traído, enganado, injustiçado, um completo idiota... por uns cinco minutos, é claro. Depois comecei a fingir que já sabia de tudo previamente, sentindo-me melhor ao estragar as ilusões dos outros, começando pelo Frank: "O quê? Você realmente achou que eles fossem irmãos? Qual é, Frank, como você pode ser tão ingênuo?".

De qualquer maneira, Frank precisava ser colocado em seu devido lugar. Ele estava começando a se comportar como se fosse nosso líder. "É Frankie Corpse *e* The Undertakers", disse ele um dia em uma tentativa de ganhar uma discussão, como se ter colocado o nome na frente desse a ele um voto a mais. Mas logo tiramos essa ilusão de sua cabeça. Suas tentativas de se colocar como vocalista principal da banda tiveram pouquíssima atenção. Após um ensaio particularmente abominável, eu e Ivan discutimos calmamente como iríamos dar a notícia ao Frank de que seus vocais tinham toda a harmonia de um cachorro surdo uivando por comida. No dia, decidimos dar a notícia a ele sem rodeios.

– O negócio é o seguinte, Frank – disse meu irmão, nervoso –, você não sabe cantar.

– Mas isso é punk rock – respondeu ele.

Essa era a resposta do Frank para tudo. Seu comprometimento incondicional à causa era uma inspiração para nós. Nós alimentávamos sonhos secretos de estrelato por tanto tempo que era um alívio inacreditável sermos capazes de compartilhá-los. Apenas mencionar nossos desejos em voz alta, sem medo de sermos ridicularizados, criou um vínculo poderoso entre nós. Juntos, eu, Frank e Ivan podíamos ousar acreditar que conseguiríamos fazer algo com nossas músicas. Mas não havia como evitar o fato de que, se Frank ficasse responsável por cantar para garantir nossa comida, todos morreríamos de fome.

Em uma demonstração de democracia na banda, decidimos dividir as tarefas dos vocais, embora isso não tenha sido o melhor acordo. Nós éramos um triunvirato ridículo. Eu dava início à música, o que era definitivamente uma péssima ideia. Minha noção de tempo era abismal, minha afinação não era muito melhor e, embora eu conseguisse segurar uma nota com dificuldade depois de identificar o tom (o que geralmente acontecia depois de alguns compassos), eu não tinha muita ideia do que mais fazer com aquilo. Ivan entrava na estrofe seguinte com sua voz esganiçada de adolescente, cantando como um garoto de coral depois de aspirar gás hélio. Depois dele, Frank entrava para fechar o ciclo com um latido indecifrável, cantando como se a letra fosse outra coisa, em um tom completamente diferente do nosso.

Sendo assim, eu e Ivan compomos uma música especialmente para o Frank, ajustada às suas distintivas inadequações vocais. A música chamava "Punk Power", sem ironia nenhuma. Sobre três acordes simples e poderosos, vinha o refrão:

> I'm a punk, I'm a punk
> And I'm blasted on junk
> Won't take no for an answer
> And I can't stand the funk
> I'm a punk, I'm a punk, I'm a punk
> Oh, I'm a punk[8]

---

8   Sou um punk, sou um punk/ E fui tomado pelo *junk*/ Não aceito "não" como resposta/ E não aguento o *funk*/ Sou um punk, sou um punk, sou um punk/ Oh, sou um punk.

Para ser sincero, não havia muitas palavras que rimavam com "punk". Eu não estava muito certo sobre o que a palavra "junk" significava, mas eu sabia que era uma gíria para alguma coisa desagradável pela qual poderíamos, aparentemente, ser "tomados". Sobre não ser capaz de "aguentar o *funk*", nós descobrimos na *NME* que o punk estava na direção oposta da disco – mas, infelizmente, "disco" não rimava com "punk". Frank amou a música, e uivava nos ensaios com uma paixão que nós todos achamos absurdamente impressionante.

A The Hype conseguiu um show em uma sexta-feira à noite em fevereiro de 1978, no porão do antigo prédio da escola, um monstro gótico de tijolos amarelos anexo ao complexo moderno onde assistíamos às aulas. Nós fomos convidados como banda de apoio. Pôsteres misteriosos começaram a aparecer pela escola, contendo a legenda "THE UNDERTAKERS... estão vindo te levar" debaixo do desenho de quatro cabeças cortadas. Ok, eles não eram tão misteriosos assim. Eu é que os desenhei nas aulas de arte, sob a zombaria dos meus colegas. "Isto era para ser você?". Mas no ar havia uma expectativa entusiasmada em relação àquela noite. Estar presente em um concerto de rock na escola parecia algo exótico, com o aspecto de entretenimento real e adulto.

Havia um palco no canto do subsolo onde a The Hype colocou seus equipamentos. Havia até algumas luzes coloridas de discoteca. Eu realmente não me lembro, mas acho que fizemos uma passagem de som. Nós estávamos tão nervosos que não vimos nada do que aconteceu. Nas horas que deveríamos matar antes da apresentação naquela noite de inverno, eu, Frank, Ivan e Keith fomos dar uma volta e acabamos caminhando alguns quilômetros em direção à brisa do mar, batendo papo naquele frio enquanto o céu escurecia, falando sobre nossos sonhos e esperanças para o futuro, lembrando uns aos outros de dicas musicais, animando uns aos outros.

O lugar estava lotado quando voltamos, e o jogo de iluminação entretinha o público. Subimos para uma sala no andar de cima onde os instrumentos estavam guardados e nos sentamos com a Hype, esperando para entrar no palco. Eles estavam relaxados e falantes, discutindo o *setlist* e fazendo planos. Nós estávamos nervosos e retraídos. O sr. Moxham apareceu na porta.

– Ótimo o público de hoje – irrompeu ele, alegremente. – Vocês estão prontos, rapazes? – Achei que eu fosse vomitar.

Nos juntamos e abrimos caminho no meio da multidão, segurando os instrumentos até subir no palco para ligá-los. Com a luz ofuscante dos holofotes, tudo parecia um borrão para mim, literalmente. Sou incrivelmente míope, mas odiava os óculos grandes e feios que fui obrigado a usar. Momentos antes de entrar no palco, subitamente decidi que poderia tocar sem eles e, em troca, peguei emprestado um par de óculos escuros de brinquedo, bem vagabundo, da Garret Rancid. Consequentemente, eu estava envolto em um mundo azulado e fora de foco. Todos usávamos a combinação camisa-e-gravata de Frank, o uniforme do punk rock e, além disso, eu estava com uma calça jeans apertada (especialmente ajustada por minha mãe) e uma minúscula jaqueta azul de veludo cotelê que havia encolhido na lavagem. Havia uma alegria promissora, que soava para mim como se contivesse um resquício de sarcasmo. Os amplificadores foram ligados. Batemos nas cordas para ter certeza de que estávamos afinados. Frank parou em frente ao microfone e gritou:

– Wan-two-tree-faw!

E entramos numa tempestade violenta provocada pelas cordas do baixo junto com a guitarra frenética e a algazarra da bateria, tocando o *thrash* minimalista "Yeah Yeah Yeah", dos Vibrators. A descarga de adrenalina no meu organismo foi vertiginosa. Pulávamos para cima e para baixo, chutávamos o ar e colidíamos uns com os outros enquanto corríamos pelo palco, constantemente trocando de posição a cada vez que chegava a hora de gritar no microfone. O show passou como um relâmpago. Uma apresentação planejada para meia hora acabou em cerca de vinte minutos, pois tocamos as músicas com o dobro da velocidade. Estou certo de que tudo foi uma confusão ridícula, mas o público estava vibrante, os amplificadores estavam no volume máximo, meu coração pulava e minha cabeça parecia que ia explodir de tanto êxtase.

Houve uma única mancada. No meio da apresentação, tocamos "House of the Rising Sun" (em versão punk), que havia sido acrescentada no último minuto para encher linguiça. O problema foi que eu não tinha aprendido a música como deveria. Nos ensaios, eu observava os dedos do Frank se moverem para cima e para baixo na escala e eu tocaria a nota fundamental em qualquer acorde que eles caíssem. Claro que nos ensaios eu usava óculos; já no palco eu não conseguia ver nada, então (fazendo jus ao meu apelido) eu tive de me ajoelhar na frente do Frank, colar a cara na guitarra dele e arregalar os olhos para tentar entender o que ele estava fazendo. Como se isso já não fosse péssimo o suficiente, minha proximidade deixou Frank em pânico e ele começou a tocar acordes sem pestanar. Agora eu estava em um território desconhecido, apenas dedilhando cordas aleatórias que eu esperava que se aproximassem dos acordes dele.

Mas nada disso parecia importar. Assim como havia acontecido comigo um ano antes, a maioria das pessoas naquele lugar provavelmente nunca havia visto uma banda de rock ao vivo e estava simplesmente fascinada pelo barulho e pelo espetáculo. O público enlouqueceu. Finalizamos a apresentação com "Punk Power", para a qual havíamos preparado um fechamento teatral. Durante as aulas de marcenaria, Ivan fez o corpo de uma guitarra de madeira compensada fininha e a pintou para que se parecesse com uma Stratocaster amarela. Frank trocou sua guitarra pela de madeira, fingindo tocar enquanto vociferava a letra da música.

No clímax, quando Ivan extraía o máximo que podia do amplificador e Keith tentava demolir a bateria, Frank começou a destruir a guitarra de mentira, batendo-a repetidamente para fora do palco até se estilhaçar, gritando o tempo todo "Sou um *punk*! Sou um *punk*!". Ele arremessou o que sobrou da guitarra ao público, que gritava de modo encorajador. Eu saí do palco, atordoado e pingando suor, com meus colegas de classe dando tapinhas nas minhas costas enquanto eu tentava chegar ao camarim. Se alguma vez houve dúvida em meu coração, naquele momento ela havia se dissipado. Era rock'n'roll para o resto da vida.

— Foi fantástico! — disse Bono de forma magnânima quando entramos na sala. — Muito bom! Muito bom!

Nós desabamos, exaustos, rindo de alívio e alegria.

— Desculpe pela bateria — disse Keith para o Larry. — Acho que ferrei com uns pratos.

Larry correu pela sala como se fosse cometer um homicídio.

A The Hype subiu no palco e agitou o público. Assisti do fundo, cheio de admiração. Enquanto banda, eles estavam ainda em mutação, tocando versões cover de músicas como "Dancing in the Moonlight", do Thin Lizzy, seguidas por suas estranhas músicas próprias, verdadeiros miniépicos agudos e nostálgicos cheios de rompantes imprevisíveis da guitarra do The Edge e os vocais gagos e elípticos do Bono. Ele não era o cantor que é hoje; sua voz fina e jovem se escondia nas camadas das músicas em vez de se impor para ser ouvida acima de qualquer outra coisa, embora ele já atraísse muito o olhar de todos, tagarelando entre as músicas na mesma intensidade que cantava, tentando esticar a mão para o público e sempre mantendo o contato visual, olhando para as pessoas como se estivesse desafiando-as a serem as primeiras a desviar o olhar dele. Seu desejo era transparente; sua energia, inegável. Ele parecia um herói para mim.

Mais tarde, sentamos para conversar no camarim, cumprimentando de maneira entusiasmada o desempenho uns dos outros. Eu ainda estava eufórico, minha mente atordoada de possibilidades.

— Gosto do seu estilo de tocar baixo. Simples e direto — disse-me Allan, gentilmente. Ele provavelmente estava feliz por ter descoberto um baixista ainda pior que ele.

— É — respondi, balançando a cabeça em consentimento. — Não sei lidar com extravagâncias.

— Eu também não – disse ele.

Essa era a vida! Só aproveitar, não fazer nada de útil e jogar conversa fora.

CAPÍTULO 5

Adam foi expulso da escola em fevereiro de 1978. Ele deve ter ido longe demais para irritar um regime tolerante que havia aturado sua alegre insolência, seu interesse apático pelos trabalhos da escola e sua ostentação proposital das convenções. No dia em que apareceu na escola usando um vestido longo e florido, ele foi simplesmente convidado a voltar para casa e trocar de roupa. Já correr pelado pela Alameda do colégio foi o que bastou para sua expulsão.

Particularmente, não acho que a expulsão o tenha chateado. A banda ainda ensaiava na sala de música e Adam podia frequentemente ser visto ali. Ele assumiu o papel de empresário da banda e estava ocupado tentando agendar alguns shows. Adam desenvolveu o hábito de casualmente mencionar durante as conversas o nome de figuras significantes da cena local, citando conversas que tivera com membros da Boomtown Rats e da Thin Lizzy.

Mas a verdade acabou aparecendo: ele fazia ligações do nada, muitas vezes fingindo ser outra pessoa para puxar conversa. Mesmo assim ficávamos impressionados.

Pertencer à fraternidade do rock nos unia. Éramos aliados de uma causa comum, como um grupo secreto da resistência, trabalhando por trás das linhas inimigas da cena cultural conservadora da Irlanda. Lembro-me de uma festa em Howth, quando um grande número de garotos se juntou ao redor do toca-discos, ouvindo com perplexa reverência o *Easter*, disco recém-lançado da Patti Smith. Admiramos e discutimos sua assombrosa fluência lírica, e nos detivemos em cada verso, dissecando-os na tentativa de expor seu significado secreto e, talvez, nos banharmos em seus poderes mágicos. A capa, mostrando a elegante e abatida figura andrógina de Smith com os braços nus e elevados para revelar seus tufos de pelos, foi tomada por Gavin Friday como um objeto religioso.

– Ela é a síntese de tudo o que é belo – declarou Bono, em uma veneração metade cômica, metade séria. – O ideal da feminilidade! Contemplem o poder da mulher!

Outros convidados, decepcionados, aproximaram-se nervosos pedindo que trocássemos de disco, reclamando que eles já haviam escutado aquele lamento esganiçado por quatro vezes e perguntando se já não era a hora de ouvir um pouco de Queen ou da trilha sonora de *Os embalos de sábado à noite*. Mas ninguém deu muita importância.

– Caiam fora, seus porcos de Howth! – rosnou Gavin colocando a agulha do toca-discos de volta na primeira faixa do lado A enquanto os pedintes recuavam. Eu estava aterrorizado com a Village e suas provocações deliberadas, e não tinha certeza de quanto dessa alienação teatral era uma pose bem-humorada. Mas eles toleravam minha presença, desde que eu estivesse com Bono.

A rara visita de bandas punk internacionais era uma grande ocasião para a crescente fraternidade local. Eu vi os Buzzcocks, o Clash e o Jam, as guitarras perfurando minha cabeça, perdendo-me na reverberação das pilhas de caixas acústicas. Bem no meio do público, assistindo aos Ramones, experimentei um momento real de epifania: dei-me conta de que há uma comunhão do público de um grande show de rock, um dissolver de barreiras interpessoais, uma unidade em uma música, o sentido de que, neste momento, aqui, agora, todos estão experimentando exatamente os mesmos pensamentos e as mesmas emoções. Em um show de rock, todos somos um só. "Gabba gabba we accept you, we accept you, one of us"[1], conforme cantávamos junto com Joey em "Pinhead".

Em um final de semana, quando meus pais estavam fora, minha irmã deu uma festa, deixando instruções expressas para que eu não monopolizasse o Bono.

---

1 Gabba gabba, nós te aceitamos, nós te aceitamos como um de nós.

— Não quero vocês dois sentados em um canto falando sobre música a noite toda! — decretou ela. — E fiquem longe do toca-discos!

Bono não tinha toca-discos em casa, apenas um toca-fitas de rolo, grande e obsoleto, então ele nunca deixava passar a oportunidade de explorar as coleções de discos dos outros. Como era de esperar, à uma da manhã, Stella começou a me olhar feio enquanto eu, Bono e The Edge nos juntávamos ao redor do aparelho de som e mexíamos na minha coleção de discos cada vez maior, forçando os amigos dela a suportar um regime invariável de bizarrices *new wave*.

— Então, Stella — disse Bono com um sorriso atrevido e sedutor quando ela tentou ter de volta o controle do som. — Você pode dançar ao som dos Buzzcocks, veja!

Ele se levantou e começou a fazer um pequeno e engraçado passo de *pogo*. Pelo menos Adam estava se entrosando, bebendo vinho e presenteando os amigos de Stella com histórias de seus conhecidos *rock stars*. Veja, foi-nos expressamente dito que Adam não havia sido convidado para a festa, tendo Stella demonstrado receio, pois nunca se sabia quando ele iria fazer algo para chatear as pessoas, como botar o pênis para fora.

Reparei que Bono ostentava um distintivo novo no colete, idêntico ao que estava no *blazer* de The Edge. Era um grande disco branco com o alinhamento misterioso de uma letra e um número em verde, com fonte de computador, escrito "U2".

Ele bateu no distintivo cheio de orgulho.

— Somos nós — disse ele. — Mudamos o nome da banda.

Eu não conseguia acreditar.

— U2? O que significa isso?

— O que você quiser que signifique — disse Bono, dando de ombros.

Sacudi a cabeça, desanimado.

— The Hype é um nome excelente para uma banda. Eu amo The Hype! U2 parece o nome de um submarino velho! Na verdade, parece algo que vemos estampado na lateral de um contêiner. "Coloque aquele lá, entre o U1 e o U3!".

Mas Bono não se sentiu desencorajado. O novo nome havia sido cunhado por Steve Averill, conhecido pelo pseudônimo punk de Steve Rapid. Ele foi o antigo vocalista de uma das primeiras e mais significativas bandas de punk de Dublin, The Radiators from Space, e um agitador de primeira na pequena cena do rock alternativo. Mais importante que isso, pelo que Adam sabia, ele havia sido aluno da Mount Temple. Steve foi arrastado à força para assistir à The Hype tocar como banda de abertura em um *pub* e viu o suficiente para se convencer de que eles eram interessantes. O nome, no entanto, deveria ser outro. Steve pensou que The Hype era cínico, brega e terrivelmente afetado, fazendo uma pose irônica em contraste direto com os ideais e as paixões da banda. Já U2 era... bem, o que era? A banda decidiu que a ambiguidade era um bônus. O nome tinha a conotação de inclusão ("You Too", isto é, "Você também"), mas isso não definia o grupo com exatidão. O público poderia atribuir ao grupo o que quisesse.

— Vai ficar bom em um pôster — disse Bono, confiante. Ele admirava meus pôsteres da Undertaker, cujas variações continuaram aparecendo pela escola. Artes gráficas eram uma das minhas obsessões secretas, não o sofisticado e poderoso terreno das belas-artes, mas cartazes de filmes, capas de discos e livros, histórias em quadrinhos e anúncios comerciais. Eu me considerava algo como um artista. Meus quadrinhos e caricaturas de professores e alunos adornavam as capas da revista anual da escola, que eu havia rebatizado (sob protestos de membros da equipe) como *The Ugly Truth*. Planejei ir para a faculdade de Artes, principalmente porque foi o que o John Lennon fez quando saiu do colégio. Então, fiquei lisonjeado, mas não surpreso, quando Bono me pediu para desenhar um pôster para a banda.

Mas meu coração não estava naquilo. Eu realmente não havia gostado do novo nome. A ideia que eu tinha dele era tão fraca que fiquei com vergonha de contar para o Bono e o The Edge, quando eles se juntaram a mim um dia na sala de Artes. Em uma folha de papel A3, desenhei a imagem de um submarino alemão U-boat da Segunda Guerra Mundial e coloquei nele um X grande em vermelho. Perto dele havia o desenho de uma aeronave espiã U2 dos Estados Unidos, nesse caso da Guerra Fria, também com um X grande em vermelho. Deixei um espaço em branco onde, como expliquei ao Bono, poderíamos colocar uma foto da banda com um sinal vermelho e a legenda "U2: A Banda de Rock".

– Muito engraçado – disse Bono, que evidentemente pensou que eu estivesse brincando. The Edge apenas olhou para mim de modo compreensivo.

Quem sabe para onde a vida teria me levado caso eu tivesse me dedicado à coisa? Steve Averill, que trabalhava durante o dia em uma agência de publicidade, finalmente deu uma mãozinha, aparecendo com um pôster simples, mas fantástico: uma imagem supercontrastada da banda, em preto e branco, sobre um grande "U2" vermelho, em negrito, contrapondo com um inóspito fundo branco. Parecia limpo, moderno, bacana e fugia do padrão dos pôsteres de banda comuns, que podiam ser vistos afixados por toda a cidade. Steve fez quase todo o trabalho gráfico do U2 desde então, desenhando todas as capas dos discos. Agora ele administra a própria e bem-sucedida agência gráfica, a Four 5 One, em Dublin. Bem, às vezes a gente ganha... e às vezes fica feliz por ter perdido. Que eu nunca tenha chegado ao topo como um artista gráfico de sucesso não é um dos grandes arrependimentos da minha vida.

A mudança do nome foi celebrada com um show extraordinário em Howth no mês de março, que serviu como uma advertência para as ambições do U2. Os novos pôsteres estavam colados nos postes da estrada de Howth, mas o show, no pequeno saguão de uma igreja afastada, quase não tinha ninguém. Todos da Village estavam lá, usando roupas que destoavam da moda, parados entre algumas cabeças da escola e um punhado de gente local. Eu e meu amigo Ronan ficamos no meio da pista de dança, como uma demonstração de lealdade, mas eu conseguia sentir o vazio ao nosso redor, com a grande maioria daquela rala multidão encostada nas paredes.

A Hype, com seus cinco integrantes, abriu o show, interpretando uma série de covers. Stones, Neil Young, Lizzy: os rocks familiares aquecendo o público. No final da apresentação, ao som de "Glad to See You Go", a figura barbuda de Dick Evans deu adeus ao público, deixando o palco e a banda. Bono anunciou que a Hype não existia mais. Mas que eles voltariam, mais tarde, como U2.

Assim como Ian Stewart, o pianista azarado cujo rosto não combinava com um Rolling Stones jovem, Dick nunca realmente fez parte da banda. Diferentemente, talvez, do estilo de tocar guitarra de seu irmão mais novo, desenvolvido para preencher os espaços sônicos com floreios cada vez mais inventivos, a guitarra rítmica de Dick estava ficando cada vez mais estranha. Demonstrando tato e senso de oportunidade, o Evans mais velho optou por sair antes que seu papel se tornasse um problema de verdade. Ele afirmou que iria se concentrar nos estudos na Trinity College, embora tenha sido uma questão de semanas para que ele reaparecesse como guitarrista dos *alter egos* sombrios do U2, uma banda que se desenvolveria a partir do estranho desempenho no show em Howth.

Ao som de efeitos sonoros estranhos e desconcertantes, Gavin Friday surgiu no palco vazio, andando a passos largos, usando uma capa de chuva e fumando um cigarro. Caminhou até o microfone e olhou o público com desdém, quase com indiferença. Seu casaco se abriu, revelando que ele estava usando um vestido. Ele deu uma longa tragada, soprou fumaça e depois inclinou-se para a frente para dizer unicamente duas palavras: "Arte, porra!", ressoou pelas caixas.

Ora, eles podem estar acostumados com esse tipo de coisa nos cabarés alternativos de Londres, mas para um público de adolescentes irlandeses que apareceu para assistir a uma banda de rock, a presença de Gavin foi genuinamente perturbadora. Ainda assim, sendo em Dublin, era inevitável que uma sacudida o faria entender o que eles estavam pensando. "Foda-se a arte!", alguém gritou, causando uma onda de risos.

Adam ficou do lado esquerdo do palco e começou a tocar vigorosamente uma linha de baixo. The Edge apareceu no lado direito do palco, contribuindo com repentinos toques de guitarra. Eles estavam desencadeando um som estranho, amplo, desarticulado e desconcertante entre eles, muito distante da marca própria do U2, um *hard rock* firme e melódico.

O termo preferido da época era "*new wave*" (nova onda), uma expressão que sugeria renascimento: para além do caldeirão ardente do punk, banhado na saliva de Johnny Rotten, guerreiros sônicos emergiam para criar vistas renovadas de som, aderindo aos princípios modernos – fraco, mediano, independente e criativo. Pelo menos, esse era o sonho. Enquanto o punk caía nas mãos de vocalistas que só sabiam gritar e de *skinheads*, a vanguarda estava mudando com assombrosa rapidez para uma multiplicidade de direções, experimentando com os ritmos *reggae* do *ska* e do *dub*, redescobrindo o tribalismo do *rockabilly* e do *mod*, abraçando os eletrônicos gelados do Kraftwerk e as guitarras desafinadas de uma nova escola da arte. Entusiasmados pelas conquistas dos seus amigos do U2, a Village estava ansiosa para abraçar a nova liberdade que o rock prometia.

Guggi, um loiro bonito, glamoroso e andrógino se juntou a Gavin no palco, usando meia-calça preta rasgada e muita maquiagem. A Village gritou encorajadamente enquanto seus representantes começaram a berrar e a se enfurecer com os espectadores confusos, colidindo e se abraçando em um frenesi homoerótico antes de se separarem e virarem ofensivamente para o público, gritando "Arte, porra!" repetidas vezes. Isso continuou durante um tempo desagradavelmente longo, deteriorando-se em uma revoada de ruídos brancos e ofensas verbais por parte do público. Então, estava feito. Havíamos presenciado o nascimento da Virgin Prunes, uma banda que se tornaria uma das primeiras empreendedoras na cena de rock underground da Irlanda, polarizando opiniões e dividindo os críticos, o reflexo negativo do otimismo radiante do U2. Adam, demonstrando uma versatilidade nunca imaginada, permaneceu no palco para tocar na nova banda *synth* do Steve Rapid, a Modern Heirs. A batida era marcada por uma pequena bateria eletrônica, enquanto o senso de ritmo próprio de Adam acrescentou uma humanidade peculiar com um som mais ambiente, futurista e distópico. Eu não senti emoção nenhuma, o que provavelmente era a intenção.

Então chegou a vez de o U2 tocar para um público que já estava muito inquieto. Os quatro membros, sem nenhum recurso especial, atacaram com um *setlist* todo original, cheio de vigor, tocando como se tivessem algo a provar. Dinâmicos, melódicos, alegres e gloriosamente ambiciosos, eles me arrasaram mais uma vez. The Edge tirava da guitarra um som distinto e harmônico. Larry e Adam estavam firmes e velozes. Bono estava por todo o palco, hiperativo em sua tentativa de capturar a atenção do público, subindo no equipamento, fazendo poses estranhas, colocando o coração e a alma em tudo. Eles tocaram uma balada vibrante, que ia crescendo aos poucos e despertava o espírito, "Shadows and Tall Trees", e no final Bono perguntava: "Are you out there?/ Can you hear me?/ Do you feel in me anything redeeming?/ Any worthwhile feeling?"[2].

Eu estava perdido no êxtase do momento quando uma agitação irrompeu ao meu redor: punhos se debatendo, botas balançando, ouviam-se gritos e obscenidades. Com a precaução de um garoto magrelo acostumado a evitar confusões, eu corri para a ponta mais distante da entrada enquanto alguns caras locais, ofendidos com o que haviam testemunhado, se envolveram numa briga com a Virgin Prunes. Se eles pensaram que Gavin e Guggi seriam presas fáceis por estarem usando meia-calça e maquiagem, se enganaram. A Village estava acostumada a lutar pelo direito de ser diferente e tudo o que isso envolvia. Bono, visivelmente consternado, pediu calma.

---

2 Você está aí?/ Consegue me ouvir?/ Consegue ver em mim alguma redenção?/ Algum sentimento que valha a pena?

– Não viemos aqui para brigar! – ele implorou. – Viemos para tocar!

Mas quando viu que ninguém o ouvia, o pacificador pulou do palco para se juntar à bagunça, colocando os arruaceiros para fora do prédio em uma chuva de chutes e murros.

Naquela noite, ao voltar para casa pela orla de Howth, eu e Ronan conversamos sobre o que vimos. Concluímos que o U2 era realmente uma coisa especial. Já a Virgin Prunes...

– Aqueles dois meio que se gostam, entende o que digo? – ponderou Ronan.

Eu sabia o que ele queria dizer. Formalmente, não havia homossexualidade na Irlanda. Não havia contraceptivos, divórcio, aborto nem (se a Igreja Católica assim o quisesse) sexo para os que não fossem casados e não tivessem compromisso com a procriação de boas crianças católicas.

– Acho que não – arrisquei. – Eles só querem irritar as pessoas.

– Por quê? – perguntou Ronan, com uma dúvida que parecia razoável.

– Para provocar uma reação.

– Bom, eles provocaram uma esta noite – Ronan riu. – Metade do público caiu fora e a outra metade tentou mandá-los pra fora aos chutes. Eles eram muito ruins.

Ele tinha razão. Com o passar do tempo, a Virgin Prunes iria, perversamente, se tornar o foco de ressentimento da cena rock local em relação ao U2, atraindo o tipo de público elitista que torcia o nariz para o populismo do U2. Ainda no show em Howth, eu vi a Prunes surgir do ventre do U2, a cria bastarda proclamando autonomia e correndo para a noite. A conexão entre os dois grupos sempre deixou desconcertados os leigos no assunto. Eles eram como o *yin* e o *yang*, como lados opostos da moeda do rock'n'roll. De um lado, tínhamos um quarteto de rock em seus primórdios, cheio de anseios, tentando levar o público consigo; do outro, tínhamos um bando de provocadores performáticos, cuspindo fogo dos infernos na tentativa de chocar e provocar a reação do público – positiva ou negativa. Para a Virgin Prunes, parecia não importar qual reação ela despertava. Bono fazia piada, dizendo que era como ter Deus e o Diabo na mesma conta, mas isso nem sempre era válido para o U2, pois eles muitas vezes tinham de tocar para um público que estava completamente alienado por conta das palhaçadas de Gavin e Guggi. Mas, para Bono, tratava-se de abraçar os extremos: a Prunes se aventurava em lugares em que o U2 não podia ou não queria ir. Pelo menos não durante mais uma década.

Aquele show me deu o que pensar. O rock estava entrando em um período de mudança, havia espaço para a experimentação sonora e a exploração artística, mas, apesar da minha fidelidade para com a estética supostamente revolucionária do punk, comecei a me dar conta de que essas eram as virtudes musicais tradicionais às quais eu havia aderido. Eu gostava de melodia e de letra, não de barulho e retórica. Eu queria alma e substância, não pretensão e provocação.

A criatividade crescente do U2 foi recompensada com os primeiros sinais de reconhecimento local. Um belo sábado, eu estava passeando pela rua Nassau (onde ficava a Advance Records) quando fui abordado por Bono, que tinha nas mãos o último número da *Hot Press*, uma revista quinzenal que cobria a crescente cena da música local e tinha como lema "Manter a Irlanda segura para o rock'n'roll".

– Você viu isso? – perguntou Bono.

No canto de uma página havia uma imagem artística em preto e branco com as quatro cabeças dos meus colegas de escola e a manchete comicamente banal: "Sim! É o U2!". Havia alguns parágrafos curtos escritos por Bill Graham, o principal crítico da revista, sugerindo que o U2 era a "banda do futuro", embora dissesse, de uma maneira muito singular, que seus integrantes sairiam de cena por um tempo porque "estavam estudando para as provas finais". Bono, orgulhoso, mostrou a revista para todos que conhecia.

Naquele momento, a aparição do U2 na imprensa nos pareceu reveladora. A *Hot Press* já era publicada há mais ou menos um ano. Ela podia ser planejada de forma amadora, ter uma péssima impressão e conter um monte de erros tipográficos, mas, ao celebrar as conquistas de um punhado de ícones do rock irlandês (Van Morrison, Thin Lizzy, Rory Gallagher, Horslips e, posteriormente, The Boomtown Rats) juntamente com resenhas de apresentações locais, ela legitimou a cena musical nativa, ajudando a ignorar o senso de inadequação que permeava a cultura pop na Irlanda. Aparecer na *Hot Press* era a prova de que sua banda existia no mundo lá fora, não apenas numa cena imaginária formada por amigos.

Quando o ano escolar foi chegando ao fim, o U2 foi convidado para tocar em um evento comunitário na Mount Temple, e novamente fomos chamados para abrir o show. Mas logo tivemos um problema: Frank pediu para tocar as quatro notas do *riff* de guitarra que abre "Pretty Vacant", dos Sex Pistols, que havíamos acabado de aprender.

— De jeito nenhum! — teimou Ivan, confirmando seu direito como guitarrista principal de tocar as partes da guitarra principal.

— Quem sabe os dois poderiam tocar? — sugeri.

— De jeito nenhum! — disseram Frank e Ivan, em uníssono.

E isso durou dias. Larry foi chamado para tentar resolver o impasse.

— Meus caros, é só um *riff* — disse Larry de maneira sensata.

— Mas é o meu *riff* — disse Ivan, teimoso.

Frank declarou que, se não o deixassem tocar a introdução, ele não tocaria mais nada.

— Então vou ter que sair da banda — disse ele.

Eu sei que esse não é um incidente particularmente significante para os anais da história do rock, mas, para mim, pareceu um cataclismo tão forte quanto o rompimento dos Beatles. Eu havia botado tanta fé na nossa bandinha de irmãos, construindo hipóteses elaboradas para os nossos futuros imaginários. Estaria tudo acabado antes mesmo de começar?

Por um momento, eu podia ver o quão ingênuo todo o meu conceito de grupo poderia ser.

Ivan, mal-humorado, deu o braço a torcer. Frank poderia tocar a introdução, já que isso significava tanto para ele. Frank se animou imediatamente. Éramos todos amigos de novo, como se nada tivesse acontecido.

Mas algo aconteceu. Aos 17 anos, há momentos em que sentimos que a idade adulta está chegando muito rápido. Pequenas revelações queimam como fogos de artifício, e aquela imagem continua marcada na sua retina. Com o rubor de algo que se assemelha à vergonha, sentimos que as ilusões inocentes que alimentamos durante a infância são subitamente eliminadas. Eu sabia, na época, que éramos apenas meros amadores, garotos de escola brincando de ser uma banda, e que, para conquistar qualquer coisa, seria preciso melhorar o jogo.

Antes do show, nos encontramos no vestiário do ginásio. Um homem robusto e atento, nos seus vinte e tantos anos, estava sentado em um canto enquanto o U2 e a Undertakers discutiam o tempo de apresentação e a ordem das músicas. Presumi que o intruso poderia ser o irmão mais velho de alguém da banda. Como de costume, Bono era o que mais falava, até que a conversa mudou para o roteiro da nossa apresentação de meia hora.

— Meia hora está fora de questão — interpôs o intruso, de maneira calma, porém firme.

— O quê? — balbuciei, lutando para compreender o que um dos parentes dos caras do U2 poderia ter contra nós.

— Pessoal, este é Paul McGuinness, nosso agente — disse Bono.

Com um sorriso amigável, que não correspondia ao seu estilo firme e prosaico, McGuinness nos mostrou o cronograma da tarde, explicando que (por causa da pressão do tempo) deveríamos estar no palco às três da tarde e sair às três e quinze.

— Ensaiamos para tocar meia hora — murmurei, carrancudo.

— Sinto muito, rapazes – disse McGuinness, parecendo que na verdade não sentia nada. – Vocês estão aqui porque são amigos da banda. É o show do U2, com o equipamento do U2. É pegar ou largar.

Então, era assim que ia ser.

— Só teremos que tocar mais rápido – disse Frank.

Na hora marcada, assumimos nossos postos em um palco improvisado no teto baixo de concreto da sala das caldeiras, com vista para o estacionamento da escola. Frank começou a tocar o *riff* de abertura de "Pretty Vacant".

Para nós, esse era o hino apocalíptico da irônica atitude dos adolescentes excluídos, mas (apesar de três aliados punks, que dançavam *pogo*) os poucos pais espalhados pelo estacionamento não pareciam muito impressionados. Havia algo bastante deprimente em gritar copiosamente em um microfone e ser confrontado com os olhares de espectadores conversando entre eles, tapando os ouvidos com cara de aflição ou, pior de tudo, desviando o rosto para ver se há algo mais interessante acontecendo em outro lugar. Quando terminamos, vociferando "A gente não tá nem aí", nossos esforços foram mortificantemente comemorados com aplausos educados.

Quando passamos para "Sheena is a Punk Rocker", eu travava uma batalha perdida com o baixo, lutando para me manter dentro do compasso com as batidas da bateria envolvidas em múltiplos ecos que vinham da parede do fundo do prédio da escola. Olhei para os meus dedos com horror. Eu podia contar as batidas na minha cabeça, mas de alguma maneira não conseguia passar a informação para os dedos rebeldes nas minhas próprias mãos. Até mesmo nossos leais companheiros do punk começaram a olhar confusos para nós, depois de interromperem as tentativas desordenadas de pular para cima e para baixo no ritmo da música. Quando chegou a vez de tocarmos "Fiction Romance", dos Buzzcocks, eu fiz uma coisa que ficou na minha cabeça por um longo tempo.

— O que você está fazendo? – chiou Ivan enquanto eu largava o meu instrumento.

— Só comece a música — insisti.

Era uma parte complicada do baixo que eu não havia aprendido bem e, na frente de todos aqueles olhares críticos, finalmente percebi que eu jamais iria aprendê-la. Na verdade, percebi que não queria aprendê-la. Eu não pertencia à fraternidade dos baixistas, os garotos que ficavam nos bastidores da banda! Eu estava lá apenas por um motivo. Luzes! Música! Ação! Era o estrelato no rock ou nada! Então, enquanto Frank e Ivan se concentraram na interação das partes de suas guitarras, eu peguei o microfone e comecei a cantar.

Agora sim estava melhor!

"Fiction romance! Fiction romance!", gritei. Inclinei o pedestal do microfone e me curvei em direção ao público, rosnando e urrando a letra da música. Mostrei o punho para os rostos desinteressados. Peguei o microfone e andei pelo palco. Joguei as mãos para cima. Eu queria atenção!

Quando a música chegou ao fim, com o som dos metais e pouquíssimo baixo, vi Paul McGuinness de rabo de olho, fazendo um gesto vigoroso com as mãos. Rapidamente percebi que aquilo não era um aplauso.

— Então é isso, rapazes — gesticulou ele, acenando de maneira autoritária para que saíssemos.

— Tocamos apenas três músicas! — protestei. Mas Adam já estava desplugando nossos cabos enquanto The Edge plugava seus módulos de efeito. A urgência daquela ação deu a entender que eles estavam com medo de que, se tocássemos mais um pouco, o estacionamento estaria completamente vazio quando subissem ao palco.

— Muito bom — disse Bono, gentilmente, enquanto saíamos.

Ouvimos uns poucos aplausos num canto do estacionamento onde nossas famílias estavam reunidas.

Quando o U2 começou uma apresentação competente e profissional, eu e Ivan trocamos um olhar que dizia muito mais do que as palavras poderiam dizer. As batidas da guitarra do The Edge flutuaram por nossas cabeças. Como era possível não conseguirmos fazer um som como aquele? Bono fazia seus movimentos, Larry tocava com vigor a bateria, até Adam balançava o baixo como se estivesse no Shea Stadium, não em um estacionamento de escola meio vazio. Havia um abismo entre nós e eles... E eles não estavam em lugar algum. Então quando, por diabos, aquilo nos abandonou? Começamos a rir de verdade quando nossos pais chegaram.

– Foi adorável! – disse minha mãe, com toda a alegria e boa intenção que poderia mostrar.

Eu e Ivan rimos descontroladamente.

– O que é tão engraçado? – quis saber meu pai.

– Nada – disse eu, rindo com o alívio maluco de quem sobrevive a um acidente, parado entre os escombros de ilusões despedaçadas.

CAPÍTULO 6

A escola havia terminado. O verão e a vida adulta estendiam-se à frente. Que meses mais estranhos: um pequeno intervalo entre fases de existência, a calmaria antes da tempestade da vida. Eu estava passando por um momento fantástico. Posso ter dado a impressão de que a música era tudo aquilo com o que eu me importava, mas isso não é bem verdade. Havia garotas, para começar, mas (oh, e meu coração fica apertado) vamos deixá-las de lado um instante; elas eram a única coisa que poderia ter arruinado meu verão inteiro, todo aquele desejo furioso trancado ao lado de uma barreira de timidez. Mas minha alma adolescente era tão flexível e amorfa que poderia ser totalmente consumida na estrutura do momento e remodelada em um novo desejo.

Eu poderia andar a esmo pelo meu quarto, sonhando em me tornar o primeiro astro do rock a tocar em um show na lua e conceder entrevistas imaginárias com os jornalistas no controle terrestre, enquanto eu flutuava na gravidade zero ("Como David Bowie observou tão eloquentemente, a Terra é azul, meus amigos. Diferentemente do Major Tom[1], no entanto, eu sei o que fazer!"), então um dia me sentei com um caderno de rascunho e decidi que seria um artista de verdade. Isso não era uma fantasia do gênero de Van Gogh ou Picasso, gênios incompreendidos e revolucionários (embora eu fosse atraído pela ideia de viver em um sótão cheio de modelos nuas). Eu queria ser um desenhista de quadrinhos. Eu passava longas horas desenhando em nanquim estudos detalhados de homens do espaço, com maxilares quadrados, segurando armamentos de

---

1 Astronauta fictício criado por David Bowie, presente nas músicas "Space Oddity", "Ashes to Ashes" e "Hallo Spaceboy". (N. E.)

ficção científica em formatos fálicos, cercados por mulheres alienígenas com poucas roupas e robôs eróticos com armaduras em forma de seios, colocando nas páginas toda a minha frustração sexual. Na verdade eu vendi alguns cartuns para o guia cultural *In Dublin*, incluindo uma caricatura em nanquim do Elvis Costello, meu novo herói musical, principalmente no que diz respeito a todos os versos distorcidos que detalhavam sua vida romântica miserável. Só não dê início à minha vida romântica, pelo amor de Deus!

Consegui um emprego cuidando das quadras de tênis municipais de Howth (o que consistia basicamente em colocar as redes pela manhã e tirá-las à noite) e nutria breves fantasias de representar a Irlanda em Wimbledon, praticando meu revés mortal contra qualquer babaca que aparecesse sem um parceiro, até que duas garotas destruiriam minha ilusão vencendo a mim e meu amigo David Hughes por três sets a zero. Mas não liguei para essas duas. Eu saía para navegar, me reunindo com vários amigos que disputavam corridas de duplas de veleiros em frente ao porto de Howth. No entanto, jamais sonhei em ser um regatista famoso. O mar era gelado e molhado demais para meu gosto. Eu só gostava dos bailes oferecidos após as corridas no Clube Náutico, onde podia dar umas boas olhadas nas garotas ricas e bonitas que nem se dignariam a falar comigo porque eu sequer possuía meu próprio barco. Ah, mas não vamos falar disso! Antes, deixe-me lembrar do meu grande triunfo na disputa de Malahide, junto com Gordon Maguire, um colega rebelde da Mount Temple. Ganhamos todas as competições da nossa categoria, provocando a ira dos juízes ao insistirmos em tocar Sex Pistols em um aparelho de som portátil sempre que cruzávamos a linha de chegada. O som dos gritos de Johnny Rotten atravessava a baía de modo surreal, elevando-se acima das velas ondulantes e bandeiras coloridas, até que sua voz afiada se perdia entre os cantos famintos das gaivotas. Gordon continuou e se tornou o navegador mais famoso da Irlanda, um regatista renomado internacionalmente, cujos encontros amorosos com algumas garotas presentes nos calendários masculinos nós acompanhávamos pelos tabloides. Mas eu já sabia que ele era um sedutor ordinário porque o bastardo saiu com Grace Anne, irmã do meu amigo Ronan, a garota que eu cobicei por toda a minha vida, mas que nunca tive coragem suficiente para beijar. Cheguei até a levá-la para o baile de formatura, onde Bono apareceu acompanhado de Gavin Friday, que usava uma roupa prateada brilhante e um sapato de plataforma altíssimo com o qual ele cambaleou a noite toda; Gavin ficou totalmente bêbado, e olhava para todo mundo com cara de lascivo e dizia coisas inescrutáveis. Eu usei um *smoking* azul-escuro, de lapela larga, e andei para lá e para cá com a minha bela acompanhante. Quando a noite estava quase acabando, eu a levei até os jardins do hotel para enfim tomar uma atitude quando descobri que meu pai já estava lá fora, sorrindo afavelmente. Ele estava preocupado, achando que não conseguiríamos pegar um táxi, então apareceu para nos levar para casa. Passamos o caminho todo ouvindo-o murmurar umas variações de "Espero que vocês tenham se divertido, crianças". *Crianças*, mas que merda! Mas vamos deixar isso pra lá. O que importa é que era verão e eu era livre, jovem e pronto para ganhar o mundo.

Na diáspora dos alunos da Mount Temple, informações esparsas chegavam até nós. Ouvimos dizer que Bono finalmente havia passado nas provas de irlandês e sido aceito na universidade. Na verdade, ouvi dizer que outra pessoa havia feito o exame por ele, porém nunca consegui esclarecer esse boato. Mas isso nem importa, porque ele nunca chegou a ir para lá mesmo. O U2 fez um show no McGonagles, o primeiro clube de rock de Dublin, e eu e Ivan fomos até lá para vê-los.

Era um estabelecimento pequeno e imundo, com uma luz baixa que mal escondia a decrepitude da pintura preta descascada. As dimensões pouco impressionantes do palco apertado estavam reduzidas porque a banda precisava dividir o espaço com umas incongruentes palmeiras de plástico que restaram da discoteca que funcionava ali antes. Lembro de ter visto um globo espelhado. O U2 estava abrindo para a Advertising, representantes ingleses do *power pop*, o mais novo subgênero da *new wave*. Essencialmente, era uma música com batida truncada dos anos 1960, repleta de harmonias e ganchos, mas tocada com um pouco mais de velocidade e agressividade que até poderia ter virado moda antes do punk.

— Ah, eles não têm nada de especial — disse Bono, que se recusou a ficar impressionado com o status que tinham como banda de estúdio. — A gente vai detonar com eles pra fora do palco!

Bono tinha um temperamento competitivo que o levava para grandes feitos, e naquela noite sua confiança estava em alta. O *setlist* do U2 estava ficando cada vez mais coerente e dramático. Eles tinham uma música nova, intitulada "Out of Control", escrita na época do aniversário de 18 anos de Bono, em maio. A música acabou se mostrando importantíssima para a banda, com uma articulação crescente de hino, uma epifania adolescente; ela representava aquele momento em que nos damos conta de que a vida é maior do que imaginávamos e que o destino não está necessariamente nas nossas mãos: "One day I'll die/ The choice will not be mine", cantava Bono. "Will it be too late?/ You can't fight fate!/ I was of feeling it was out of control, the crazy notion I was out of control..."[2]. Havia bastante espaço na música para os "oo-wee-ooo"s e "oh-ey-oh"s de Bono, mas a música transmitia sua agitação interior com uma convicção impressionante.

Em comparação, a Advertising era polida e estéril, e mais tarde pensei ter detectado um sorriso convencido no rosto de Bono enquanto ele assistia ao show nas sombras, abraçado a Alison e com vários membros da Village reunidos ao seu redor.

— Eles são bons — disse, com sua generosidade natural restabelecida pela recepção calorosa do público. — Firmes. Musicais. Dá pra ver o que eles estão tentando fazer.

---

2 Um dia morrerei/ A escolha não será minha; Será tarde demais?/ Não podemos ir contra o destino!/ Senti que estava tudo descontrolado/ A louca noção de que eu estava fora do controle...

Era um sinal de complacência? Porque a Advertising estava tentando fazer a música pop chegar até a arte, celebrando sua própria superficialidade. Bono queria fazer arte que fosse em direção à música pop (só que ele nunca usava a palavra pop). Pop era para crianças. Para Bono, era sempre o rock, com todas as conotações de sensibilidade sérias, duras e maduras que aquilo implicava). Bono sentia que o U2 estava começando em um lugar além do superficial. Pode ser que eles não fossem tão treinados, e musicalmente polidos como a Advertising, mas eles tinham alma em abundância, e diante de um público cheio de gente animada e dançante, eles fizeram muito mais do que apenas se defender dos profissionais do além-mar.

– O que está acontecendo com a sua banda? – Bono me perguntou.

– Houve algumas mudanças – disse eu, olhando com culpa na direção onde Frank e Larry estavam conversando. Na verdade, eu e Ivan não havíamos informado nosso colega da Undertaker sobre os últimos acontecimentos. Como, por exemplo, o fato de que havíamos mudado o nome da banda, recrutado um novo baixista e decidido que os talentos particulares de Frank excediam os requisitos.

Após o fracasso no colégio, decidimos que já era hora de sermos sérios. Passamos muitas horas ouvindo discos, estudando a *NME*, lutando para compor músicas, e estávamos entusiasmados, sonhávamos, planejávamos, discutíamos. Havia muita conversa, embora grande parte dela fosse com Frank. Eu e Ivan estávamos bastante envolvidos pela The Jam, cuja nova sensibilidade moderna se ligou à nossa fascinação mútua pelos Beatles e pelos anos 1960. Para Frank (que concorria com as preferências de Bono por coisas mais badaladas), tudo era *power pop*, gênero que ele considerava uma diluição feminina dos princípios do punk. E por falar nisso, ele nos disse que, para ele, os Beatles soavam suspeitosamente como *power pop*.

Agora, Ivan estava rapidamente se tornando ainda mais obsessivo pelos Beatles do que eu. Estava envolvido em um esforço gigantesco para tirar na guitarra todas as músicas dos Beatles, em ordem alfabética, só porque era assim que elas estavam impressas no songbook The Complete Beatles. De fato, chegou ao ponto em que os Beatles se tornaram um artifício que ele colocaria nas conversas para medir a profundidade do caráter de seus interlocutores. Ivan simplesmente olhava com desdém para quem não era um bom conhecedor da obra dos Beatles, sugerindo que a falta de gosto impedia qualquer intimidade. Então, quando Frank disse que preferia os Stones, seu destino estava selado. Concordamos que dispensaríamos os serviços dele. Nós fomos negligentes ao não informá--lo disso, no entanto, preferindo a opção covarde de inventar várias desculpas sobre ausências de ensaios e sugerindo que, como se tratava de um verão ocupado para todos, seria melhor deixar as coisas paradas por alguns meses.

Frank foi o primeiro de muitos músicos a tomar caminhos diferentes dos irmãos McCormick, o que, é provável, tenha sido um golpe de sorte para ele. Assim como a maioria das pessoas com as quais nós tocamos, ele acabou construindo uma carreira musical muito mais bem--sucedida do que a nossa (seria bem difícil ter uma carreira que fosse menos bem-sucedida do que a nossa...) e formou uma banda aclamada, porém de curta duração, chamada Cactus World News. A banda lançou um álbum em 1986 pela MCA que foi bem recebido e que chegou ao topo da parada universitária nos Estados Unidos. Hoje em dia, Frank é dono do estúdio de gravação Salt, em Sutton, Dublin. Nós nos encontramos de vez em quando, geralmente nos bastidores dos shows do U2, onde comparamos nossas posições na indústria fonográfica.

Uma vez que insisti em ser o vocalista da banda, recrutamos um vizinho amigo meu, John McGlue, para assumir o baixo. A característica mais distintiva de John era seu cabelo encaracolado em estilo afro, um visual que quase nunca ficava bom no topo da cabeça de um garoto irlandês branco e magrelo. No entanto, John tinha um orgulho excessivo desse visual. Ele achava que assim se pareceria com Phil Lynnot (baixista e líder da lenda do rock irlandês Thin Lizzy), e eu achava que entre nós já havia uma sintonia fina o bastante para que corrêssemos o risco de aceitar na banda um sujeito cujas habilidades musicais, até aquele momento, se resumiam à capacidade de diferenciar os dois lados da guitarra. A única coisa que John tinha era o desespero pelo estrelato e a disposição de fazer qualquer coisa para estar em uma banda, inclusive aprender a tocar um instrumento. De maneira bem grandiosa, prometi que ensinaria a ele tudo o que eu sabia, o que levou apenas meia hora. Disse a ele para levar meu baixo para casa e aprender o resto sozinho. John fantasiava a si mesmo como um conquistador ("Elas vêm por causa do cabelo", dizia ele), então ficou um pouco estranho quando demos a ele o nome punk de Johnny Durex[3]. Sua única preocupação era que isso pudesse magoar sua mãe.

— Sua mãe nem sabe o que é Durex — assegurei a ele. — Do contrário, você nem estaria aqui.

— Cala a boca, McCormick!

— Vai se foder, McGlue!

Como você pode ver, éramos muito amigos.

Escolher o nome para uma nova banda é uma tarefa cheia de empolgação, expectativa e muita tensão. A escolha carrega o fardo da responsabilidade para o futuro; é como dar o nome a um filho que ainda não nasceu, o próprio ato de nomear faz o intangível parecer sólido e real. O nome deveria ser capaz de carregar o peso dos sonhos.

— The Taxmen.

— Isso realmente motivaria as pessoas a nos ver, lembrando-as do quanto devem de taxas ao governo.

— E que tal The Axemen?

— De jeito nenhum. Os guitarristas não colocam o nome em destaque assim. Que tal Neil Down and The Shin Pads?

— Neil Brown and The Shit Heads, melhor.

---

3 Marca de camisinha.

— Johnny Durex and The Premature Ejaculators.
— Foda-se!
— Foda-se! Gostei. Foda-se hoje à noite em McGonagles. Foda-se e compre o disco!

Perdemos muito tempo do ensaio em conversas como essa. Fazíamos listas grandes, depois passávamos horas discutindo o caso dos nomes favoritos e ridicularizando as sugestões dos outros. Finalmente, escolhemos o nome The Modulators, baseado em algo que Ivan viu escrito em um teclado numa loja de instrumentos musicais. Para ser sincero, não tínhamos a mínima ideia do que um "modulador" de fato fazia, mas estávamos extasiados com a sua associação inerente ao movimento moderno que acontecia na época.

Keith ainda era oficialmente o baterista, embora ele nunca aparecesse nos ensaios, sempre ligando na última hora com uma série de desculpas pouco convincentes. Eu e Ivan continuamos focados, compondo músicas de uma maneira prodigiosa (às vezes terminando duas ou três em uma única sessão) — e a qualidade delas pode ser deduzida pelo fato de que, quando eu olho para os títulos, absolutamente nada me vem à mente: nem letra, nem *riffs*, nem melodia, nem ritmo (esse talvez possa ser o reflexo preciso das próprias músicas). Na ausência de Frank, no entanto, aprendemos a tocar duas músicas dos Beatles, "Twist and Shout" e "Revolution".

Quando sentimos que tínhamos material suficiente para um show, fomos ver Rocky De Valera. O nome verdadeiro de Rocky era Ferdia MacAnna. Ele era algo como uma estrela no céu de Howth, media um e oitenta e poucos, era fã de rock'n'roll, usava jaqueta preta, *brothel-creepers* de camurça azul e tinha um jeitão meio vulgar aprendido com os filmes mais antigos do Elvis Presley.

— Arrasa, Rocky! – as crianças diziam em coro toda vez que o viam pelas esquinas.

– Caiam fora, seus merdinhas! – respondia ele, presumindo (corretamente) que eles estavam rindo da cara dele.

Rocky tinha um colega chamado Jack Dublin, um baixista gordão. "É um problema nas glândulas", explicava ele, e todos concordavam seriamente. Ninguém ria da cara de Jack, por medo de apanhar dele.

Apesar de liderar uma banda chamada Rocky De Valera and The Gravediggers (um nome considerado, em algumas praças, uma difamação ao santo patriota e presidente Eamon De Valera, sobrevivente carrancudo da rebelião de 1916), Rocky não era punk. Ele gostava dos clássicos do R'n'B, os quais ele tocava com o máximo de representatividade e o mínimo de melodia. Embora céticos acerca de qualquer estilo desenvolvido depois de 1959, Rocky e Jack foram acessíveis à ideia de encorajar talentos locais e nos emprestaram microfones para os ensaios, além de nos darem uma série de conselhos.

– Esqueçam esse punk-rock *power pop* ou seja lá como vocês chamam essa bosta *new wave* – disse ele. – Fiquem com os clássicos. É tudo o que o público irlandês quer ouvir. Vocês não vão errar com o bom e velho rock'n'roll.

A Gravediggers, que era bem famosa no circuito de *pubs* da Irlanda, de vez em quando tocava em shows para todas as idades no grande saguão do centro comunitário de Howth. Apesar do ceticismo em relação às nossas obras, The Modulators foi convidada a fazer sua estreia abrindo o show deles em setembro de 1978.

Não foi com grande surpresa que Keith ligou para avisar que não poderia comparecer ao ensaio final antes do show, já que ele não havia comparecido a nenhum dos outros mesmo. Mas essa ausência prolongada estava se tornando um problema sério, principalmente às vésperas de nosso show.

– Você tem de tocar nesse show, Keith! – dissemos a ele, e nosso desespero nos impedia de usar os abusos e ameaças de sempre. – Nós contamos com você.

— Estarei lá, rapazes, prometo – garantiu ele.

Na manhã do dia da apresentação, ele ligou pontualmente para avisar que não iria.

Vou poupá-los dos insultos, palavrões cabeludos e das crescentes e patéticas súplicas com as quais eu respondi à notícia. Pelo menos uma vez ele tinha uma boa desculpa. Na verdade, ele finalmente explicou o que havia acontecido durante todo o verão. Aparentemente, havia se metido em uma confusão qualquer com a polícia local e tinha restrições sobre sair de sua área. Até hoje não sei se essa história era verdade, mas ela continha um ingrediente crucial para uma banda *new wave* de classe média: a credibilidade das ruas. Nosso baterista havia infringido a lei! E agora a lei estava nos impedindo de fazer um show! Bom, de maneira alguma nós iríamos deixar que isso acontecesse. O homem não nos deixaria para baixo! *Yeah!* Que se fodam aqueles porcos!

Depois que o tiramos do nosso horizonte, ligamos para Larry Mullen.

— Sem problemas, rapazes, eu toco com vocês — anunciou o baterista do U2.

Larry, no entanto, parecia se achar um profissional ajudando um bando de amadores (Nós?! *Amadores*?! De onde foi que ele tirou essa ideia?) e havia limites na quantidade de esforço que ele estava disposto a fazer.

— Não quero ensaiar, vejo vocês no show. A gente improvisa.

Já que não havíamos sequer ensaiado com Keith, essa combinação nos pareceu perfeitamente aceitável.

— Vejo vocês lá! — disse Larry. — Vai ser legal ver o Frank!

Coloquei o telefone no gancho. Merda! Nós sequer avisamos o Frank de que ele não estava mais na banda, logo, não era surpresa que seu amigo não soubesse disso. Talvez fosse tempo de resolver essa situação. Liguei para o Frank.

— *Hey*, Neil! Há quanto tempo não nos falamos! O que tem feito?

— Ah, isso e aquilo, nada de mais. Só liguei pra te avisar que teremos um show hoje à noite.

— Cara, que ótimo! Putz, mas você não acha que deveríamos ensaiar antes?

Respirei fundo e disse:

— Acontece que... nós já ensaiamos – admiti.

Eu me senti um canalha. Apesar das adversidades, muitas bandas permanecem juntas e firmes, quase sempre com pontos muito fracos, e continuam coesas por um tipo de código implícito de lealdade. Coloca-se sua fé e confiança em cada integrante, alimentando um senso de interdependência que pode muito rapidamente criar uma mentalidade de grupo e, depois de um tempo, uma poderosa sensação de família. Bandas, como o U2, que já têm os membros acertados desde muito cedo exibem uma força interna que as permite encarar qualquer dificuldade que a vida coloca no caminho. É isso que se chama companheirismo, acho. Unidos eles ficam. Músicos que adquirem o hábito de alterar e mudar a formação raramente sentem esse tipo de coerência familiar, talvez porque sempre enfrentem um problema mudando as pessoas, em vez de trabalhar compartilhando seus recursos. Eu não sabia nada dessas coisas em 1978, mas eu sabia que havíamos tratado o Frank de maneira desprezível. Pelo menos, ele até que recebeu bem a notícia:

— Não teria dado certo mesmo – resmungou ele. – Acho um verdadeiro pé no saco ter vocês dois por perto. Sempre querem as coisas do jeito de vocês. Aposto como vão tocar aquelas merdas dos Beatles agora. Tenho pena dos coitados que vocês botaram para cumprir suas ordens... – e continuou dizendo várias coisas desse tipo.

— Então, sem ressentimentos, Frank? – disse eu, quando pressenti que ele estava ficando sem xingamentos.

— Ah, vão se foder, seus bundões!

Larry apareceu no centro comunitário cerca de uma hora antes de entrarmos no palco, com o capacete da moto debaixo de um dos braços e umas baquetas em uma sacola. É claro que a primeira coisa que ele perguntou foi:

— Cadê o Frank?

— Ele não te contou? – disse eu, fingindo surpresa. – Frank saiu da banda. Ele disse que queria fazer umas coisas próprias.

Larry olhou para mim meio cético, talvez não convencido de que seu amigo fizesse tamanha mudança sem ter lhe contado. Naquela época, Larry era um garoto para mim, mesmo que fosse apenas alguns meses mais novo do que eu. Ele tinha uma presença melancólica, porém bastante confiante. Larry parecia ocupar um espaço silencioso todo seu, enquanto sua namorada, a adorável Ann Acheson, uma loira magra que era imensamente popular na escola, tratava de toda a conversa e socialização. Eu pensava no Larry como um sujeito de caráter sólido, mas não particularmente interessante. Enquanto a maioria de nós, envolvidos em música, tendia a imitar a arte e ser rebelde, Larry parecia lidar com a vida de uma maneira bastante direta e trabalhadora. Aos 16 anos ele largou a escola para trabalhar como entregador, encarando o emprego como mais prático do que os estudos aprofundados, e sua atitude com a música parecia igualmente a de um trabalhador. Adam queria ser uma estrela. Bono e The Edge estavam alcançando as estrelas. Larry parecia apenas gostar de batucar nas coisas. Em retrospecto, ele parecia ser mais adulto do que a maioria de nós, e certamente mais interessante do que eu imaginava. Larry nunca agiu como se tivesse algo a provar, mas, em vez disso, tomou um rumo firme e interior. Ele prezava a lealdade, a integridade e outros valores descomplicados. E ele sempre agiu de uma maneira tão boa quanto o eram suas palavras. Sendo assim, embora talvez tenha achado que éramos hipócritas, jamais ocorreu a ele quebrar o nosso acordo. Ele chegou para tocar bateria.

E Larry sabia tocar. Nos primórdios do U2, ele certamente era o músico mais pronto da banda, e seu estilo energético deu a The Modulators um grande começo. Sem ensaio, havia pouco espaço para sutilezas e nuances, mas nossa apresentação não tinha lá esse tipo de coisa. Era o rock quadradinho, veloz e furioso, de acordes poderosos. Ivan gritaria instruções rápidas, começando com um solo de introdução de quatro compassos para marcar o tempo, Larry entraria batendo até que todos nós entrássemos a mil. Eu já estava a mil, pulando e correndo. Dava chutes no ar e fazia tudo aquilo que eu já tinha visto um vocalista fazer: correr de um lado para o outro do palco, saltar e girar o corpo no ar, rodar o pedestal do microfone, jogar o microfone para a frente, subir nos monitores, pular em cima das pessoas e girar entre os espectadores boquiabertos. Não senti nenhum nervosismo ao assumir o papel de líder. Era como se eu pertencesse ao palco. Eu me senti no comando. Não posso garantir nada sobre o meu canto, que provavelmente era fraco, sem cor e frequentemente raso. Posso até muitas vezes ter estado totalmente fora do tom. Mas pelo menos eu tinha presença de palco.

O público do centro comunitário pareceu completamente dividido sobre o que presenciou. Alguns dos mais velhos desviaram os olhares ceticamente, talvez se perguntando qual era o motivo de ter uma banda ali que sequer conseguia tocar uma música do Led Zeppelin. Outros (especialmente os mais novos do público) enlouqueceram, começaram a pular dançando *pogo*, gritando encorajadamente e se comportando de modo geral como eles achavam que deveriam se comportar em um show de rock. E outros ainda, a maior parte composta por adolescentes da nossa idade, estavam absolutamente exasperados, proferindo injúrias e insultos. Embora estivéssemos no final de 1978, aquele era o primeiro show ao vivo em Howth de um gênero musical do qual as pessoas mal haviam ouvido falar – e o que ouviram não era nada bom. Eles pareciam enfurecidos com a própria ideia da banda. Um sujeito durão, talvez imitando algo que leu sobre o punk rock ter muito mais a ver com uma exibição para os seus amigos, abriu caminho até a beirada do palco e cuspiu uma grande massa de catarro que voou pelo ar em um arco e grudou no baixo de John, que olhou para aquilo com horror. O cuspe estava escorrendo pelo braço do baixo. Quando a banda parou de repente, ele tirou o baixo, segurando-o longe, como se estivesse com medo de pegar uma infecção. Depois caminhou até a beirada do palco e, de repente, balançou o baixo na direção do agressor e o golpeou na cabeça. O cara cambaleou, tonto e chocado, enquanto John recolocava o baixo no ombro, indicando que deveríamos recomeçar.

 Rock'n'roll!

 Eu me senti como uma estrela saindo do palco. Minha cabeça girava com toda aquela atenção. As pessoas se moveram confusamente, um mar de seres humanos se empurrando para todos os lados, mas havia algo diferente em como a multidão recuava e fluía ao meu redor. Podia dizer que eu era o centro das atenções. Os garotos paravam para me olhar melhor. Estranhos davam tapinhas nas minhas costas. Amigos me parabenizavam. Rocky De Valera apertou minha mão e murmurou palavras de encorajamento. E, então, foi como se a multidão se abrisse no meio e, bem na minha frente, estava a última pessoa que eu queria ter visto. Frank. Que merda.

 Ele veio andando na minha direção com um sorrisinho nos lábios.

 – Aquilo foi demais, cara! – disse ele, me abraçando.

 Poderia ter sido melhor? Poderia! Eu me vi conversando com uma garota chamada Mary, que usava uma boina preta, o que implicava, na minha mente adolescente, um senso gaulês de conhecimento erótico. E esse era o ponto. Eu não precisei dar em cima dela. Eu não fiquei todo atrapalhado ou embaraçado, nem precisei parecer superesperto ou descolado. Mary me levou para um canto do centro comunitário e, enquanto Rocky e sua equipe arrasavam com o set deles, ela meteu a língua na minha garganta. Lá pelo fim da noite, estávamos rolando pelo chão sujo, meus joelhos apertados entre as pernas dela e minha mão descendo pelo corpo dela, do pescoço para... o que era aquela forma curva debaixo dos meus dedos? Ah, era só o ombro mesmo. Devo ter alisado aquele ombro por uns quinze minutos. Mas deixa para lá. Eu continuei progredindo, para baixo, bem mais para baixo, até a ilha prometida. E veja bem, duas horas depois de ter saído da minha estreia no palco, eu peguei, pela primeira vez, nos peitos de uma mulher.

    Se eu ainda tivesse alguma dúvida em relação ao meu futuro, aquele teria sido o momento decisivo. Depois daquilo, não tinha mais volta.

CAPÍTULO 7

Depois dos ataques de deleite por conta da minha primeira apalpada desajeitada nos seios de uma mulher (por dentro da camisa, mas por fora do sutiã, se querem saber), não demorou muito para que eu ficasse estranhamente estafado com a visão de carne nua. As garotas tiravam a roupa seguindo um comando, inclinavam-se para a frente, depois para trás, depois para onde pedíamos. Mulheres de todos os tamanhos e formatos mostravam suas mercadorias carnais para a minha contemplação, desde as atléticas e flexíveis até aquelas bem acima do peso. Às vezes eu preferia as mais gordinhas: havia algo nas curvas ondulantes que chamava a minha atenção. Outras vezes eram os homens que abaixavam as calças para me mostrar seus membros, flexionando os músculos e adotando uma posição qualquer que eu pedia. O gênero não era um problema. Às vezes eu adorava a experiência. Mas muitas vezes, contemplando a disposição que sempre mudava de mamilos, nádegas e quadris, meus olhos olhavam para o relógio e eu ficava me perguntando quando é que eu sairia daquele lugar e iria para casa.

Não me tornei um libertino promíscuo da noite para o dia. No outono de 1978, comecei a cursar a faculdade de Artes, um lugar onde as sessões regulares de desenho com modelo vivo se tornaram uma breve e frustrante expectativa erótica. Meus amigos em Howth olhavam durante horas para os desenhos que eu levava para casa, aparentemente incrédulos com o fato de que eu podia ficar na mesma sala que uma mulher nua e não entrar em combustão espontânea. Mas a verdade era que eu achava que faltava algo em toda essa experiência como estudante de Artes. Eu estava ansioso para ser alguém na vida. Para fazer as coisas acontecerem. Meus orientadores, todos bem-intencionados, me encorajavam para que eu me encontrasse; no entanto, o que eu mais queria era que o mundo me encontrasse.

Acho que fui um estudante de Artes bem peculiar. Para começar, todos os meus contemporâneos estavam realmente interessados em arte. Eu estava interessado em artes gráficas. O primeiro ano era dividido entre aqueles que gostavam de pintar flores, paisagens e coisas adoráveis numa tela branca e aqueles que colavam uma caixa de fósforos na tela e depois passavam horas explicando o que aquilo significava. E tinha eu. Eu dizia vociferante para quem quisesse ouvir que a arte deveria ter um propósito funcional, que a arte precisava pagar a si própria, que a arte deveria cortejar a popularidade, que toda grande arte foi feita por dinheiro (ou por acaso Michelangelo não foi pago para pintar o teto da Capela Sistina?) e que a maior parte da arte nobre atual era produzida em agências de publicidade, e não nos sótãos espalhados pelo mundo. Meus colegas eram capazes de passar fome só pela busca de visões masturbatórias com as quais ninguém se importava. Eu só estava interessado em arte que desse dinheiro.

Vi um anúncio na *Hot Press* de uma vaga para designer gráfico que tivesse interesse em música. Era perfeita para mim! Na mesma hora arranjei uma entrevista para o posto de meio-expediente como assistente do diretor de arte da revista de rock, e me vesti para a ocasião com uma jaqueta de couro preta coberta com bottons (tinha Mods, U2, Sex Pistols, Ramones, Jam), uma camisa velha amassada e presa com alfinetes, uma calça tingida de cor verde-limão e sapatos de camurça vermelha e bico fino. Eu tinha certeza de que esse era o visual que os meus colegas aficionados por rock apreciariam. O escritório ficava na rua Mount (a pequena distância da National College of Art and Design), um vasto bulevar georgiano que fazia sucesso com as prostitutas de Dublin, sendo que uma delas abriu o casaco e mostrou-me o corpo nu no momento exato em que cheguei à porta. Se o que ela queria era causar uma impressão, deveria ter feito isso para alguém que não tivesse passado o dia todo vendo mulheres nuas.

— Não, obrigado — disse, polidamente.

— Qual é o problema, punkzinho? — disse o dragão peitudo. — Não sobe não, é?

Entrei e fui logo recebido pelo olhar de um bode no saguão, pastando preguiçosamente em uma pilha de revistas. Enquanto olhávamos um para o outro, minha expressão de incredulidade se encontrou com a sua curiosidade silenciosa (imaginei que ele estivesse especulando algo como "Será que aquela calça é comestível?"), quando apareceu uma bela *hippie* descendo rapidamente as escadas.

— Aqui está você, seu garoto mau — disse ela, com uma voz macia e repreensiva, aparentemente se dirigindo ao bode, não a mim. Ela se apresentou como Colette Rooney, a secretária da *Hot Press*, enquanto levava a mim e ao bode para o andar de cima, tentando me explicar que o animal não era um residente permanente, que ela só estava cuidando dele para uma amiga.

Que tipo de lugar era aquele? Eu imaginava que as sedes das revistas se assemelhassem às dos jornais dos filmes de Hollywood: arquitetura moderna, toda em aço e vidro, salas abarrotadas de mesas, redatores inclinados sobre as máquinas de escrever, secretárias correndo até as máquinas de café e homens com mangas enroladas até os cotovelos e viseiras gritando "Matéria!". A *Hot Press* ocupava apenas quatro salas nos dois andares superiores de uma casa fuleira, com pôsteres de rock rasgados nas paredes, várias revistas desorganizadas empilhadas ao longo das escadas, discos e livros perigosamente amontoados em cada canto e, em um antigo sótão em formato de L, havia um agrupamento mal combinado de mesas dispostas em ângulos estranhos, todas carregadas com cadernos, envelopes abertos, pilhas de papel, fotos em preto e branco, capas de discos rasgadas e materiais aleatórios de escritório. Um punhado de gente era responsável por toda aquela inacreditável bagunça. Em uma mesa estava sentado um sujeito de cabelo comprido e oleoso e sobrancelhas pontudas e selvagens, que fumava compulsivamente e fazia barulho com

os lábios enquanto tomava uma xícara de café, grunhindo o tempo todo e resmungando palavras aleatórias enquanto rabiscava freneticamente em um grande caderno de notas. "Provocação como paródia... ah... ah... ah... vandalismo *heavy-metal*... correntes divergentes... hum..."
— Como está indo a matéria, Bill? — perguntou Colette.

Então esse era o lendário Bill Graham! Ele olhou para cima distraído, com os olhos vidrados, como se sua mente estivesse ocupando quase que outro plano da realidade.

— Mandarei mais uma página para você em seguida, Colette — finalmente anunciou, tão logo descobriu a fonte de interrupção do seu processo mental.

— Claro, esperei por dez dias, posso esperar por mais algumas horas, Bill — respondeu Colette, com mais ternura do que sarcasmo.

Foi quando Bill voltou o olhar para mim de uma maneira súbita, mas penetrante.

— Você viu a The Virgin Prunes? — perguntou ele, atirando a questão como se fosse um interrogador prestes a arrancar a verdade do interrogado.

— Sim — respondi cauteloso.

— Ah — disse Bill, com uma alegria quase infantil, um sorriso de orelha a orelha. Ele começou a fuzilar informações que consegui vagamente compreender como sendo uma teoria complexa sobre as raízes do terrorismo artístico das Virgin Prunes, pontuada com inflexões crescentes, com as quais presumi que deveria apenas concordar com a cabeça, proferidas em uma velocidade tão grande que beirou o balbucio incompreensível.

— Não incomode o Bill enquanto ele está trabalhando — uma mulher baixinha, com trejeitos afiados e usando um colar cervical, rosnou por cima dos óculos. Era Mairin Sheehey, a gerente de produção. Algum tempo depois, soube que o colar era por causa de um acidente de carro, embora ninguém tivesse a certeza de que a contusão no pescoço fosse genuína. No entanto, o pagamento generoso feito pela companhia de seguros era, no momento, o que complementava o salário baixíssimo que ela recebia da revista, então Mairin achou que o melhor era não retirar o suporte com medo de que os inspetores do seguro estivessem à espreita. O trabalho dela era deixar tudo funcionando, algo nada fácil em uma organização com poucos recursos e com uma equipe de hedonistas do rock'n'roll. Sua abordagem gerencial oscilava imprevisivelmente entre um bom humor suplicante e irrupções mal-humoradas de um general. Todos sabiam que seu latido era pior que sua mordida, mas o latido era geralmente mau o suficiente para desencorajar qualquer um a testar a veracidade desse clichê.

— Eu... eu... eu nem disse nada pra ele — protestei para Mairin, que olhou para mim de modo zangado e cético.

— As bandas não podem entrar aqui em cima — anunciou ela. — Você pode deixar os *flyers* ou o que quer que seja lá embaixo.

— O bode vai cuidar bem deles — disse um cara esquelético, de cabelo grande e desgrenhado, vinte e poucos anos, caindo na gargalhada. Era Liam Mackey, outro redator e subeditor.

— Não estou aqui por causa da minha banda — protestei. — Estou aqui pelo emprego.

— Jesus, Maria e José! Você não tem idade suficiente para que lhe confiemos um papel sequer — suspirou Mairin, para divertimento geral.

Fui salvo pela aparição de um homem, na sala adjacente, com o cabelo mais comprido que eu já tinha visto, com grandes ondas que caíam em cascata sobre as costas até a cintura. Era o editor Niall Stokes. Certamente, pensei, será que esse *hippie* podia ser o responsável por deixar a Irlanda preparada para o rock'n'roll?

— Volte para o batente agora mesmo, Bill, estamos te esperando — disse ele, instruindo seu redator favorito, piscando alegremente para mim enquanto me conduzia para o seu santuário interno.

Levei comigo um portfólio cheio de cartuns, desenhos de modelos vivos, alguns pôsteres da Modulators e um retrato de Johnny Rotten como um Jesus crucificado, nenhum dos quais, como ficou bem claro, remotamente interessante para a vaga oferecida.

— Você sabe mexer com Letraset? — perguntou Niall. — Sabe alguma coisa sobre controle de cópia? Tem experiência com layout? Respondi negativamente, e com certa tristeza, a todas as perguntas. Mas Niall não pareceu nem um pouco perturbado, apenas fez algumas perguntas sobre o meu gosto musical. Falei para ele da Modulators e elogiei bastante o último show do U2 como banda de apoio da Stranglers no Top Hat Ballroom.

— O que você acha dos Stranglers? — perguntou Niall.

— Eles são um bando de bundões fingindo que são punks — declarei.

— Que idade você tem mesmo? — Niall riu.

— Dezessete! — respondi provocativamente. — Sou velho o suficiente!

Então, eis o que se passou. Eu era jovem, inexperiente e cheio de merda na cabeça. Mas eles me deram a vaga naquela mesma hora. Anos mais tarde, perguntei para Niall por que ele havia feito aquilo.

— Você era antipático demais, achei que precisava fazer alguma coisa — respondeu.

Criticamente falando, depois ele me explicou que eu era um jovem punk e praticamente todos os outros que trabalhavam na revista tinham mais de vinte anos e eram remanescentes da era *hippie*. Ele sentiu que, se fosse para a *Hot Press* continuar atualizada, precisaria da injeção de uma atitude nova. Então fui contratado para ser assistente do diretor de arte, o canadense Karl Tsigdinos, um roqueiro inteligente com quem fui encorajado a compartilhar, desde o começo, minhas opiniões sobre música, não importando quão mal informado estivesse.

— Horslips? Não, eles estão mais para Horseshit![1] — dizia eu fazendo graça das principais bandas irlandesas de *folk rock*. — Todos aqueles sons

---

1 Trocadilho entre o som do nome da banda e *horseshit* (merda de cavalo). Horslips vem de "The Four Poxmen on the Horslypse", anagrama feito a partir de "The Four Horsemen of the Apocalypse". (N. T. E.)

de "diliai, diliai" que eles fazem com a boca já são ruins demais pra ter ainda que ouvir as batidas na guitarra. E você não está pensando em botar o Eric Clapton na capa, não é? – perguntei uma vez, horrorizado. – Eu até gosto de *Slowhand*. Ele pode pegar no sono tocando aqueles solos em que ninguém presta atenção mesmo. Isso porque a maioria do público já vai ter desmaiado de sono.

Meus colegas de trabalho faziam eu me calar colocando para tocar álbuns clássicos no escritório e insistindo para que eu os ouvisse antes mesmo de falar qualquer coisa. Eu tinha muito que aprender e a *Hot Press* era um lugar excelente para isso, rodeado por alguns dos entusiastas mais articulados e bem informados do país. Depois de ter feito uma crítica severa e muito particular a Bob Dylan ("Por que eu deveria ouvir um velho *hippie* que canta como um cachorro sendo arrastado por uma coleira de arame farpado?"), Niall me mandou para casa com uma cópia de *Highway 61 Revisited* e um sermão dizendo que Dylan era punk antes mesmo que o punk fosse inventado. Passei a noite no quarto ouvindo repetidamente "Ballad of a Thin Man", impressionado pelo modo como esse estranho *hipster* com a língua travada pôde ser tão menosprezado no mundo convencional. Minha apresentação ao Dylan foi uma experiência de abertura mental semelhante à minha descoberta dos Beatles, e deu início a um fascínio para o resto da vida.

Quanto ao trabalho de verdade, eu estava caminhando em um terreno bastante desconhecido. Antes da era moderna dos computadores e da diagramação eletrônica, o layout de uma revista era um processo feito todo à mão, sendo ainda mais complicado pela falta de recursos da *Hot Press*. Os originais vinham dos jornalistas via editor, muitas vezes em forma de tratados quase ilegíveis, escritos à mão, com papel e caneta. Devíamos então instruir a compositora de tipos sobre as dimensões e o tamanho das letras que ela deveria usar nas matérias. Quando as primeiras provas chegavam, nós as cortávamos com régua e estilete e colávamos em transparências A3 (colocadas sobre um papel quadriculado) com uma substância gosmenta conhecida como *cow gum*. Os títulos eram arduamente decalcados com Letraset. Toques gráficos eram adicionados à mão. Nós calculávamos as dimensões das fotos e deixávamos os espaços em branco enquanto as imagens originais eram enviadas junto com as páginas para que os tipógrafos as transformassem no que chamávamos de "brometos", ou coagulações de pontinhos prontas para serem impressas. As sobreposições de cores e instruções específicas eram acrescentadas (em preto) em uma segunda transparência. Também não ajudava o fato de as gráficas, escolhidas com base no preço mais baixo da Irlanda, ficarem a algumas centenas de quilômetros de distância, em Kerry, então não tínhamos a oportunidade de examinar as páginas e corrigir erros antes que a revista fosse para a impressão. Tudo isso era novo para mim, mas eu tinha resolvido blefar. Durante os primeiros meses eu senti como se estivesse caminhando numa corda bamba e que podia perder o equilíbrio com qualquer sacudida. Meu progresso foi dolorosamente lento, mas eu o disfarcei com conversa, tentando esconder o tempo todo (de Mairin, particularmente) como eu fazia muito pouca coisa, na verdade. Eu trabalhava à noite: quando todo mundo já tinha saído, eu me voluntariava para ficar um pouco mais para terminar algumas coisas e fechar tudo. Então, com o escritório vazio, sentava e trabalhava sozinho por horas até me assegurar de que o padrão das minhas páginas estava em um nível aceitável. Às vezes terminava as coisas tão tarde que acabava dormindo no chão do escritório. Acordava após algumas horas de um sono desconfortável e então ia à faculdade de Artes para começar meu dia por lá. Quando as aulas terminavam, eu voltava para a *Hot Press* para começar outro turno da noite. Da segunda vez que fiz isso me preparei para a longa jornada e levei comigo um café da manhã reforçado. Não me ocorreu que leite e cereais estragariam da noite para o dia. Quando abri meu Tupperware pela manhã, fiquei tão desapontado com a bagunça empapada dentro dele que joguei tudo pela janela. Naquele mesmo dia, ouvi muito preocupado o que disseram sobre como um advogado, cujo escritório estava localizado abaixo da *Hot Press*, reclamou que o vidro da janela estava todo lambuzado de cereal mole. Eu não abri a boca.

— Ele nunca mais foi o mesmo depois que o bode comeu as pastas dele — suspirou Mairin.

Por fim, comecei a entender o funcionamento das coisas. Eu adorava fazer parte do time espirituoso e apaixonado que formava a *Hot Press*. A vida na redação era infinitamente fascinante e divertida, o trabalho era tocado com bastante criatividade e bom humor, sob a calma e os bons presságios de Niall, que tornava tudo mais fácil naquela frágil empresa com uma impressionante combinação de entusiasmo, sabedoria e boa vontade. Após um tempo, até mesmo Mairin (companheira de Niall na vida e no trabalho) começou a ser legal comigo. Senti como se eu tivesse passado pelo duro teste da cultura do rock irlandês. Podia ir aos shows de graça e ganhava as cópias de divulgação dos últimos discos lançados. Às vezes, atendia o telefone e descobria que estava falando com uma lenda do rock irlandês.

— Você pode pedir para o Niall retornar a ligação para Rory Gallagher?

Parei com o fone na mão ceticamente:

— Rory Gallagher? — disse eu.

— Isso mesmo.

— Rory Gallagher, o guitarrista?

— Coloque o Niall na linha, pelo amor de Deus!

Mal podia esperar para voltar a Howth e contar aos meus amigos que conversei com Rory Gallagher. Pouco importava a natureza da conversa. Ele era uma estrela. E estava conversando comigo!

Um dia, Bono e The Edge vieram até o escritório divulgar o último show deles. Eles deram uma segunda olhada quando viram o ex--colega de aula sentado naquele chão consagrado.

— O que você está fazendo aqui? — perguntou Bono, evidentemente perplexo.

— Trabalho aqui – disse eu enquanto ria. – E eu te pergunto a mesma coisa!

— As bandas não podem entrar aqui em cima – repreendeu Mairin.

— Está tudo bem – disse eu. – Eles estão comigo.

A conversa logo passou a ser sobre música. A Modulators estava fazendo shows com frequência, tocando principalmente nas noites de sexta como banda de apoio do centro comunitário. Ainda não havíamos resolvido nosso problema do baterista. Fizemos um show com um drogado da região chamado Hopeless[2] Eric, um apelido que, infelizmente, acabou sendo apropriado. Ele fumava maconha o ensaio inteiro, até que um dia surtou no palco, tremendo de nervosismo e fugiu logo em seguida sem nunca mais voltar. Depois disso, Paul Byrne assumiu a bateria. Ele era um amigo que morava perto da gente e o melhor jovem baterista de Howth, mas insistia que não disséssemos que ele era da banda. "Não quero que as garotas lá fora pensem que sou punk" era o raciocínio dele.

Eu estava aproveitando minha crescente celebridade local, mas logo aprendi que a fama pode ter seu lado ruim. Um dia, caminhando pela Howth Hill, fui atacado por dois garotos da minha idade, que me jogaram ao chão com golpes de judô, socando minhas pernas toda vez que eu tentava levantar.

— Você toca guitarra, mas não consegue lutar! – gritou um dos agressores.

— Mas eu nem sei tocar guitarra – protestei.

É claro que eu tinha sido atacado por engano. Quem eles realmente odiavam era o Ivan.

Contei essas histórias para Bono e The Edge com muita risada. Mas o U2 praticamente não sabia nada dos problemas que podem acontecer com bandas iniciantes. The Edge me contou que em um show no Crofton Airport Hotel, no qual só apareceram seis pessoas, três delas achavam que era uma outra banda que estaria tocando.

---

2 Hopeless, "perdido", "sem esperança".

– Foi a nossa pior apresentação – contou ele.

– Mas veja pelo lado bom – disse Bono –, apenas seis pessoas sabem disso.

O grande fracasso, no entanto, foi quando eles abriram para o show da Greedy Bastards, em dezembro, no gigantesco Stardust Ballroom. A Greedy era uma banda formada por integrantes do Thin Lizzy e dos Sex Pistols; logo, tratava-se do acontecimento mais incrível da cidade. Todas as pessoas importantes da indústria fonográfica na Irlanda e todos os moderninhos estavam lá, mas a falta de organização da Greedy fez com que o U2 entrasse no palco sem passagem de som. Eles tentaram resolver o problema fazendo uma introdução prolongada de "Out of Control", entrando na música cada um de uma vez para que o técnico de som ouvisse melhor o som de cada instrumento, mas o público estava vaiando antes mesmo de Bono começar a cantar. Eu e Ivan assistimos incrédulos, sem compreender como é que um grupo tão dinâmico e inspirador podia soar como uma banda totalmente amadora. Talvez houvesse esperança para todos nós!

– Todos nós caímos de cara no chão às vezes – disse Bono um tempo depois. – O importante é saber levantar.

Eu sabia como era aquilo. John anunciou que sairia da Modulators dizendo o seguinte verso imortal: "Não acho que vou conseguir lidar com o estilo do rock'n'roll". Olhei para ele com incredulidade. Exatamente com o que ele achava difícil de lidar? Não estávamos colocando tietes pra correr, não usávamos drogas e só tocávamos de vez em quando no centro comunitário. Descobrimos mais tarde que John estava fazendo conosco aquilo que havíamos feito com Frank. Ele e Paul Byrne estavam formando outra banda, a Sounds Unreel, tocando rock progressivo, um gênero em que o cabelo afro do John e o penteado volumoso e bufante de Paul não estariam tão fora do lugar.

Recrutamos um novo baixista, David Parkes, que tinha uma nítida vantagem sobre todos os outros que já haviam passado pela vaga: ele sabia realmente tocar um instrumento. Não o baixo, veja bem – aí seria pedir demais. Mas ele era um exímio violinista clássico e Ivan passou a ensinar tudo o que ele precisava saber para transferir seus talentos de seis cordas para quatro. Então, por meio de um anúncio na *Hot Press*, procuramos um baterista que não tivesse restrições probatórias, que não sofresse de paranoia induzida por drogas e que não fizesse nenhuma ressalva antes dos shows. Tudo bem que Johnny McCormack (sem nenhum parentesco comigo, graças a Deus) fosse um metido a besta dublinense um pouco mais velho do que nós (ele deveria ter lá os seus 22 ou 23 anos, o que, certamente, parecia muito) e com quem não tínhamos nada em comum, mas ele queria tocar bateria na nossa banda (a velha história de não olhar os dentes em cavalo dado) e isso era o suficiente para fechar o acordo.

No verão de 1979, estávamos prontos para o rock! Ou talvez aquilo fosse pronto para o pop. Nossas ideias sobre o que queríamos realizar estavam começando a tomar forma, e eu e Ivan concluímos que o rock era um gênero limitado por alguma coisa inerente. O rock estava repleto de bandas que pareciam se levar terrivelmente a sério; para impressionar, recorriam a uma forma de espancamento sonoro. Nós gostávamos de música: versos, refrões, meias oitavas e tudo o mais. Nossos heróis eram os Beatles, e queríamos criar uma plataforma musical que nos permitisse explorar um bando de estilos diferentes. E, na nossa feroz ambição, queríamos realmente ser populares, a palavra-chave que residia no âmago da visão que tínhamos da música pop.

– Tudo é música pop – eu disse ao Bono um dia após um show, ampliando as ideias que se juntaram à minha rejeição ao elitismo artístico. – Tudo se resume ao popular, ao que o público escolhe ouvir, ao que as pessoas ouvem e cantam para si mesmas até quando a banda não está lá. Vocês estão fazendo música pop.

– Qual é, seu Zé Mané – replicou Bono, horrorizado com a ideia do que eu disse. – O U2 é uma banda de rock.

– Estou falando sobre Jam, The Boomtown Rats, Ramones, Blondie... – enumerei (talvez pausando por um momento para contemplar a visão de Debbie Harry, a *pin-up* mais atraente da *new wave*). – Não têm nada a ver com o exibicionismo da disco e a pieguice do festival Eurovision. É o *new wave* do pop, um lance cheio de energia!
– Você quer que se pareça com cereal matinal? – Bono riu, incrédulo. – Esse é o problema do pop! É como música enlatada. O rock não se encaixa nas prateleiras do supermercado.
– É claro que sim. Quando o rock se torna popular, daí é pop por definição.
– Chamar a gente de pop é quase como um insulto para mim – disse Bono, contrariado. – É uma coisa sem a menor substância. Pop! Acaba depois que a bolha estoura. Mas o rock vai permanecer para sempre, não interessa o que acontecer. Pode haver tempestades, ondas quebrando, nada vai derrubá-lo...
Poderíamos continuar nisso por um bom tempo (o que frequentemente fazíamos). Mas enquanto concordávamos em discordar, Bono convidou a nova formação da Modulators para fazer sua estreia abrindo o U2 em McGonagles. Eles planejaram uma temporada de um mês conhecida como Jingle Balls, a qual eles anunciaram como "Natal em junho!", uma publicidade apelativa para chamar a atenção. A decoração de Natal foi colocada toda no palco com uma fila de máscaras de Papai Noel penduradas ao fundo. A ideia era oferecer uma profusão de prazeres, com convidados especiais e outras surpresas diferentes a cada semana. Não sei com quanta surpresa a Modulators seria recebida, mas nossa estreia no centro de Dublin foi um sucesso estrondoso para nós. Disparamos um set combinando músicas originais e versões cover, sendo que no bis tocamos "Kill that Girl", do Ramones, com um *riff* simples e estendido, e fechamos com um rock'n'roll altamente influenciado por Rocky De Valera, intercalando vocal principal e coro, durante o qual eu praticamente atestei minhas intenções homicidas. Analisando em retrospecto,

sinto que talvez houvesse nisso algumas questões relacionadas ao fato de ter passado aquele verão sendo rejeitado pelo sexo oposto, questões com as quais eu ainda precisava lidar.

Tivemos nossa primeira resenha na *Hot Press*. "A Modulators (que demonstrou mais entusiasmo do que polidez em seu 'primeiro' show) ostenta um vocalista muito bom que sem dúvida vai se estabelecer como uma força fundamental da região". A resenha foi escrita pelo meu chefe, Karl, mas quem era eu para questionar seu gosto e julgamento?

O U2 estava em outro nível. Mesmo assim, eu podia pressentir no que eles estavam se transformando. Em uma série de seis shows nas tardes de sábado em um estacionamento abandonado perto da Dandelion Market e depois durante um mês na McGonagles, pude ver toda aquela promessa de repente florescer diante de meus olhos e ouvidos. Eles eram uma banda moderna e incandescente de rock, forjando sua identidade na fornalha da apresentação. The Edge estava simplesmente alucinante, tocando com um módulo que ele acionava com os pés, e os efeitos de *reverb*, *repeat* e *delay* transformavam sua guitarra em uma orquestra de seis cordas enquanto ele sobrepunha acordes distorcidos e harmônicas metálicas produzindo espirais, flashes e chamas de som elétrico brilhante. Adam e Larry rugiam atrás dele, construindo um muro estrondoso de rock. E depois vinha o Bono, usando uma camiseta de malha, calça preta e branca estilo pierrô (ele nunca foi o ícone fashion de ninguém), o cabelo colado na testa por causa do suor, sempre animando, bajulando, gritando a plenos pulmões, entregando-se à música e ao público.

Havia um telão branco ao lado do palco e, por trás dele, luzes eram projetadas. Durante "Stories for Boys", uma música animada sobre ídolos da fantasia masculina, Bono arrastou Alison ao palco e eles desapareceram por trás da tela, onde suas silhuetas se apalpavam e se acariciavam. Ainda teria um longo caminho desde essa projeção até as exibições de alta tecnologia da Zoo TV, mas as ambições do U2 em relação à multimídia estavam presentes desde os primeiros anos da banda.

Nós abrimos mais uma vez o show deles no centro comunitário de Howth, em agosto. Era o nosso território, o saguão estava lotado e a Modulators tocou de olhos fechados. Então o U2 entrou e praticamente arrancou o telhado do lugar! Eles tocaram uma música *new wave* violenta, um rock chamado "Cartoon World" (escrito, deduzi, por The Edge, levando-se em consideração a letra fechadinha, em vez de ficar em inúmeros "oo-ee-oo"s). Contra uma guitarra robusta, que parava e começava o tempo todo, Bono descrevia vidas ordinárias de uma maneira divertida, em que os personagens pareciam cada vez mais disfuncionais, atingindo o clímax com uma parelha de versos memorável: "Jack and Jill go up the hill/ They pick some flowers and they pop some pills!"[3]. Enquanto Bono gritava esses versos com o máximo de espetacularidade e as mãos para cima no momento em que a guitarra de The Edge entrava no refrão, o público ficou completamente enlouquecido. Para mim, essas experiências eram como os Beatles no Cavern Club[4]. Estava me acostumando a assistir a todos os grandes nomes que vinham para a Irlanda, mas as apresentações do U2 eram sempre as mais especiais.

Logo em seguida, Alison (ou Ali, como todos a chamam agora, então Ali há de ser) se aproximou de mim enquanto eu conversava com alguns fãs locais, mulheres em sua maioria (pra dizer a verdade, as mulheres eram o único tipo de fã por quem eu remotamente me interessava).

— Vou ficar de olho em você, McCormick – disse ela. - Você está cercado de garotas todas as vezes que eu olho pra você.

— Você deveria é ficar de olho no seu namorado. Bono ainda vai ser uma grande estrela.

— Ah, não liga pra ele – disse Ali. — Ele sempre achou que era uma estrela. Minha função é colocar os pés dele no chão.

Minha falta de jeito adolescente com as garotas havia meio que desaparecido agora. Estar no palco estava alimentando meu ego, até que

---

3 Jack e Jill sobem o morro/ Eles colhem algumas flores e se entopem de pílulas.
4 The Cavern Club é um clube em Liverpool, na Inglaterra, fundado em 1957 e que existe até hoje. É famoso por ter sido o lugar onde os Beatles fizeram seus primeiros shows.

minha autoconfiança natural estivesse correndo perigo de ficar sobrecarregada. Eu tinha uma nova namorada, Barbara McCarney, uma colega da faculdade que vi pela primeira vez na aula de desenho com modelo vivo; ela piscou de um jeito que causou mais impacto em mim do que a modelo nua sentada entre nós. Barbara era uma garota adorável, de rosto oval, cabelo enrolado, rosto corado, dócil e risonha, muito diferente das gostosonas do rock que ocupavam as minhas fantasias. Mas ao longo de um ano estudando juntos, fiquei completamente apaixonado. Cortejei Barbara durante meses, até que resolvi me aproximar no último dia de aula, induzido pelo medo de que eu poderia não vê-la novamente durante as férias. Ela se esquivou quando a beijei, e pensei "Oh, não... será que eu julguei mal todos os sinais?". Até que ela sorriu e, correspondendo, sussurrou para mim:

— Vá com calma, rapaz.

"Senhor", pensei, "tenho certeza de que um dia ainda vou entender isso."

Enfim perdi a virgindade em um festival de rock contra a energia nuclear em Carnsore, na costa sudoeste da Irlanda. Gostaria de registrar que eu realmente desprezo a noção de que alguém "perde" a virgindade. Não acho que eu tenha perdido alguma coisa. Muito pelo contrário, ganhei algo especial quando nos entregamos aos nossos desejos naturais em uma barraca em um campo lamacento enquanto o ruído do rock ecoava ao fundo. Mas "perder" a virgindade era uma das maiores preocupações psicossociais entre os meus amigos naquela época. Em uma tentativa evidentemente frustrada de fazer com que os jovens solteiros da Irlanda parassem de fornicar como bestas selvagens, o lobby católico conseguiu fazer da contracepção algo ilegal. As camisinhas eram tratadas como contrabando no mercado negro, e foi assim que consegui um pacote com três de um traficante de drogas no festival.

— Tem certeza de que você não quer um pouco de haxixe pra usar com isso? — murmurou ele, sedutor. — Vai melhorar toda a experiência, acredite.

— Não, só a Durex mesmo, obrigado — resmunguei, ruborizando furiosamente. Romeu e Julieta não precisaram lidar com uma porcaria desse tipo.

Escrevi uma música com Ivan sobre isso, chamada "In Your Hands": um relato tortuoso, porém poético, sobre o medo, a culpa e o sentimento de rebeldia inculcados pela Igreja no simples ato de fazer amor. Estava claro que nossas composições tinham começado a melhorar, e com isso se cristalizava um objetivo artístico. Eu queria escrever sobre a realidade da vida dos adolescentes na Irlanda: os desejos frustrados em uma nação onde a lei parecia tornar ilegal o amor juvenil; o medo inquietante da mortalidade contraposto ao suave auxílio de uma religião atrofiante; os obstáculos colocados no caminho da satisfação por uma sociedade de adultos repressores. Queria preencher as músicas com detalhes práticos que somente um adolescente poderia saber; queria escrever sobre a frustração de ter que sair da casa da minha namorada toda noite para pegar o último ônibus para casa, dando à canção o título prosaico de "O último ônibus para casa". Eu queria mesmo realizar grandes coisas e acreditava que a Modulators seria meu veículo para isso.

Finalmente começamos a ser pagos quando Johnny negociou um cachê de oitenta libras para abrirmos o show de uma banda em um clube de *striptease* ilegal conhecido, de um modo nada atraente, como Sweaty Betty's. Já prevendo que o público não seria lá muito mente aberta, aprendemos um punhado de clássicos do rock e os tocamos convenientemente em uma velocidade estonteante. O lugar veio abaixo, com um cara bem mais velho batucando na mesa com a nossa badalada versão de "Peggy Sue". Depois ele se aproximou para nos parabenizar.

— Então é isso o que vocês chamam de punk rock, não é? — disse ele. — Nada mau!

Fizemos nossa estreia na televisão em um programa chamado Young Line, um programa bem-intencionado, porém ridiculamente enfadonho e amadoramente jovem, no canal RTE, o único da Irlanda. Fui até o estúdio com os olhos arregalados de surpresa, e fiquei rodando até chegar a uma sala cavernosa com cortinas grossas e uma imensidão de luzes suspensas por uma treliça logo acima da nossa cabeça. Assumi minha posição no palco e assisti às grandes câmeras rodando silenciosamente ao redor, com as lentes girando como grandes olhos vazios na minha frente. Olhei corajosamente para as lentes como se estivesse tentando ver através do espelho e entrar no mundo dos telespectadores. Ali estava eu: finalmente dentro da caixa mágica! Não me senti nem um pouco nervoso: era ali o meu lugar. Em um momento crucial de nossa apresentação, fiz algo que costumava fazer nos shows e pulei do palco para dançar na pista. Infelizmente, para os espectadores, eu simplesmente havia sumido da tela. A câmera não acompanhou meu pulo e agora sobrevoava em pânico, como se estivesse procurando algo ou alguém para se focar. Foi quando fizeram um corte para um apresentador vestindo um pulôver tricotado e multicolorido ridículo e murmurando futilidades em frente a uma projeção agitada e silenciosa do resto da apresentação da Modulators. Foi apavorante. Senti vergonha ao ver meus movimentos exagerados e os gestos forçados. Eu realmente me parecia com aquilo? Quanto ao meu canto... sabia que a minha voz não era exatamente uma das maiores maravilhas do mundo, mas fiquei horrorizado com o tom embolado e minha dicção engasgada, como se estivesse com um sapo na garganta. Como é que eu tinha convencido alguém a me deixar ser o vocalista de uma banda?

Mas nas semanas que se seguiram, o poder da televisão chegou para confirmar que eu estava no caminho certo. Os garotos de Howth se aproximavam, rindo, nervosos, dizendo "Te vimos na TV!". Eu era uma estrela, mesmo que só na minha vizinhança.

Um dia, em setembro, desci até o porão da Advance Records para comprar um *single* de doze polegadas. Segurei minha nova aquisição com uma sensação de espanto. Era o primeiro lançamento do U2, um EP chamado *U2-3* contendo "Out of Control", "Stories for Boys" e "Boy/ Girl", que custou 1,49 libra. Peguei o número dezesseis (escrito na capa com hidrográfica preta) de uma edição limitada de mil cópias. Hoje é provavelmente o disco mais valioso que tenho, embora tenha sempre sido valioso para mim. Lá em 1979 ele representou uma ponte sobre o vão que existia entre o mundo trivial e corriqueiro em que cresci e o universo alternativo, fabuloso e exótico dos discos, do estrelato no rock, do glamour e... da possibilidade.

A possibilidade de que alguém como eu pudesse realmente cruzar as magníficas dimensões dos sonhos do século XXI. Porque alguns garotos que eu conhecia tinham realmente gravado um disco, garotos com quem eu ia para a escola! Logicamente, é claro, eu sempre soube que isso era possível. Mas, como São Tomé, eu precisava de provas. Deveria ser muito mais do que simplesmente ver com meus próprios olhos. Precisava tocar, segurar com as mãos. Colocar no toca-discos, vê-lo girar e girar de uma maneira hipnótica, exatamente em 45 (número mágico) rotações por minuto, deixar a agulha descer vagarosamente até que, com um clique suave e o mais leve chiado, o ritmo começasse a sair dos sulcos e...

... comecei a ouvir o pulso metálico do baixo de Adam. De-dum-dum-dum-de-dum-dum-dum-de... Quantas vezes eu o havia visto tocar aquele *riff*, tão perto dele a ponto de tocá-lo! Depois entrou o ching-chang-ching! Era o *riff* da guitarra do The Edge. A bateria de Larry apareceu com o som dos pratos e das caixas. Até que veio Bono: "Monday morning/ Eighteen years of dawning...".

A gravação havia sido patrocinada por Jackie Hayden, que dirigia a CBS da Irlanda, uma pequena ramificação que não era nem de longe levada a sério pela genitora multinacional. A CBS havia passado adiante a recomendação de Jackie sobre os Boomtown Rats, e assim, embora continuassem desmotivados em relação à mais recente descoberta local e tivessem rejeitado a oportunidade de assinar um contrato mundial com o U2, eles aprovaram o lançamento, somente na Irlanda, de uma série de fitas demo produzidas por Chas De Whalley, dono da London A&R.

O fato de a *Hot Press* ter apoiado a banda colocando-a na capa da edição de outubro, para a infelicidade geral de todas as outras bandas locais, foi um indicador da importância cada vez maior do U2 na cena de Dublin. Bono e The Edge foram à redação no dia da publicação para pegar seus exemplares quentinhos, saindo da impressora (por assim dizer).

– Ficou ótimo! – disse Bono, com uma nota de surpresa genuína na voz enquanto contemplava a capa.

– Bem, eu estou bonito – brincou The Edge. – Eu não sei como *você* está! Eu te disse pra não usar aquela camiseta com manchas de tinta na frente, mas você ouve? Parece que acabou de sair de uma construção.

Bono ignorou.

– Nós parecemos uma banda de rock – disse ele, confiante.

Enquanto isso, The Edge, que estava todo entusiasmado, voltou sua atenção brincalhona para mim e perguntou:

– E a quantas anda a banda *pop* de vocês? – perguntou, fazendo o "pop" soar como um insulto.

– Você não soube? – disse eu.

– O quê?

– Fomos fodidos pelo papa!

Estava tudo indo muito bem. A Modulators tocou como banda principal em duas grandes universidades (Trinity e UCD), fez um baile da faculdade de Artes e um show grandioso para duzentos garotos animados em um centro comunitário lotado na notória área decadente de Darndale. Aquilo seria visto como um grande sucesso, não fosse pela invasão do palco feita durante o nosso segundo bis, quando equipamentos que valiam duzentas libras sumiram, me deixando no palco pedindo desesperadamente para que o público devolvesse pelo menos um dos microfones. Depois tivemos a oportunidade de tocar no melhor lugar de Dublin: faríamos um show no McGonagles.

Só podia ser uma armadilha. Nós não ocupávamos uma posição tão alta na grudenta parada local para justificar tamanha bilheteria. Será que tinha a ver com o fato de que o Papa João Paulo II estava chegando à Irlanda para uma visita de três dias que prometia parar o país, culminando em uma missa estimada em 1 milhão de espectadores no Phoenix Park de Dublin no mesmo dia do show? Bom, isso não nos incomodou. Eu e Ivan fazíamos parte de uma minúscula minoria na Irlanda que não dava a mínima para a visita do papa. Para nós, o papa podia se apresentar para o público dele e nós ficaríamos com a ralé não religiosa do rock'n'roll que tivesse ficado para trás. Foi quando nosso baixista disse que tinha recebido a honra de ser escolhido como um dos coroinhas do papa e, devido à complexa logística da ocasião, não poderia tocar naquela noite.

Eu não podia acreditar. Que tipo de aspirante a astro do rock, em sua sã consciência, preferiria servir ao representante de Deus na terra do que fazer um show só nosso no McGonagles? Nós o intimidamos, xingamos, persuadimos para que não fizesse aquilo. Disse que com certeza devia ter milhares de outros coroinhas envolvidos nessa imponente comunhão pública e que menos um não faria diferença. Mas nosso baixista devoto não mudou de ideia.

– É uma grande honra ser convidado a ajudar o Santo Padre disse ele, fazendo o sinal da cruz. – É uma oportunidade única na vida.

– Nosso show no McGonagles como banda principal também! – disse eu, ríspido. O peculiar era que eu realmente acreditava nisso. Para mim, o show era mais importante do que qualquer outra coisa que estivesse acontecendo na Irlanda naquele dia, e que se foda o resto do mundo! – Você tem de tocar no show – insisti.

Depois de dias de contínua pressão, David finalmente cedeu. Ele faria a missa e correria a tempo de chegar para a última passagem de som, dando um jeito de chegar a uma esquina perto do parque, onde estaríamos esperando para pegá-lo e voar até o McGonagles.

— Se pisar na bola, tá fora! — alertei-o.

— Estarei lá, tudo bem? Não se preocupem — prometeu ele.

Onde foi que eu ouvi isso antes? Peguei o carro do meu pai emprestado, e eu e Ivan dirigimos para Dublin no dia da missa. A cidade estava morta. Nenhuma alma viva nas ruas. Nenhuma loja aberta. Parecia que todos haviam fugido para o parque para ver o papa. A dimensão do evento finalmente começou a fazer sentido para mim. Encontramos um salão de sinuca que não estava fechado, cujo dono supostamente era um ateu rabugento. Entramos e jogamos algumas partidas, ouvindo as bolas batendo umas nas outras no silêncio do lugar vazio, rindo com prazer de nossa blasfêmia.

É claro que, quando chegou a hora de buscarmos nosso baixista, não o encontrávamos de jeito nenhum. Esperamos por horas, a raiva foi crescendo até chegar a proporções homicidas, até que voltamos para o McGonagles e descobrimos que nosso baterista (que provara ter a confiabilidade de Keith Karkus) cansou de esperar, juntou suas coisas e foi embora. Envergonhados, contamos ao gerente, Terri O'Neill, que não seria possível tocar.

— Não liguem, rapazes. Ninguém apareceu mesmo — disse ele, o que achei muito caridoso levando-se em consideração as circunstâncias. — Está tudo morto por aqui.

E foi assim que o papa arruinou a minha banda.

— Melhor você ajoelhar e rezar, meu caro — Bono riu enquanto eu terminava de contar minha triste saga. — Parece que vocês arrumaram alguns inimigos bastante poderosos.

CAPÍTULO 8

Sem uma banda para queimar todo o meu excesso de energia, joguei-me com tudo na *Hot Press*. Consegui convencer Niall a me deixar levar alguns álbuns para casa e resenhá-los. Da primeira vez que fiz isso, minha obra sobre um grupo punk de segunda categoria ocupou quase um caderno pautado inteiro (era uma marca da minha idade, acho, escolher esse tipo de caderno para os trabalhos). Depois tive de suportar o som dos riscos da caneta vindo da sala do editor enquanto ele atacava cada frase pretensiosa com marcas azuis, para enfim sair de lá e anunciar minha derrota.

– Há muitas coisas boas aqui – disse ele, de modo encorajador. – Mas nada que eu possa publicar.

Niall era um grande editor, dentre os melhores que eu já conheci. Ele pode ter supervisionado algo que os jornalistas mais poderosos teriam rejeitado como um jornal paroquial, mas sua paixão e comprometimento elevaram a *Hot Press* muito além de seu nível natural. Niall acreditava que a revista tinha o potencial para fazer a diferença na Irlanda, e encorajou seus redatores a usá-la como um fórum para debater importantes questões e como um veículo para suas ambições mais criativas, sempre encorajando a paixão e nutrindo a personalidade de cada um. E ele era uma pessoa extremamente solidária, dedicando tempo e consideração a todos que trabalhavam com ele, inspirando bastante lealdade à equipe. Certamente ele pareceu ter identificado algo em mim em que valesse a pena persistir, e demonstrou uma grande paciência em desenvolver seja lá qual fosse o talento que eu tinha na época. Ele falava sobre o processo jornalístico, mostrando-me outros redatores que deveriam servir como inspiração e explicava cuidadosamente os cortes que fazia em meus ingênuos esforços iniciais, para que eu começasse a compreender coisas como estrutura e substância.

Claro que, para uma operação de baixo custo como a *Hot Press*, me contratar oferecia uma vantagem razoável. Embora eu recebesse um salário pelo meu trabalho gráfico, jamais havia me ocorrido que eu poderia ganhar um dinheiro extra com meus textos. Mesmo quando eu progredi para as manchetes de capa da revista, não recebi um centavo pelos meus esforços. E nunca pensei que receberia algo por isso. Eu queria escrever. Implorei pela oportunidade de escrever. Que tipo de ingrato esperaria ser pago por isso, não é mesmo? Fiz as resenhas das bandas locais que ninguém queria fazer. Escrevi sobre álbuns pelos quais nenhum dos outros críticos se interessava. Entrevistei bandas com as quais ninguém queria conversar. E me considerava o cara mais sortudo de Dublin.

Havia, inevitavelmente, momentos de incerteza. Como durante a minha primeira entrevista, com os Revillos, uma banda escocesa formada a partir das cinzas da The Rezillos, uma banda de festa punk. Hoje sei que era uma banda de um hit só, cuja carreira rumava em uma espiral descendente em direção ao esquecimento, mas aquele único hit, "(Everybody's On) Top of the Pops", era exatamente o tipo de *new wave* pop autoconsciente, cativante e despretensioso que se adequava ao meu manifesto pessoal pela música. Então pedi repetidas vezes ao Niall que me deixasse entrevistá-los.

Na noite anterior à entrevista, vi a banda realizar um show pop alegre, colorido e bobinho, que casava muito bem as melodias femininas da banda Shangri-La com letras de rock espasmódico de filmes B cômicos. Eugene Reynolds, o líder da banda, tinha o maior topete do mundo musical, uma torre altíssima de gel de cabelo que ameaçava decapitar seus colegas de banda cada vez que ele virava a cabeça. E a vocalista, Fay Fife, dasTerras Altas, na Escócia, era uma *pin-up* atraente e atrevida. Durante o show, eu ardia com um sentimento secreto de orgulho de que eu (sim, eu!) na verdade me encontraria (pessoalmente!) no dia seguinte com três estrelas do palco e da televisão. Para qualquer pessoa do público, eles continuariam sendo objetos distantes de veneração. Eu estava prestes a entrar naquele mundo.

No dia seguinte, apareci no hotel onde eles estavam hospedados achando que havia algum engano. Ainda agarrado à crença de que qualquer um que tivesse um disco gravado (certamente, qualquer um que tivesse aparecido no *Top of the Pops*) deveria ser fabulosamente rico e famoso, fiquei desnorteado quando me vi em uma pensão pobre onde meia dúzia de membros da banda e da equipe estava dividindo dois quartos encardidos. Sem maquiagem e sem o figurino usado no palco, Fay tinha um rosto afilado, a pele cheia de sinais, era muito tímida e sua expressão alternava-se entre o tédio e uma franca hostilidade. Os fios do topete de Eugene pendiam longos e soltos pelo seu rosto; ele estava sentado na ponta de uma cama de solteiro precária, sem dúvida contemplando com um desânimo cada vez maior a aparição desse adolescente magrelo e teimoso, nitidamente o membro mais jovem da *Hot Press*, que havia sido enviado para conversar com eles.

Cuidadosamente, consultei um pedaço de papel no qual eu havia rabiscado algumas perguntas.

— Como você definiria a estética *trash* da Revillos? — comecei, uma pergunta feita para mostrar à banda que eles não estavam conversando com um charlatão qualquer do rock.

— O que isso significa? — desdenhou Eugene, com um sotaque escocês grosseiro. — Estética *trash*? Como você a definiria? Estética *trash*! São só duas palavras ligadas para fazê-las parecer interessantes e que não significam absolutamente nada.

— Quer dizer... é... O que eu quero dizer é que... — comecei a temer que talvez ele tivesse razão. O que eu queria dizer com "estética *trash*"? — Estou falando da estética do *trash* e tal... — eu teria de fazer melhor do que isso.

– "*Trash*" no sentido de "lixo"? – perguntou Fay – "*Trash*" como "porcaria"? Você está dizendo que somos lixo?

– Estou falando sobre encontrar beleza em coisas que outras pessoas diriam ser lixo descartável.

– Ah! Qual é, você tá falando merda – rosnou Fay.

– Próxima pergunta! – pediu Eugene.

Continuei me esforçando, mas, enquanto eu fazia a leitura, pude ver que as perguntas que elaborei com tanto carinho eram confusas e pretensiosas. Logo, as pausas foram ficando tão sugestivas que fazer aquilo era quase um trabalho de parto. Por fim, Fay quebrou o silêncio constrangedor.

– Você não é lá muito jornalista, né? – disse ela.

Voltei para casa em um estado miserável de desespero. Meu prazo era segunda-feira, então eu tinha o fim de semana para consertar essa farsa humilhante. Trabalhei em minha máquina de escrever (sem mais cadernos pautados de estudante para este aspirante a profissional) dentro do quarto por 48 horas, dormindo praticamente nada, escrevendo e reescrevendo, rasgando folhas e começando de novo, elaborando lenta e dolorosamente uma composição sobre a natureza ilusória da música pop e a lacuna um tanto dolorosa entre a fantasia e a realidade. Era um tipo de composição de amadurecimento, que terminava não com desilusão, mas com uma nova aceitação, o contrato da imaginação entre o músico e o ouvinte.

Deixei na mesa de Niall e fiquei do lado de fora da sala tentando ouvir, com medo, pela meia hora seguinte, o som da temida caneta azul. Mas não houve nada. Nem um risco, nem um rabisco. Finalmente, o editor saiu da sala.

– Está excelente – disse ele. – Vou enviar para a composição.

O desânimo que senti nos dias anteriores se transformou em deleite. Eu tinha conseguido! Este era um momento profundo na minha vida interior. Ali mesmo eu soube que podia fazer aquilo! Eu podia escrever! Eu podia me expressar e ser publicado. O processo não era mais um mistério para mim. Eu era um jornalista.

Geralmente confiavam a mim apenas as páginas mais chatas da *Hot Press*, mas Karl me deu a honra de fazer o layout da minha própria entrevista. E não economizei com ela: coloquei uma fonte maluca na manchete, um monte de fotos em um ângulo esquisito e, no topo, a sobreposição de uma tirinha em zigue-zague cruzando a página inteira, com instruções para imprimi-la em amarelo brilhante.

– Vai ficar legal! – Karl disse, encorajando.

Bem, poderia ter ficado legal se tivesse sido impresso por alguém que soubesse o que estava fazendo. Quando a revista chegou da gráfica de Kerry, contemplei meu trabalho com horror. A sobreposição havia sido impressa em preto brilhante. Um grande zigue-zague preto no meio da minha página, apagando aleatoriamente grandes passagens do texto trabalhado com tanto esmero. O artigo estava ilegível.

– Uau! – disse Liam Mackey, com uma falsa admiração. – É esse o tipo de coisa que eles ensinam nas aulas de arte? Preciso ter certeza de que o Karl fará o layout do meu próximo artigo.

Para ser sincero, não estou certo do tipo de coisa que eles deveriam me ensinar na faculdade de Artes, já que eu raramente estava por lá. Para atingir os 80% de presença requerida, eu tinha pedido à Barbara que assinasse a lista de chamada por mim. Embora agora eu estivesse em um curso específico de design gráfico, eu estava incrivelmente entediado com as aulas. Sentia que estava adquirindo habilidades mais práticas com o emprego na *Hot Press*. Quando tentei conversar com os professores sobre impressão de obras e separação de quatro cores, eles me olhavam estupefatos, com horror nos olhos. Não foi a primeira vez na vida que tive a certeza de saber mais do que os responsáveis pela minha educação.

Por mais que eu estivesse muito envolvido com a *Hot Press*, comecei a sentir coceiras para formar outra banda. Eu estava prestes a fazer 19 anos e não havia sinal algum de meu destino se aproximando com luzes flamejantes e sinos tocando. Em fevereiro de 1980, para enfatizar ainda mais o buraco que crescia entre nós, meus colegas de colégio tocaram no National Stadium, em Dublin. Foi um evento extraordinário para os padrões locais. A arena de 2.400 lugares (chamar de estádio sempre foi um pouco extravagante) era o refúgio das maiores apresentações internacionais. O U2 já tinha lançado um segundo *single* pela CBS da Irlanda (o inspirador, porém lamentavelmente deficiente *Another Day*, trazendo na capa um desenho amador feito por Bono), encabeçando cinco categorias na enquete respondida pelos leitores da *Hot Press*, ainda que o pessoal daquela época considerasse uma tolice narcisista pensar que uma banda de *new wave* da cidade, vista pela última vez tocando nos pubs de Dublin, pudesse ocupar um lugar tão grande e prestigiado.

Eu estava na lista de convidados naquela noite. Mas todos que eu conhecia também estavam. A história registra que os ingressos estavam esgotados, mas não tenho lá tanta certeza. Deveria haver pelo menos quinhentos amigos e acompanhantes, e amigos de amigos, e acompanhantes de acompanhantes com a entrada liberada. Talvez houvesse apenas quinhentos pagantes. Mas a atmosfera era tudo o que importava, e outras mil e tantas pessoas não teriam feito a menor diferença. A multidão se reuniu em frente ao palco, gritando alto e com orgulho, apoiando nossos garotos. Com Bono agindo como um líder iluminado, o U2 eletrificou o público, fazendo-os perder a cabeça em um desmoronamento de emoções. Havia uma sensação unânime de que a noite foi uma celebração estonteante e alegre, uma despedida dos nossos heróis locais – e um tipo de adeus, pois todos nós sabíamos que, depois daquilo, não haveria retorno; o U2 prosseguiria alto e avante, levantando voo dessa pequena ilha para ganhar o mundo.

No camarim, após o show, Nick Stewart (também conhecido como Bill Stewart), chefe do departamento de artistas e repertório (A&R) da Island Records, ofereceu ao U2 um contrato. Era muito incomum naquela época que alguém que trabalhasse na área de A&R da Inglaterra se desse ao trabalho de ir aos cafundós do rock na Irlanda, então a presença de Stewart no show foi um pouco como uma montanha se erguendo e indo em direção a Maomé para prestar uma homenagem.

Vi Bono em uma parada de ônibus na cidade algumas vezes depois disso. Ainda era preciso fazer um ajuste mental. Eu pensava que os contratos de gravação eram sinônimos de limusines e o início de uma vida fácil.

– Sabe, gastamos tanto tempo e energia tentando arrumar um contrato – disse Bono. – Daí, chegamos ao fim de toda essa luta e descobrimos que é apenas o início. O trabalho de verdade começa agora.

Sentamos no fundo de um ônibus da linha 31 e ficamos conversando. Ele estava indo visitar Ali e os pais dela em Raheny, e eu estava indo para casa, voltando do trabalho. Bono estava com um humor sério, contemplando o futuro, falando com uma voz sussurrante, urgente e íntima.

– O U2 está sozinho nisso, nós não nos encaixamos. Não seremos capazes de pegar a estrada habitual para o sucesso. Mas eu realmente acho importante que nós cheguemos aonde estamos indo, que ganhemos a chance de realizar nosso potencial. Porque a música pode ser uma celebração da vida. É uma forma contemporânea de arte para todo mundo, para os trabalhadores, para as classes mais altas. Nunca antes houve uma arte tão versátil. Mas essa arte está sendo corrompida. Está sendo comercializada. E está sendo deturpada. O punk tentou endireitar as coisas, mas é sempre aquela velha história. O poder corrompe e há uma deturpação ainda pior do que a anterior. O U2 está se colocando contra tudo isso. É uma vantagem para o lado positivo dessa cultura, a cultura pop, como você sempre diz. Se estamos no rádio, se chegamos ao primeiro lugar, é porque estamos tirando o lugar de todos que fazem aquela música lixo, produzida em série. Acho que isso é importante.

Oh, eu estava convencido! Bono consegue ser um orador hipnotizante. Ele tem uma linguagem poética e um dom de persuasão típico dos padres, mas em vez de dizer as coisas em tom de fúria e delírio, seu tom era de discrição íntima, preenchido com ternura, humor e uma humildade surpreendente. Falar por falar não é, de fato, seu forte. Ele tem uma tendência a ir direto ao ponto nos grandes assuntos. Mas ele não fala unicamente para nós; ao contrário, ele coloca os ouvintes no centro da conversa, para que todos sintam que o próprio envolvimento e consentimento são vitais, que estão todos juntos no diálogo.

– Você tem de continuar com a sua banda, Neil – disse ele, insistindo na ideia como se o futuro da indústria fonográfica dependesse de pessoas como eu, esperando para ser incluídas. – Você tem grande talento, e tem a obrigação de tocar.

Foi quando chegamos à parada onde Bono descia, e ele se despediu, não sem um "Deus te abençoe". Por que ele sempre tem de colocar Deus em tudo?

Ivan estava tocando com dois amigos que costumavam ser *roadies* da Modulators: Ivan O'Shea (que será, de agora em diante, tratado pelo sobrenome para evitar confusão) e Declan Peat (que será tratado pelo apelido, Deco – a maneira típica de criar apelidos em Dublin é pegar a primeira sílaba do nome cristão e colocar um "o" no final. Sendo assim, eu conhecia várias pessoas com nomes como Philo, Johno, Robbo, Kevo e Steve-o. Mas, curiosamente, apenas um Bono). Eles se chamavam de The Jobbys, um eufemismo para resíduos insalubres expelidos pela retaguarda. "Somos merda e temos orgulho disso", como dizia meu irmão. O princípio básico por trás do som único da Jobbys era que cada membro estava comprometido com o instrumento no qual era menos competente. Assim, Ivan ficou com a bateria, O'Shea com a guitarra (embora ele nunca houvesse sequer encostado no instrumento) e Deco com o baixo (idem). Todos trocavam acordes ao mesmo tempo, mas não necessariamente na mesma ordem, e eles tocavam com baldes na cabeça, de costas para o público. Era muito divertido (para eles, pelo menos), mas era essencialmente um passatempo que afastava a mim e ao Ivan do nosso objetivo em relação ao estrelato mundial. Não passou despercebido, no entanto, o fato de que Deco começou a ameaçar a própria *raison d'être* da Jobbys porque progredia rapidamente com seu instrumento. Então, um belo dia, perguntamos se ele aceitava uma promoção de *roadie* para baixista da nossa nova banda. Levando-se em consideração que na verdade ainda não tínhamos uma nova banda, isso representou apenas um pequeno degrau acima na nossa infraestrutura, mas Deco ficou tão agradecido e emocionado que parecia que havia se juntado aos Rolling Stones.

— Não vou desapontar vocês, pessoal — declarou em tom de modesta convicção.

— É o que todos dizem — acrescentei.

Assim como nossos baixistas anteriores, Deco herdou o velho baixo Ibanez e pediu para Ivan algumas instruções sobre como tocá-lo, mas o fato de ele ter se alistado representou uma melhora nítida na nossa política de recrutamento. Conforme indicado por seu fanatismo, sua amizade e sua condição de *roadie* voluntário, Deco era um de nós: dividíamos a mesma visão de mundo, o mesmo senso de humor e o mesmo gosto musical. Imediatamente começamos a nos sentir unidos. Agora, tudo o que precisávamos era de um…

Não, não de um baterista. A primeira coisa na nossa lista de prioridades era um novo nome.

As coisas estavam mudando na frente de batalha dos nomes de banda. "The" estava se tornando muito redundante. De Liverpool, ouvíamos a explosão de uma nova psicodelia animada vinda de bandas com nomes fantásticos como Echo & The Bunnymen e Wah! Heat. Malcolm McLaren, o empresário dos Sex Pistols, estava promovendo as batidas de Burundi da Bow Wow Wow, enquanto o novo *glam* extravagante do Adam & The Ants ganhava proeminência nas paradas. E do underground chegavam rumores de um movimento *new romantic*, que prometia sacudir a dureza e a negatividade associada ao punk, enfatizando o mundo fabuloso da moda e do glamour, encabeçado por grupos com nomes como Duran Duran, Spandau Ballet e Culture Club.

Ainda que eu não me impressionasse muito com as batidas dançantes e errantes dos discos dos *new romantics* (para mim, o disco do ano havia sido o *Get Happy*, do Elvis Costello, uma regravação espirituosa de músicas da década de 1960 da Motown permeadas por uma boa dose de miséria romântica), estava apaixonado pelo pensamento conceitual que havia por trás deles e pela ideia de que isso tudo deveria liberar uma descarga de cultura alternativa dentro das paradas populares. Logo comecei a usar lenços espalhafatosos de várias cores sobre uma camisa amarelo-brilhante e uma calça folgada cor de vinho que eu achava superpirática.

De vez em quando pode até ter havido um toque de lápis de olho, embora fosse difícil enxergá-lo debaixo do meu cabelo, cheio, encaracolado e com uma franja excessivamente comprida para esconder meus óculos desprezíveis. Essa era a causa dos desastres frequentes, pois eu tinha de tirar o cabelo dos olhos o tempo todo para conseguir enxergar, e por isso eu sempre batia na ponta dos óculos e jogava-os para longe.

– Nunca conheci alguém que tivesse quebrado tantos óculos – disse uma vez meu oftalmologista. – Você não acha que seria mais barato pagar por um corte de cabelo?

De qualquer forma, para alguém tão envolvido nas tendências mutantes da moda pop como eu, era necessário que nosso novo nome refletisse esse espírito de aventura. E não havia mais lugar na frente do nome para o artigo definido "the".

– E que tal só Modulators? – Ivan sugeriu.

– Não, essa coisa toda de *mod* já acabou – apontei. – Acabou. Estaríamos mortos antes mesmo de começarmos. Temos de arrumar algo novo e original.

– "Bats with Guns and the Third Earth Radio" – sugeriu Deco.

– Não tão original – disse eu.

– "Lucky Frogs Evaporate" – disse Deco enquanto lia palavras aleatórias em uma história em quadrinhos.

– Ai, meu Deus – suspirou Ivan.

– Eu gosto disso! Uma única e grande palavra nos pôsteres. DEUS. Ao vivo no Baggot Inn.
– Amém! – disse Ivan.
– Nada mau! "Amém"! Posso até ver as multidões gritando, "Amém! Amém!".
Finalmente, de acordo com essa linha de pensamento enrolada, acabamos propondo Yeah! Yeah! (complementado com as exclamações, nosso corajoso uso de pontuação refletindo minha apreciação crescente pelas propriedades tipográficas do Letraset). Amei aquele nome, pois sugeria uma interpretação moderna do espírito dos Beatles, que continuavam sendo nossos principais ídolos. E o nome ganhou uma baita confirmação quando Bono deu seu selo de aprovação.
– Geralmente, podemos dizer se uma banda vai ser boa pelo nome – disse ele. – E eu já gosto de Yeah! Yeah!
Agora era imprescindível arrumarmos um baterista. Deco convidou Leo Regan, um colega do colégio, para um ensaio. Ele era um cara esquelético, de sobrancelhas bizarras: dois arcos finos, negros e salientes que pareciam ter vida própria. Elas davam a ele um ar comovente, quase pesaroso à sua expressão facial, e complementavam sua natureza intensa. Na verdade, a palavra "intensa" não faz jus a Leo, um tipo de extremista emocional e filosófico. Quando era mais novo, dedicava-se aos extremos do hedonismo, mas à medida que cresceu e ficou mais sério, tornou-se um artista bastante exigente, quase autopunitivo. Éramos amigos desde sempre, mas o início não foi nada fácil. Primeiro eu achei que ele fosse um esquisitão, mas ele sabia tocar bateria e isso era tudo o que realmente interessava. Por sua vez, Leo se lembra de uma grande sensação de incerteza ao se envolver com a Yeah! Yeah!. Ele achava que eu e Ivan éramos uma dupla de egoístas bundões, mas ao mesmo tempo nunca havia encontrado uma dupla tão confiante e comprometida com a realização de suas metas; foi então que acabou concluindo que deveria entrar na onda.

Eu e Ivan tínhamos um plano. Bom, a gente sempre tinha um plano para alguma coisa, mas dessa vez estávamos convencidos (além de outras pessoas próximas a nós) de que o plano era infalível. Nós criaríamos um pop *new wave* baseado no modelo dos Beatles: melódico, inteligente, com músicas cantadas em conjunto e tocadas com sagacidade, petulância, paixão e invenção. Depois ensaiaríamos até que fôssemos dignos de perfeição antes de nos lançarmos na cena com uma exaltação de glória. E era isso: eis a totalidade do plano. Analisando em retrospecto, é claro, não era muito bem um plano, estava mais para uma aposta esperançosa.

Eu e Ivan nascemos nos anos 1960, filhos de uma revolução de classe, do advento da televisão e da cultura pop. Fazíamos parte do que, provavelmente, foi a primeira geração a aceitar a fama como certa. Todo mundo pensa nisso hoje, é claro. Algo que anteriormente era retratado como acessível apenas aos grandes realizadores da humanidade, agora era visto como opção de carreira. Nós queríamos ser famosos. Logo, nós o seríamos. Era óbvio, não era?

Ivan terminou os estudos e entrou para a Trinity College com o intuito de estudar Engenharia. Penso que ele achou estar fazendo algo que meu pai aprovaria, mas não demorou muito para que Ivan se desse conta de que havia cometido um erro. Para começar, havia muito trabalho duro envolvido. Ele largou o curso depois de apenas quatro semanas, com o comprometimento solene de que faria as provas de novo para agora estudar Ciências Naturais, um curso que prometia deixar mais tempo livre para que ele se dedicasse ao seu verdadeiro interesse, a busca pelo estrelato no rock.

Meus pais devem ter começado a se preocupar que um padrão se repetia quando anunciei que largaria a faculdade de Artes. Karl Tsigdinos saiu da *Hot Press* para cuidar de uma revista de moda feminina, o que foi tratado com escárnio pelos colegas, que achavam que ensinar às mulheres irlandesas os mistérios do orgasmo feminino era uma vocação muito menos digna de honra do que preparar o país para o rock'n'roll. Então, na tenra idade dos 19 anos, ofereceram-me o cargo dele. Convenci meus pais de que eu era melhor trabalhando como diretor de arte numa revista do que estudando por mais três anos para ganhar um diploma que poderia, se eu tivesse sorte, me dar um trabalho como apontador de lápis para alguém como eu.

Mais ou menos na mesma época terminei com Barbara. A iniciativa foi toda minha. Ela foi o primeiro grande amor da minha vida, mas eu estava impaciente, confuso e movido pela noção de que meu destino estava em algum lugar lá fora, em um mundo ainda inexplorado, com pessoas que eu ainda não havia conhecido. Pensava em mim mesmo como um cara destemido, mas secretamente eu estava desesperado, com medo de ficar preso ao mundo da minha infância. Então, disse a ela uma noite que estava tudo acabado, sem a menor sensibilidade, no fundo de um ônibus. Ela saiu de lá em lágrimas. Fui para casa e escrevi uma música, "Tears Turn to Rain", e me senti imensamente satisfeito com o trabalho daquela noite. Talvez eu devesse terminar com as garotas com mais frequência! Pouco tempo depois, para meu horror, Barbara começou a sair com meu ex-baixista, John McGlue. Negligenciando de modo conveniente o fato de que eu havia provocado aquilo em mim mesmo, adotei a pose do amante ferido. À noite, eu escutava o *Blood on the Tracks*, do Bob Dylan, o Everest dos álbuns de dor de cotovelo, com uma nova percepção. Descobri esse disco quando eu tinha 18 anos, e o mais próximo que havia chegado de um coraçao partido era não ter dado um beijo na irmã do Ronan. Ouvindo "Tangled Up in Blue", quis me apaixonar por uma mulher difícil que me deixasse arrasado e embriagado, cheio de batom no colarinho, hálito de uísque, vagando pelas ruas de madrugada, esbravejando para as estrelas, tudo isso para experimentar um pouco dessas sensações agridoces. Agora eu tinha a chance. Eu vagava deprimido ao redor da casa de McGlue todas as noites, esperando cruzar com o novo casal para que eles pudessem ver minha expressão de melancolia estoica e a falsa alegria que eu sustentava, apesar de sofrer de uma decepção terrível. Por alguma razão, eles nunca pareciam particularmente satisfeitos em me ver. Além disso, eu estava produzindo de maneira prolífica uma série de músicas torturantes de amor com títulos como "Love Is Was", "I Broke a Promise", "See My Face" e "Cut It Out". Comecei a nutrir a ideia bastante perigosa de que a angústia nos levava à criatividade.

O U2 estava gravando seu álbum de estreia no estúdio Windmill Lane e, uma noite, fiz uma visita a eles. O estúdio, localizado abaixo das docas de Dublin, parecia ter saído direto de uma história de ficção científica, governado pelo que parecia um enorme painel de controle de avião, coberto com uma configuração espetacular de pequenos botões e uma janela interna com um vidro fino, através do qual se supervisionava o som da cabine. Nela havia fones pendurados nos pedestais dos microfones, fios espalhados por todos os cantos e as guitarras de The Edge encostadas em uma parede. As luzes acendiam e apagavam, os mostradores com barras verticais de pontos verdes pulavam para cima e para baixo ao mesmo tempo que a música explodia por dois dos maiores alto-falantes que eu havia visto em toda a minha vida. O som era tão rico e profundo que eu sentia arrepios na nuca. Nunca tinha escutado algo como aquilo antes. As linhas da guitarra do The Edge saíam em ondas do alto-falante como relâmpagos difusos. As linhas de baixo do Adam eram suaves e nítidas. A bateria de Larry era um campo de força que ecoava, formando camadas. E havia Bono. Acho que naquela época ele se preocupava com o fato de que sua fragilidade vocal fosse exposta no estúdio. Ele era mais um líder do que um vocalista. Era sua paixão e força de vida que atraía as pessoas, mas, tecnicamente, ele não ganharia nenhum prêmio por cantar. Seu alcance era limitado, seu timbre era forçado e muitas vezes agudo. Mas o contexto é tudo. Sob a produção inspiradora de Steve Lillywhite, a voz de Bono ganhou um brilho vulnerável e emotivo que flutuava através das músicas, dando a elas cor e personalidade, enquanto as ondas que fluíam da guitarra de The Edge transmitiam um foco dinâmico. Dentro do estúdio, a banda parecia ter dado um salto gigantesco adiante, aparando todas as arestas.

Estávamos todos vendo o tempo passar, ouvindo esse mix de gravações com uma satisfação considerável. Ficou claro que muitas das músicas estabelecidas como as favoritas para o palco (como "Cartoon World", "Silver Lining", "The Speed of Life", "The Dream is Over", "Jack in the Box") não seriam gravadas para o álbum.

— Então, o que vai acontecer com elas? – perguntei.

— Sumiram para sempre – Bono sorriu.

— Vuuush! – disse The Edge, como se estivesse assistindo ao material antigo desaparecer em alta velocidade pelo horizonte.

Senti uma pontada de nostalgia, pois essas músicas, que significaram tanto para mim nos últimos anos, jamais seriam ouvidas novamente.

— Isso é passado – disse Bono. – Agora estamos olhando para o futuro. E eu já estou pensando no próximo álbum. Estou com a cabeça cheia de músicas que ainda não foram escritas.

— E pelo visto jamais serão escritas – brincou The Edge.

Bono parecia relutar em passar para o papel suas improvisações do palco. Uma vez atormentei Bono até ele copiar para mim uma pilha de letras velhas com caneta esferográfica e caligrafia de garoto de colégio, e ainda tenho essas folhas. A "Stories for Boys", que já era uma das minhas favoritas ao vivo, gravada no EP de estreia, encerrava com uma nota: "NB: homens biônicos, *pop stars*, que em breve serão apresentados no terceiro verso, por enquanto desconhecidos". O papel que continha "Speed of Life" apenas dizia "Vire". Do outro lado, Bono escreveu apenas: "Acabou".

Quando a noite começou a avançar, peguei um violão para tocar a primeira música que eu havia composto totalmente sozinho, intitulada prosaicamente "I Wrote this Song". Minha habilidade com o violão era mínima. Eu sabia apenas três acordes e essa música incluía todos eles (a propósito: Sol, Mi menor e Dó). Minha habilidade estava restrita a uma batida apática nas cordas, mas a canção era restrita a acordes muito simples, e por isso não precisava de nada muito elaborado.

> I don't know any real songs
> 'Cause I don't know what's real
> But I wrote this song
>
> And I don't know any love songs
> 'Cause I've never been in love
> But I wrote this song
>
> And it won't stop the leaves from burning
> Won't stop the light from turning blue
> It won't stop the rain from falling
> But take this song
> 'Cause I wrote this song
> For you[1]

Bono foi caloroso em seus elogios, o que significou muito para mim. Contudo, ele se espantou quando eu disse que a música não se encaixava nos meus planos para a Yeah! Yeah!. Então contei todo o nosso plano. Pretendíamos começar com um material pop inteligente, com o intuito de conquistar um grande público comercial antes de iniciarmos com trabalhos mais pessoais e complexos conforme fôssemos progredindo, levando o público conosco, passo a passo. Afinal, foi assim que os Beatles fizeram.

Bono ficou horrorizado.

---

1 Não sei muitas canções de verdade/ Pois não sei o que é verdade/ Mas escrevi essa canção.// Não sei nenhuma canção de amor/ Pois nunca me apaixonei/ Mas escrevi essa canção.// Não vou fazer as folhas pararem de queimar/ Não vou fazer a luz deixar de ficar azul/ Não vou fazer a chuva parar de cair/ Mas aceite essa canção/ Pois escrevi essa canção/ Para você.

—Ah, não! — declarou com uma emoção intensa. —Vocês têm sempre que fazer o melhor, e tocar o melhor que vocês tiverem.

Mas o que ele sabia? O estranho era que, por mais que eu amasse o U2 e achasse que eles tinham o que era necessário para se tornar uma banda de rock de projeção internacional, eu duvidava seriamente de que algum dia eles fossem abalar as paradas de sucesso. E era no topo delas que eu via a Yeah! Yeah!. Eu queria o público das massas. Levando-se em consideração as óbvias limitações comerciais de seus elevados princípios artísticos, o U2 poderia talvez chegar a tocar em arenas (se tivessem sorte), mas eu tinha os olhos nos estádios. Foda-se. Eu queria o planeta inteiro.

Na minha cabeça, isso já era real. Eis meu roteiro para os anos 1980. Eu conseguiria um acordo com uma grande gravadora, lançaria o primeiro disco já clássico, com canções pop que reproduzissem a fúria adolescente, com o qual os críticos e as garotas enlouqueceriam. Os primeiros três discos da banda seriam melódicos, vigorosos, expressivos e, acima de tudo, comerciais. Faríamos alguns filmes que seriam a maior síntese pura do rock e do cinema desde *Os reis do iê, iê, iê*. Eu já estava trabalhando no roteiro de um desses filmes, uma história sobre o sentido da vida, do universo e tudo mais, baseada em um romance obscuro de ficção científica chamado *Venus on the Half-Shell*, de Kilgore Trout. Minha principal preocupação estava em como transformar o herói tocador de banjo em uma banda de rock de quatro integrantes. George Lucas, com o então recente triunfo *Guerra nas estrelas*, seria o diretor. No auge do nosso sucesso, surpreenderíamos o mundo com a produção de um álbum ousado e inovador que representaria para a década de 1980 o que *Sgt. Peppers* representou para a década de 1960. Seria preciso a construção de um novo sistema sonoro para dar conta de toda essa revolução nas gravações, que mesclaria multiescolhas visuais com som *sensurround*. Depois, faríamos um álbum de estrada, misturando gravações ao vivo com fitas demo de estúdio, gravações de ensaio e outras improvisações.

147

Os críticos escreveriam teses sobre o significado de minhas letras intrincadas, enquanto as revistas pop se preocupariam sobre como estávamos ficando esquisitos. Romperíamos namoros de maneira cáustica, causando um aumento nas taxas de suicídio. Minha amante de longa data, Nastassja Kinski, me deixaria e eu me isolaria no estúdio para trabalhar a minha dor em um álbum solo lançado para rivalizar com *Blood on the Tracks*. No final da década, o grupo faria seu retorno triunfal para um concerto que seria transmitido ao vivo para o mundo todo por meio da primeira estação lunar. E eu receberia o título de *Sir*.

Mas antes precisávamos fazer algumas apresentações. O show de talentos de fim de ano da St. Paul estava chegando novamente e, naquele ano, estaria aberto para o público em geral, sendo realizado num grande estádio, onde toda semana funcionava uma conhecida discoteca de rock e onde havia um palco construído para a apresentação de peças de teatro. Concluímos que esse seria o lugar ideal para desvelar o futuro da música pop para um público inocente (mas presumivelmente favorável). Redobramos nossos esforços nos ensaios.

Em outubro de 1980, *Boy* foi lançado. Segurei o álbum de estreia do U2 e fiquei maravilhado com a prova de que sonhos impossíveis de adolescentes podem se tornar realidade. O U2 estava fazendo turnê pelo Reino Unido e Bono sugeriu, em uma ligação para a *Hot Press*, que eu poderia gostar de assisti-los no clube Marquee. Tendo testemunhado a primeiríssima apresentação do U2, eu teria uma perspectiva única para avaliar o progresso deles.

– É como os Beatles no Cavern Club, Neil – disse Bono animadamente. – Está tudo indo muito bem.

O único problema é que o show do U2 seria numa quinta-feira, 27 de novembro, apenas um dia antes da planejada estreia da Yeah! Yeah! no St. Paul, então eu precisaria voltar durante a noite. Sentindo-me um membro da alta sociedade, voei para Londres. Já estava escuro quando levantamos voo e me lembro de ter passado todo o tempo da viagem olhando pela janela do avião, maravilhado com as delicadas teias de aranha formadas pelas luzes das estradas e das cidades piscando na escuridão lá embaixo.

Cheguei ao Marquee em um estado de agitação mental. Havia viajado de metrô desde o aeroporto de Heathrow, tentando não encarar os outros passageiros, gente de todos as etnias concebíveis. Vindo de um país branco e de maioria católica, vi minha cabeça girando com o aglomerado multiculturalismo de Londres. O Marquee por si só era bem menor do que eu imaginava. Havia lido tanto o nome desse local lendário na *NME* que imaginava uma grande arena, não um clube lotado. Negociei minha entrada no camarim estreito para cumprimentar a banda, que parecia feliz ao ver um rosto familiar.

– Você está prestes a testemunhar uma coisa especial – prometeu Bono.

E eu testemunhei. O lugar estava abarrotado de corpos suados, uma lotação de 740 pessoas navegando nas ondas do U2. Não os havia visto tocar desde um show secreto que aconteceu no Project Arts Centre em julho, e me dei conta de que sentia saudades disso. Após me acostumar com a beleza artesanal do disco de estreia deles, era simplesmente estonteante ver aquele ataque furioso ao vivo novamente: pesado, roqueiro, pulsante. Bono não falava mais tanto; não precisava incitar o povo a participar. Ele pregava para um público já convertido pelo álbum. Havia uma pontada de ressentimento no meu coração para com os *hipsters* dessa metrópole estrangeira que gritavam o nome do U2 como se a banda pertencesse a eles. Eu podia sentir aquele tipo de desprendimento, familiar a todos que assistem a uma descoberta pessoal se transformar em uma propriedade pública. Mas, principalmente, estava impressionado e em êxtase. Meus amigos do colégio foram tão longe, tão rápido, e continuavam viajando na velocidade da luz, adiante e em direção aos céus.

Depois do show, no camarim, Bono tagarelava com animação.

— Nossa banda não vai parar. Você viu o buraco de onde viemos, Neil. Foi um processo muito interessante sair de lá até chegar aqui, não foi? Sair daqui e ganhar um disco de ouro nos Estados Unidos não é nada, é só mais um passo. Estou falando sério. Nós vamos arrebentar nos Estados Unidos como nenhuma banda britânica jamais conseguiu em um tempão.

Com um sorriso tímido, Adam sumiu pela noite com uma garota que estava pelo show. Seu gosto pelos vícios tradicionais do rock já estava virando piada corrente na banda. O restante de nós foi para um flat em Earl's Court, alugado pela Island Records. Era um lugar bem sem graça, com apenas um quarto grande (pelo que me lembro) e várias camas de solteiro onde eu, Larry, The Edge e Bono sentamos para conversar. Eles queriam saber notícias de casa, expressando interesse particular sobre quais bandas promissoras estavam preenchendo a lacuna deixada com a partida deles. Foi quando puxei um gravador para começar a entrevista oficial, consultando minhas notas para assumir o papel de jornalista.

— Acho que devemos começar falando sobre o disco — disse eu.

— Acho que sim — concordou Bono.

— Então... o que vocês acham do disco?

— É o meu favorito — disse Bono, rindo.

— Mas que pergunta! — disse Larry. — Esse cara realmente vai fundo!

— Acho um trabalho encantador — disse The Edge.

Conversamos até altas horas da madrugada. Falamos sobre a história da banda, e Bono gaguejava toda vez que eu interrompia suas narrativas por vezes fantásticas do passado para lembrá-lo da verdade, que costumava ser mais banal. Quando ele tentou afirmar que o show no Marine Hotel tinha sido o primeiro, eu trouxe o espectro das versões cover do Bay City Rollers que eles fizeram no show de talentos da escola.

— Ah, por favor, Neil, você foi longe demais. Isso é como ter a minha vida passando diante dos meus olhos. O que eu fiz para merecer isso?

— Neste momento, Bono está tendo um ataque de tosse — disse The Edge solenemente, ajudando o gravador. — Parece que ele está mal.

Conversamos sobre passado, futuro, influências e motivações da banda. Mas, na maior parte do tempo, conversamos sobre algo que eu e Bono costumávamos conversar. Deus. Religião. Fé. Pela primeira vez, Bono se sentiu desconfortável com o assunto; todos estavam cientes dos rumores sobre os comprometimentos cristãos da banda, e temerosos de que essa associação pudesse prejudicá-los aos olhos das pessoas e dos críticos de rock que se assumiam como descolados.

– Não queremos ser uma banda que fala sobre Deus – insistiu ele. – Tudo o que há para ser dito está na música ou no palco, e eu não quero falar nada disso para a imprensa. Posso conversar sobre isso com você pessoalmente, mas eu não quero falar sobre isso para o mundo, ou cairemos numa situação em que as pessoas irão colocar um rótulo sobre nossa cabeça. E não é assim que o U2 vai trabalhar.

Mesmo assim, falamos sobre o assunto. Bem depois de a entrevista ter acabado, eu e Bono estávamos sentados de cueca, um em cada cama, conversando madrugada adentro, enquanto The Edge roncava levemente em um canto e Larry resmungava que estava tentando dormir. A fé parecia para mim nada mais do que uma panaceia para tolos. Havia examinado a religião cristã de todos os ângulos concebíveis e a achei insatisfatória. Eu me sentia como alguém que não tivesse se deixado enganar e a desafiasse com um grito, como o garoto que envergonhou o rebanho de capachos no conto da roupa nova do rei. Agora, ali estava aquele rapaz de quem eu pensava as maiores maravilhas do mundo, que aparentemente havia passado pelo mesmo processo de questionamento e dúvida e chegara à conclusão oposta:

– Não entendo como você pode encontrar fé na religião quando vê toda a maldade que é feita em nome dela, especialmente quando se cresce em um país como a Irlanda – argumentei.

– Não estou nisso de religião – respondeu Bono. – Sou completamente antirreligião. Religião é um termo para uma coleção, uma denominação. Estou interessado na experiência pessoal de Deus. Quando eu tinha 14 anos, gritei e pedi a Deus que me mostrasse uma direção, e me perguntei se havia alguma direção ou não, até que a vi acontecer. Vi a banda tomando forma, sendo conduzida para uma direção, daí tive um *insight*.

— Mas você fazia parte do Movimento Cristão da escola — disse eu. — Todas aquelas pessoas felizes e batendo palmas, elas costumavam me deixar aturdido.

— Também terminei achando aquilo insuportável — insistiu ele. — Descobri que eles eram muito chatos. Mas hoje me dei conta de que aquilo é a beleza deles. Porque os valores de Deus não são os valores deste mundo. E não são os valores dos descolados. A Bíblia diz que é mais difícil para um homem rico entrar no reino dos céus do que um camelo passar pelo buraco de uma agulha, e nós somos os homens ricos. Somos pessoas ricas de intelecto ou personalidade, e tendemos a julgar os outros pelos nossos valores. Deus não nos julga pelos nossos valores, por isso aqueles que encontram Deus geralmente são pobres. Mas, naquela época, eu não conseguia lidar com aquelas pessoas, por isso eu saí.

— Fico confuso ao pensar como pode um cara inteligente como você acreditar que pode encontrar todas as respostas em um livro de séculos atrás — disse eu.

— Ainda estou procurando meu caminho — respondeu ele. — Não tenho todas as respostas, ainda não investiguei tudo. Não é fácil ser cristão. Quando descobrimos o cristianismo, descobrimos outras coisas também. Tendemos a experimentar um lado mais escuro da vida. Experimentamos grandes tentações. Tornar-se um cristão é ir para a batalha. Você não faz ideia da pressão que sofremos por conta do que a banda representa, do lugar que ocupamos na indústria. Espiritualmente falando, digo. Acordamos cedo todos os dias e trabalhamos contra isso. Todo dia é uma batalha, cada momento é uma luta, e é a mesma luta que outras pessoas têm em suas vidas quando buscam uma resposta. É a mesma luta pela qual você está passando.

— Mas não estou tentando forçar ninguém a viver de uma determinada maneira. Não estou em uma cruzada.

— Não estou em uma cruzada, Neil — afirmou Bono. — Se há algum Deus, se Jesus Cristo morreu na cruz, se há algum valor no que Ele disse, então isso deve ser mostrado na nossa vida. Não somos puritanos. Não estamos dizendo que esse é o caminho certo e que você está errado. Mas se as pessoas chegam para mim e dizem "Estou questionando", sinto vontade de compartilhar a minha experiência. Se elas quiserem seguir adiante com aquilo, tudo bem, mas eu não imporia nada a ninguém. Veja o Adam. Ele é tão livre quanto qualquer indivíduo. Ele honra nosso compromisso. Ele se dá conta de que essa é uma fonte de inspiração muito importante. Mas ele mesmo rejeita isso. É assim que o mundo deve ser. Não vou bater na cabeça das pessoas se elas não acreditarem.

— Para mim, a Bíblia é um conjunto de regras e regulamentos arbitrários, baseados em princípios superficiais e sobrenaturais — eu disse. — Tudo consiste em subjugar seus próprios desejos e abrir mão das responsabilidades sobre a própria existência. Há tanta coisa na vida que eu quero experimentar e não serei freado por toda aquela culpa cristã que eles tentaram me empurrar na minha criação.

— Muitas pessoas acham que se render a Deus significa abrir mão de todas as "coisas boas". Costumava acreditar nisso, de certo modo — afirmou Bono. — Mas quando você se envolve, passa a ver as coisas muito claramente. Começa a perceber o que acontece ao seu redor. Quando um cara se aproxima com uma garrafa, você se dá conta do que está acontecendo, percebe que ele está sendo enganado. É um *insight*. Com certeza não é puritanismo ou covardia. Não tem nada a ver com abdicar de responsabilidades. Tem a ver com tomar as rédeas da própria vida.

— Você tem muita certeza de que está certo e eu tenho muita certeza de que estou certo — disse eu —, mas não podemos estar os dois certos!

— Você me faz rir, Neil, porque eu sei que você está buscando respostas, buscando Deus, e tudo está bem na frente do seu nariz – disse Bono.

— Vão dormir! – Harry resmungou deitado na cama.

— Melhor fazer o que ele manda – sugeriu Bono. – Amanhã será um grande dia.

— É! – concordei.

— Espero que tenha feito suas orações – brincou Bono.

— Não preciso rezar – respondi. – Acredito no poder do ensaio.

CAPÍTULO 9

A Yeah! Yeah! agitou o saguão lotado da St. Paul: tocou três músicas originais e saiu dançando com o primeiro lugar, resultado do qual nunca duvidei (entre os nossos, pelo menos).

O DJ de uma rádio pirata estava presente para anunciar os prêmios.

— Sou Gerry Ryan — declarou ele com uma arrogância animada e jovial do meio Atlântico, piscando enquanto apertava a minha mão, sugerindo, dessa forma, que nós já deveríamos saber quem ele era.

Nunca tinha ouvido falar dele antes, mas tentei disfarçar minha ignorância perguntando, incrédulo:

— *O* Gerry Ryan?

— Isso mesmo — respondeu ele, com uma indiferença admirável.

— Eu sou *o* Neil McCormick — anunciei, com uma vibrante imodéstia.

Mas que merda! Eu sou *o* Neil McCormick, e quem negaria? Eu era um adolescente membro da elite do rock de Dublin e o funcionário mais jovem da *Hot Press*. Estive no rádio e na TV. E minha banda estava firme e forte, pronta para ganhar o mundo. Sentia como se tudo o que eu tocasse fosse se transformar em discos de ouro.

Mas experimentei um raro momento de dúvida quando, em 8 de dezembro de 1980, John Lennon foi assassinado. Devo ter sido a última pessoa no mundo a saber disso, ou pelo menos a última para quem a ficha caiu. Estava sentado na mesa de layout, me dedicando à capa da edição de Natal da *Hot Press*, um lance elaborado no qual eu estivera trabalhando duro o dia inteiro, quando Niall chegou e disse:

— Mude tudo! Colocaremos John Lennon na capa.

— Por quê? — disse eu espantado. — Conseguimos uma entrevista?

— Não, ele tomou um tiro — disse Niall. — Você não viu? Ele está morto.

— Ah, vai se foder! — respondi animado.

Niall encorajava uma atmosfera de franqueza irreverente, então eu me sentia à vontade para responder essas coisas para meu editor, sem medo de ser repreendido. Como o membro mais novo da operação, estava acostumado a ser enganado pelos outros, e, como todos no escritório sabiam do que eu sentia pelos Beatles (principalmente por Lennon), presumi que fosse só mais uma piada para que rissem às minhas custas. Então, continuei trabalhando na minha capa original enquanto vários outros membros da equipe apareciam para insistir que meu herói estava morto, e recuavam constrangidos quando eu dizia a eles para irem à merda e me deixarem terminar o meu trabalho. Foi só quando Bill Graham entrou, murmurando para si a respeito do legado de Lennon, que eu comecei a suspeitar de que fosse verdade. Bill estava bastante desorientado em seu mar sem fim de contemplação interior para permitir que fosse arrastado em uma brincadeira elaborada apenas para rir do diretor de arte. Coloquei a régua e o estilete sobre a mesa e fui para a rua. E lá estavam as manchetes, escritas em preto e branco nos jornais da noite: "LENNON BALEADO POR ATIRADOR MALUCO", "BEATLE ASSASSINADO", "MORRE JOHN LENNON".

Sentei no meio-fio e comecei a chorar.

No mundo da fantasia, onde eu passava grande parte do meu tempo mental, sempre pensava que conheceria John Lennon. Ele era o único *rock star* com quem eu realmente gostaria de conversar, de perto e pessoalmente, não apenas para fazer as mil e uma perguntas que eu tinha sobre os Beatles e sua carreira solo, não apenas para dizer a ele, como muitos outros fãs já haviam feito, o quanto ele significava para mim, mas também para olhar fundo nos olhos dele e ver... ver o quê? Meu próprio reflexo, acho. Para ver o meu reflexo dentro do meu herói. Para descobrir se eu realmente existia na mesma dimensão que ele.

Deus podia ter deixado de existir para mim anos antes, mas Lennon era meu ídolo vivo, sentado no trono do meu panteão de divindades do rock. Meu quarto se tornou um santuário para o culto do rock'n'roll. Elvis Presley, Beatles, Bowie, Dylan, Johnny Rotten: esses eram os ícones quase sobrenaturais cujas imagens cobriam minha parede. E havia toda uma fila de divindades bizarras menores ao lado, desde o santo patrono dos *geeks*, Joey Ramone, à minha Afrodite, deusa do amor, Debbie Harry. Mas eu não queria unicamente me curvar ao altar. Queria subir a escadaria para as estrelas, onde a imagem psicodélica e colorida de Lennon ocupava o lugar mais importante, moldado como um profeta místico, uma figura idealizada que juntava Buda, Jesus e Zeus, flutuando através do universo como o Surfista Prateado dos quadrinhos da Marvel, espreitando onisciente por meio dos pequeninos óculos redondos que continham o mundo todo. É sério que a divindade da minha alma tinha caído também?

Tentei não deixar muita margem para a dúvida na minha vida. Depois de todos esses anos lutando com o conceito de fé e de passar longas noites de análise autotorturante enquanto questionava cada faceta da religião na qual eu fui criado, sabia muito bem como esses pequenos vermes da dúvida poderiam consumir a mente, devorando tudo até que só restasse um buraco negro de desespero. Então enfiei todos os vermes em um canto escuro e tranquei a porta da cela. Apoiei-me na confiança para seguir adiante. Acreditei em mim mesmo. Mas fui sacudido até as entranhas pelo assassinato de Lennon. Se uma das estrelas mais brilhantes do firmamento poderia ser apagada de uma maneira tão extravagante, que chance havia para o resto de nós, meros mortais? Subitamente, o futuro pareceu um lugar muito incerto. E se eu nunca conseguisse? E se eu fosse derrotado pelo funcionamento aleatório do universo?

A Yeah! Yeah! fez um grande show naquela semana, abrindo para a Gravediggers. Tocamos "Twist and Shout" como bis, devastando o lugar. Permaneci sob os holofotes no final, debulhando-me em emoção, ouvindo os aplausos do público e pensando "Eu *posso* fazer isso. Eu tenho que fazer isso".

Minha entrevista com o U2 foi publicada na mesma edição que o obituário comovente de Lennon, feito por Bill Graham. Eu estava um pouco nervoso acerca da recepção que a banda teria. Apesar das repetitivas advertências de Bono sobre o U2 não querer ser uma banda que falava de Deus, senti que o lado espiritual era um forte tema a ser abordado. Para começar, havia rumores sobre o comprometimento religioso da banda, pois seus inimigos da cena de Dublin (e havia vários deles, uma coleção variada de invejosos profissionais e rivais recalcados) descreveram seus integrantes como puritanos fervorosos, o que eu sabia que não era verdade. Mas, por isso mesmo, achei que não poderíamos compreender o grupo sem levar em consideração o imperativo espiritual. O tema havia sido abordado na primeira música própria deles, a "Street Missions", que não foi gravada, e continuou permeando grande parte do material em *Boy* (o que seria "I Will Follow", a desesperada, impulsionadora e otimista faixa de abertura, se não uma dedicatória a Deus, com a declaração "I was lost/ I am found"[1]?). A convicção de que o U2 existia para um propósito maior servia como base para o desejo de Bono de alcançar e tocar o público, de abraçar e envolver a humanidade, de ser um só com o público.

No ambiente do rock, em que o comportamento descolado muitas vezes era mais valorizado do que a paixão, o U2, de maneira corajosa e fora do comum, sempre pareceu aberto em relação aos próprios desejos, e me incomoda hoje pensar neles como uma banda tentando se unir para encobrir algo tão importante na sua identidade.

– Não sei o que você vai fazer com isso – disse-me Bono antes que eu fosse embora de Londres. – Você tem uma visão peculiar da banda porque nos acompanhou desde o começo, e eu realmente queria falar

---

1 Eu estava perdido/ Eu me encontrei.

sobre isso com você. Então, se você quiser, vá em frente e publique tudo. Está tudo na fita. Mas é um terreno difícil e teremos de arcar com as consequências. Um bando de gente vai usar isso como uma armadilha e manipular como quiser. E eu realmente não gostaria de alimentar isso.

Eu estava escrevendo o artigo quando, mais ou menos na metade, concluí que não conseguiria simplesmente fechar os olhos para a verdade, então mergulhei em um relato sobre a evolução espiritual do U2 (embora não tenha incluído a conversa particular que tive com Bono), revelando-os efetivamente para a mídia como cristãos. Alguns dias depois de a revista ter ido para as bancas, o U2 fez um show emocionante de retorno a Dublin no TV Club. Fui aos bastidores e entrei no camarim com certo temor. Bono lançou um olhar mudo de reprovação (lábios franzidos, sobrancelhas erguidas) antes de explodir em uma gargalhada e me envolver em um abraço.

– Agora todos sabem o que você sabe – disse ele. – Se isso os incomoda, a única coisa que lhes resta é superar!

– Se é para ser apunhalado nas costas por alguém, melhor que seja por um velho amigo – acrescentou The Edge, ironicamente.

A Yeah! Yeah! tocava com bastante frequência, fazendo todos os shows de abertura que podíamos, desenvolvendo nossas habilidades no palco, definindo e redefinindo nosso som e nossa imagem e acrescentando continuamente novas músicas ao repertório. De fato, tornou-se uma questão de honra estrear novas músicas cada vez que subíamos ao palco. Uma torrente de músicas novas começou a fluir quando eu e Ivan assumimos o meio de expressão que havíamos escolhido, experimentando continuamente com formas e conteúdos, mas aderindo absolutamente à primazia do refrão. Ivan demonstrava uma verdadeira habilidade para a melodia, buscando equilíbrio entre a satisfação emocional oferecida pelas sequências tradicionais de acordes e os surtos de inspiração que podiam surgir com trocas e distorções mais obscuras. Para mim, as letras se mostraram a coisa mais simples e satisfatória que eu poderia escrever.

Trabalhava minuciosamente os textos jornalísticos; já as músicas vinham de repente, em explosões intensas de inspiração, com um pouco da forma gradual e improvisada que Bono descrevia. Um título, um tema e um esquema de rima eram tudo o que eu precisava para abrir meu subconsciente, e então pipocavam músicas pop sobre superstição ("So It's in the Stars"), masturbação ("Got Your Picture"), frustração sexual ("Breaking the Lights"), fome mundial ("Skin and Bone") e até mesmo, para minha própria surpresa, a busca eterna de um Deus ausente ("Say the Word").

What do you do when the winds of the world lose their howl?
And you can hear the sighs in the silence that whispers around?
There are voices in the shade, there are hands in the air,
They are reaching for you, must they reach out forever?
When the last laugh chokes, the last fire smokes
And wheels of stone roll on cobbled hearts
And beauty sleeps and lovers leap
Armies meet and reason parts
And hope breaks in your hand like glass
Say the word...[2]

Se a letra ia na direção de uma elevação moral e poética, a imagem da banda em si não tinha nada a ver com isso. Vestindo roupas que faziam referência ao estilo dos anos 1960 (camisas coloridas, casacos justos), adotamos uma atitude cada vez mais louca e comicamente autodepreciativa. A ênfase estava em estimular a diversão do público. Leo pôs em ação sua influência a esse respeito, menosprezando qualquer tendência de nos levar muito a sério. Ele era um opositor cruel da arrogância e do

---

2 O que você faz quando os ventos do mundo param de uivar?/ E você consegue ouvir suspiros no silêncio que sussurra ao redor?/ Há vozes nas sombras, há mãos no ar,/ Alcançando você, deverão alcançar para sempre?/ Quando o último riso engasga, o último fogo apaga/ Rodas de pedra giram sobre corações rochosos/ A beleza dorme, amantes acordam em sobressalto/ Exércitos se encontram e a razão se despede/ E a esperança se parte em suas mãos como vidro/ Diga a palavra...

egoísmo em todas as suas formas. Nunca saberei como conseguimos nos tornar tão bons amigos.

A pequena cena local estava se desenvolvendo, e incluía um número de bandas alternadamente aliadas e rivais, compartilhando fontes ao mesmo tempo que competiam umas com as outras por destaque regional. Fizemos shows no Summit Inn com a The Dark (que se baseavam em The Doors) e com a Deaf Actor[3], cujo nome é bem improvável (a última encarnação dos nossos velhos amigos da Sounds Unreel). Como éramos bandas muito diferentes, começamos a influenciar umas às outras, particularmente em nossa procura por sons mais selvagens e esquisitos. Bill Graham começou a falar sobre uma variedade de psicodelia em Howth. A mãe dele morava naquela área, e, como as bebedeiras de Bill se transformaram em alcoolismo e era cada vez mais difícil sustentar sua existência independente, ele era visto com frequência nos bares locais, onde jovens músicos se reuniam à sua volta para ter o privilégio de lhe pagar bebidas e ouvir suas palavras de sabedoria. Bill era um homem absolutamente brilhante, um genuíno amante da música, e sua mente inspirada funcionava a mil, fazendo conexões entre fontes musicais muito diferentes; contudo, ele pensava tão depressa e falava tão rápido que era difícil acompanhá-lo nos melhores momentos. Depois de algumas cervejas, começava a ficar incoerente, então simplesmente ouvíamos e concordávamos, sem nunca saber se ele estava nos aconselhando a ouvir Miles Davis e salsa cubana ou apenas pedindo mais uma Guinness e uma linguiça. Noel Redding, ex-baixista da Jimi Hendrix Experience, era outro que às vezes frequentava as tavernas da área e se via importunado por admiradores locais e aspirantes que pediam seus conselhos. Quando Phil Lynott comprou uma mansão em Howth, confirmou-se em nossas mentes febris que esse esquisito vilarejo de pescadores estava para se tornar um marco importantíssimo no mapa do rock'n'roll.

---

3 Ator surdo.

A *Hot Press* estava para ser lançada no Reino Unido em janeiro de 1981, um projeto que consumia grande parte do meu tempo. A concentração de leitores em potencial num país pequeno e musicalmente conservador como a Irlanda era, de maneira inevitável, minúscula, e Niall se convenceu de que a revista precisava se expandir ou acabaria apodrecendo no esquecimento. A revista tinha excelente reputação na indústria musical britânica, em parte porque o jornalismo era conscienciosa e quase nunca deliberadamente desprezível como os semanários de música do Reino Unido, e Niall sentiu que poderíamos competir naquele mercado. Além disso, desde que a população da Irlanda se reduzia a cada ano em função do êxodo maciço de qualquer jovem com um mínimo de ambição, ele percebeu que, mesmo recorrendo à diáspora irlandesa, estaríamos expandindo substancialmente o nosso potencial de leitores.

Fui encarregado de produzir o pôster da campanha de lançamento da edição britânica. Meu conceito era simples: a foto de um *rock star* irlandês lendo uma cópia da *Hot Press*, com algumas chamas saindo das páginas da revista. Naturalmente, eu tinha apenas uma pessoa em mente para fazer o papel da estrela. Niall convenceu Bono e Paul McGuinness a nos apoiar, alegando que a campanha também seria boa para o U2. As fotos foram feitas na casa de Colm Henry, meu fotógrafo favorito da *Hot Press*. Ele era um cara gentil, de fala macia, meio na dele, cujo contraste das imagens em preto e branco tinha uma qualidade única e indefinível, além de um resplendor profissional, que o colocava quilômetros à frente de qualquer outro fotógrafo que trabalhasse na Irlanda. Criei um esboço da edição com um anúncio de página inteira do disco *Boy* do U2 na contracapa. Encontrei Bono e Ali no centro da cidade e fomos até a casa de Colm em uma lata velha que Bono havia comprado. Ele conversava animadamente o tempo todo sobre a recente miniturnê do U2 pelos Estados Unidos, enquanto Ali lembrava-o enfaticamente de manter os olhos na estrada e as mãos (as quais voavam pelo ar para reforçar um argumento) no volante.

No estúdio fotográfico (na realidade, apenas um quarto de hóspedes de paredes brancas), produzi o efeito desejado com as ferramentas que levei numa sacola de plástico: um cabide de arame, uma caixa de acendedores envoltos em parafina e alguns palitos de fósforo.

— Grande tecnologia — brincou Bono. — Posso ver que estamos trabalhando com profissionais aqui.

Enquanto Bono segurava a *Hot Press* aberta na sua frente, de boca aberta e olhos arregalados com uma expressão brincalhona de preocupação, eu ficava fora de quadro, com um acendedor pegando fogo na ponta de um cabide entortado e esticado; assim pareceria que as chamas estavam saindo das páginas da revista que Bono segurava. Levou um tempo para atingirmos o resultado desejado, com um momento de pânico quando a única cópia da *Hot Press* pegou fogo.

— Não vai botar fogo no cabelo dele! — disse Ali enquanto eu me esforçava para salvar a preciosa edição.

Rimos muito depois disso enquanto Bono nos lembrava com seu forte sotaque dublinense:

— Cuidado com o cabelo, tá? Não dá pra ser *rock star* sem cabelo!

Depois disso, a pedido de Bono, ele posou para algumas fotos com sua namorada: Bono usava uma camisa abotoada até o pescoço, Ali usava um vestido de estampa florida. Não se veem muitas fotografias dos dois juntos, e talvez essas poucas fotos digam o motivo. Bono fica à vontade com as câmeras, às vezes brinca com elas, às vezes as ignora completamente, enquanto Ali, por mais linda que seja, parece distintamente desconfortável, ora olhando para a câmera com desconfiança ou vendo Bono tocar com um ar de suspeita curiosidade. Ali nunca quis ser o centro das atenções. Ela amava Bono (quanto a isso não resta nenhuma dúvida). Todo mundo amava o Bono. Ele sempre foi essa força carismática, sempre transpareceu ter muito amor para dar, envolvendo todos que estivessem ao seu redor, mesmo que fosse um pequeno estúdio fotográfico ou um gigantesco evento de rock. Mas Ali amava em Bono algo além do que nós amávamos, algo vulnerável e que não aparecia, escondido no fundo de seu extrovertido exterior.

Nós três fomos jantar em um restaurante em Dublin. E mais uma vez voltamos a falar de Deus, sendo que Bono tentou explicar seriamente as raízes da fé.

— Você precisa confiar nos seus instintos — disse ele. — Você é um escritor, Neil. É como trabalhar por intuição, usando a imaginação para tentar ver a história real por baixo da superfície. Você conhece a história de Elias, que foi até a caverna porque disseram a ele que lá ouviria a voz de Deus? Está na Bíblia. Elias chega até a caverna e entra nela, mas não há nada lá, então espera e acaba ouvindo o estrondo de um trovão. Ele pensa: "Ah, sim, essa é a voz de Deus!", e volta para a entrada da caverna... Mas aí o trovão ribomba novamente e ele não ouve Deus. Então ele volta para dentro da caverna e espera, até que vê um relâmpago cruzar o céu e pensa: "Ah, é claro, a voz de Deus". Volta para a entrada da caverna e espera... Mas Deus não diz mais nada. Daí ele começa a pensar que talvez estivesse enganado, talvez não houvesse nenhum Deus e aquilo tudo só estivesse em sua mente. Então ele sente um pequeno sopro de vento de dentro da caverna e ouve, como um sussurro, a voz de Deus...

Bono pausou para criar um efeito dramático.

— Sempre gostei da ideia de que Deus está nas pequenas coisas. E quando as coisas ficam barulhentas e malucas demais, e eu começo a correr de um lado para o outro como um louco, preciso me aquietar para entrar em contato com Deus.

Continuei cruzando com Bono naquela época, na plateia de shows, em várias inaugurações e festas e, de vez em quando, apenas vagando pelas ruas da cidade. Em todas as vezes, nossas conversas giravam em torno do mesmo assunto, as mesmas divagações sobre o espírito que sempre acabavam com Bono dizendo "Deus te abençoe!". Suspeitava que ele pensasse que havia um propósito na coincidência de nossos encontros e que eu estivesse pronto para a conversão. E, na verdade, ele teve sucesso em me arrastar de volta para a confusão espiritual. Encontrei-me reexaminando cada aspecto da fé que rejeitei, remexendo todos eles na cabeça durante longas noites sem dormir. Continuei achando as mesmas falhas lógicas que me convenceram da falácia da crença religiosa, e agora eu tinha um novo problema, causado em parte pelo meu enorme respeito a Bono: será que eu realmente me achava mais esperto do que todos os crentes, místicos, gurus e filósofos da religião que houve na história? Provavelmente não surpreenderá ninguém que a minha resposta a essa questão específica era "sim". Mas e se eu estivesse errado? Será que eu estava preparado para correr o risco de condenar minha alma ao inferno? Além disso, Deus era um conceito atraente, que representava a promessa da imortalidade – uma condição que muito me atraía.

Bono me convidou para o encontro de um grupo de estudos chamado Shalom Bible, na casa dos pais do The Edge em Malahide. Ele disse que eu teria a chance de encontrar a resposta para várias questões. Levei Ivan junto comigo com o pretexto de proteção, confiando no versado espírito de irreverência do meu irmão em afastar as forças do mundo espiritual para bem longe.

O Shalom era um grupo de Cristãos Carismáticos, evangélico e fundamentalista, comprometido com a rendição do ego antes da salvação pela graça e do sopro ardente do Espírito Santo. Foi estranho encontrar os integrantes do U2, os quais eu considerava relaxados e liberais no uso da crença, envolvidos nesse tipo de encontro, e mais estranho ainda foi saber que a provocativa The Virgin Prunes foi a primeira a se envolver com o grupo bíblico; eles levaram Bono para o grupo, e Bono levou o sempre inquisitivo The Edge, e Larry, que encontrava conforto nas reuniões desde a morte de sua mãe em um trágico acidente de carro em 1978.

Nós nos reunimos na sala de estar da casa de Evan, onde um projetor de 16 milímetros estava instalado em frente a um telão branco. Havia rostos familiares, incluindo integrantes da Lypton Village e ex-alunos da Mount Temple, além de xícaras de chá e biscoitos, e todos estavam gentis e solícitos, como são invariavelmente os cristãos comprometidos. Contudo, foi difícil escapar do sentimento de que isso não passava de um tipo de recrutamento conduzido e de que havia muito mais interesse em minha alma do que em mim. Alguém se levantou e tomou a palavra, falando sobre os filmes que assistiríamos, os quais haviam sido enviados por um grupo de cristãos associados nos Estados Unidos. Supostamente, esses filmes mostravam, de maneira clara, as provas científicas dos milagres bíblicos e do poder do Espírito Santo. As luzes foram apagadas e a tela ganhou vida.

O que se seguiu foi absolutamente alucinante. Homens usando jalecos brancos conversavam sobre o poder da fé, enquanto voluntários eram submetidos a correntes elétricas poderosas, aparentemente confiando em orações para mantê-los sãos enquanto raios passavam através de seus corpos. Houve uma série de experimentos que pareciam desafiar as leis da Física. Apareceram vários especialistas nos campos da Geologia, Paleontologia e Arqueologia para refutar as evidências da evolução humana e contestar a sabedoria convencional com relação à idade da Terra, demonstrando com seus experimentos, em tom conclusivo, que o mundo tinha apenas alguns milhares de anos de vida (correspondendo aos números descritos na Bíblia) e que havia sido criado em apenas sete dias, incluindo a fossilização.

A projeção foi escurecendo até terminar. As pessoas começaram a conversar, animadas. Eu e Ivan nos entreolhamos, com os olhos arregalados e sem palavras.

– Então, o que achou, Neil? – perguntou um dos líderes do grupo. Pude sentir os olhos observadores de Bono voltados para mim.

– Estou completamente impressionado – disse eu, honestamente.

– Deus é impressionante – respondeu o evangélico, com sinceridade.

Eu e Ivan pedimos desculpas a todos e nos dirigimos à saída, agradecendo a The Edge pela hospitalidade. Estávamos quase do lado de fora quando Bono nos alcançou na porta da frente.

– O que você realmente achou?

– Ah, fala sério, cara! – suspirei. – Foi o maior carregamento de merda que eu já vi em toda a minha vida. Um truque cego, estúpido, ilógico e filho da puta.

Ele sorriu lamentando e balançou a cabeça. Ainda consegui ouvi--lo dizer "Deus te abençoe" enquanto nos distanciávamos. Sempre esse Deus abençoando! Será que nada poderia abalar suas convicções? Pelo menos o encontro do Shalom teve o efeito de pôr um fim à minha crise na fé. Eu tinha certeza de que faltavam muitos parafusos na cabeça daquele povo.

Com a (des)honrosa exceção de Adam, a fé profunda do U2 manteve a banda longe de se envolver com os excessos tradicionais do rock'n'roll, algo que talvez tenha dado força extra para que o grupo ganhasse o mundo e o ajudado a evitar muitas das armadilhas óbvias que em geral desorientam as carreiras de vários músicos jovens. Era como The Edge me disse uma vez: "É um tipo de negócio tão prostituído que é muito difícil encontrar força em você mesmo para manter seus princípios, com resolução". Bill Graham, que conhecia a banda tão bem como qualquer um e que a compreendia melhor do que ninguém, especulava que, para Bono em particular, o cristianismo funcionava como uma espécie de escudo. "Enquanto ponto de convergência da apatia ou da aclamação do público, os líderes das bandas sempre têm o ego mais vulnerável e volátil", escreveu Bill uma vez. "Mas imbuído de um senso missionário - por mais despropositado que seja – e acreditando que seu dom venha de cima, Bono talvez tenha se protegido desses problemas de ego e identidade capazes de perturbar os cantores que acreditam que a fama não tem sabor nem razão". Até onde sei, se Bono, The Edge e Larry queriam entregar o próprio ego aos mistérios do Espírito Santo, isso era problema deles. Eu tinha outro caminho a seguir.

Eu estava pronto para abraçar o hedonismo prometido pelo rock'n'roll. Pro inferno, eu estava ansioso para ser corrompido. O problema é que eu era, na verdade, um rapaz sensível e decente. Em primeiro lugar, eu não bebia. Cresci na Irlanda, onde a bebida é o passatempo nacional, e fui afastado do negócio todo por causa do massacre que eu testemunhava pelos *pubs* na hora de fechar e dos homens bem crescidinhos mijando nas paredes, vomitando as tripas e, geralmente, cambaleando com toda a graça e coordenação motora de uma manada de rinocerontes em gravidade zero. Minha opinião sobre o álcool era considerada bastante controversa pelos meus contemporâneos que estavam, em sua maioria, entusiasmados na tentativa de se provarem iguais aos seus ancestrais beberrões. Eu também não fumava; testemunhei os esforços heroicos dos meus pais em largar esse vício, e nas minhas poucas tentativas de compartilhar um baseado eu geralmente acabava colocando os pulmões para fora e reclamando que aquilo não fazia efeito nenhum.

– Você tem que tragar! – advertiam meus amigos.

– Meus pulmões não deixam! – protestava.

Quanto ao outro vício bastante famoso do rock'n'roll, a Yeah! Yeah! não estava exatamente se mostrando um ímã para o tipo de tietes peitudas com as quais eu entretinha minha rica vida de fantasia. Tínhamos um pequeno grupo de fãs que começou a nos acompanhar, e a quem Leo se referia como as Pastoras Alemãs. Era mais uma referência à beleza do que ao caráter de lealdade canina.

Mas já que eu não bebia, não fumava e raramente transava, eu podia secretamente me orgulhar de ter ido diretamente para os narcóticos "classe A" na forma da Branquinha da Colômbia (como era conhecida na redação da *Hot Press*). Trabalhávamos duro para fazer a revista. Na verdade, a intensidade do nosso trabalho e a duração dos turnos eram tão grandes que costumávamos fazer piada das bandas que tinham a audácia de reclamar das dificuldades da vida na estrada – um fim de semana conosco mostraria a eles o que realmente significava manter a Irlanda preparada para o rock'n'roll. Operando em um cronograma quinzenal, havia, efetivamente, uma semana em que tinha pouca coisa para fazer na produção, então sentávamos e esperávamos durante horas enquanto os redatores produziam as matérias. Depois, todos nos empenhávamos na segunda semana, com o acúmulo da pressão resultando em noites cada vez mais longas, culminando em finais de semana debruçados no fechamento, o que às vezes se resumia a quarenta horas ou mais de trabalho duro contínuo. Os prazos finais inegociáveis eram dados de acordo com o cronograma da van que saía do depósito do jornal The Irish Independent, com a qual havíamos combinado a entrega de nossas páginas na gráfica em Kerry. Deveríamos nos encontrar à uma da manhã, no máximo, mas várias vezes eu ficava dando os últimos retoques frenéticos ao layout enquanto o relógio corria e Liam ou Mairin esperavam tensos ao meu lado. Assim que eu terminava, eles arrancavam as páginas da minha frente e corriam com elas escada abaixo onde Niall já esperava, esquentando o motor de seu Austin Maxi amarelo-mostarda batido. Depois, eles dirigiam a toda pelas ruas em busca da van que já havia partido. Uma vez, fizeram todo o trajeto até Urlingford, Kilkenny, a alguns bons quilômetros de Dublin, antes de alcançá-la.

No entanto, não passou despercebido o fato de que, nas noites mais longas, vários dos membros da nossa equipe, exaustos, desapareciam discretamente dentro do escritório do editor e saíam depois de alguns minutos com passos saltitantes, brilho no olhar e tagarelando jovialmente. Um dia, irrompi na sala e os encontrei ao redor de uma mesa na qual havia um pequeno espelho retangular; sobre ele, viam-se várias carreiras fininhas de pó branco alinhadas.

— Eu sabia! — declarei, embora na verdade só tivesse a vaga ideia do que estivesse acontecendo.

Eu era um ávido leitor de Hunter S. Thompson, mas ele era melhor em criar eufemismos engraçados para descrever as substâncias ilícitas do que as técnicas usadas no consumo delas. Insisti em ser incluído naquele ritual particular e recusei as dissuasões de alguns deles, aparentemente preocupados com minha juventude e inocência. Então, me passaram uma nota de cinco libras enrolada e fui instruído no procedimento correto: colocar uma ponta da nota na minha narina e a outra no espelho, e então inalar profundamente. Segui as instruções à risca, o que resultou em queixos caídos tanto de horror quanto de admiração dos meus companheiros de equipe.

– Ele cheirou a merda toda! – berrou um, descontente.

– Era pra você cheirar só uma carreira! – explicou alguém, um pouco tarde demais.

– Mas que merda, Neil. Seu apelido agora vai ser Hoover Factory!⁴ – disse outro (fazendo uma referência à obscura "Hoover Factory", um lado B do Elvis Costello).

Mas veja só, eu não estava reclamando. Quiquei para fora do escritório como um canguru chamando para a briga e me joguei na criação das páginas (mas não eram só páginas! Eram verdadeiras obras de arte!) com entusiasmo renovado.

Na verdade, não estou muito certo do quão produtivo foi aquele período de consumo de cocaína. Com certeza ela levantava os ânimos, mas isso geralmente tinha como resultado eu e Liam parados, falando bobagens, fazendo chapéus com as capas dos discos e arremessando vinis que não queríamos pela janela, contando piadas e seguindo linhas de raciocínio surreais que teriam deixado o escritório todo se rachando de tanto rir. Nesse ponto, Niall sempre saía de sua sala para sugerir que seria melhor para nós mesmos terminar algum trabalho; nossa euforia desmoronava e todos afundávamos de volta na mesa para contemplar a imensidão da tarefa ainda por fazer.

Pior foi o lançamento da edição britânica. Até então, meus grandes pôsteres do Bono estavam espalhados por todo o metrô de Londres, antecipando a nossa chegada. Lembro-me de ter ido ao escritório da *Hot Press* numa sexta-feira e não ter voltado para casa antes de terça pela

---

4   Fábrica de aspirador de pó, entre outros produtos, cujo prédio de estilo *art deco* foi imortalizado na canção de Elvis Costello.

manhã, tendo descansado algumas poucas horas durante o fim de semana no chão do apartamento de Niall e Mairin. Quando finalmente fechamos a edição, ficamos todos na sacada, olhando para uma Dublin que ainda dormia, com as cores desbotadas do nascer do sol nas primeiras horas da manhã. Mas a exaustão era uma sensação boa. Sentíamos como se realmente tivéssemos feito algo. Estávamos exaustivamente otimistas acerca do futuro.

Por conta de um planejamento ruim qualquer, esse fim de semana de produção particularmente desafiador foi seguido da primeira cerimônia de premiação da *Hot Press*, patrocinada pela Stag (uma marca de cidra), com a apresentação em um hotel e uma festa no McGonagles. Para meu horror, não havia sobrado nem um grão de pó no escritório para sustentar nossos espíritos debilitados. Alguém, que era conhecido de uma maneira bastante otimista como sendo do departamento de publicidade (apesar do fato de a equipe raramente ter mais de dois membros), se ofereceu para conseguir estimulantes alternativos e retornou rapidamente com uma sacola cheia de *speed*. Era uma substância nova para mim, mas que se foda, eu já me considerava um especialista no consumo de narcóticos. Alguém me entregou uma dose individual, que espalhei na mesa e cheirei toda de uma vez. Meus colegas publicitários ficaram boquiabertos.

— Aí tinha o suficiente pra uma semana inteira! — balbuciou o rapaz. Foda-se! O Hoover Factory estava pronto para a festa!

Não me lembro muito da ocasião, a não ser do desastre com as estatuetas. Fui eu que desenhei o prêmio — uma imagem do Elvis em pleno movimento dos quadris — e pedi que Grainne, uma colega da faculdade de Artes, criasse os figurinos reais na cerâmica pintada. Elas ficaram lindas, mas extremamente frágeis; quando os gigantes da cena musical irlandesa subiam ao palco para buscar seus prêmios, os bonecos se descolavam das bases e, geralmente, caíam no chão. O U2 ganhou duas estatuetas, uma de melhor banda e outra de melhor álbum.

— Você está querendo dizer alguma coisa sobre as perspectivas da minha carreira? — brincou Bono depois que eu o ajudei a consertar uma estatueta quebrada.

A noite passou como um *flash* em um borrão de anfetamina. Lembro-me de ter pego uma carona na moto de Ivan depois de uma comemoração pós-festa. Como eu não tinha capacete e não queria ser parado pela polícia naquelas condições, amarrei na cabeça uma cesta de fruta com o meu cinto.

Digam não às drogas, garotos.

Achei que já era tempo de comprar um meio de transporte. Meu pai (ex-motociclista) comprou uma moto para o meu irmão, mas fui desencorajado a seguir o exemplo. Por alguma razão, foi tomada como verdade familiar a ideia de que Ivan era sensível (uma baita de uma mentira! Mas ele era bom em acobertar as coisas na frente dos meus pais) e fisicamente gracioso, e eu era impulsivo e sem nenhuma coordenação, o que, aparentemente, não era uma boa combinação em cima de duas rodas com algumas centenas de cavalos de força.

"Quem pilota uma moto deve estar preparado para o fato de que vai bater", dizia meu pai, cujos dias de motociclista chegaram ao fim com uma perda total que ficava ainda mais espetacular a cada vez que ele a contava de novo. "O segredo é não se machucar. Do jeito que você se comporta, pode se machucar descendo de um ônibus." E eu realmente não poderia argumentar contra isso, porque de fato eu havia me machucado bastante certa vez ao descer de um ônibus na tentativa de desembarcar com o veículo ainda em movimento, sendo fechado por um carro que vinha logo atrás.

Por ser um mecânico habilidoso e um entusiasta da filosofia "Faça você mesmo", meu pai não se ofereceu para me comprar um carro novo, mas sim para construir um. Minha mãe tinha um Mini Cooper velho e quebrado que estava enferrujado na garagem. Meu pai chegou em casa um dia com outro Mini Cooper destruído que ele havia comprado por cinquenta libras e anunciou que dessas duas Mini ruínas sairia um Super Mini. Sem levar meu ceticismo ingrato em consideração, ele começou a trabalhar na garagem, onde passou quase todo o verão.

Enquanto isso, ele pagou uma viagem aos estúdios Setanta, em Dundalk, para que a Yeah! Yeah! gravasse sua primeira demo. Assim como a maioria das bandas que se aventuravam pela primeira vez em um estúdio, nós não tínhamos a menor ideia do que estávamos fazendo, mas levamos conosco um engenheiro de som da cidade para nos orientar – embora eu não estivesse muito convencido de que ele tivesse mais experiência em um estúdio do que nós. A banda se preparou e tocou três músicas ao vivo, às quais acrescentamos alguns detalhes depois. A sincronia era o problema mais óbvio. Leo era um baterista engenhoso, que trabalhava muito as próprias habilidades, mas estava com dificuldades para tocar junto com os cliques firmes e inflexíveis do metrônomo, o qual acabamos deixando de lado e nos rendemos a seguir o acompanhamento de um ritmo loucamente variável. Mas o baixo estava robusto, as guitarras, cintilantes, e a voz...

Foda-se! A voz que eu ouvia na minha cabeça tinha um tom limpo, uma melodia abundante, pulsava com energia e explodia com emoção. Já o melhor que se podia dizer da voz que retornava por meio dos grandes alto-falantes do estúdio era: "adequada para a função".

— Ah, a gente mete um reverberador nisso e vai ficar tudo ótimo! — sugeriu nosso engenheiro.

É claro que vai ficar!

Fizemos nosso primeiro show como banda principal no Summit Inn, em Howth, e por alguma razão vendemos centenas de ingressos antecipado. Imagine que os ingressos prometiam a aparição da "tentadora Bumpkin Betsy" que (segundo rumores) faria um *striptease* escandaloso (e totalmente ilegal). Betsy, na verdade, era um rapaz chamado Anto, e até seus amigos mais próximos o descreviam alegremente como "mais louco que gata no cio". Anto subiu ao palco vestido de *drag*, despindo lentamente cada peça de roupa com urros de encorajamento do público, até ficar aparente que Betsy não era exatamente o que havia sido anunciado. Pensamos que poderia ser uma brincadeira engraçada, mas não havíamos contado com a presença de um grupinho do exército irlandês, que havia feito uma viagem toda especial, dos quartéis até Dublin. Eles ficaram tão horrorizados com a falta de bunda e peitos autênticos que ameaçaram invadir o palco e atacar o infeliz do Anto, que queria encarar todos eles juntos. A confusão que se seguiu só foi acalmada com as extraordinárias habilidades diplomáticas de Hughie O'Leary, um amigo de Leo, que convenceu os soldados de que eles se dariam por satisfeitos em se apropriar do sutiã e das meias de Anto.

— Acho que vocês precisam aprender a respeitar o público – aconselhou Hughie um tempo depois (conselho que levamos bem a sério, já que a mãe dele era Maureen Potter, a comediante mais amada da Irlanda).

A noite pode ter sido uma bagunça, mas não chegou a ser um desastre. Nós atraímos uma multidão, ganhamos uma grana e nos sentimos prontos para mudar de marcha e começar a fazer shows como banda principal em Dublin. Mas, antes disso, havia uma viagem planejada para o interior do país. Eu já havia recebido o Super Mini feito à mão, o qual, para a minha surpresa, era uma belezinha – vermelho vivo, com um estofado confortável de estampa de leopardo. O plano era que a Yeah! Yeah! pegasse o carro para sua primeira viagem ao oeste do país, onde assistiríamos a um festival de rock no qual os Pretenders e Ian Dury tocariam. Ivan não poderia viajar conosco, pois precisava fazer a prova para tirar a carteira de motorista naquele fim de semana; assim, o lugar de Ivan no carro foi tomado por Hughie.

Meu pai tinha deixado bem claro que não aprovava essa viagem. Eu tinha a sensação de que era difícil para ele confiar a mim sua criação automobilística, e ele me alertou várias vezes para o fato de que eu não deveria fazer longas jornadas com o carro antes de amaciar o motor. Mas como meus pais estavam aproveitando umas férias de duas semanas na

França, achei que eles não poderiam ficar magoados com o que não sabiam. E lá fomos nós!

Houve uma bebedeira desenfreada na viagem. Lotamos o carro com latas de cerveja, e meus passageiros aproveitaram bastante. Pra ser bem sincero, Hughie, Leo e Deco ficaram bêbados rapidinho, parecendo um trio de bundões cantando, fazendo piadas e insultando os pedestres. Eu estava totalmente sóbrio, é claro, não por levar a sério demais meu dever de motorista (pois eu também estava cantando, fazendo piada e insultando os outros), mas simplesmente porque eu não bebia. Descemos a toda por estradas esburacadas, tagarelando sem parar, com o motor que meu pai havia colocado no carro segurando muito mais do que o previsto. O sol brilhava. As estradas estavam vazias. A vida era boa.

Mas quase conseguimos.

Estávamos a cerca de 24 km do festival, bastante adiantados, pegando velocidade enquanto descíamos uma colina bastante íngreme. Então, algo aconteceu. O volante sacudiu em minhas mãos. O carro estava girando pela estrada, movendo-se em uma direção diferente da que deveria ir. Perdi o controle do veículo. Apertei os freios com força, mas o carro não parava.

— Vamos bater – disse eu. Gelei por dentro.

— O que você disse? – perguntou Hughie, no banco do carona.

— Vamos bater – disse eu, com a tranquilidade de uma absoluta falta de esperança.

O Mini saiu da estrada no pé da colina, batendo de frente em um barranco coberto de mato.

CAPÍTULO 10

Entrei em estado de choque, então precisei confiar no relato dos outros para descrever o que aconteceu depois. Aparentemente, eu saí do carro, que ficou amassado por inteiro, e andei lentamente ao redor dele, examinando os danos, resmungando em tom de reprovação coisas do tipo "Hummm, entendo...", enquanto os outros gemiam lá dentro. Meus óculos pularam com a colisão, eu bati o rosto no volante e massacrei as lentes quebradas na testa. O sangue descia no meu rosto pálido, entrando nos olhos.

Lembro-me vagamente do interior de uma ambulância. Tenho uma imagem de mim mesmo deitado em uma maca no corredor do lado de fora de uma sala de emergência lotada, e de fazer uma ligação de um telefone público. Supostamente eu falei com o pai do Leo, dizendo que estava tudo bem.

Entrei em uma ala do hospital com a cabeça toda enfaixada. O mundo parecia um borrão sem meus óculos. Deco, que estava na cama ao lado, teve apenas um dente lascado. Hughie estava do outro lado, com uma perna quebrada coberta de gesso. Leo estava perto dele, e seu estado não era nada bom. Ele havia quebrado o lado direito do quadril e urrava de dor. Hughie bradava aos quatro cantos tentando ajudar o amigo:

— Enfermeira, enfermeira, ele precisa de medicamentos, traga logo de uma vez!

Bem ao fundo, de uma maneira grotesca, ainda ouvíamos o eco das músicas vindo do festival.

— Pelo menos a gente vai conseguir ouvir o Ian Dury — suspirou Hughie. Todos soltamos uma risada contida.

— Vai se foder, Hughie, não me faça rir — reclamou Leo. — Isso dói!

— Acho que vocês deviam gravar aquele hino do Liverpool: "I'll Never Walk Again!"[1] — sugeriu Hughie. — Vocês sobem todos no palco usando cadeiras de rodas motorizadas! Leo pode tocar os bongôs com duas bengalas, vai ser fantástico! Quando vocês entrarem no palco, as pessoas dirão "Quebre a perna...! Oh, desculpem, vocês já se adiantaram nisso!".

— Para, Hughie, isso dói — disse Leo, rindo.

Ouvimos aquela música distante durante dois dias, rindo com uma histeria crescente enquanto Hughie soltava frases de um humor cada vez mais negro sobre nossa situação, embora cada grito de dor de Leo espalhasse pela ala do hospital uma atmosfera de abatimento e provocasse uma pontada no coração. Era eu o responsável por aquilo?

— A desgraça dos outros não é motivo de riso, senhor O'Leary — reclamou uma enfermeira depois de um dos ataques cômicos de Hughie.

— Acho que foi Shakespeare quem disse que a vida é a merda de uma comédia de erros, enfermeira — respondeu Hughie. — Mas talvez eu esteja citando errado.

Acho que as enfermeiras ficaram felizes em nos ver pelas costas. Deco e eu fomos liberados depois de dois dias, enquanto Hughie e Leo seriam despachados de volta para Dublin em uma ambulância. Minhas roupas foram devolvidas, sem lavar e cobertas de sangue seco. Coloquei-as no corpo e, parecendo um refugiado da Primeira Guerra Mundial, fui retirar os curativos. O médico que retirou as ataduras olhou pra mim horrorizado.

— Hum, parece que alguém se esqueceu de te costurar — disse ele, engasgando e em tom de desculpas.

Olhei no espelho. Havia tiras de pele penduradas na minha testa machucada.

---

[1] Referência à música "You'll Never Walk Alone", composta por Richard Rodgers e Oscar Hammerstein II, para o espetáculo musical *Carousel*. A música costuma ser entoada por torcidas de futebol no mundo todo, antes das partidas.

Então eles me deram alguns pontos, me liberaram e eu saí vagando pela cidade, cambaleando feito o monstro de Frankenstein, com uma cicatriz saliente, irregular e vermelha na cabeça, usando roupas tingidas de sangue, incapaz de enxergar a uma distância maior que alguns centímetros na minha frente, tendo como companhia apenas Deco e seu dente quebrado. Fomos andando até chegar ao posto policial onde estava o carro, quando me pediram um relato do ocorrido.

– Mas que raios aconteceu com você, garoto? – perguntou, chocado, o policial de plantão.

– Nada – disse eu. – Eu vim por causa do meu Mini.

Fui levado até o pátio para onde rebocaram os restos amassados e destruídos do carro. Olhei com dificuldade para dentro dele, através das janelas com os vidros estilhaçados. Mesmo com a visão ruim, pude ver que ele estava cheio de latas de cerveja vazias e amassadas, mas a polícia não havia sequer mencionado isso no relatório.

– As marcas deixadas na estrada indicam que o pneu dianteiro esquerdo estourou, senhor – disse-me o policial. – Não passou de um infeliz acidente. Você tem seguro?

– Sim, senhor – respondi, sentindo o peso da culpa saindo dos meus ombros.

– Atribua isso a um ato de Deus – disse ele.

Eu devia ter desconfiado de que aquele bastardo estava por trás daquilo.

Tivemos de pegar um trem de volta a Dublin. Cada passagem custava quinze libras. Eu tinha apenas trinta libras comigo e Deco estava completamente duro, então não conseguimos comprar nem sequer uma xícara de chá durante a viagem de várias horas. Também não conseguimos encontrar um assento, então fomos até Dublin de pé, observando a paisagem irlandesa passar em silêncio, o choque dos últimos dias finalmente fazendo sentido.

Esse contato com a mortalidade teve o efeito de acelerar minha decisão. Leo precisou colocar placas de metal na bacia para reconstruí-la.

Nós o visitamos no hospital, demonstrando nossa lealdade e recebendo a dele de volta. Assim que ele melhorasse, voltaríamos para a estrada. Seria preciso mais que um ato de Deus para deter nossa banda.

O U2 lançou seu segundo disco, *October*, em outubro de 1981. Hoje penso que, de todos os álbuns da banda, esse foi o que teve o pior resultado, mas na época eu era um fã acrítico e escrevi uma resenha empolgada e apaixonada na *Hot Press*. Fui completamente tomado pela forma como a banda havia ampliado seu padrão sonoro, enriquecendo o potencial do próprio som. Tudo era maior, mais brilhante, mais vivo, com o acréscimo de acordes de piano tocados por The Edge. Até a voz de Bono começou a se sobressair, fortalecida por um ano inteiro de turnê. O principal ponto fraco do disco, olhando para trás, são as letras, ou a falta delas. O caderno de anotações de Bono havia sido roubado nos bastidores de uma apresentação, e como eles estavam gravando durante o verão em Dublin, Bono teve de confiar em sua capacidade de improvisação no estúdio. O tema de *October* era a fé espiritual, conforme indicado pela épica faixa de abertura, "Gloria", um hino do rock extremamente poderoso em que Bono canta "I try to stand up but I can't find my feet/ I try to speak up but only in you I'm complete/ Gloria in te Domine"[2]. Será que meu artigo teve alguma influência nisso, libertando Bono do medo da crítica em relação ao seu cristianismo? Mas se ele clamava para que o Espírito Santo o animasse na frente do microfone, a via até o céu era defeituosa. Isso representava uma fala curiosamente inarticulada do coração, com Bono substituindo os antigos "oo-ee-oo"s por "Rejoice!", que ele repetia com frequência. Depois de *Boy*, Bono conversou comigo, entusiasmado, sobre fazer um disco épico sobre a luta entre o bem e o mal – seria o *Sgt. Pepper* do U2, conforme ele o chamou em um momento de entusiasmo especificamente extravagante. Mas não era. *October* termina com "Is That

---

2   Tento me levantar, mas não encontro meus pés/ Tento falar, mas é só em você que sou completo/ Glória, in te Domine.

All?", em que Bono repete a pergunta "Is that all you want from me?"[3]. Talvez ele estivesse se dirigindo a Deus, mas a resposta de um ouvinte exigente certamente seria um enfático "Não!".

Hoje sei que naquela época acontecia um debate acirrado na banda sobre seu comprometimento cristão, com os membros do grupo Shalom colocando pressão sobre a forma como eles deviam agir. Gavin Friday foi o primeiro a sair, reagindo de maneira incrédula a sugestões de que sua banda deveria mudar o nome para Deuteronomy[4] Prunes e parar de usar delineador nos olhos. Guggi e os outros membros da Prunes também não ficaram muito tempo. Larry foi o primeiro membro do U2 a sair do Shalom, com medo de que acabasse se tornando um fanático. Bono e The Edge ainda lutaram um pouco mais, questionando em alguns momentos se Deus e o rock'n'roll eram compatíveis, mas todos acabaram rompendo relações com o grupo bíblico.

– Jamais encontrei uma igreja onde me sentisse confortável – admitiu Bono uma vez para mim, anos depois. – A religião mantém a Igreja acima do espírito de Deus. Às vezes acho até que a religião é inimiga da fé.

Naquele mesmo mês, a Yeah! Yeah! recomeçou a fazer shows, com uma apresentação tumultuada no Asgard Hotel em Howth. Era um alívio voltar aos palcos, com Leo empoleirado (um pouco cauteloso, talvez) atrás da bateria. Alguns dos nossos mais dedicados fãs foram conosco até em casa, onde fizemos uma festa não programada. Deco e eu terminamos a noite na minha cama com uma garota (que chamaremos de Viva para manter a dignidade dela) entre nós dois: agora sim, esse era o tipo de comportamento que eu esperava! Tomamos um susto, no entanto, com uma batida na porta, que logo se abriu revelando meu pai, querendo nos cumprimentar pelo desempenho (devo frisar que ele se referia ao

---

3 Isso é tudo o que quer de mim?
4 Deuteronômio: quinto livro da Bíblia (Gênesis, Êxodo, Levítico, Números e Deuteronômio). (N. E.)

show). Viva se escondeu embaixo da coberta enquanto Declan e eu nos sentamos com a coluna ereta um perto do outro, nus na minha cama de casal. Contudo, nada disso pareceu perturbar meu pai nem um pouco. Ele conversou um pouquinho e disse:

— Pronto, hora de ir para a cama. Boa noite, Neil. Boa noite, Declan. Boa noite, Viva.

Ela tirou a cabeça para fora do cobertor quando a porta se fechou.

— Como ele sabia que eu estava aqui?

— Não tenho a menor ideia – confessei. – Como é que os pais sabem das coisas? Eles simplesmente sabem.

Quando saí do quarto para ir ao banheiro, meu pai me pegou no patamar da escada.

—Tente só não fazer barulho lá dentro, OK? – disse ele. – Não me interessa o que esteja tramando, mas não quero que sua mãe se chateie.

Quando voltei do banheiro, lá estava minha mãe.

— Eu sei o que está acontecendo lá dentro – disse ela, com um jeito tímido. – Melhor não deixar seu pai descobrir; não acho que ele aprovaria.

Mas que tipo de valores familiares ferrados eles estavam me ensinando?

Nós fizemos shows sem parar nos meses seguintes, sendo a banda principal em um centro comunitário lotado, o que confirmou que havíamos atingido a mesma altura vertiginosa do estrelato local ocupada pelo lendário Rocky De Valera.

Em dezembro, conseguimos abrir os shows da Teardrop Explodes em sua turnê pela Irlanda. A Teardrop era de Liverpool e estava sendo aclamada como a banda mais bacana da época, junto com o Echo & The Bunnymen, também de Liverpool. O empresário da banda era o escocês Bill Drummond, um cara jovem, cheio de energia, que usava óculos, e cuja empolgação, por vezes excêntrica, em relação às possibilidades do rock era intensamente envolvente. "Não interessa se você sabe tocar ou não" foi o que o ouvi dizer uma vez. "A habilidade de tocar um instrumento é muito superestimada. A confiança deve vir primeiro. Depois, a grandeza." Essa era uma filosofia com a qual eu me identificava. Julian Cope, líder da Teardrop Explodes, era articulado, educado e gentil, com uma espécie de entusiasmo presunçoso. ("Tudo bem rapazes?", perguntou ele com cuidado quando entrava no nosso camarim antes da apresentação. "Subam no palco e aproveitem, é pra isso que estamos aqui".) Contudo, no palco do McGonagles, ele agiu de uma maneira totalmente diferente, pulando intrépido de um lado para o outro, sem pensar muito na própria segurança, trombando com os objetos com tal força que fazia a plateia recuar, repreendendo a banda por não dar o suficiente de si, encorajando o público a se envolver mais. Em determinado momento, como resultado de uma frustração crescente, Julian pareceu ter um colapso nervoso no palco, gritando para que a banda parasse de tocar enquanto ele se lançava em um monólogo frenético sobre como era importante tornar aquele momento real, fazendo a apresentação valer a pena. Eu fiquei muito impressionado. Depois, na Cork Opera House, na noite seguinte, ele teve um colapso idêntico exatamente no mesmo momento do show. Encostado à mesa de som, perguntei ao Bill se ele fazia aquilo toda noite.

– E há alguma outra forma de se tornar uma lenda? – respondeu Bill com outra pergunta.

Aprendendo essas lições enquanto avançávamos, a Yeah! Yeah! trabalhava duro para fazer de cada apresentação um acontecimento, com novas canções, novas brincadeiras, novos truques. Chamávamos comediantes para nos ajudar e exibíamos vídeos em aparelhos de TV dispostos no fundo do palco. Em fevereiro de 1982, fechamos contrato para tocar todas as quintas-feiras no andar de cima de um bar chamado Magnet. Nós finalmente divulgamos nossa demo, cuja capa tinha a frase sagaz *The Tape of Things to Come*[5]. Pouco a pouco os shows no Magnet começaram a formar um público. Na primeira semana foram trinta pessoas. Na segunda,

---

5   A fita das coisas por vir.

setenta. Mais de cem na terceira. Tivemos nossa primeira resenha publicada na *Hot Press*, da qual retiramos várias citações para o nosso *release* de imprensa:

> A Yeah! Yeah! cria "uma atmosfera jovem e dançante", e recebe em troca o "entusiasmo desinibido, que abrange tudo e todos", escreveu Liam Mackey na *Hot Press*. E prosseguiu: "Certamente a música da Yeah! Yeah! é inspiradora e merece uma reação apropriadamente despreocupada... se o espírito da banda provoca um resumo crítico como sendo 'pop dançante e divertido', isso não quer dizer que eles sejam unidimensionais ou simplistas... eles lutam para trazer originalidade, inteligência e alguma aventura para um método já estabelecido de fazer música".

Liam não ficou nada feliz quando viu que usei criteriosamente as reticências para tirar praticamente as críticas que constituíam o cerne da resenha dele.

— Eu posso até ter dito isso, mas não é o que eu queria dizer — repreendeu-me ele. — Você devia arrumar um emprego escrevendo o material de imprensa do governo.

Portanto, em nome da probidade histórica e para possibilitar aos leitores uma análise mais objetiva do progresso musical deste peregrino, deixe-me recuperar algumas das partes que faltam.

> Em termos de criatividade, sua ambição é muito verdadeira, mas por vezes falta-lhes totalmente o objetivo. Como único instrumentista líder do grupo, o guitarrista Ivan, que também faz a segunda voz, tenta carregar nos ombros um peso musical maior do que, até o momento, consegue suportar. Quando deixa escapar uma nota pelos dedos ou não consegue acertar um acorde com plena autoridade, o conjunto sonoro da Yeah! Yeah! sofre como um todo.

E se o espírito da banda provoca um resumo crítico como sendo 'pop dançante e divertido', isso não quer dizer que eles sejam unidimensionais ou simplistas. Na verdade, seus erros se destacam exatamente porque eles lutam para trazer originalidade, inteligência e alguma aventura para um método já estabelecido de fazer música, tornando sua falta de cuidado ainda mais decepcionante.

Liam concluiu dizendo que seria preciso trabalhar muito ainda para aperfeiçoar nosso ofício se a Yeah! Yeah! quisesse ir além de um tipo de show supostamente agradável, mas que só enganava a própria banda, em que o público era solidário para com os seus erros.

Minha resposta comum a isso seria "Ah, mas que merda ele sabe?". Mas eu tinha plena consciência de que Liam sabia do que dizia. Nós teríamos de redobrar os esforços durante os ensaios.

De todo modo, precisamos dar uma pausa no mês de março, quando Leo voltou para o hospital para retirar as placas da bacia. Eu e Ivan nos mantivemos ocupados procurando o endereço de todas as gravadoras da Grã-Bretanha e da Irlanda, e enviando cassetes. Depois de algumas semanas, desistimos de procurar respostas na caixa de correspondência. A indústria musical aparentemente não havia sido tomada pela fervorosa convicção de que a próxima banda do momento estivesse à espreita em uma vila de pescadores na Irlanda. Talvez as fitas tivessem extraviado no correio.

No dia 31 de março de 1982, completei 21 anos, ocasião digna de nota principalmente por conta do meu primeiro porre. Meus pais deram uma grande festa na Summit Inn. Ivan, Deco e eu tocamos uma seleção de clássicos do rock junto com membros da Deaf Actor e da Gravediggers. Eu estava tonto. Bêbado. Tinha enchido a cara.

E foi preciso apenas uma maldita garrafinha de cidra.

– Isso mesmo, Neil, se solta, vamos lá – gritavam meus amigos. Então me soltei. E que momento maravilhoso eu tive. Eu me senti relaxado e livre. Liberto de todas as correntes que insistiam em me inibir internamente. Do que eu tinha tanto medo? Depois daquilo, nada mais me detinha. Eu me vi de repente envolvido com más companhias, vossa senhoria. Meus dois principais corruptores foram os estudantes Ian e Clanger, muito devotados à erva do demônio e que assumiram a tarefa de me ensinar a fumar. Eles moravam em uma casa alugada com uma corja de depravados e tinham uma mesa de sinuca na sala e um aquário na cozinha cheio de piranhas, que eles alimentavam com camundongos vivos comprados em uma *pet shop*. Lembro-me da primeira vez que tomei um porre em uma festa na praia, de madrugada, aos pés do rochedo de Howth. Alguém me dava vinho do porto dizendo que eu ficaria aquecido se o tomasse. Todos nós estávamos sentados em volta de uma fogueira, naquele ar frio da Irlanda, cantando e fazendo piadas, enquanto o mar escuro agitava-se à nossa volta. Achava que os bêbados que lá estavam tinham o cérebro envolto em uma espécie de fuga mental que lhes borrava os pensamentos. Mas eu estava bem, tagarelando sem parar. Nada me incomodava. Até que tentei me levantar e imediatamente caí no chão. Ian e Clanger me escoraram e me carregaram pela praia cheia de pedras, tentando me deixar sóbrio para que conseguisse chegar em casa, mas para isso era preciso subir por uma corda em uma ribanceira bem íngreme. Por fim, meus guardiões explicaram que eu simplesmente teria de vomitar. Eu me posicionei e botei para fora todo o vinho vermelho que estava no estômago. Que alegria. Senti um arrepio frio de alívio correr pelo corpo. E lá estava eu, todos esses anos, pensando que os bêbados que vomitavam nas sarjetas eram doentes e miseráveis. Vomitar era fantástico!

Leo saiu do hospital. Ele precisava usar uma bengala para proteger a bacia, mas fazendo alguns ajustes na bateria, suas habilidades musicais estavam inalteradas. Eu e Ivan fizemos uma proposta de largar nossos empregos durante um ano. A gente queria que a Yeah! Yeah! se tornasse profissional, o que significava ensaiar todos os dias e tratar efetivamente a banda como um trabalho em tempo integral.

Foi fácil convencer Deco, mas Leo era cético. Ele já trabalhava em tempo integral, tinha um cargo júnior na agência de publicidade OKB, cujos recursos nós usávamos constantemente para criar nossos cartazes burlescos. E ele não tinha certeza se queria largar o trabalho para passar o dia inteiro numa sala de ensaio com os egos monumentais e as ambições intensas dos irmãos McCormick. Nem tudo era só riso e diversão, como qualquer pessoa em uma banda com irmãos provavelmente pode atestar. Nós podíamos discutir — e discutíamos — sobre tudo, desde qual o nome que viria antes nos créditos das canções até qual a cor da camiseta que deveríamos usar para uma sessão de fotos; desde o andamento que deveríamos dar a uma canção até quem dirigia o carro para ir e voltar do show.

Isso é típico na irmandade do rock. Mais ou menos na mesma época, conheci um dos meus heróis, Ray Davies, nos bastidores de um show do Kinks no auditório RDS, em Dublin. "Gostei da camisa", foi o que me disse a lenda do rock, admirando a criação psicodélica roxa com botões nos ombros, gola alta e estampada que eu havia comprado em uma ida à Carnaby Street (a mesma camisa pela qual eu e Ivan brigamos durante uma sessão de fotos). Ray era casado com Chrissie Hynde, e me apresentou a ela.

— Tenho certeza de que tive uma camisa igual quando mais jovem — disse Ray.

— Os clássicos nunca morrem — disse Chrissie em tom jocoso.

Aproveitando para não deixar escapar pelos dedos uma oportunidade de contato como essa, disse para os dois tudo sobre o grupo que eu tinha com meu irmão.

— Não vai durar — foi o triste prognóstico de Ray.

— Por quê? — perguntei surpreso.

— Irmãos não deveriam montar bandas juntos – disse Ray, cujo único irmão, Dave, espreitava do outro lado da sala. – Cada um quer o que o outro tem e vocês acabam tentando superar o que o outro faz o tempo todo. É a receita da grande infelicidade.

— Não ouça o que ele diz – garantiu-me Chrissie. – Ele vem brigando com Dave há vinte anos e a The Kinks continua aí.

— Isso não quer dizer que eu esteja feliz com isso – disse Ray.

Bandas de irmãos são um fenômeno mais comum do que se possa imaginar. Além das famosas bandas em família (Jacksons, Osmonds, Neville Brothers, Allman Brothers Band, Isley Brothers, Beach Boys e Bee Gees), havia irmãos no AC/DC, The Black Crowes, INXS, Styx, Creedence Clearwater Revival, The Spencer Davis Group, Ten Years After, The Stooges, Crowded House, Dire Straits e Spandau Ballet. E, é claro, havia os irmãos Everly, cuja relação se tornou tão venenosa que eles romperam no palco em 1971, quando Phil arrebentou a própria guitarra e teve um ataque furioso reclamando do desempenho de Don. Essa tradição foi calorosamente revivida pelos irmãos briguentos do Oasis, que se separavam no palco com tanta frequência que as pessoas achavam que fazia parte de uma encenação.

Eu sempre pensei que Caim e Abel representavam um modelo mais realístico das relações entre irmãos do que o "um por todos e todos por um" idealizado pelo seriado *Os Waltons*. Enquanto crescemos, perdemos a infância trancados juntos em uma batalha de amor e ódio por dominação, competindo pela atenção dos pais, lutando para nos tornarmos indivíduos quando o mundo inteiro se comporta como se fôssemos unidos pela cintura. Depois, quando temos idade o suficiente para inventar uma vida própria, escolhemos nosso rival mais próximo para formar uma banda e passamos a vida adulta brigando não mais por brinquedos, mas por mudanças de acorde.

Mas, é claro, existem algumas vantagens. As bandas tocam juntas durante anos até atingir o tipo de telepatia que surge naturalmente entre irmãos. Os atributos comuns da natureza e da criação permitem que um preveja qual o próximo movimento do outro e instintivamente leve em consideração os pontos fortes do outro. As vozes se combinam sem esforço em tom e timbre. E você não precisa colocar um anúncio em um jornal para encontrar o primeiro membro da banda.

Mas sempre há o outro lado, mais obscuro. Acho que Ray Davies estava certo ao dizer que um quer o que o outro tem. Lembro-me de como me sentia ameaçado quando Ivan, algumas vezes, escrevia uma música. Se ele conseguia escrever, tocar e cantar, para que precisaria de mim? Já eu, mal conseguia arrancar quatro acordes de uma guitarra, mas insistia em fazer isso em todas as oportunidades, compondo pelo menos um álbum triplo, digno de nota, em cima dos mesmos acordes, combinados de todas as maneiras concebíveis. Nos nossos melhores momentos, eu e Ivan éramos mais que uma soma das nossas partes. Mas, nos piores, corríamos o risco de cancelar um ao outro.

Leo levou suas preocupações para Barry Devlin, o antigo líder da banda de *folk rock* irlandesa Horslips. A banda tinha acabado de se separar (de maneira desagradável) e Devlin começou a trabalhar como diretor de arte da OKB. O ex-astro do rock foi a uma das nossas apresentações no Magnet para julgar, por si próprio, quais seriam as nossas perspectivas. Depois, Leo nos apresentou.

– Você é o mesmo Neil McCormick que trabalha na *Hot Press*? Perguntou Devlin, em dúvida.

– Claro que não – eu disse, sem pestanejar. – É um nome comum.

– Aquele estúpido enfiou uma faca nas costas da Horslips e depois rodou – resmungou Devlin, com um ódio visível. – Ele detonou nosso melhor álbum. Acabou com ele. Depois de tudo o que a Horslips fez pela cena musical irlandesa, esperávamos que a *Hot Press* fosse nos apoiar, e não deixar que um idiota pretensioso qualquer, que não sabe a diferença entre gato e lebre, pisasse na nossa cabeça com umas palavrinhas medíocres.

— Ele parece ser uma merda mesmo – concordei. – Eu sempre fui fã da Horslips.

Acho que passamos no teste de Devlin, pois Leo resolveu apostar toda a sua sorte na banda. Meu pai também ofereceu ajuda. A indústria automobilística estava enfraquecida, então ele aceitou ser demitido mediante o pagamento de uma alta indenização. Ele não estava correndo para arrumar outro emprego e, nesse ínterim, ficou bastante interessado no nosso progresso musical – começou a ir às apresentações, nas quais os fãs se referiam a ele como senhor Mac. Ele acreditava que conseguiríamos realizar nossos objetivos se nos mantivéssemos focados e sugeriu que poderia ser nosso empresário.

Para ser sincero, eu não fiquei nada feliz com isso. Falando em um nível puramente egoísta, fiquei preocupado que talvez isso pudesse refrear as possibilidades de libertinagem. Como seria possível dar aquela cheirada diretamente no peito nu de desvairadas tietes bissexuais enquanto meu pai estivesse no camarim? Não que isso já tivesse acontecido, mas eu vivia na esperança. Além disso, ser agenciado pelo próprio pai parecia ir contra todo o espírito rebelde do rock'n'roll. Afinal, eu não deveria estar ofendendo meus pais em vez de colaborar com eles? Correríamos o risco de nos tornar motivo de piada, a Família Dó-Ré-Mi da cena musical irlandesa. Mas papai demonstrou rapidamente seu potencial cuidando da compra de uma van Hi-Ace e montando uma agenda cheia de shows. Durante dois meses no verão, nós fizemos dezesseis shows, incluindo datas em lugares mais distantes, como Wexford, Rosslare, Cork e Swords.

Um pequeno grupo de fãs e amigos nos seguia onde quer que fôssemos tocar, as mesmas caras apareciam na primeira fila nos shows que fizemos de um lado a outro da Irlanda. As apresentações foram barulhentas e divertidas. Eu me sentia muito à vontade no palco. Eu era dominado pelo momento e pela canção. O tempo expandia e contraía, como se movesse em sincronia com a minha consciência. Eu sentia quando a atenção estava se dispersando e era como se eu fosse capaz de ir lá puxá-la de volta. Lá em cima, coberto de luzes, tinha a confiança de que conseguia lidar com qualquer coisa, a confiança na minha capacidade de proporcionar bons momentos a todos, independentemente de a plateia ser composta por dez ou duzentas pessoas. Sempre tínhamos pedidos de bis. Os shows geralmente terminavam com uma invasão do palco, quando nossas fãs mais fervorosas se juntavam para fazer a segunda voz em "Twist and Shout".

Uma dessas garotas era Joan Cody, minha nova queridinha. Joan fazia faculdade com alguns dos meus amigos e apareceu nos shows da Yeah!Yeah! algumas vezes. Um amigo achava que nós dois combinávamos bastante, dizendo que jamais havia conhecido duas pessoas que fossem tão obstinadas, intencionalmente contrárias e tivessem opiniões tão controversas. Não tenho certeza se a base sólida para uma compatibilidade romântica estava nessas características, mas Joan era uma loira bonita, de cara fechada, perseguida pelos meus colegas, e eu, com entusiasmo, entrei para o grupo dos que corriam atrás dela. Embora tivesse legiões de admiradores, o objeto do nosso desejo continuava solteira, então naturalmente surgiu o boato de que Joan era lésbica. De que modo ela resistiria a todas as investidas de todos aqueles homens ardentes da Irlanda? Na verdade, ela era furiosamente orgulhosa e secretamente insegura, uma combinação que em nada favorece a aproximação. Mas eu fui enfraquecendo suas defesas no decorrer de um longo ano até que ela finalmente se rendeu, em uma noite iluminada pela lua, dentro de um Mini marrom, usado, enferrujado, velho e absolutamente nada possante, que eu tinha comprado havia pouco tempo pela opulenta quantia de cem libras.

Você sabia que, tecnicamente, é impossível cometer um estupro dentro de um Mini? Eis uma informação inútil que li em um jornal depois do fracasso dramático de um caso de abuso sexual levado às cortes da Irlanda. Aparentemente, o interior de um Mini é apertado demais para qualquer coisa, exceto sexo consensual. E até mesmo isso, o que posso dizer por experiência, tende a ser de uma natureza complexa e desconfortável, exigindo uma baita flexibilidade física e força de vontade para superar os potenciais perigos oferecidos pelo câmbio de marcha.

Continuei sendo diretor de arte da *Hot Press*, mas trabalhando meio período, o que não alterou muito meu sistema de trabalho. A única diferença era que eu não ficava mais perambulando pelo escritório sem nada para fazer. A *Hot Press* passava por uma crise, cambaleando de maneira errática de edição em edição e acumulando dívidas. O lançamento britânico não deu muito certo, pois a revista foi atingida pela ação industrial dos funcionários públicos do Reino Unido, que teve início quase imediatamente após o lançamento da revista. As greves-relâmpago pareciam feitas especificamente para atrapalhar a distribuição da *Hot Press*. Tiragens inteiras acabavam encalhadas nas distribuidoras. Muitas das primeiras edições sequer chegavam às ruas. O dinheiro foi sendo sugado por um buraco negro, os anunciantes se recusavam a pagar o que deviam, a credibilidade da *Hot Press* no Reino Unido foi fatalmente prejudicada e, depois de um ano tentando recuperar o terreno perdido, chegamos ao ponto em que sair do mercado britânico não seria o suficiente para salvar a revista. As datas de publicação foram ficando cada vez mais duvidosas, e a situação chegou ao extremo quando Niall, para acabar com as dívidas da revista, teve de pedir dinheiro emprestado para a sua mal paga equipe. Coloquei em jogo toda a minha economia de quinhentas libras, mesmo sem garantia de que conseguiríamos impedir a falência.

Mas Niall havia feito um monte de amigos na cena musical irlandesa e alguns deles ofereceram apoio. Foi organizado um evento no hipódromo Punchestown Racecourse, fora de Dublin, e todo o dinheiro dos cachês foi doado para a revista. Eu criei um cartaz apresentando os artistas principais, Rory Gallagher e U2. Ainda parece estranho colocar amigos de escola na nobre companhia de um sujeito que, até onde eu me lembrava, era um astro do rock. Assisti ao show da lateral do palco com Ali e me perguntei de quanto tempo eu precisaria para conseguir chegar perto daquilo. Será que o U2 nos deixaria mesmo para trás? Enquanto Bono perigosamente escalava os andaimes e o público gritava e aplaudia, eu pensava comigo mesmo: "Bem, pelo menos vou ter meu dinheiro de volta".

Nosso novo status profissional significou que Ivan teve de largar seu atraente emprego como engenheiro de gravação no Eamon Andrews, um estúdio minúsculo geralmente usado para locução de rádio. Ele indicou nosso *roadie*, Ivan O'Shea, para assumir seu cargo, que devolveu o favor prestado conseguindo para nós um dia de gravação gratuito. A gravação era feita em apenas oito canais, mas havia uma mesa repleta de botões de todos os tipos. Eu ainda não entendia muito bem como a gravação de um som podia ter tantas variáveis possíveis. Infelizmente, acho que nosso engenheiro também não. O que deveríamos fazer com tantos canais? Colocamos a bateria em um canal, a guitarra em outro, o vocal em outro, a segunda voz em outro... e descobrimos que ainda tínhamos três canais sobrando, sem nada. Gravamos tudo ao vivo e cada um deu sua opinião na mixagem – ou seja, Deco pediu para aumentar o baixo, Ivan para aumentar a guitarra, Leo para subir a bateria e eu para aumentar os vocais, até que todos os potenciômetros estivessem no máximo e não houvesse mais negociação. Detonamos cerca de dezoito músicas e fomos embora muitíssimo satisfeitos com nosso dia de trabalho. Em tom de aprovação, observamos que havíamos gasto mais ou menos o mesmo tempo que os Beatles precisaram para gravar o primeiro disco. O que as pessoas ficavam fazendo durante três meses em um estúdio de 24 canais era um mistério para mim. Muitas drogas envolvidas, provavelmente.

Montamos uma fita demo com quatro músicas e mandamos para o vácuo onde nossa demo anterior havia desaparecido sem deixar rastro. Algumas canções começaram a ser tocadas em estações de rádio pirata de Dublin e nós nos convencemos de que agora a indústria fonográfica não poderia mais nos ignorar.

Quando as respostas enfim começaram a chegar, o conteúdo das cartas era tão padronizado que não sabíamos a qual fita elas se referiam. "Prezados senhores/senhoras", era o início das cartas (embora às vezes o nome da banda fosse escrito de maneira apressada no espaço necessário), "Muito obrigado por enviar seu material para nossa apreciação..."; "Escutamos com muito interesse a sua gravação, e agradecemos pelo envio..."; "Obrigado por nos dar a oportunidade de ouvir o seu trabalho...".

Até aí, tudo bem.

"Mas infelizmente..."

As coisas sempre tomavam o rumo do pior nesse ponto crítico.

"No momento..."; "depois de analisarmos com cuidado..."; "depois de ouvir com muito interesse..."; "não acreditamos que..."; "decidimos recusar..."; "não é o que estamos procurando..."; "não estamos interessados..."; "não se encaixa...".

Mesmo assim, havia alguma esperança no final.

"Caso queiram mandar outro material..."; "no futuro..."; "teremos o prazer de considerar..."; "não deixe de..."; "sintam-se à vontade para...".

E por fim...

"Muito obrigado pela atenção."

Mas isso não era nada, de verdade.

A verdadeira decepção para nós, naquele momento, era o fato de todas serem cartas-padrão. Por mais que fossem escritas em uma linguagem encorajadora, não havia nenhum comentário, nenhuma crítica da música, a não ser a informação de que o material não era apropriado. Naquele momento.

É claro que hoje entendo por que não havia nenhuma tentativa de falar do real conteúdo das nossas fitas. Porque é possível que ninguém no departamento de A&R as tenha realmente escutado.

A&R é a sigla para "artistas e repertório". As funções do departamento de A&R de uma gravadora podem englobar um envolvimento muito grande com a questão prática (agendar estúdios para os artistas, contratar produtores etc.), mas a principal responsabilidade do A&R é descobrir e fechar novos contratos. Essas pessoas são os talentosos vigias encarregados de lidar com bandas, artistas e compositores desconhecidos que enchiam as vastas e inexploradas profundezas do mundo da música. Eles lidam com aspirantes e são o foco de uma esperança praticamente inimaginável. Não é um cargo nada invejável.

As gravadoras recebem centenas de fitas demo toda semana, cada uma com três ou mais canções, gravadas em condições desordenadamente variáveis e por artistas com níveis ainda mais desordenadamente variáveis de talento, todos berrando por atenção. As pessoas mais experientes que trabalham no A&R não estão interessadas na tarefa entediante, demorada e altamente insatisfatória de ouvir essas fitas, por isso elas são enviadas diretamente para os membros juniores da equipe, que as passam por uma peneira. Todo entusiasmo que esses novatos possam ter de início logo se evapora diante de um constante influxo de vinte ou trinta fitas por dia, muitas das quais com padrões verdadeiramente pavorosos, e praticamente nenhuma com a qualidade sonora de uma gravação mediana. Então eles vão passando, ouvindo as músicas em pequenos pedaços, e seguem adiante. Depois assinam mais uma papeleta de recusa.

Talvez eles se deparem com alguma coisa realmente interessante e separem para escutar melhor depois, mas o próprio processo restringe severamente essa probabilidade. Um rapaz que trabalhava como júnior em um departamento de A&R (hoje diretor executivo de um grande selo) me disse uma vez:

– Cá entre nós, confesso que só escuto cerca de metade das fitas. Já vou eliminando pela apresentação, pelo nome, pelo título das músicas, ou outra coisa. Pelo que me lembro, jamais fechei um contrato baseado em uma fita demo enviada de acordo com as regras. Sempre houve outra coisa envolvida, como *release* de imprensa, rádio, sucesso independente, que me chamasse a atenção para a banda.

Foi isso o que aprendi sobre A&R com o passar dos anos: trata-se basicamente de um sistema glorificado para manter os músicos fora das gravadoras.

As apresentações da Yeah!Yeah! estavam ficando cada vez mais selvagens e estranhas. Havia uma tensão nos shows da banda, provocada, talvez, pela crescente sensação de desespero. Parte disso vinha de Leo, cuja articulação da bacia estava gradualmente se desintegrando. Os médicos insinuaram que eles teriam de fixá-la no lugar, um processo que exigiria longas operações, e depois disso talvez ele mancasse para o resto da vida. Se ele conseguiria ou não continuar tocando bateria era outra questão. Tudo isso o irritava; ele estava bebendo demais, agindo de maneira imprudente, criando um ambiente de histeria na estrambótica apresentação da banda.

Na Summit Inn, antes de um show em setembro, um dos encrenqueiros locais resmungou "aleijado" enquanto Leo passou por ele em direção ao palco.

– Eu escutei isso! – disse Leo, virando o corpo de repente e acertando o rosto do exibidinho com a bengala de madeira.

Os amigos do canalha, que uivava de dor, se jogaram em cima de Leo, que tomou uma profusão de chutes e socos. Huey se meteu na briga, golpeando todos que via pela frente. A camisa de alguém foi rasgada. De alguma maneira, Huey se viu debaixo de uma aglomeração de corpos, com os braços e as pernas imobilizados. De repente houve um grito estrondoso de dor e o sujeito que agredia Huey deu um salto para trás, colocou a mão no peito e gritou, incrédulo:

– Esse filho da puta arrancou meu mamilo!

Os bagunceiros foram expulsos do lugar. Huey foi tratado como herói.

– Não foi nada, juro – disse ele. – Eu só vi aquela coisa rosada na minha frente e abocanhei de uma vez só!

O show foi convenientemente intenso. Um dos melhores. E um dos últimos. Parecíamos ter atingido um patamar. Tínhamos público, mas um público que não crescia. Não parecia que exercíamos um impacto verdadeiro na cena local. As gravadoras não estavam mesmo interessadas. Ainda tínhamos a sensação de que precisávamos aumentar a marcha, mas o grupo já tinha colocado tudo na quinta e não tinha mais o que exigir do motor.

Leo decidiu deixar a banda. Eu e Ivan resolvemos que não tentaríamos dissuadi-lo. Declan jogou a toalha assim que soube da notícia. Acho que todos nós, em segredo, nos sentimos aliviados. Estava na hora de mudar.

CAPÍTULO 11

Estávamos em 1983. O *new wave* já estava ultrapassado. O pop estava mudando, gerando novos gêneros e subgêneros com uma rapidez impressionante, fortalecida pela crescente sofisticação e adaptabilidade do sintetizador. O aparelho deixou de pertencer unicamente aos *geeks* da ficção científica (embora houvesse um monte deles por aí, sonhando com caçadores de androides[1] na monotonia sub-Bowie de Gary Numan). Os sintetizadores formavam o exuberante cerne do movimento espalhafatoso dos *new romantics*; eram responsáveis pela sonoridade cafona de expoentes do excêntrico *electropop*, como Human League e Soft Cell, e pelas extravagâncias plásticas do mais recente *bubblegum* feito pelo Bucks Fizz, vencedores do Eurovision, e pelo glamour da dupla Dollar, de cabelos escovados. Os sintetizadores permitiam reproduzir orquestras sonoras inteiras, com instrumentos de corda, de percussão, de sopro, usando arranjos individuais para quase todos os instrumentos conhecidos e alguns que jamais existiram (como *space bass* e *ambient pads*). Eles recebiam nomes do tipo "osciladores", "arpejadores" e "alteradores de *pitch*" e funções do tipo "*patches* programáveis", "vozes polifônicas" e "equalizadores ajustáveis". Parecia que, para fazer música pop moderna nos anos 1980, não era mais preciso uma banda. Mas definitivamente era preciso um sintetizador.

Foi relativamente fácil convencer meu pai a investir em um Roland Juno 60, um sintetizador analógico de alto desempenho. A fé que ele tinha no talento não comprovado da sua prole era quase tão cega quanto a nossa. Tive uma visão de um novo tipo de música pop: ela reuniria

---

1 No original, *dreaming of electric sheep*. Referência ao clássico da literatura de ficção científica *Do Androids Dream of Electric Sheep?*, de Phillip K. Dick, que deu origem ao filme *Blade Runner*, *O caçador de androides*, de Ridley Scott.

elementos aparentemente incompatíveis. Pegaria a frieza do perfeccionismo brilhante, sônico e ultraforjado do Dollar (eu realmente tinha uma queda por essa dupla de cabelos pintados, cujos discos transbordavam o luxo da alta tecnologia) e juntaria com a complexidade lírica e a densidade emocional de Elvis Costello. Usaria a força propulsora das modernas batidas dançantes e as juntaria ao estilo melódico de escrita dos Beatles. Pegaria os arranjos cintilantes, o ritmo retorcido e a obstinada força mercadológica de Michael Jackson ("Thriller" foi a música que elegemos como hit naquele ano, unindo o gosto geralmente divergente que eu e Ivan tínhamos) e acrescentaria à mistura uma pitada de Dylan. Seria o mais moderno do pop: implacavelmente, inflexivelmente e descaradamente comercial. Mas sem ser repetitivo.

Na verdade, nem seria tão original assim. A ABC já havia tentado algo parecido com *Lexicon of Love*, usando inclusive o produtor da Dollar, Trevor Horn. Mas fizeram tudo errado no álbum seguinte, *Beauty Stab*, produzido por eles mesmos (um disco que era qualquer coisa, menos bonito, e foi severamente criticado pela imprensa). Fui incumbido de entrevistar Martin Fry, o líder de fala mansa e geralmente bastante educado, e acabamos tendo uma briga aos berros em um *pub*. O erro dele foi me perguntar o que eu achava do novo disco (dica para entrevistados: se o jornalista não deu a própria opinião sobre sua última obra de arte, não pergunte; ele provavelmente está tentando ser educado), e acabou ofendido pela minha sincera resposta.

– Que se dane o que você tá falando – disse ele, irritado. – Você deve achar que somos estúpidos! – E foi só piorando. Depois de dez minutos de uma discussão cada vez mais calorosa, ele rosnou: – Talvez você ache que possa fazer melhor do que nós!

Não é preciso ter diploma em psicologia comportamental para adivinhar minha resposta. Fiquei de pé no bar para cantar uma versão *a cappella* de uma das minhas músicas, arrancando aplausos contentes de alguns dos clientes embriagados.

– Bem, o máximo que eu posso dizer é que você teve ritmo e não desafinou – disse Fry, de cara fechada.

Se eu fosse ele, teria me dado um soco.

Mas eu estava convencido de que podíamos fazer melhor que o ABC, que, em minha opinião, estava condescendendo na sua consciente apropriação irônica do pop. Os períodos que passamos no estúdio, no entanto, nos ensinaram que precisaríamos de um produtor com o conhecimento técnico necessário para entender nossas ambições grandiosas, embora um pouco incertas. Os serviços de Trevor Horn estavam um pouco além do nosso escasso orçamento, mas fomos apresentados a Peter Eades, que tinha acabado de abrir o primeiro estúdio móvel de 24 canais da Irlanda e procurava trabalho.

Gostamos de Peter imediatamente. Ele era um entusiasta da música, tinha uma animação natural e aperfeiçoara sua habilidade multi-instrumental em shows realizados com um conjunto chamado Memories, que tocava versões perfeitas de canções de outras bandas. Ele nos contou da vez que viu o Queen tocando ao vivo:

– Eles praticamente se mandaram do palco em "Bohemian Rhapsody" e deixaram um gravador de rolo tocando todas as harmonias – disse ele. – Eu quase tive um choque! A Memories estava tocando todos os malditos arranjos. Faz ideia de quanto tempo levamos para tocar aquilo direito? E lá estavam os originais de merda que não conseguiam nem tocar a própria música!

Mas o auge da conversa foi quando Peter nos mostrou um par de óculos redondos, com armação de arame, que ele roubara da efígie de John Lennon no museu de cera Madame Tussaud quando ele tinha 15 anos de idade.

– Costumo colocá-los quando estou gravando alguns acordes – disse ele. – Claro, ninguém aqui vai conseguir melhorar os Beatles, mas não custa tentar!

Peter estacionou seu imenso caminhão-estúdio de gravação do lado de fora da nossa casa. Dentro dele havia uma mesa que, para nós, parecia algo que usaríamos para controlar uma missão espacial, mas dessa vez estávamos confiantes de que o sujeito no comando realmente sabia como nos colocar em órbita. Os fios foram conectados no porão que usávamos para ensaiar. Convidamos Jack Dublin e Paul Byrne para tocarem conosco, de longe os músicos mais talentosos de Howth. Colocamos Peter para ouvir nossos discos do Dollar e do Michael Jackson e ele nos mostrou como alcançar nossos sonhos musicais impossíveis. Ele reestruturou e rearranjou nossas canções. Identificou e destacou os versos que serviam de gancho. Acrescentou muros harmônicos ao que antes era composto de duas partes. Ampliou as melodias com contrapontos fantasticamente criativos. Fez com que eu gravasse e regravasse os vocais, passando a música inteira verso por verso até que ficasse perfeito. Eu mal consegui acreditar no som da minha voz quando saía deslizando pelos alto-falantes gigantes: tinha tom e timbre, qualidade e emoção. Aquela era a voz que eu escutei na minha cabeça todos aqueles anos! Eu sabia que ela estava ali, em algum lugar!

Observando Peter trabalhar, aprendi mais sobre música do que em muitos anos como fã e crítico. Aprendi como fazer música. E também aprendi, muito atrasado, a ter um respeito pela arte do músico profissional. Eu desdenhava os conjuntos musicais: eram um retrocesso a outra época, verdadeiros *jukeboxes* humanos fazendo turnê pelo país com suas versões anódinas, usando roupas combinadas e com empresários estilo mafiosos monopolizando os melhores locais da Irlanda. Nós considerávamos esses conjuntos nossos inimigos, primeiro por serem odiados, depois (quando grupos como Boomtown Rats e U2 finalmente começaram a romper esse domínio na cultura musical da Irlanda) por serem lamentáveis. Tudo isso deve ter sido verdade. Os conjuntos certamente foram responsáveis pela estagnação da cena musical pré-punk na Irlanda. Mas Peter era produto do mundo dos conjuntos musicais, além de ser o músico mais talentoso que eu já conhecera.

— Preciso sobreviver — disse-me Peter uma noite enquanto tomava uma cerveja na Abbey Tavern (a gravação sempre tinha de ser interrompida a tempo de tomar a última rodada antes de os *pubs* fecharem). — Tenho como prioridade absoluta a minha casa, minha esposa e meus filhos. Mas pelo menos tenho sobrevivido da música. Não vivo de seguro-desemprego. Não sou funcionário público. Sou músico e toco pelo pão de cada dia. Há pessoas que zombam disso e moram em um apartamento decadente na rua Berkley, almoçando uma lata de feijão. E ainda dizem que acreditam nas próprias canções! Imagine eu chegando em casa e minha esposa me pergunta, "E aí, como foi o show?", e eu respondo, "Ah, foi desumano, o público foi embora, ninguém nos pagou... mas conseguimos fazer um show só com as nossas músicas!".

Peter fez uma revelação interessante naquela noite: ele era parente de Larry Mullen.

— Vejo Larry nas reuniões de família, sabe, e desejo tudo de bom pra ele. Não sei como ele se sente quanto a isso, mas acho que nós dois fazemos o que amamos, vivemos da mesma coisa. É só uma questão de escala.

Peter passou uma semana produzindo duas músicas para nós, mesmo que só tivéssemos dinheiro para pagar por dois dias de trabalho. No final, tínhamos uma fita contendo "The Kiss", uma faixa dançante, frenética e animada, e "Amnesia", uma balada épica, com clima atmosférico, sobre a perda da inocência. As duas eram as músicas prediletas nos shows da Yeah! Yeah!, mas foram totalmente transformadas por Peter, resultando no que provavelmente era o pop mais refinado, poderoso e contemporâneo produzido na Irlanda naquele momento.

A Gravediggers e a Deaf Actor também tinham se separado recentemente devido ao desinteresse da indústria musical. Conversamos com Jack e Paul sobre formarmos um novo grupo, mas eles resolveram juntar seus esforços aos de Ivan O'Shea, que estava montando uma banda para misturar a instrumentação do *folk* e do rock em uma roupagem contemporânea. In Tua Nua foi o nome que ele deu à banda. Compareci ao pequeno chalé na beira da montanha que eles usavam como local de ensaio para ver a concorrência. Paul havia visto uma garota com uma voz etérea, cristalina e tremulamente suave cantando no casamento da irmã dele e a convenceu a tentar entrar para a banda. Ela parecia insuportavelmente tímida, cantando de olhos fechados e se encolhendo num canto entre uma música e outra, mas eu tive de reconhecer que ela tinha alguma coisa de especial. O nome dela era Sinead O'Connor. Já o resto da banda enfrentava problemas para harmonizar a gaita de foles com os teclados. Pensei que, se Jack e Paul quisessem tentar a sorte com essa cacofonia desgraçada, seria problema deles. Estava claro que eles jamais chegariam a lugar algum.

Fui visitar Bono. Eu o encontrava cada vez menos naquela época, pois a gravação e a turnê do U2 consumiam todo o seu tempo. Além disso, Bono agora tinha uma esposa. No final do ano anterior, Bono e Ali haviam se casado. Mas a verdade é que eu sentia que nossos caminhos se separaram naquela noite na casa de The Edge. Toda aquela cena do Shalom foi estranha demais para mim. Eu mal conseguia me dar ao trabalho de falar sobre o assunto de novo. Seus princípios de fé discrepavam tanto da minha percepção da realidade que talvez pudessem muito bem existir em uma dimensão alternativa, em que as regras da lógica e da ciência não eram válidas. Da parte deles, eu dificilmente poderia culpar Bono se ele tivesse concluído que eu era um ímpio pagão com uma alma inexpiável.

Mas eu consegui entrar em contato com ele e, por alguma razão, marcamos de nos encontrar na casa dos pais de Ali, em Raheny. Sentamos no carro dele e ele colocou minha fita para tocar. Não pude evitar o sorriso quando o vi ficando cada vez mais empolgado.

– Música pop de primeiríssima – disse ele –, mas há uma sujeira nisso daí, uma coisa ácida na mixagem. – O sintetizador provocava um ruído surdo, que pulsava e reverberava no carro. – Como conseguiu esse som? Isso está muito além de qualquer coisa feita neste país. – Ele colocou a fita para tocar de novo, batucando no volante enquanto acompanhava o ritmo. – Eu ia adorar lançar isso por aí.

– Você tá falando sério? – perguntei, surpreso.

– Totalmente sério – respondeu. Ele me contou que o U2 estava pensando em montar um selo próprio, e queria chamá-lo de Mother. – Vai trazer à tona meu lado protetor – brincou. O selo lançaria basicamente *singles* isolados para ajudar bandas que estavam começando, embora houvesse planos para alguns projetos originais que ele tinha. – Eu adoraria lançar um *single* com Ali – confessou. – Seria ótimo entrar no estúdio com alguém que não entende nada de música, mas que tenha um espírito extremamente natural, e ver se conseguimos capturar isso numa gravação!

– E o que Ali acha disso? – perguntei.

– Ah, ela não sabe – disse ele, rindo. – Ela nem canta na minha frente. Eu teria de gravar escondido ela cantando no banheiro.

Bono sugeriu que a Yeah! Yeah! fosse o primeiro lançamento do Mother.

– Uau! – disse eu, contemplando a primeira oferta que recebi de um contrato de gravação. – Seria fantástico!

Mas tinha um porém. Teríamos de esperar até que o U2 terminasse de promover o terceiro álbum, *War*, que tinha acabado de ser lançado em março.

– E quanto tempo vai demorar? – perguntei.

– Talvez leve um ano – admitiu Bono.

Um ano? Era o mesmo que pedir para eu esperar uma vida inteira. Respirei fundo e disse a Bono que não podia aceitar.

A In Tua Nua acabou sendo a primeira banda a ser lançada pelo selo, em 1984. A banda do nosso antigo *roadie* seguiu adiante e conseguiu um contrato internacional com a Virgin (o que foi uma notícia incômoda para nós, tanto que cumprimentamos Ivan O'Shea entre os dentes). Sinead O'Connor deixou a In Tua Nua e fechou seu próprio contrato (com a Ensign). A Cactus World News também se beneficiou do apoio do Mother (assinando com a MCA). E um grupo chamado Hothouse Flowers saiu do Mother para a London Records e gravou um disco que foi sucesso no mundo todo. Durante algum tempo, o selo Mother pareceu dar origem a toda uma nova geração de estrelas da música irlandesa. Nós éramos os órfãos. Mas nossa fita ficava rodando, fazendo a própria mágica. Sem uma embalagem caprichosa, sem *releases* geniais nem cartas de apelo. Ela simplesmente era passada adiante. Depois de anos tentando, em vão, atrair o interesse, descobrimos que, quando somos desejados, as notícias correm rápido. Vários representantes da indústria fonográfica da Irlanda nos procuraram, alguns falando em contratos locais, outros querendo nos levar aos escritórios em Londres. Fiquei impressionado pelo quanto todos eles estavam fora de sintonia. Tivemos uma reunião no escritório de uma figura bem conhecida no mundo musical na Irlanda, que queria lançar "Amnesia".

— Seria um grande sucesso nas mãos certas — disse ele. — Queria passá-la para o Elvis Costello. Acho que é o tipo de música que ele teria interesse em gravar.

— Elvis Costello escreve as próprias músicas — afirmei.

— Ele está escrevendo agora? — rebateu o empresário. — Bom, ele é um cara talentoso, não é? Mesmo assim, todo mundo procura um hit, e essa música tem tudo a ver com ele.

— Mas isso é ridículo — critiquei. — Ele é um dos maiores cantores-compositores do mundo. Seria como pedir a Bob Dylan para gravar nossa música.

— Não, não acho essa música a cara do Dylan — disse ele. — Mas Elvis já é outra coisa.

— Esqueça o Elvis — disse eu. — Nem morto que ele iria se arriscar com isso.

— E quem você tem em mente para gravar suas músicas? — perguntou ele, cauteloso.

— Na verdade, nós mesmos queremos gravá-las — disse Ivan.
— Qual é, pessoal! — disse o empresário, no tom arrogante de quem fala com duas crianças ingênuas. — Esqueçam tudo isso. O dinheiro está na composição. Podem confiar em mim nesse aspecto. Se você quer gravar um hit, precisa de um astro já conhecido. Quanto maior o astro, maior o hit.

— Quem você sugere então? — disse Ivan.

— Sem ser Elvis Costello — insisti.

— Cliff Richard? — disse ele, esperançoso.

Era a esse tipo de imbecil que deveríamos confiar nossa carreira?

Depois, nadando como peixes impetuosos direto para a toca do tubarão, fomos chamados para ir ao escritório do contador Ossie Kilkenny.

Ossie era extremamente encantador, exuberante e sociável e tinha o dedo metido em todos os negócios musicais da Irlanda. Ele representava o U2, Bob Geldof, Chris De Burgh, Paul Brady e até a *Hot Press*. Acho que Ossie estava um pouco insatisfeito com sua função. Havia muito dinheiro girando na indústria musical, e ele procurava uma fatia maior nessa atividade.

— Você pode achar que é dono dos melhores versos já escritos por Deus — Ossie nos disse em um modo totalmente pitoresco de falar —, mas há muito mais coisas envolvidas nesse ramo do que o talento. Muito mais. Posso te mostrar compositores divinos que hoje trabalham no Burger King. É preciso ficar do lado certo do negócio.

E Ossie, é claro, era o cara certo para cuidar disso para nós. Ossie nos prometeu que, sob sua orientação, nós não falaríamos apenas em fechar um contrato. Nós conversaríamos sobre 250 mil libras, talvez mais. A teoria era que, quanto mais gravadoras pagassem adiantado, mais duro teriam de dar para recuperar o investimento — para nós, uma situação em que os dois lados sairiam ganhando. Ossie nos estimulou a gravar mais fitas demo enquanto ele tratava da nossa isenção fiscal.

O problema é que já havíamos gasto tudo o que tínhamos e não podíamos continuar pedindo mais dinheiro ao papai. Então Ivan fez um último sacrifício, vendendo sua motocicleta Honda 250 Superdream por mil libras. O estúdio móvel estacionou mais uma vez na porta de nossa casa. As crianças da vizinhança se juntavam em volta, ouvindo a bateria reverberando pelo trailer, subindo nos degraus para bisbilhotar o interior escuro daquele refúgio sonoro e futurista.

– Vocês são famosos? – perguntavam as crianças, de olhos arregalados.

Nós sorríamos misteriosamente. Não demoraria mais tanto tempo para que isso acontecesse.

Gravamos mais duas faixas. "Say Yeah" era mais uma faixa dançante, rápida e frenética, mas "Some Kind of Loving" tinha uma pegada diferente, mais próxima do nosso novo ideal de pop ao qual eu achava que tínhamos chegado. Nós nos apropriamos da bateria propulsora de "Billie Jean", do Michael Jackson, fortalecida com uma linha sinistra de teclados e finalizada por um coro épico de harmonias que deixavam os Beach Boys no chinelo. Mas se ouvíssemos com atenção, veríamos que a música em si era uma história sombria de violência sexual e gravidez indesejada, escrita durante um ataque de fúria quando uma garota com quem eu saí algumas vezes me contou sua história.

> She staggers into the garden, throwing up amongst the flowers
> Drunk on passion's poison after closing hours
> She didn't know his name, she didn't know his address
> Never took a second look till he was tearing off her dress...[2]

Ossie ouviu a música duas vezes seguidas quando a colocou para tocar no escritório.

---

[2] Ela entra atordoada no jardim, vomitando no meio das flores/ Embriagada pelo veneno da paixão no fim da noite/ Ela não sabia o nome dele, não sabia o endereço dele/ Sequer o olhou pela segunda vez até que ele a arrancasse o vestido...

– O que escutei foi "vomitando"? – perguntou. – Nunca ouvi ninguém falando em vomitar em um hit. Mas não é hora de se preocupar com isso.

Ossie tinha um parceiro em Londres, um advogado muito influente no mundo da música chamado David Landsman, que representava o Shakin' Stevens, maior estrela do momento. Enquanto estávamos ocupados no estúdio com Peter, tivemos vários relatos encorajadores vindos da capital da música. Um funcionário do departamento de A&R da MCA pegou um avião para se encontrar conosco. Tínhamos acabado de receber uma carta padronizada de recusa da MCA em resposta a uma das fitas demo anteriores, mas parecia que a aceitação era mais rápida que a rejeição. Ossie e David, no entanto, não estavam interessados na MCA. Aparentemente, não havia dinheiro suficiente, nem um grau encorajador de sucesso. Também não estavam interessados na Stiff, a próxima empresa a nos estender a mão.

Stiff era a gravadora de Elvis Costello e Ian Dury, dois dos nossos artistas prediletos. Mas nossos conselheiros continuavam indiferentes.

– Vocês podem fechar um contrato com a Stiff amanhã, estar nas paradas de sucesso no final do ano, mas nunca ganharão dinheiro – disseram-nos.

Dinheiro. Tudo era questão de dinheiro. Acho que o bichinho tinha acabado de nos picar. Foda-se a arte, vamos colocar o dinheiro na frente.

(Para ser justo com Ossie e Dave, a MCA fechou contrato com quatorze artistas naquele ano, e dispensou treze deles depois do fracasso dos álbuns de estreia. Somente Nik Kershaw teve algum sucesso. E a Stiff Records entrou em declínio terminal mais ou menos na mesma época, com o diretor do selo Dave Robinson sendo obrigado a passar o controle para a ZTT Records em 1987, um selo criado por Trevor Horn.)

Eles nos garantiram que grandes contratos eram iminentes. Reuniões aconteciam todos os dias. Era só uma questão de tempo.

Eu e Ivan já estávamos mais que ansiosos. Queríamos estar onde as coisas aconteciam. Decidimos nos mudar para Londres. Três meses foi o tempo que Ossie e Dave calcularam ser necessário para fechar o contrato certo. Lembro-me de me encostar com Ivan no convés de uma balsa enquanto nos afastávamos da baía de Dublin, observando a linha costeira minguar lentamente a distância, e pensar: "Voltaremos triunfantes em breve". Voltaremos comemorando em grande estilo.

E assim Dublin virou passado. Só havia o mar.

CAPÍTULO 12

Londres. A cidade nos atraiu como um ímã. Era a metrópole dos nossos sonhos, a capital pulsante do pop, onde os Beatles gravaram na Abbey Road e os Sex Pistols iniciaram uma revolta no 100 Club; onde os críticos da *NME* golpeavam suas máquinas de escrever acima das casinhas agitadas da Carnaby Street, construindo e destruindo carreiras em prosas envenenadas, e os ardilosos homens dos departamentos de A&R espreitavam pelas janelas de escritórios luxuosos de gravadoras resplandecentes e instaladas em prédios altos, perguntando-se quem, dentre as tribos abundantes lá embaixo, poderia facilitar sua escalada corporativa. Londres, onde os sinos da St. Mary-le-Bow badalavam e as ruas eram pavimentadas com discos de ouro. Perturbados com as possibilidades, descemos do trem para encontrar nosso destino.

Ivan tinha uma namorada inglesa, Cassandra Duncan, que conheceu na Trinity College. Acabamos acomodados na sala de estar da irmã dela, Athena, em um apartamento no Finsbury Park. No primeiro dia, decidimos sair para conhecer a cidade. Era verão de 1983, a Inglaterra estava atravessando uma onda de calor e Londres estava madura e suculenta. Saímos do apartamento vestindo camiseta e bermuda, mas quando chegamos ao metrô, ficamos impressionados ao ver um homem sair das escadas rolantes vestindo um casaco preto e grosso, um chapéu de feltro na cabeça, o cabelo comprido amarrado em borlas e uma barba longa e espessa. Hoje sei que ele era um judeu chassídico, mas eu nunca tinha visto alguém como ele antes. Então outro judeu saiu de lá. E mais um, carregando um bumbo de bateria.

— Essa é a imagem mais estranha de uma banda que eu já vi – disse para Ivan.

Londres seria uma cidade bem estranha e assustadora! Fomos nos encontrar com David Landsman, colega de Ossie. Ele era um inglês tranquilo e bem vestido que trabalhava numa casa grande em Camden Road. Nomes famosos apareceram casualmente na conversa. Ficamos animados com as histórias sobre como os chefões ficaram impressionados com a nossa fita. Queríamos conhecê-los, mas nos disseram que as negociações eram delicadas e que era melhor deixar tudo com os profissionais.

De repente, pareceu que estávamos em Londres sem ter nada o que fazer. Ivan tinha a namorada, com quem podia passar a maior parte do tempo. Eu me senti isolado, longe de casa, oscilando entre a superestimulação e o tédio, e sofrendo o isolamento sufocante que sentimos em uma cidade com milhões de pessoas, onde todos lutam por seu pequeno espaço e ninguém realmente se importa com quem você é. Na Irlanda eu era o centro de alguma coisa, uma espiral social frenética que envolvia minha banda e meu trabalho e eu, eu, eu. Agora, estava desconectado. Havia shows para ir, filmes para assistir, galerias de arte para visitar, mas várias vezes, durante as primeiras semanas, apenas andei pelas ruas, vagando por um bom tempo por toda a Londres, observando o interminável desfile de rostos que passava por mim, os carros cheios de estranhos se jogando em jornadas para outras direções e todas as luzes de todos os apartamentos cheios de gente para quem eu significava menos que nada, pessoas com sua própria vida que eu jamais conheceria e que jamais iriam me conhecer. Eu andava pelo metrô rabiscando nos meus cadernos, refletindo sobre a noção de insignificância. E dentro de mim, como se fosse um medo, surgiu uma náusea existencial. Mas (respirei fundo) eu ficaria bem. Porque eu seria famoso. Era só uma questão de tempo até que todos conhecessem meu nome.

As coisas começaram a melhorar quando entrei em contato com Ross Fitzsimons, ex-funcionário da *Hot Press*, que havia recentemente conseguido um emprego no departamento de marketing da MCA. Ross era alguns anos mais velho do que eu e frequentava círculos sociais bem diferentes dos meus. Na *Hot Press*, ele pertencia ao misterioso departamento de publicidade, fazendo o turno das nove às cinco, praticamente sem ser visto pela equipe que pegava pesado no trabalho noturno. De vez em quando cruzávamos com esses outros colegas de trabalho nas escadas, geralmente quando eles chegavam para trabalhar e nós estávamos saindo. Costumávamos pensar neles como trabalhadores de meio expediente. E eles pensavam na gente como um bando de amadores incompetentes forçados a trabalhar à noite porque não conseguíamos trabalhar em equipe, o que, provavelmente, era bem verdade. Ross, no entanto, às vezes subia as escadas depois do expediente para nos ajudar quando as coisas iam mal, dedicando-se, na linha de frente do rock, ao trabalho com Letraset e cola. Ele gostava de *reggae* e todos os seus vícios, interessava-se pelo jornalismo, agenciava uma banda estranha e nutria uma vaga ambição como empresário no mundo da música. Acho que ele devia estar com pena de mim quando me ofereceu um quarto vazio em seu apartamento alugado em Belsize Crescent. Com certeza ele não tinha a menor ideia do que estava fazendo.

    Belsize Park é uma área de luxo adjacente a Hampstead, mas por mim passaria muito bem como Brixton, já que eu ainda não conhecia Londres de uma ponta a outra. O apartamento da frente era de Twiggy, a supermodelo dos anos 1960. Um tempo depois, Richard Thompson, o cultuado guitarrista e compositor, mudou-se para o apartamento ao lado. E na cobertura morava Jeff Banks, um dos principais estilistas de Londres, fundador da cadeia de lojas Warehouse. Jeff era um homem atarracado, barbudo e bastante ativo, com um ar poderosamente amigável. Ele abrigou a mim e a Ivan debaixo de suas asas e felizmente me colocou em contato com uma nova rede social.

    Nos anos 1960, Jeff foi casado com Sandy Shaw, a rainha do pop britânico, o que, para nós, era incrivelmente impressionante. Jeff, por sua vez, declarou ser um fã descarado do nosso som. Ele nos apresentava para pessoas dizendo na maior cara de pau que elas deveriam nos conhecer antes de ficarmos famosos, pois depois não falaríamos mais com elas.

Pouco tempo depois seríamos vistos pela cidade com Jeff e seu séquito de modelos: garotas de pernas compridas e pele perfeita que pareciam ter saído das páginas das revistas femininas. O que, é claro, era verdade. Muitas vezes olhávamos para elas de determinado ângulo, ou sob determinada luz, e a imagem de uma propaganda de perfume ou de um editorial da *Vogue* vinha à mente. Com toda aquela beleza inconcebível, fiquei horrorizado ao notar quão estúpidas elas pareciam ser. Elas eram muito divertidas na pista de dança, onde abriam sorrisos, davam risadinhas e faziam poses de passarela; mas bastava tentar conversar com elas sobre outras coisas além de seus truques de beleza para que se tornassem enfadonhas e vazias, o que surtia um efeito negativo na minha libido. A aparência delas me intimidava bastante, mas eu não precisava fazer esforço nenhum para manter uma conversa, enquanto elas me olhavam com cara de peixe. Comecei a me questionar se haveria algum tipo de lei universal que equilibrasse atração física e desenvolvimento mental.

Uma noite, caímos na maior gandaia pela cidade e acabamos no apartamento do Jeff cheirando cocaína na sacada e vendo as luzes brilhantes de Londres. Uma loira esbelta estava me contando que foi eleita o Rosto do Ano ou qualquer outra honra da qual eu nunca tinha ouvido falar. Ela aparecia, naquela época, em um comercial de desodorante veiculado nos cinemas que causou uma grande impressão sobre mim. Toda vez que eu via aquele comercial, tinha vontade de cutucar a pessoa que estivesse sentada ao meu lado e dizer "Eu conheço ela". A beleza dela era tanta que eu estava disposto a ignorar o fato de ela acreditar que a Irlanda estava cheia de terroristas e que eu havia fugido para Londres para escapar da destruição causada pela guerra.

—Tinha, tipo assim, uma torre de observação na sua escola? – perguntou ela.

– Uma o quê?

– Uma torre, tipo assim, para que o exército vigiasse o parquinho para ninguém levar um tiro?

– Infelizmente, não – disse eu. – Era cada um por si. – Depois, como eu estava desesperado para continuar conversando, perguntei a mesma coisa a ela. – Havia uma torre dessas na sua escola?

– Não seja bobo – disse ela. – Não na Inglaterra! Não precisamos de coisas como essas na escola.

E a ficha finalmente caiu:

– E você ainda está na escola? – perguntei.

– Sim, é claro – disse ela. – Minha mãe e meu pai querem que eu vá para a universidade, mas acho que vou cair fora quando fizer dezessete e investir na carreira de modelo.

Eu precisava de um reajuste imediato na minha maldita avaliação de QI. Com o equilíbrio, a autoconfiança física e o ar de sofisticação cosmopolita que ela tinha, presumi que ela fosse mais velha que eu. Jamais havia me ocorrido que todos aqueles ideais de feminilidade, envolvendo pernas compridas e uma magreza impossível, colocados na nossa cara nas prateleiras das lojas, para que admirássemos e desejássemos, pertencessem apenas a molecas que tinham acabado de tirar o aparelho dos dentes. Eu me senti estranhamente enganado.

Teria essa iluminação acabado com minhas intenções desonradas? Foda-se, claro que não! Pelo contrário, isso me encorajou, deu-me uma noção de vantagem na área delicada das negociações amorosas, até sorrateiramente conseguir abrir caminho até a cama de uma das rainhas das passarelas, embora eu não me lembre se foi a do Rosto do Ano, a do Traseiro do Ano ou apenas a da Modelo de Mãos da Semana. Lembro apenas de ter entrado em um quarto e me deparar com um pôster gigante e colorido do Bono grudado na parede.

– De onde você conhece o Bono? – perguntei estupidamente.

– O U2 é muito bom, não é? – disse ela.

Levei um tempo para processar a ideia de que meus ex-colegas de colégio haviam se mudado para essa esfera da iconografia, na qual completos estranhos poderiam exibir as imagens deles por aí como se eles fizessem parte da família. A experiência toda foi estranhamente brochante. Toda vez que eu desviava o olho da forma perfeita daquela beldade nua se contorcendo sob o meu corpo, batia o olho em Bono olhando diretamente para nós dois. Havia um leve tom de desaprovação nos olhos dele? Saberia ele que eu estava com aquela garota só porque ela era modelo e eu poderia me gabar disso depois?

– Você se importa se eu apagar a luz? – perguntei. Minha belezinha, sem fôlego, pareceu surpresa com a minha timidez, mas acabou concordando. Eu podia sentir o olhar de reprovação de Bono queimando nas minhas costas.

O U2 estava lá fora, naquele momento, vivendo na hiper-realidade, cujos habitantes possuem uma existência bastante separada de suas vidas reais. Eles estavam longe, fazendo turnês pelo mundo, levantando bandeiras brancas nos palcos erguidos de um canto a outro do planeta, mas ao mesmo tempo estavam aqui, no quarto dessa garota, subindo no palco do *Top of the Pops*, tocando suas músicas para um milhão de aparelhos de som. O álbum *War* fez isso. Foi nesse álbum que Bono começou a cumprir todas as suas promessas latentes, imprimindo sua personalidade apaixonada na música, que estava ficando áspera, tensa, arenosa e contemporânea de uma maneira vibrante. Era como se The Edge estivesse um passo atrás, despindo sua parede de som para dar um espaço sonoro para o parceiro compositor. A voz de Bono ganhava peso e as palavras emanavam. Pela primeira vez em sua carreira como compositor, Bono correu o risco de ser chamado de verborrágico enquanto nos mostrava seus pensamentos sobre o amor em uma época de perigos e de sobrevivência de espírito, em uma era em que as forças do caos e da desordem pareciam governar o mundo.

Eu ouvia o *War* com admiração, não com inveja. Estava honestamente impressionado com aquele progresso feito em saltos tão criativos e a passos tão largos, produzindo músicas com a qualidade transcendente de "Sunday Bloody Sunday".

— Você não escreve as músicas — critiquei Bono uma vez. — Você cria esses discos maravilhosos, mas se você tirar todas as camadas de melodia, o que resta por baixo delas? Não sobra nada que você possa cantar no chuveiro.

— Eu não tenho chuveiro — respondeu ele, fazendo piada. — Eu tenho banheira em casa. Talvez seja esse o problema!

Agora o U2 tinha, de alguma maneira, alcançado o solo sagrado das paradas de sucesso com as músicas "Two Hearts Beat As One" e "New Year's Day". Nós tínhamos algo envolvente para fazer. Mas Ossie e Dave ainda estavam sussurrando no meu ouvido suas súplicas por milhões de dólares. Sejamos pacientes. É só uma questão de tempo.

Por sair com esse grupo de modelos, jantávamos em lugares onde mal poderíamos arcar com uma entrada, e éramos levados para a sala VIP de clubes noturnos, onde um coquetel custava o equivalente a uma hipoteca. Minhas reservas financeiras estavam ficando perigosamente escassas. Ao final da noite, quando todos mandavam beijinhos de despedida e pulavam para dentro dos táxis, eu e Ivan esperávamos até sermos os últimos a sair; depois voltávamos a pé até Belsize Park, saindo do centro de Londres, caminhando alguns quilômetros tranquilamente sob as luzes dos postes, cortando caminho pelo Regent's Park, conversando o tempo todo sobre músicas e discos e bolando planos fantasiosos sobre o que faríamos no futuro. O futuro próximo. Quando fechássemos um contrato. Tudo ficaria bem se esperássemos só mais um pouquinho.

Enquanto isso, fomos aconselhados a buscar o seguro-desemprego pago pelo governo. Eu estava incrédulo com o fato de que poderia sair da Irlanda e ganhar dinheiro na Inglaterra sem ter de trabalhar, mas me garantiram que era isso mesmo. No momento certo, fui até um prédio desprezível em uma travessa do Camden, emanando desespero e falta de esperança, e preenchi alegremente todos os formulários necessários. Fui chamado para entrar em um escritório pequeno e abafado, onde uma mulher austera leu os papéis que preenchi e, sem ao menos erguer os olhos para ver com quem estava falando, perguntou-me quais atitudes eu estava tomando para encontrar um emprego lucrativo.

– Estou tentando fechar um contrato de gravação – eu disse.

Ela suspirou profundamente e levantou a cabeça, olhando nos meus olhos.

– Você não pode contar com isso – disse ela. – Precisamos ter alguma evidência de que você está ativamente procurando trabalho.

Expliquei a ela, pacientemente, que eu não precisava mesmo de emprego, pois um grande contrato de gravação estaria na minha mão qualquer dia desses.

– Você não tem ideia de quantas vezes eu já ouvi isso – disse ela, com uma mistura perturbadora de pena e condescendência.

– É, bem, talvez – disse eu. – Mas eu sou diferente.

Seu olhar resignado sugeriu que ela já deveria ter ouvido aquela frase também.

Pelo menos fomos chamados para nos encontrar com uma das pessoas mais influentes e, aparentemente, bastante apaixonada pelo nosso trabalho. Lucian Grainge dirigia uma editora e era considerado uma estrela em ascensão na indústria fonográfica.

Ossie e Dave certamente se impressionavam muito com ele. Depois de tudo o que disseram sobre Lucian, eu e Ivan ficamos um pouco envergonhados ao encontrá-lo ocupando um conjunto apertado e mal conservado de escritórios, no alto de uma escadaria estreita na Oxford Street. Ele era um homem baixo e gordinho, cujas características rechonchudas estavam praticamente escondidas por debaixo de um grande par de óculos com armação de plástico vermelho brilhante. Ele tinha o hábito de interromper nossas conversas para atender ligações supostamente de grandes estrelas do rock.

– David... David – dizia ele –, adorei as músicas novas. – Depois ele cobria o bocal do telefone e sussurrava para nós, de modo conspiratório. – Bowie.

Depois a linha da secretária chamava novamente.

– Vou atender essa chamada – dizia para nós. – Mick, Mick...

Mas Lucian tinha ideias sobre como progredir. Ele achava que precisávamos de mais gravações para continuar bombardeando as gravadoras enquanto as músicas fossem frescas.

– Ossie me disse que vocês têm músicas saindo pelos cotovelos, então vamos gravá-las.

Ele conhecia um produtor com quem achava que deveríamos trabalhar, um rapaz chamado Phil Thornalley.

– Soa bem contemporâneo – disse Lucian. – Ele será perfeito para vocês. Talvez seja um pouco difícil consegui-lo, e pode ser caro, mas acho que conseguimos resolver alguma coisa.

Eu e Ivan estávamos nervosos com a ideia de trabalhar com alguém que não conhecíamos, e com medo de que nossa falta de conhecimento de estúdio fosse revelada.

– Qual é o problema com a produção das nossas demos? – perguntamos.

– Não há nada de errado com elas – disse Lucian. – Mas quem é esse Peter Eades? Ninguém nunca ouviu falar dele.

– Ele é conhecido na Irlanda – disse Ivan. – Ele é mesmo um gênio. Todos querem trabalhar com ele.

– Ouvi dizer que ele está trocando ideias com o U2 – inventei. – Eles querem mudar um pouco de direção no próximo álbum.

– Sério? – disse Lucian. – E vocês conseguem esse cara?

– Nós somos próximos dele – disse Ivan.

Então, convencemos Lucian a investir em uma viagem à Irlanda para gravar com Peter novamente. Sabíamos que precisávamos atravessar todos os obstáculos. Gravamos "Say the Word" como um épico digno de enaltecimento, cheio de camadas de harmonias. E gravamos "Sleepwalking", uma nova balada onírica, uma produção épica que tinha como base a batida escassa e desacelerada da bateria. A letra era uma tentativa de evocar a sensação de deslocamento que senti em Londres.

> The spirit of electricity
> Flickers like a torch through the bones of my hand
> Dreams are making a mess of me
> They say I'm looking like a ghost, but they don't understand
> I'm the haunted not the haunting
> I need to get some peace,
> I'm walking in my sleep...[1]

E me surpreendi ao alcançar um falsete doce no auge dramático da música. Meu canto estava melhorando radicalmente sob a tutela de Peter. A gravação ficou brilhante, a melhor coisa que já havíamos feito.

Enquanto estávamos na Irlanda, fizemos também uma sessão de fotos completa, com penteado e maquiagem, produzida por um fotógrafo de moda (afinal, aprendemos alguma coisa saindo por aí com as modelos). Comecei a usar lentes de contato em vez de óculos, o que me ajudou a desenvolver cada vez mais confiança na minha aparência física. Estava perdendo um pouco daquela aparência magrela, juvenil e desajeitada que, para mim, colaborava para que eu não fosse nada atraente. Agora, meu rosto estava decentemente proporcional, meus dentes estavam bonitos e, de vez em quando, uma das modelos com quem eu saía dizia que eu era lindo. O que era uma honra, de fato, levando-se em consideração que a aparência física era a única coisa com a qual se preocupavam.

Ivan usava o cabelo um pouco comprido, e eu, curto, mas tentávamos coordenar nossa aparência. Nossa imagem naquele tempo seria

---

1 O espírito da eletricidade/ Cintila como uma tocha pelos ossos da mão/ Os sonhos estão me confundindo/ Dizem que pareço um fantasma, mas ninguém entende/ Sou o assustado, não quem assusta/ Preciso de um pouco de paz/ Estou caminhando enquanto durmo...

mais bem descrita como colorida. Para a sessão de fotos, usamos camisas laranja e vermelha, foscas, combinando com paletós de estampa militar e calças jeans azul-petróleo 501 da Levi. Quem resistiria?

Lucian, aparentemente. Voltamos a Londres com o ânimo elevado, mas nossa reunião não foi boa. Lucian deu uma olhada por cima nas nossas fotos e declarou, no seu estilo metido a besta:

— Achei que vocês ficariam bem bonitinhos, mas estão parecendo dois michês caipiras.

— Olha só quem fala! — rosnou Ivan. — Você não usa esses óculos horrorosos para distrair as pessoas, para que elas não olhem para a sua cara feia?

Lucian recuou, como se estivesse ferido.

— O que há de errado com meus óculos? — perguntou, e de repente toda a cordialidade desapareceu.

— Talvez você precise de uma nova receita médica para seus óculos — disse eu, juntando-me à ofensa. — Talvez você seja tão míope que não consiga ver o tanto que é ridículo.

Eu e Ivan pensamos que a irreverência prepotente fazia parte do nosso charme, mas não acho que os outros pensavam a mesma coisa. No entanto, Lucian nos fez uma oferta. Ele disse que conseguia fechar o contrato para gravarmos *singles* com um selo grande.

— Queremos gravar álbuns — pontuei.

— Vejam só, garotos, o que eu posso dizer para vocês? — disse ele, e tive a impressão de que ele estava gostando da nossa decepção. — Vocês são um grupo de música pop. E a música pop é um mercado muito caro de se trabalhar. Tudo se resume aos hits. Vocês têm boas músicas, precisam tentar de alguma maneira. Mas temos que dar um jeito no visual, obviamente. Queremos que as garotinhas deem gritinhos quando os virem, e não que tenham pesadelos.

Mandamos ele se ferrar. Mas não com muitas palavras. Isso ia contra tudo o que Ossie e Dave nos disseram. Não passou despercebido que as ofertas que recebíamos pareciam cada vez piores em vez de melhores, mas não fiquei impressionado com Lucian Grainge. Achei que ele era uma grande merda. Evidentemente ele pensava o mesmo de nós e nos mandou para longe, dizendo que éramos muito menos do que nos achávamos.

Hoje em dia, Lucian é um dos maiores jogadores da indústria fonográfica da Grã-Bretanha (assim como Ossie e Dave haviam previsto), presidente e chefe executivo da Universal Music do Reino Unido.

O episódio, notavelmente, não abalou nossa confiança. Ossie e Dave nos disseram que vinham conversando com a London Records e com a CBS e disseram que já era tempo de assinar um contrato de agenciamento. Um envelope espesso chegou pontualmente pelo correio. Não sendo possível arcar com os custos de um advogado, sentei e li tudo com muito cuidado, avançando lentamente pelos imensos tratados de juridiquês praticamente impenetráveis. A palavra "bruto" (que continuou recorrente) é uma descrição justa do que encontrei por ali.

Essencialmente, o contrato estipulava que delegássemos todo o poder de decisão a eles (aparentemente eles preferiram uma total discrição a um acordo mútuo), enquanto eles nos cobravam todas as despesas incorridas (incluindo a taxa da contabilidade e dos serviços legais), acima das quais eles ganhariam uma comissão empresarial bem robusta a partir da receita bruta do nosso salário na indústria do entretenimento (e algumas indústrias subsidiárias, como a da literatura). Já que muitas atividades no mundo musical (principalmente as turnês) são como um tiro no escuro, isso queria dizer que nossos empresários lucrariam com as coisas que na verdade iriam nos custar dinheiro. De fato, haveria muito pouco incentivo para maximizar lucros em oposição a simplesmente maximizar o giro dos negócios. Mas o que realmente me impressionou foi que não fazia sentido estarmos nisso juntos. Ossie e Dave haviam sido tão amigáveis e solidários, e eu realmente pensei que eles acreditavam na gente e que queriam fazer parte do que estávamos tentando realizar. Pensei que os nossos interesses e os deles fossem os mesmos. Mas a verdadeira natureza da nossa relação estava descrita naquele documento, bastava apenas se dar ao trabalho de ler as entrelinhas do jargão jurídico. Eles nos viam como uma fonte de lucro. Nada mais, nada menos. Senti-me devastadamente traído, mas, ao mesmo tempo, eu sabia que era ridículo ficar triste. Experimentei outro pequeno choque de realidade enquanto me preparava mentalmente para conter toda essa informação nova, vendo a mim mesmo como um ingênuo, tentando ser aquele que navega alegremente para as garras dos lutadores profissionais.

Confrontei Ossie em nosso encontro seguinte. Ele apenas riu:

– Calma, rapazes – disse ele, mexendo os braços com desdém. – Isso é apenas o ponto de partida, uma base para as negociações.

– Ossie, acontece que se vocês tivessem nos dado um contrato justo, teríamos assinado na hora – disse eu, triste.

– Veja bem, a gente faz outro contrato – disse ele. – Pensando nos interesses de vocês. Não levem isso tão a sério, é tudo um jogo!

Ossie agradavelmente nos deixou mais animados, e saímos da reunião convencidos de que as gravadoras estariam batendo logo, logo à nossa porta, implorando para que assinássemos com elas. Ele era bom nisso, um verdadeiro animador de torcida. Mas alguma coisa mudou na nossa relação. Não foi só a confiança que eu tinha nele que se abalou; foi toda uma estrutura de confiança – aquela fé um tanto infantil e provavelmente de classe média que tínhamos nos motivos benevolentes do mundo adulto. Resolvi ficar de olho em Ossie. Para ele podia ser só um jogo, mas era a minha vida que estava nele.

Não que as pessoas não tivessem me avisado. Acho só que eu não estava ouvindo. Forçado pelo desespero financeiro crescente a encontrar um emprego rentável, de vez em quando eu escrevia um artigo para a *Hot Press* (com a condição de que, em troca, eles de fato pagassem pelos meus serviços). Fui encarregado de entrevistar Paul Weller, ex-líder da The Jam, que havia acabado de formar a Style Council na tentativa de se remodelar e projetar sua imagem de jovem furioso adotando o espumoso pseudônimo de Cappuccino Kid. Weller havia sido um ídolo de verdade para mim e provou, de maneira impressionante, ter os pés no chão. Quando nossa entrevista terminou, vagamos até um café italiano na Hanover Square e ele se entregou à sua nova aspiração europeia, ficar no frio, em uma mesa do lado de fora, sob o céu lúgubre de Londres, tomando cappuccinos. Ele me ouvia compreensivamente enquanto contava sobre os problemas que eu estava enfrentando.

– A indústria da música como um todo é uma merda, movida por um princípio sujo – disse ele. – Mas qual negócio não é? Aponte um único negócio que seja nobre. Suponho que haja um ou outro, mas não acho que sejam muitos. Lembre-se sempre de que o negócio das gravadoras funciona da seguinte maneira: se você for bem-sucedido, pode fazer o que quiser. Mas se não o for...

Ele deixou aquele pensamento em suspenso. Isso era o impensável.

Em março de 1984, Ossie e David apareceram com uma nova ideia. Eles nos disseram que o antigo empresário do Rod Stewart estava interessado em fechar conosco. Billy Gaff era o proprietário da gravadora Riva e atual empresário de John Cougar Mellencamp, o campeão branco de vendas nos Estados Unidos nos anos anteriores (ultrapassando inclusive Bruce Springsteen, com quem ele era desfavoravelmente comparado). Ossie arranjou uma reunião e disse para nos comportarmos o melhor que pudéssemos.

Conhecemos esse importante chefão do rock em uma casa em Knightsbridge que parecia ter sido feita pelo mesmo designer de interiores do palácio de Buckingham. Só a sala de recepção era maior que todo o nosso apartamento. Gaff era um inglês distinto, careca, extremamente amável e cheio de maneirismos exagerados. Sobre uma vasta mesa de mogno estavam espalhadas as nossas fotografias e imagens misturadas umas sobre as outras. Ele pegou uma foto minha dando um beijo na bochecha de Ivan.

— Gosto desta — disse ele. — Muito impressionante, muito sedutora. Então, contem-me como vocês se conheceram.

— Bem, estamos juntos desde a infância — disse eu, vagamente.

— Sério? — disse Billy. — Que interessante!

— Bom, nós somos irmãos — observei.

Billy pareceu estranhamente decepcionado com essa informação. Mas ficou sentado conosco durante meia hora, falando sobre todas as músicas que ele escolheu para que as bandas chegassem ao número um das paradas dos Estados Unidos.

— Tenho ouvidos, o que é muito importante para esse negócio — disse ele.

Ele realmente tinha ouvidos, grudados em cada lado da cabeça. Mas eu e Ivan também tínhamos. Aonde ele queria chegar? Por fim, chegou ao ponto: ele tinha uma música e estava procurando as pessoas certas para gravá-la.

— Você quer que façamos uma versão cover? — engoli seco.

Seria um mega-hit garantido, de acordo com Billy. Certamente o número um nos Estados Unidos.

— Mas nós somos compositores — balbuciei.

— Oh, sério? — disse ele.

Comecei a ter a impressão de que ele não havia prestado muita atenção às nossas fitas demo. Mas, ao final, ele havia gostado das nossas fotos de divulgação.

— Veja bem — disse ele. — Vocês podem gravar o que quiserem, contanto que tenham um hit antes. Ter um hit é o que importa. E eu escolho hits, tenho ouvido para isso. Você já esteve alguma vez no topo da parada norte-americana? Se sim, então eu não estou sabendo.

Uma segunda reunião foi marcada para a semana seguinte, quando ele nos mostraria a música que queria que gravássemos. Enquanto isso, fomos nos encontrar com Jon Astley, produtor de Billy.

Saímos de lá com um dilema. A ideia de nos lançarmos com um cover era a antítese absoluta de tudo em que acreditávamos. Por outro lado, se fechássemos esse contrato agora, tudo o que quiséssemos daqui para a frente estaria ao nosso alcance. Tudo, exceto a credibilidade artística. E a satisfação musical. E o amor-próprio.

– Olha, se o que ele quer é uma música que seja um hit nos Estados Unidos, escreveremos uma para ele – disse a Ivan.

Durante os dias seguintes, nos trancamos no apartamento e colocamos nosso coração e nossa alma na criação do mais novo sucesso do pop. Afinal de contas, não foi isso que Lennon e McCartney fizeram quando escreveram "I Wanna Hold Your Hand" para conquistar o mercado norte-americano? Estudamos o *top ten* dos Estados Unidos, repleto de canções fortes e cheias de ritmo, tanto dançantes quanto de pop rock, como "Jump", do Van Halen, "Thriller", do Michael Jackson, além de "Automatic", das Pointer Sisters. Concluímos que precisávamos fazer algo com um apelo melodramático, uma batida vigorosa e um grande refrão. Produzimos um rock perfeito chamado "Love Is Stranger than Fiction", e uma faixa estranha, com ritmo irregular, chamada "Faithless", uma música desprovida de expressão de desejo e ambição, na qual eu implorava: "All I want is my share / All I want is all"[2].

Jon Astley mostrou ser um rapaz alto e amável, um rosto novo que inaugurou seu estúdio auxiliando Glyn Johns, produtor legendário do The Who. Ele estava dando um passo adiante, indo da engenharia para a produção musical, então esse projeto do Billy Gaff era tão importante para ele quanto para nós. Tocamos nossas músicas novas no violão e ele ficou muito contente.

– Elas são maravilhosas – declarou. – Podemos fazer coisas fantásticas com elas.

– E a música que Billy quer que gravemos? – perguntei – É boa mesmo?

– Ainda não a ouvi – admitiu Jon. – Ele a está mantendo em segredo.

---

2 Tudo o que eu quero é a minha parte / Tudo o que eu quero é tudo.

— Deve ser muito boa — disse eu, de mau humor.

Estávamos todos presentes na reunião seguinte para que Billy nos revelasse qual era o tal hit, uma música chamada "Photograph", composta por Phil Thornalley. Ele de novo, não! Sentei desconfortavelmente na última cadeira junto à mesa pesada, preparando-me para ouvir algo incrível a respeito da música, que humilharia todos os nossos esforços de composição. Estava pronto para ver minha resistência se dissolver, pensando em como seria sacrificar todas as minhas ambições artísticas no altar da fama.

O som de um baixo monotônico saiu pelas caixas fazendo tung-tung-tung enquanto uma voz entoava "All I wanted was a photograph…" (e os sintetizadores entraram "duh-duh-duh-duh"), "A small reminder of things gone past…" ("duh-duh-duh-duh"), "The way you looked and the way you laughed…" ("duh-duh-duh-duh"), "All I wanted was a photograph…"[3].

E assim por diante.

Fiquei perplexo. Era como se fosse o Bucks Fizz, só que pela metade. Ainda assim, mantive-me em cima do muro e pedi para ouvir novamente. Foi ainda pior na segunda vez. Olhei para Ivan procurando uma confirmação. Ele revirou os olhos e encolheu os ombros.

Ossie havia nos dito para acenar com a cabeça e concordar com tudo. Olha, mas eu tentei, eu juro que tentei.

— Então, o que vocês acharam? — perguntou Billy.

— É..., horrível. disse.

— O quê? — disse Billy, aparentemente embasbacado com a minha impertinência.

— É uma bobagem. Tem uma letra piegas e uma melodia de duas notas.

— Quem presta atenção na letra? — disse Billy, petulante. — Podemos acrescentar alguns versos teus, se é isso o que te incomoda.

---

3 Tudo o que eu queria era uma fotografia…/ Uma pequena lembrança daquilo que passou…/ O jeito como você olhava e o jeito como você sorria…/ Tudo o que eu queria era uma fotografia…

— Acho que nossas músicas são muito melhores do que isso – insisti.

Jon Astley, verdade seja dita, falou para nos ajudar.

— Eles têm umas músicas muito boas, Billy, você deveria ouvi-las.

Perguntei por que Phil Thornalley não lançou a música, e Billy respondeu rispidamente que Phil também achava a música "um tanto sentimentaloide".

Mas a reunião não acabou bem.

— O que você disse a ele? – perguntou Ossie, em um telefonema exasperado. – Ele ficou bastante desapontado, e te chamou de asqueroso.

Asqueroso, eu?

Jon Astley acabou assinando sozinho um contrato com a Atlantic, lançando dois álbuns e conseguindo um hit menor nos Estados Unidos no final dos anos 1980. A primeira música do segundo disco deles, *The Compleat Angler*, era uma cutucada irônica ao mundo da música, chamada "But Is It Commercial?". Ele nunca conseguiu chegar à linha de frente da produção, mas se tornou bem respeitado por conta da remasterização do catálogo inteiro do The Who.

Phil Thornalley teve uma carreira estranha e desarticulada: produziu e se juntou aos góticos do The Cure, saiu para se dedicar a um breve período de produção, depois cantou com a Johnny Hates Jazz (cuja popularidade se estraçalhou quando ele assumiu os vocais) antes de se lançar em uma carreira bem-sucedida como compositor e produtor de outros artistas. Ele compôs "Torn", que se tornou um hit mundialmente conhecido na voz de Natalie Imbruglia em 1998.

Billy Gaff fechou com os Roaring Boys, em vez de fechar conosco, e deu a eles um adiantamento de 300 mil libras da gravadora CBS. Eles fracassaram completamente e sumiram depois do primeiro álbum.

Pelo que sei, ninguém gravou "Photograph".

CAPÍTULO 13

Em julho de 1984, eu estava de volta a Dublin fazendo o layout da *Hot Press*. Meu substituto como diretor de arte, Jaqui Doyle, saiu de repente para assumir o mesmo cargo na *Smash Hits*, em Londres. Concordei em preencher a vaga temporariamente, mas eu era tão paranoico com a possibilidade de perder o seguro-desemprego que eu recebia (ou Doação do Governo para a Arte, como eu e Ivan gostávamos de chamar) que insisti que a revista me mandasse de avião de volta para Londres numa segunda-feira de manhã a fim de pegar um trem de Heathrow para Camden, receber o benefício, depois ir direto para o aeroporto e voar de volta para Dublin para começar o expediente na *Hot Press* no meio da tarde, após uma viagem de quase mil quilômetros.

Bob Dylan estava fazendo um grande concerto a céu aberto no Slane Castle e toda a equipe da *Hot Press* compareceu para cobrir o evento. Era a primeira visita de Dylan à Irlanda desde a década de 1960, uma ocasião tratada com a devida reverência pela gigantesca tribo anacrônica de *hippies* que ainda existia no país. Mais de 100 mil pessoas se reuniram na encosta de uma colina para prestigiá-lo, mas, na condição de parasita profissional, consegui me infiltrar no castelo do lorde Henry Mountcharles. Há pouco tempo o U2 tinha gravado algumas sessões para o disco novo no salão de baile do castelo, por isso não fiquei surpreso ao encontrar Bono e Ali entre os aproveitadores.

– Olha só quem está aqui – disse Bono, misteriosamente, segurando meu braço.

Eu não via meu antigo amigo de escola havia mais de um ano, e muita coisa tinha acontecido em nossa vida (ou não tinha, no meu caso), mas ele não quis falar sobre isso. Bono me contou que se encontraria com Dylan, que havia demonstrado interesse nesse jovem aspirante.

— Por que você não vem comigo? – disse Bono, informalmente. E, ao perceber que eu não tinha nada melhor para fazer depois do show, eu disse que adoraria, mas só depois que ele me tirasse do chão, onde eu cairia, desmaiado, falando coisas sem sentido.

Logo ficou claro que Bono tinha seus interesses em me levar junto com ele. Niall Stokes ficou sabendo do encontro de Bono e o convenceu a levar consigo um gravador para entrevistar o nobre sujeito. Era uma grande jogada para a *Hot Press*, mas não para Bono, que estava preocupado com um terreno desconhecido. A verdade era que Bono não sabia quase nada sobre Dylan, além do óbvio (maior letrista do mundo, voz rouca e pegajosa, mudou a música popular para sempre, amém). Pode ser difícil de acreditar, dada a condição recente de Bono como mantenedor da chama, constantemente chamado para conduzir as lendas dos últimos anos ao *hall* da fama do rock, mas houve um tempo em que ele não tinha muito interesse no passado do rock'n'roll. Bono só queria saber do futuro. Quando entrevistei o U2 em Londres, as perguntas sobre as origens do estilo da banda foram respondidas com negações vorazes sobre qualquer tipo de influência.

— De modo geral, não há muita coisa que eu goste na música – disse Bono, enfaticamente. (Ah, talvez ele tentasse negar isso agora... mas eu tinha essa fala gravada!)

E lá estava ele, sendo convocado para um encontro com o mestre, mas com medo de trair a própria ignorância. No entanto, Bono é tanto um blefista nato quanto um aprendiz rápido, e deve ter percebido que, com meu apoio, nada daria errado. Enquanto eu, Bono e Ali fomos escoltados até os desordenados bastidores, montados em vários trailers onde os músicos estavam escondidos, dei uma aulinha rápida para Bono sobre Bob Todo-Poderoso.

Eu tinha muita informação para transmitir. Agora que Lennon havia morrido, Dylan subiu para a primeira posição do meu panteão pessoal dos deuses vivos do rock. O deslumbrante jogo de palavras que ele fazia, unindo o emocional ao filosófico, era algo a que eu sempre retornava. Dylan era meu ídolo e minha inspiração. E agora eu tinha a chance de conhecê-lo. Ou não, que foi o que aconteceu. Cheguei até o trailer dele, onde Ali e eu fomos detidos por uma montanha de músculos vestindo um casaco da segurança, e Bono, sozinho, foi conduzido para o recôndito onde Dylan e Van Morrisson estavam sentados jogando xadrez. Observei a porta se fechando na minha frente e senti uma fincada mordaz e penetrante de exclusão. Foi um lembrete de que eu estava naquele mundo VIP como convidado, não como habitante.

Ali e eu ficamos vagando pelos bastidores, observando as atividades calmas e concentradas de músicos, *roadies* e a equipe de apoio preparando o show. Fomos abordados por uma cabeça de vento da MTV, peituda, usando uma microssaia, que estava na Irlanda para gravar uma parte do seu programa que, segundo ela, era tipo superlegal, principalmente porque ela era tipo metade irlandesa, embora não tenha revelado de onde vinha a outra metade. Do silicone, pelo visto. Junto com ela estavam dois jovens americanos usando crachás da MTV, Sam e Jake, com quem eu e Ali conversamos enquanto a Cabeça de Vento praticava seu jeito de fazer beicinho. Ficou claro que eles eram fãs entusiasmados do U2 e queriam falar sobre Bono e a cena do rock irlandês, mas eu achei difícil me concentrar. Enquanto eles tagarelavam sem parar, eu continuava pensando: "Bob Dylan está sentado naquele trailer!". Parecia maravilhoso e absurdo, era como descobrir que Deus havia montado uma barraca no seu jardim.

Depois de um tempo, Bono voltou. Eu me joguei em cima dele na mesma hora, querendo saber o que tinha acontecido, mas ele parecia reservado de um modo atípico.

— Ele foi... você sabe — disse ele, o que não aliviou nem um pouco a minha curiosidade. — Eu te digo depois.

Por ora, uma multidão começou a circular à nossa volta e o entusiasmo começou a preencher a atmosfera. Vi um cara esquisito se aproximando silenciosamente, o rosto carregado de maquiagem laranja no queixo e os olhos bem demarcados com delineador preto. Eu realmente não o reconheci de primeira, talvez porque ele guardasse pouquíssima semelhança com o *beatnik* magricelo de cachos psicodélicos, cujo pôster adornava a parede do meu quarto.

— Ei, vamos tirar uma foto — disse ele em um tom arrastado, envolvendo Bono com um braço e a cabeça de vento da MTV com o outro, que deu um gritinho de deleite. Foi quando caiu a minha ficha de que aquele sujeito barrigudo e com o rosto cor de pêssego enrugado era Bob Dylan. Arregalei os olhos diante daquela estranha visão, ao mesmo tempo maravilhado e decepcionado.

— Ele parece tão velho — sussurrei para meus novos colegas americanos.

Então, segurando o violão, Dylan acenou altivamente com uma das mãos e disse, naquele tom arrastado e estranhamente flexível que lhe era próprio:

— Vamos!

Em seguida foi andando na direção do palco enquanto uma multidão o seguia, até que eu, Ali, Bono e os jovens americanos fôssemos os únicos deixados para trás.

— Ele está chapado? — perguntei, incapaz de conter a sensação anticlimática de descontentamento brotando no peito. — Parece tão fora de si, não consigo acreditar que ele vai subir ao palco desse jeito. Ele tá com uma cara péssima.

Ali me olhou com a cara fechada, mas eu nunca fui do tipo que se cala porque as pessoas não gostam do que digo.

— É verdade o que dizem — declarei com tristeza. — Jamais devemos conhecer nossos heróis.

Ali me chutou com força, mas discretamente, no tornozelo.

— Qual é o problema? — perguntei.

Sam e Jake inventaram umas desculpas e saíram. Enquanto caminhavam em direção ao palco, Ali começou a rir.

– Você tem ideia de com quem estava falando? – perguntou ela entre espasmos de riso.

Tive uma sensação familiar de estar afundando.

– São os filhos do Dylan – disse ela.

Oops.

Depois que todos seguiram Dylan até o palco, Bono perguntou se eu sabia a letra de "Blowin' in the Wind". Parece que Dylan havia convidado Bono para cantar com ele durante o bis. Obviamente, Bono disse que seria uma honra.

– Você sabe a letra de "It Takes a Lot to Laugh, It Takes a Train to Cry"? – Dylan havia perguntado.

– Acho que não sei a letra dessa – admitiu Bono.

– E "Stuck Inside of Mobile With the Memphis Blues Again?" – perguntou Dylan, e Bono teve de confessar mais uma vez sua ignorância. – Talvez então você saiba "Blowin' in the Wind" – disse Dylan, dando os primeiros sinais de irritação.

Bono sentiu que sua chance estava escapando por entre os dedos, então, reconhecendo o título familiar, corajosamente agarrou a oportunidade e disse que sim, sabia "Blowin' in the Wind". O problema era que Bono não tinha a menor ideia de como era a letra e, a propósito, tinha uma vaga noção da melodia.

Então, enquanto Dylan e sua banda começaram a tocar atrás de nós, eu tentei me lembrar da letra de "Blowin' in the Wind". Essa balada *folk* intensa não era uma das minhas prediletas, mas eu tinha uma ideia de como era o primeiro verso, pois tive de cantá-la uma vez na escola em uma reunião dos Irmãos Cristãos. Tinha a ver com estradas, pombos brancos e balas de canhão. Escrevi o que consegui me lembrar e Bono saiu procurando alguém que soubesse melhor enquanto eu fui assistir ao show da lateral do palco. Dylan estava arrasando no show, e eu fui completamente tomado por aquele turbilhão. Até a maquiagem laranja e o delineador preto não pareciam ridículos no palco. Depois de um curto período de tempo, Bono chegou à lateral do palco, arrebatado e entusiasmado com a apresentação. Não dava para ver onde ele tinha colocado o papel improvisado com a letra da música.

Quando chegou a hora do bis, Dylan e a banda começaram a tocar a épica e eletrizante "Blowin' in the Wind". "How many roads must a man walk down/ Before you can call him a man?", quis saber Dylan, com uma indignação próxima da fúria. "Yes, n' how many times must the cannonballs fly/ Before they're forever banned?". E a multidão toda gritou de volta a resposta: "The answer, my friend, is blowin' in the wind/ The answer is blowin' in the wind"[1]. Nisso, Dylan acenou com a cabeça para a coxia e declarou, "Senhoras e senhores... Bo-No!". Um rugido estrondoso explodiu da plateia quando o herói local entrou no palco, pegou o microfone e começou a cantar...

... as primeiras coisas que lhe vinham à mente.

Dylan parecia bastante surpreso enquanto Bono improvisava versos sobre o conflito na Irlanda do Norte. "How many times must the newspapers bleed/ With the lives of innocent men?". Estava claro que Bono não deixaria uma coisinha pequena, como não saber a letra, impedi-lo de cantar a música. "And how much longer must the barbed wire stretch/ Across the divided land?". Bono sempre foi um improvisador confiante, então, como convidado de um *superstar*, diante do maior público que ele já teve de conterrâneos, resolveu deixar rolar. "How many times must people die/ For a cause they don't understand?"[2].

Tudo corria muito bem. Até que a banda entrou toda de uma vez no famoso refrão enquanto Bono, sem se dar conta da mudança de acorde, continuou criando versos em cima da estrofe. "How many times...?", cantou ele enquanto a multidão gritava "The answer, my friend...". Dylan

---

1 Por quantas estradas um homem terá de passar/ Até que seja chamado de homem?/ E quantas vezes mais serão atiradas balas de canhão/ Até que sejam banidas para sempre?/ A resposta, meu amigo, é levada pelo vento/ A resposta é levada pelo vento.
2 Quantas vezes mais os jornais terão de sangrar/ com a vida de pessoas inocentes?/ E quantas vezes mais o arame farpado atravessará/ a terra dividida?/ Quantas pessoas mais morrerão/ Por uma causa que não entendem?

virou-se rapidamente e olhou para seu convidado com uma expressão de completa descrença, com os olhos arregalados e de queixo caído. Nesse momento terrível, a ignorância de Bono em relação à obra de Dylan foi horrorosamente exposta. Seria ele o único, entre uma multidão de 100 mil pessoas, que não sabia "Blowin' in the Wind"? Eu observei paralisado enquanto Bono pairava sobre o abismo, prestes a sofrer uma queda espetacular, quando, ao perceber que tinha errado, ele começou a repetir "How many times? How many times?", como um mantra de blues, enquanto a banda tocava o refrão.

Sabiamente, Bono deixou Dylan cantar a última estrofe.

Mais tarde encontrei Bono e Ali na comemoração nos bastidores. Ele ainda estava animado e entusiasmado depois de ter tocado para o maior público que já teve na vida.

– Gostei da letra – disse eu.

– Você acha que alguém percebeu? – perguntou Bono, com um sorriso entre os dentes.

Ah, eu tinha certeza de que eles tinham percebido. O objetivo não era esse? Ser ouvido? Bono subiu ao palco nu, sem nada no que pudesse se apoiar exceto a própria crença, e de algum modo usou a situação a seu favor, conquistando todos diante de si, arrancando da boca do desastre mais um triunfo pessoal.

Quanto a mim...

Deixem-me atualizá-los com as últimas notícias da minha vida em Londres. Vagou um quarto em Belsize Crescent e Ivan se mudou para lá. Compramos um gravador Tascam de quatro pistas e passamos um bom tempo gravando fitas demo caseiras. As coisas andavam bem tranquilas com Ossie e Dave depois do desastre com Billy Gaff. Mesmo assim, não parecia haver motivo para pânico. Nas ocasiões infrequentes em que falamos com eles, os dois insistiram que estavam apoiando ativamente nossa causa. Eles nos encorajaram a escrever mais músicas, e nós garantimos que era exatamente isso o que estávamos fazendo... quando outras coisas não entravam no caminho. Como a vida.

Um dia, Joan, minha ex-namorada da Irlanda, chegou com todos os seus pertences em uma mala amarela estufada. Ela tinha realmente fugido de casa. A família dela era adorável, mas um pouco complicada, e parecia conduzir tudo no mais alto clima melodramático. Acho que os pais de Joan até que gostavam de mim, mas tinham dificuldade em se acostumar com a ideia de que a filha pudesse estar saindo com um nítido depravado com tendências libertárias perigosas. O pai dela me interrogou uma vez, quase do nada, sobre minhas visões a respeito daquele assunto tão odiado pela Igreja católica, o aborto.

— Suponho que você aprove o aborto — foi a pergunta dele, bem sugestiva.

Joan estava me lançando olhares de alerta do outro lado da mesa da cozinha, mas ela estava se preocupando à toa. Eu não era tão estúpido a ponto de cair na pegadinha. Saí pela tangente de maneira impecável, dizendo:

— Minha namorada jamais precisaria fazer um aborto porque ela não engravidaria.

O pai de Joan olhou para mim desconfiado.

— Fico feliz em ouvir isso, Neil.

— Porque eu uso camisinha — eu disse. Só ver a cara dele já valeu a pena!

— É isso! — gritou ele, com a expressão de quem teria um ataque do coração. — Já pra fora dessa casa!

Nosso namoro foi levado às escondidas: para se encontrar comigo, Joan costumava escalar o lado de fora do quarto e atravessar o telhado da garagem. Mesmo com a minha ausência, a novela continuou até que Joan não aguentou mais e, contra a vontade dos pais, largou a escola e pegou um avião para Londres.

Joan era loucamente apaixonada por mim, nunca tive dúvidas disso. Ela ficou com o coração partido quando fui embora, mas mantínhamos contato em um fluxo constante de cartas, e nosso romance era reanimado toda vez que eu viajava para a Irlanda. Fiquei feliz de vê-la em Londres, mas um pouco preocupado com as consequências. Eu não estava preparado para assumir o compromisso de morarmos juntos. Combinamos que o apartamento seria apenas temporário enquanto ela se organizava, mas as coisas foram se complicando, como de costume. Éramos amantes, nossas vidas foram inexoravelmente se interligando cada vez mais e fomos aceitando gradativamente que moraríamos juntos, até que... Bem, até que eu fechasse um contrato de gravação. Joan vivia com a insegurança de ser abandonada, e eu vivia com a preocupação de estar amarrado. Era um terreno muito frágil e delicado para uma relação que ficava o tempo todo entre a paixão e o antagonismo. Nós terminávamos e voltávamos constantemente naquele ambiente apertado de um apartamento de três cômodos.

O fato de Ivan não gostar nem um pouco de Joan só piorava as coisas. Eu não sei se Ivan se sentia ameaçado pela conexão que eu tinha com ela ou se era apenas uma incompatibilidade de personalidades. Joan não era uma pessoa fácil de lidar, lutando para esconder suas inseguranças por trás do orgulho próprio, mas Ivan conseguia piorar sempre a situação, buscando os pontos fracos com um humor cruel.

E de alguma maneira nós nos desentendemos, de um modo bastante dramático, com Jeff Banks. Nunca tive certeza sobre a sequência de eventos que levou a isso, embora ele tivesse todos os motivos para estar de saco cheio da gente. Ele tinha uma televisão (nós não), então a gente sempre se reunia para assistir *Top of the Pops*. Quando viajou a negócios para o Japão, Jeff deixou conosco a chave do apartamento e disse que poderíamos usá-lo. Fizemos uma festinha lá numa noite, pois naquela época as festinhas aconteciam. Jeff era budista e exaltava as virtudes da meditação diária, que ele costumava fazer diante de um prato de cerâmica cheio de cinzas e incenso aceso. Durante a festança naquela noite, alguém derrubou o prato, espalhando as cinzas no chão. Culpados, nós limpamos tudo no dia seguinte e colocamos o apartamento em perfeita ordem, mas as cinzas representaram certo enigma. Sem considerar o fato de que poderiam ser as cinzas de um ente querido (na verdade, era apenas resíduo de incenso), percebi que a superfície das cinzas parecia seguir um padrão, que seria aleatório ou teria algum significado espiritual. Não tinha a menor ideia. Se fosse aleatório, percebi que as linhas e curvas que eu fiz passariam despercebidas. Mas se fosse proposital, imaginei que a próxima meditação de Jeff seria um pouco confusa. Confortei-me com o pensamento de que os budistas eram muito compreensivos e tirei a questão da cabeça.

Até que houve o incidente com as roupas. Um dia, eu e Ivan entramos no apartamento e encontramos um monte de casacos e jaquetas empilhados em cima das latas de lixo. Aquilo era uma mina de ouro para uma dupla de abutres pobretões acostumada a comprar roupa em bazares de caridade. Juntamos as roupas e as levamos para o apartamento, experimentando para ver se serviam. Havia umas peças bem elegantes e estilosas. Nós ficamos com algumas e doamos as outras para os amigos que apareceram.

Alguns dias depois, topei com Jeff nas escadas. Ele me disse que havia brigado com a namorada e que ela, em um ataque de fúria, tinha jogado todas as roupas dele fora.

– Que coisa terrível! – disse eu, agradecendo a todas as estrelas da sorte por não estar usando uma das jaquetas. Era tarde demais para tentar explicar. Simplesmente disse a Ivan que o resto das coisas tinha de ser doado para alguma instituição de caridade. E era melhor termos cuidado para que Jeff não nos visse levando as roupas para lá.

Joan conseguiu um emprego como assistente de fotografia. Ela costumava trabalhar com a modelo Annabel Giles, uma antiga noiva de Jeff, que misteriosamente a alertou que nosso vizinho era um sujeito mais volúvel do que parecia. Tivemos uma demonstração bastante dramática disso quando chegamos ao apartamento um dia e encontramos a porta arrombada. Corremos para dentro, olhando para ver se havíamos sido roubados, mas tudo parecia estar no seu devido lugar. Exceto pela porta, que fora violentamente arrancada das dobradiças. Nosso colega Ross foi falar com Jeff para ver se ele tinha sofrido um ataque parecido.

– Fui eu – disse Jeff, com frieza. – Eu queria minha assadeira de volta.

Aparentemente ele queria assar um frango, mas não conseguiu encontrar a assadeira. Convencido de que a tínhamos pego sem pedir, ele bateu furiosamente à porta. Como não havia ninguém, ele correu até o fim do corredor e arrombou a porta com um chute. Como qualquer um faria, não é mesmo?

A questão é que éramos totalmente inocentes dessa acusação. A travessa que ele levou era nossa, e nós nunca a usamos porque nossas habilidades culinárias eram bem limitadas a esquentar comida pronta.

Jeff se mudou pouco tempo depois, o que foi um alívio dada a atmosfera venenosa que havia se formado. Hoje, quando o vejo na TV no papel de um dos mais respeitados gurus da moda da Grã-Bretanha, fico me perguntando se os outros apresentadores que trabalham com ele apreciam suas habilidades com artes marciais. Mas desejo o bem para Jeff. Ele foi legal comigo quando foi importante. Quando eu não passava de um jovem imigrante, à deriva em Londres, precisando de um amigo.

Dada a natureza cada vez mais turbulenta da nossa unidade residencial, quase não nos surpreendemos quando Ross também se mudou. Depois daquilo, o apartamento se tornou a porta de entrada da invasão irlandesa. Dezenas de milhares de jovens irlandeses emigravam todo ano e, pelo menos por um tempo, parecia que todos eles passavam pelo nosso apartamento, fazendo uma pequena pausa na sua jornada de migração e ficando com o nosso quarto menor, ou, se ele estivesse ocupado, dormindo na banheira. Ou, se já tivesse alguém nela, colocando um saco de dormir em qualquer espaço vazio que encontrassem. Durante um mês inteiro, minha irmã Stella acampou no meio do quarto que eu dividia com Joan, o que destruiu nossa vida amorosa. Uma vez, contei quatorze irlandeses dormindo em diferentes partes do nosso apartamento de três cômodos. As coisas começaram a ficar muito malucas. Com o auxílio de duas garotas que se mudaram para o andar de baixo, Lynn e Alison, o apartamento se tornou uma central de festas. Os vizinhos às vezes reclamavam do barulho, mas o proprietário não parecia se importar. Vivíamos na casa mais destruída da rua, e desde que ele recebesse o aluguel em dia, nos deixava fazer o que quiséssemos.

Um dos itinerantes que passou pela minha vida naquela época foi Gerry Moore, cantor de uma banda irlandesa chamada Street Talk. Gerry tinha 27 anos, mas parecia dez anos mais velho, um dublinense grisalho, trabalhador, que bebia em demasia, consumia drogas e tinha um nariz tão grande que parecia ter tomado um monte de pancada. E uma voz, bem...

A voz dele era pomposa, ampla, de timbre robusto e extremamente reconfortante. Eu moraria na voz dele, com uma família feliz, uma casa espaçosa com uma adega cheirando a uísque e cigarros e alguns nichos tranquilos para momentos de contemplação solitária. Gerry era muito mais que um excelente cantor. A música jorrava dele. Ele tirava músicas do nada, e ia compondo-as enquanto caminhava. Além disso, ele era um imitador talentoso, capaz de incorporar vozes tão variadas quanto Frank Sinatra e Tina Turner. E não acaba por aí. Ele tinha alguma coisa realmente especial; era um indivíduo incrivelmente dinâmico, observador, esperto, compassivo, ultrajante, às vezes um pouco assustador (Gerry tinha arestas afiadas), mas, na maioria dos casos, ele era divertidíssimo.

Quando ele vinha nos visitar, apareciam as guitarras, o vinho barato, a cidra, a cerveja, a vodca, o baseado, e a gente cantava e ria a noite toda. A filosofia de vida de Gerry era simples: "Legalizar o haxixe, ouvir Nat King Cole e fazer música!". Lembro-me de Ivan arranhar a guitarra uma noite enquanto Gerry improvisava uma canção *country* melodramática sobre amor malfadado e gravidez indesejada, chamada (eu não sabia muito bem o motivo) "The Big O". Ele terminava a música com uma locução em estilo de rádio, no ritmo certeiro, para uma clínica de aborto:

— Por trinta libras a vez, resolvemos sua gravidez! "Jesuis", minha mãe me mataria se ouvisse isso – disse ele, dando risada quando a música terminou naturalmente.

— Acho que você acaba de fazer um hit, Gerry – disse eu. — Mas que raios quer dizer a expressão "Big O"?

Ele olhou para mim, surpreso diante da minha estupidez.

— Oborto! – exclamou.

Gerry não sabia pronunciar muito bem as palavras, mas era o cara mais talentoso que eu conhecia e que não era famoso. E isso era o que realmente me fascinava nele: era um astro nato que não era conhecido.

— O que quer dizer "ter êxito"? – perguntou Gerry uma vez, quando falávamos sobre nossos sonhos inapreensíveis. — Ganhar muito dinheiro? Realizar-se musicalmente? Ter esposa e filhos? Tinha uma garota chamada Rosie que costumava aparecer no Sloopy's Nite Club, e eu tinha um amigo que acreditava que ter êxito era conseguir ficar com a Rosie. Sério. Era tudo o que ele queria. E ele lutou muito pra conseguir isso! Quer dizer, quando eu era garoto, ter êxito era o mesmo que ter uma chance de cantar. Eu tive êxito, meu caro!

Mas não acho que ele realmente acreditava nisso. Havia mais que a sensação de desespero no ar quando nos conhecemos. A Street Talk era uma banda de rock determinada e cheia de energia, que já atuava no circuito irlandês há alguns anos. Eles lançaram alguns *singles*, mas não pareciam capazes de dar o próximo passo. Fui convencido a acompanhá--los em uma viagem durante a noite para fazer um show em Roterdã e tive um vislumbre do que era a vida no último escalão. Viajamos de trem e de barco até um lugar sujo por um cachê que mal cobriu a conta das bebidas que tomamos (veja bem, tinha muita bebida rolando). Não havia acomodações para nós, então, depois do show (uma verdadeira explosão de rock'n'roll), a banda optou por simplesmente ficar acordada a noite toda, usando cocaína surripiada da pasta de um promotor conhecido como Dik Heavy. A festa foi fantástica, mas chegou ao ponto em que os músicos e alguns fãs mais extremados capotaram pelos cantos. Gerry, quase o último a entregar os pontos, apagou no meio da conversa, caindo inconsciente no chão do banheiro. Começou a vomitar dormindo. Depois que Al Richardson, o agente dele, não conseguiu acordá-lo, nós o viramos de lado para que não sufocasse.

— Uma morte do rock. Que legal que seria – disse Al, exausto.

Ninguém conseguiu acordar Gerry no dia seguinte. Nós gritamos, batemos, chutamos. Nada. Quando falamos em chamar uma ambulância, ele abriu os olhos injetados. Sentiu o cheiro no ar e olhou para as roupas manchadas de amarelo.

— Quem vomitou na minha roupa? – gritou ele.

Presenciei o outro lado da moeda do rock logo em seguida, quando o U2 esteve na cidade para tocar em duas noites de ingressos esgotados na Wembley Arena, em novembro de 1984. A banda havia se estabelecido como grande atração por conta do disco *War*; uma turnê incansável e o lançamento de um miniálbum ao vivo (*Under a Blood Red Sky*) levaram a banda a conquistar mais fãs; e eles colheram os frutos disso tudo quando *The Unforgettable Fire*, seu disco mais estranho em muitos anos, uma gravação extremamente livre e impressionista, rapidamente se transformou no primeiro disco a vender um milhão de cópias. Um milhão! Era o número mágico, seis zeros representando o conhecimento global. Era mesmo possível que pessoas do mundo inteiro conhecessem e gostassem da banda da escola Mount Temple? Sim, numa noite, a transição do ginásio para a arena parecia homogênea. Bono era o mesmo dínamo de sempre, imponente no palco, incansável na necessidade de atingir e envolver o público, não cem estudantes com gritos estridentes, mas 12 mil fãs urrando, cantando, balançando os braços. E a música? Bem, obviamente ela era mais forte, mais selvagem, mais emocional, mais ousada, mas seu núcleo era o mesmo: rock elétrico e atordoante, feito com três instrumentos, irresistível, que nos pegava pelos pés. Durante uma versão épica e violenta de "Bad", Bono foi totalmente tomado pela música, envolvido pelo espectro trêmulo dos sons da guitarra de The Edge, até que se desvencilhou entre chutes, socos e arranhões, exacerbando sua rebeldia. Foi uma apresentação estonteante, em que o espírito de um homem parecia ser um páreo duro para os milhares de pessoas diante dele. A essência daquela apresentação era tudo o que eu me lembrava e tudo o que sempre amei do U2; tinha a sensação de que o grupo havia crescido de alguma forma, inflando até preencher o espaço disponível.

Ah, e só para confirmar que algumas coisas não mudam nunca, Adam cometeu alguns erros imbecis.

Depois do show, eu e Ivan fomos aos bastidores. Era preciso passar por uma lista de convidados e pegar um adesivo colorido para entrar na área VIP. Em conformidade com a escalada do sucesso da banda, o acesso começou a ficar restrito, mas mesmo assim conseguimos entrar na área onde a banda recebeu os cumprimentos de admiradores e amigos.

– Como anda a música? – perguntou Bono, depois de parabenizarmos a apresentação dele.

– Não sei – admiti. – O momento anda meio frustrante e a gente não consegue entrar em contato com Ossie...

– Suas preces foram atendidas – disse Bono. – Ele está aqui.

E estava mesmo. O sociável contador do U2 estava em um canto do recinto, segurando uma cerveja em uma das mãos e um sanduíche triangular na outra, envolvido em uma conversa animada com Paul McGuinness. Eu e Ivan fomos direto até ele, prontos para soltar os cachorros. Ele deve ter visto a nossa aproximação de rabo de olho, pois se virou na nossa direção, abrindo os braços para nos cumprimentar como se estivesse esperando exatamente por nós a noite toda.

– Meus rapazes – disse Ossie, sorrindo. – Acabei de falar com Paul sobre vocês. Dois dos melhores compositores que nossa pequena ilha já teve. Só precisamos achar um jeito de convencer a indústria fonográfica da nossa opinião sobre o talento de vocês.

As merdas das artimanhas. Ele sempre conseguia nos ganhar com seu charme ardiloso. Disse que nossa carreira era importantíssima para ele e pediu que ligássemos depois de alguns dias, quando ele voltasse a Dublin.

— Mas você nunca atende nossas ligações — reclamei.

— Minhas prioridades provavelmente são um pouco diferentes das de vocês. As pessoas costumam pagar por meus serviços, entende? — disse ele, soltando um riso entre os dentes, apontando o agente do U2 com a cabeça. — Liguem-me na segunda-feira e conversaremos sobre o que devemos fazer.

Foi difícil falar com Bono nos bastidores. Havia muita gente à nossa volta, todo mundo querendo a atenção dele, e eu não gostava de me juntar àquela aglomeração, colocando pressão no herói do momento. Havia um ar de reunião vampiresca em tudo aquilo. Os membros da banda pareciam estar cercados por intrusos dos mais impertinentes e agressivos em uma tagarelice maciça e barulhenta. Eu e Ivan nos afastamos e ficamos conversando com antigos conhecidos, bebendo cerveja de graça. Eu acabei sentado sozinho em um canto do recinto, observando o desenrolar dos acontecimentos, quando Bono chegou e se sentou do meu lado.

— Fiquei feliz por você ter vindo — disse ele. — O que você achou? De verdade.

— A sensação é de que vocês pertencem ao palco, todos vocês — disse eu. — Mas veja só, eu estava na primeira fila. Provavelmente mais perto do que quando via seus shows no ginásio da escola.

— Não acho que tenha a ver com proximidade física — disse Bono. — Você pode estar em um show em um clube, a um metro de distância do vocalista, e parecer que está a quilômetros de distância. Tem a ver com a generosidade que contribui para um grande acontecimento ao vivo. Não tem nada a ver com a dimensão.

Nisso, antes mesmo de começarmos a conversar direito, uma mulher jovem e atraente, cujo rosto eu já tinha visto vagamente na televisão, se espremeu no espaço inexistente entre nós dois, agindo como se eu não estivesse ali, e começou a falar entusiasmada para Bono sobre como ela estava emocionada por conhecê-lo. Eu me levantei para sair, mas Bono segurou meu braço.

– Estaremos no estúdio amanhã – Good Earth, no West End – disse ele. – Por que não aparece lá para conversarmos?

Logo depois ele conseguiu fugir das garras da subcelebridade da TV, deixando-a comigo. Ela me olhou de cima a baixo, tentando encontrar alguma coisa de interessante.

– Então – disse ela, para início de conversa –, você é amigo do Bono?

Perguntei a mim mesmo se seria essa a medida da minha significância. Não quem eu sou, mas quem conheço. No dia seguinte, no estúdio onde o U2 estava trabalhando em alguns lados B, nós falamos sobre o incidente.

– Estou começando a entender que é como ser uma linda mulher – disse Bono, que estava se adaptando a um novo nível da fama. – Isso é o que a fama te faz. Todos querem um pedaço seu. É difícil para a Ali. Porque ela é uma mulher bonita e está acostumada a ter esse tipo de atenção de uma maneira que ela nem perceberia. Há um ano, se eu entrasse em um restaurante com a Ali, todos os olhos se voltavam para ela. Seria algo do tipo "Quem é o boçó sortudo com a moça?", sabe? Mas agora, quando ela está comigo, o olhar das pessoas a atravessa. Ninguém a vê, as pessoas a tiram do caminho para chegar até mim. É como se ela fosse invisível.

Nós conversamos sobre fama e eu fiquei agressivo quando Bono interligou os conceitos de talento e destino:

– Eu não acredito mais no destino – retruquei. – Você acredita no destino porque tudo está acontecendo do jeito que você sempre pensou que aconteceria. – Falei com ele sobre Gerry Moore, um sujeito de talento abundante e ainda na luta para ser ouvido.

– Talvez só o talento não seja suficiente – disse Bono. – Tem a ver com a fé. E isso é difícil de explicar para outra pessoa. Não aconteceu com você, então por que você haveria de acreditar?

Não era isso o que eu queria ouvir. Eu queria ouvir que o talento conquistaria tudo. Foda-se a fé.

Liguei para Ossie na hora marcada. Naquela época, as ligações feitas para a Irlanda eram famosas por seus chiados e zunidos, interrupções de uma hora para a outra ou a invasão por vozes fantasmagóricas de uma linha cruzada. Muitas vezes, mesmo que a ligação se completasse, as pessoas do outro lado diziam que não conseguiam entender uma única palavra e simplesmente desligavam. Se você quisesse se esquivar de alguém, esta era a desculpa de praxe: culpar a qualidade péssima da ligação. Mas dessa vez eu estava fortalecido e pronto para tudo. Não havia como Ossie se livrar de mim. Entre os ruídos usuais, escutei o telefone chamando do outro lado. Consegui fazer a ligação!

– Kilkenny and Co. – disse a voz da secretária, fraca, porém audível.

– Ossie está? – perguntei.

– Quem gostaria de falar com ele? – ela respondeu, como se não soubesse. Ela já devia estar acostumada à minha voz miserável.

– Neil McCormick – disse eu.

– Só um momento...

Longa pausa. Consegui sentir meu coração bater. Tinha muita coisa envolvida naquela ligação. Eu estava convencido de que não seria engambelado dessa vez com alguma desculpa patética. Eu queria saber qual era a posição dele.

– Ele está em outra ligação no momento, senhor McCormick, e há duas ligações na espera...

Isso não me faria desistir. Eu estava disposto a soltar os cachorros em cima dele. Retornaria as ligações o dia inteiro, se necessário. Que inferno, eu seria capaz de pegar o primeiro avião para Dublin, ir direto para o escritório dele e chutar aquela merda de porta se essa fosse a única maneira de ter a atenção dele.

– Mas ele quer falar com o senhor... – continuou ela.

É mesmo? Não é isso o que costuma acontecer nessas ligações.

– Ele pode ligar de volta?

– Hum... sim, é claro – murmurei.

– Pode ser depois das cinco e meia. Você estará no número de costume?

– É... sim.

– Obrigada, então.

E desligou o telefone.

Aquela peste dissimulada tinha virado o feitiço de novo. Tomar a iniciativa desse jeito era a única coisa que me impediria de agir, pelo menos temporariamente.

Fiquei sentado ao lado do telefone o dia inteiro. Ele não ligou de volta, é claro.

Sendo um sujeito muito interessado na história do pop, fico me perguntando por que demorei tanto tempo para perceber que nós tínhamos ferrado tudo? Ossie e David eram empresários da música interessados em um contrato grande e rentável, e não perderiam tempo com um contratinho. E, trocando em miúdos, nós estávamos mais interessados em fazer música do que em fazer dinheiro. Mas acho que nunca discutimos o assunto. Acho que nunca sentamos e conversamos com eles sobre nossas motivações, nossa criatividade, nosso amor pela música pop e as coisas que mexiam conosco. Então não era surpresa que, no fim, ninguém tivesse conseguido o que queria. Ossie e Dave não fizeram dinheiro, e nós não fizemos música.

Andei pelo Hampstead Heath, remoendo as coisas na cabeça. Minha frustração era fisicamente palpável. Sentia como se a eletricidade atravessasse meu corpo, prestes a irromper dos meus dedos em rajadas crepitantes de estática. Eu me senti como um cavalo de corrida preso no ponto de largada enguiçado, bufando, dando coices e raspando o solo, decepcionado, forçando a abertura do portão. Cheguei ao topo do Parliament Hill, olhando a vasta paisagem que se estendia por essa cidade estrangeira que parecia não ter nada para mim além da frustração. Parei e gritei com toda a força dos pulmões:

— Me dê a porra de uma chance!

Eu só queria que alguém me escutasse. Imaginei minhas palavras flutuando pela cidade, sendo carregadas em uma brisa mágica para dentro do escritório de alguma gravadora, onde entrariam na mente de um executivo em busca do próximo grande sucesso. Mas a única coisa que recebi em troca foram os olhares nervosos de duas pessoas que soltavam pipa e desceram a colina alguns passos.

Quando voltei ao apartamento, tive uma longa conversa com Ivan sobre o que faríamos. Estava bem claro para nós dois. Precisávamos formar outra banda. E não podíamos fazer besteira. Só aceitaríamos os músicos mais brilhantes. Criaríamos algo inegável. Essa era a palavra-chave. A banda precisava ser tão boa que ninguém viraria as costas para nós.

CAPÍTULO 14

Com nossas prioridades firmemente estabelecidas, demos início imediato à tarefa de escolher um novo nome. Nós adorávamos Yeah! Yeah! e queríamos algo que desse uma ideia de continuidade. Acabamos decidindo (depois das tradicionais rodadas dos jogos de palavras surreais) por mais uma expressão da história do rock: nós seríamos a Shook Up! (mantendo carinhosamente um ponto de exclamação).

Colocamos um pequeno anúncio nas costas do *Melody Maker*, o fórum consagrado para a contratação de músicos. O telefone não parou de tocar durante cinco dias. Comecei a entender que não estávamos sozinhos nas nossas ambições. Londres, sendo a Hollywood da música, atrai todos os sonhadores do país. Aparentemente, setores industriais inteiros são compostos por pessoas em um estado de negação profissional. Vendedores de loja estão montando uma banda; garçons estão gravando fitas demo; pedreiros estão atrás de gravadoras. Encontramos e ouvimos centenas de aspirantes, músicos com níveis de habilidade extremamente variáveis que passaram por uma série de testes rigorosos que aplicamos em busca de grandeza.

Nosso método para reduzir o número de baixistas era bastante insolente. Nós perguntávamos se eles gostavam de Adam Clayton. Quem expressasse admiração pelo baixista do U2, tinha seu nome imediatamente riscado na lista. Se, por outro lado, dissessem algo do tipo "Esquece, cara. O sujeito ainda usa palheta!", eram convidados para uma audição.

Olhando para trás, é difícil não encarar essa atitude como o primeiro sinal de ressentimento pelo sucesso do U2. Eu não pensava assim na época porque eu adorava o U2, gostava de Adam como pessoa – ele sempre foi muito cortês e gentil comigo – e sabia que o modo de ele tocar, idiossincrático, porém engenhoso, era parte integrante do som característico da banda. Mesmo assim, ele provavelmente era o único baixista em uma banda daquele nível, muito melhor que qualquer outra, que ainda cometia erros em todas as apresentações. Suponho que perceber isso como um ponto fraco, uma fenda na incrível armadura do U2, nos enchia, a mim e a Ivan, de esperança de que ainda poderíamos, apesar de todas as adversidades, nos equiparar ou até (doce ilusão) sermos melhores que nossos antigos camaradas.

A primeira pessoa que recrutamos foi um baixista chamado Vlad Naslas, que passou no nosso teste com sucesso total.

— Você só pode estar brincando — disse ele quando o nome de Adam foi mencionado. No nosso primeiro telefonema, Vlad disse que o destino era trabalharmos juntos, então que não precisávamos fazer audições com mais ninguém. Ele soube disso através da namorada, que era médium. Ela também disse que nós seríamos um dos grupos de maior sucesso no mundo, então é claro que levamos muito a sério as predições dela.

Vlad chamou a nossa atenção imediatamente por ser um sujeito bem estranho. Ele era extremamente alto e desengonçado, totalmente inexpressivo, sem nenhum senso de humor e imbuído de uma confiança interior quase sobrenatural. Ao nos encontrar pela primeira vez, ele apertou nossa mão e disse que "passaríamos um longo tempo juntos". Foi quase embaraçoso ter de lembrá-lo que ele ainda precisava passar pela audição, mas nada surpreendente quando ele se mostrou como o baixista mais fluido, moderno e estiloso que já havíamos escutado.

Não foi tão fácil conseguir o resto da equipe. Naquele tempo dominado pelo sintetizador, os tecladistas estavam sendo muito procurados. Quem conseguisse combinar habilidades musicais sérias com o necessário conhecimento dos eletrônicos, computadores e sequenciadores para operar o tipo de esquema de teclado multinível que vislumbrávamos poderia ganhar uma pequena fortuna com seus serviços — e dinheiro era o que não tínhamos. Os bateristas foram outro problema. Ficou claro para nós que, depois de ouvirmos cerca de 150 bateristas tocando, pouquíssimos conseguiam realmente se manter no tempo. Talvez por isso a maior parte do trabalho em estúdio estivesse sendo delegada às máquinas.

Havia uma espécie de tirania musical acontecendo nos anos 1980, uma busca impossível, e de muitas maneiras autodestrutiva, pela perfeição mecânica. Até o final dos anos 1970, as gravações eram diretamente relacionadas ao quanto os músicos podiam de fato tocar. Os avanços tecnológicos dos equipamentos para gravação em estúdio, como sintetizadores, samplers, sequenciadores e baterias eletrônicas, além do advento da gravação digital (permitindo que os sons fossem reproduzidos sem perda de qualidade), significaram que a trilha de fundo das composições podia agora ser feita com precisão metronômica, e que os arranjos musicais podiam ser construídos com exatidão matemática. Era possível reproduzir a maioria das gravações daquela época em papel milimetrado. Além disso, havia uma obsessão com os ruídos, de modo que todo e qualquer som era ajustado para ter o máximo impacto dinâmico (a bateria, em particular, começou a adquirir características de um aríete percussivo), e o efeito era uma sobrecarga musical. A apoteose dessa tendência foi atingida nas produções surpreendentes de Trevor Horn, que incluíam todos os recursos e ainda um pouco mais, para o Frankie Goes to Hollywood (uma banda que na verdade não tinha tanta técnica ao vivo), mas os mesmos recursos foram usados em todo disco barato de pop, rock e dance, transformando as paradas de sucesso em uma espécie de corrida de obstáculos sonoros.

    Contra essa tendência, e um pouco de forma isolada, surgiu o que costumamos chamar de *indie* (para "independente"), um movimento dogmaticamente não conformista que mantinha uma dimensão humana nas gravações, mesmo que isso significasse estar fora do tempo e do tom. Podemos dizer que o pai espiritual do movimento *indie* foi o Echo & The Bunnymen, banda *dark* e meio lúgubre, e teve como principal expoente o meloso e lírico Smiths. O engraçado é que, se formos incluir os sobreviventes da *new wave* entre a classe dos não conformistas (como Pretenders, Elvis Costello, Talking Heads, Dexys Midnight Runners, Squeeze e, é claro, U2), eu diria que esse é o meu tipo de música predileto, mesmo que eu tenha admitido com entusiasmo a participação da Shook Up! na busca pela batida perfeita. A primeira indicação de uma divergência entre o nosso gosto musical era o fato de Ivan ser fã do pop misturado e comportadinho do Wham! e da postura pretensiosa do Duran Duran (eu detestava as duas). No entanto, tínhamos como denominador comum o fato de gostarmos do Prince, o prodígio de Minneapolis cujas habilidades musicais impressionantes humanizaram a música produzida em alta tecnologia. *Purple Rain* substituiu *Thriller* no toca-discos de casa como verdadeiro modelo de um disco pop moderno.

Foi com esse pano de fundo que começamos a gravar demos com Vlad. Ele tinha um gravador decente de oito canais na sua casa em Walthamstow e assumiu rapidamente o papel de produtor, embora eu e Ivan tivéssemos aprendido o suficiente para poder colaborar. Gravar nesse aparelho limitado era um processo dolorosamente lento, mas, durante o trabalho intenso envolvido na construção de todo um repertório digno, nós três criamos um vínculo forte.

Depois do longo e árduo processo de audições, recrutamos mais uma pessoa, o charmoso estudante de psicologia galês chamado Steve Alexander, o baterista com a maior técnica que já escutamos. Ele tinha uma bateria de dois bumbos e um equipamento irregular que misturava bateria eletrônica com bateria normal. Steve conseguia tocar o tipo de arranjo complexo, misturando *jazz* e *funk*, que deixava qualquer conhecedor de música de queixo caído, além de detonar a bateria como John Bonham em alta velocidade. E ele tinha uma característica a mais, algo com que raras vezes eu me deparei, um traço que certamente não pertencia a pessoas que não eram ricas, famosas ou até particularmente bonitas (embora ele tivesse um sorriso aberto e feliz). Steve tinha um apelo totalmente magnético para o sexo oposto. Talvez fossem os feromônios. As garotas ficavam agitadas em volta dele, onde quer que ele fosse. Na verdade, todas as nossas namoradas insistiam para que o levássemos conosco, o que, de certa forma, era constrangedor.

Nós ainda não tínhamos um tecladista, mas (adivinhe?) tínhamos um plano. Conquistaríamos todas as gravadoras com nossas gravações caseiras e depois as convidaríamos para um show de demonstração, contratando músicos extras, se necessário, para o evento. O fato de que, mais uma vez, tudo dependia apenas do nosso talento não foi visto como uma possível falha. Estávamos de volta à ativa e nossa confiança era absoluta.

Aprendemos com o tempo que não havia nenhum propósito em remeter fitas aos departamentos de A&R. Descobrimos que era preciso entregá-las cara a cara, o que significava que precisávamos entrar em seus escritórios e estar fisicamente presentes enquanto nossa fita era tocada. As gravadoras não gostam muito disso, mas logo descobri que, se insistíssemos, eles acabariam nos recebendo. Principalmente se disséssemos que já havíamos mostrado para outras gravadoras. Afinal, da mesma forma que elas não querem ser incomodadas por músicos inconvenientes, elas têm medo de ficar para trás. Ninguém queria ser um Dick Rowe, o cara da Decca que, notoriamente, disse aos Beatles que bandas com guitarras estavam fora de moda.

– Ele provavelmente está arrancando os cabelos agora – disse Paul McCartney um tempo depois.

– Espero que arranque-os até morrer – respondeu John Lennon, resumindo primorosamente a atitude da maioria dos músicos em relação aos empresários das gravadoras que seguravam nas mãos o nosso destino.

Usando todos os contatos que eu tinha, consegui entrar no escritório de todas as maiores (e algumas menores) gravadoras em Londres. Quer dizer, todas exceto a MCA, onde Lucian Grainge havia se tornado chefe do departamento de A&R e se recusou a me ver. Joan havia tirado novas fotos minhas e de Ivan (a banda, por ora, ficaria no mistério), nas quais estávamos bem bonitos. E eu tinha uma fita demo numa embalagem cuidadosa, trazendo as canções que escrevemos para Billy Gaff e uma faixa nova sobre um encontro amargo de uma única noite chamada "Sweets from a Stranger", a qual Bono tinha elogiado bastante por telefone, descrevendo-a como "pop clássico". Bono sugeriu que procurássemos Nick Stewart, o responsável pelo A&R da gravadora do U2, o que parecia ser um bom lugar para começar.

Na Island Records, conheci o maior escritório da minha vida, todo aquele espaço disponível como indicação de status. Um inglês muito educado me acompanhou até uma poltrona na frente da sua mesa e perguntou se eu não me importaria caso ele ouvisse rapidamente algo que acabara de receber antes de começarmos a conversar.

— Sem problemas — disse eu, graciosamente.

Foi quando ele colocou para tocar a primeira prova de uma nova faixa da Grace Jones produzida por Trevor Horn. No último volume. Eu continuei sentado, preso na cadeira pela explosão sonora, ouvindo algo que provavelmente demorou seis semanas para ser gravado em um estúdio com diária de mil libras. Foi uma coisa totalmente alucinante. Quando o *opus* acabou (cerca de espantosos vinte minutos depois), Nick diminuiu o volume pela metade, murmurando.

— Isso foi muito bom — e colocou a minha fita.

Cérebros não explodiram. O cabelo sequer se mexeu.

Nas minhas viagens pelos departamentos de A&R de Londres, aprendi uma coisa verdadeiramente extraordinária. As pessoas do A&R não entendem o que é uma demo. Sabem como ela se parece, é claro. E sabem que ela traz as canções de uma obra sem contrato. Mas não sabem o que *é*.

— É um som interessante, mas não estou certo quanto à produção — é um comentário bastante comum nos departamentos de A&R. Que produção? Ninguém parece estar interessado nos apertos que você passou para gravar aquilo com um equipamento de oito canais barato, velho e provavelmente defeituoso. Em vez disso, eles querem saber por que você não pesou na bateria e não aumentou a segunda voz. Eles não escutam uma fita demo da maneira como um professor de arte olharia para os esboços dos alunos. Não conseguem escutar o que está por vir. Eles querem ouvir algo que possa competir com os discos que estão estourando os alto-falantes dos aparelhos de som o dia inteiro. Sentam nas próprias cadeiras esperando serem arrebatados.

Acontece que, na maioria dos casos, eles simplesmente não se sentam nas suas cadeiras. Enquanto sua demo está tocando, eles andam pelo escritório, conversando. Ou leem o jornal. Ou dão telefonemas. É muito raro (e bastante estimulante) quando alguém escuta uma demo consciente do que está fazendo. Na grande maioria dos casos, eles mal prestam atenção e ainda têm o atrevimento de comentar como se fossem as maiores autoridades do mundo no assunto. Escutam a música pela metade, conversam durante o processo e dizem "não gostei muito da letra".

As primeiras vezes que isso aconteceu, eu simplesmente fiquei calado e tentei ser educado, porque, por mais que falassem bobagem, quase todos prometeram ir ao nosso próximo show. Mas quando fui à WEA, minhas asinhas estavam começando a aparecer. Sentei-me no cubículo apertado que se passava por escritório do sujeito mais júnior do departamento de A&R da empresa, que lia a *NME* enquanto nossa fita tocava no volume baixo de um aparelho barato com som abafado e esticava a mão para adiantar as músicas quando chegavam à metade.

— Sinceramente, acho que não parece tão interessante.

— Não é interessante? – soltei. – Está parecendo um lixo completo!

— Bem, eu não diria tanto assim... – gaguejou ele. Eu o interrompi antes que ele dissesse mais asneiras.

— Eu não consigo acreditar que você realmente ouça música nesse aparelho de merda – disse eu. – Seu toca-fitas precisa de cabeçotes limpos, algo que você deveria ter notado se estivesse realmente escutando.

Ele engoliu seco olhando para mim, chocado. Talvez todos os músicos que falaram com ele não tivessem feito nada a não ser dar um beijinho no traseiro dele.

– Me devolva a fita – pedi.

– O quê? – perguntou ele, talvez com dificuldade de se localizar nessa mudança dinâmica na natureza do nosso encontro.

– Me devolva a fita! – disse eu. – Vou encontrar outra pessoa aqui para quem eu possa mostrá-la. Alguém que tenha alguma coisa nos ouvidos em vez de cera.

– Olha só, eu não gostei – ele retrucou, na defensiva. – E se eu não gostei, ninguém mais aqui vai gostar.

– Simplesmente me dê a fita, seu bunda mole – rosnei.

Nervoso, ele me devolveu a capa com a fita. Saí feito uma tempestade do escritório dele, com as bochechas queimando de raiva e humilhação.

Até que minha sorte finalmente mudou. Passando pelo corredor, me deparei com a figura familiar de Bill Drummond.

– Olá, Neil – disse animadamente o ex-empresário da Teardrop Explodes. – O que faz aqui na WEA?

Bill tinha um selo chamado Korova, com o qual as bandas (inclusive o Echo & The Bunnymen) haviam assinado inicialmente. Bill havia passado a participação majoritária para a WEA, onde agora ele trabalhava de maneira independente no departamento de A&R. Ele recebia um percentual dos lucros da empresa por quaisquer bandas novas que ele conseguisse. Ele me levou para o escritório dele (um espaço muito mais imponente que o cubículo do outro picareta) e, por educação, ouviu nossa fita que acabara de ser rejeitada. Ele ouviu com cuidado, em volume alto, com um entusiasmo cada vez maior, e parava a fita no final de cada música para fazer perguntas antes de continuar. Escutou algumas partes duas vezes. No final ele estava com um sorriso aberto, dizendo que estava louco para nos ver tocar.

Nós precisávamos de dinheiro para assumir esse próximo passo, então fizemos o que sempre fazíamos nessas circunstâncias apertadas: recorremos ao papai. Felizmente ele continuava convencido de que, mesmo contra todas as evidências, os genes dos McCormick eram cheios de talento. Ele alugou o Clarendon Ballroom, em Hammersmith, para a noite de sexta-feira, dia 14 de junho de 1985. Alugamos as caixas de som, a iluminação e uma máquina de gelo seco. Imprimimos cartazes e adesivos. Contratamos os serviços de um tecladista profissional e alugamos um estúdio para os ensaios. Nós só podíamos pagar por uma semana, mas era tudo de que precisávamos. Afinal de contas, vínhamos nos preparando para isso a vida inteira. Aquele era o encontro de músicos de alto calibre e, estimulados por nosso entusiasmo, todos os obstáculos haviam sido retirados. Depois de anos tentando, em vão, vender o nosso peixe em fitas demo para a desinteressada indústria fonográfica, eu quase me esqueci da pura alegria das apresentações. Porque acontece uma coisa fantástica toda vez que músicos tocam juntos, desde os estúdios de ensaio até o palco: as melodias e o ritmo surgem como se fosse do nada – padrões complexos de sons espontaneamente criados pela mescla até mesmo dos ingredientes mais simples. No final daquela semana, estávamos de fato cozinhando. Outras bandas viriam assistir à nossa apresentação. Tínhamos harmonias para três vozes, movimentos coreografados e a monstruosidade de um grupo pop muito bem treinado, moderno, multifacetado e com um estilo único, pronto para detonar no palco.

Convencemos todos os nossos amigos, e os amigos dos amigos, a irem ao show. Convidamos todas as pessoas que conhecíamos no meio musical, do operário ao chefão. E esperamos, nervosos a ponto de vomitar, para ver se alguém de fato apareceria.

Pouco a pouco, o lugar começou a encher. Às nove horas da noite, havia pelo menos 250 pessoas presentes. Às nove e meia as luzes abaixaram e, sob um foco de luz azul, o gelo seco começou a se espalhar no palco. O som do órgão de uma igreja gótica ecoava pelas paredes enquanto saímos em fila no escuro. Há dois anos e meio eu não subia ao palco. Mas, quando olhei para o rosto das pessoas diante de mim, eu soube que era ali o meu lugar.

E que show foi aquele! Tocamos com todas as nossas forças, como se nossa vida dependesse daquela apresentação. E o público reagiu de maneira igual. Colocamos a casa abaixo, terminando com dois bis pedidos aos gritos – e, por mais que o público tenha sido receptivo, eu estive em um número suficiente de apresentações para saber que isso nem sempre acontece. No fim, fui andando até o meio da multidão, recebendo os parabéns dos amigos. Meu pai tinha ido ao show e estava rindo de orelha a orelha.

– Eu sempre soube que o talento de vocês era nato – disse ele. – Foi fantástico!

Mas uma coisa não saía da minha cabeça. Eu precisava verificar a lista de convidados. Quando cheguei na entrada, Ivan já estava lá, percorrendo avidamente as páginas para ver as marcações cruciais que nos mostravam quem havia comparecido. Havia quase mil nomes na lista. Mas havia definitivamente alguma coisa errada. Ele me entregou as páginas sem dizer uma palavra. Ao todo, duas pessoas do mundo musical tinham comparecido. E uma delas era uma secretária da Virgin que tinha simpatizado conosco. De todas as pessoas de A&R com quem falamos, somente Bill Drummond havia comparecido. Mas ele não estava por perto depois do show.

Deixe-me dar mais um conselho sábio para qualquer músico aspirante que estiver lendo essa triste saga. Depois de conseguir falar com o responsável pelo departamento de A&R, ele dirá quase tudo o que puder para que você vá embora. Prometer ir ao seu show é uma das maneiras mais fáceis.

Naquela noite houve uma festa não planejada no nosso apartamento, uma espécie de encontro que misturava comemoração e desespero. O show foi um triunfo, sem dúvida, mas havíamos arriscado todas as nossas fichas em um número só... e perdido. Eu, completamente bêbado e fora de mim, apaguei por volta das cinco da manhã. Alguém filmou o nosso show, que ainda passava, sem som, na televisão do meu quarto. Acordei com a estática na tela da TV e o telefone tocando. O sol se infiltrava pelas janelas. Minha cabeça girava e, quando consegui ficar de pé, pensei que vomitaria. Fui cambaleando até a cozinha. Havia corpos por todo o lugar. Que diabos tinha acontecido ali? Parecia um massacre. Atendi ao telefone. Ondas sonoras quebraram na lateral do meu crânio. Encostei no batente da porta enquanto dizia alô.

— Neil — disse uma voz familiar, com sotaque escocês. — É Bill Drummond. Estou ligando só pra dizer que a apresentação de ontem foi fora de série.

— Muito obrigado, Bill — respondi.

— Não sei com quem mais vocês estão conversando — disse Bill —, mas quero assinar com vocês.

CAPÍTULO 15

O U2 tocou no Milton Keynes Bowl no dia 22 de junho de 1985. Foi a maior apresentação deles no Reino Unido até aquela data. Um evento gigantesco para 50 mil pessoas. Ivan, Vlad, Joan e eu viajamos de trem para ver o show, antecipadamente ansiosos. Quer dizer, estávamos ansiosos em geral. Estávamos flutuando numa bolha de felicidade, a cabeça girando depois de uma semana vertiginosa em que a Boa Fada da Fama e da Fortuna balançou sua varinha de condão sobre nossa cabeça.

Conversei rapidamente com Bono pelo telefone depois que Bill me deu as boas notícias.

– O que fazemos agora? – perguntei. Pois todos os nossos esforços até o momento foram voltados para chegar até ali, não mais além. Eu me lembrava muito bem da conversa que tivemos no ônibus da linha 31, quando Bono me disse que o trabalho começa depois que o contrato é assinado. – Você não faz ideia de como os últimos anos foram frustrantes – disse eu. – É como se tivéssemos nosso acesso negado. Martelávamos em portas fechadas. Às vezes elas abriam, outras vezes rachavam, e ouvíamos um estrondo quando começávamos! Elas fechavam na nossa cara. De repente, a porta está toda aberta e eu aqui, pensando. O que devo fazer agora?

– Arrume um advogado – disse Bono. Um conselho bem prático. Eu estava feliz por conhecer um *rock star* que já tinha passado por tudo isso. Infelizmente, a primeira pessoa que Bono sugeriu foi David Landsman.

– Acho que ele não vai querer falar conosco – disse eu.

Bono me deu outra alternativa, um advogado chamado Nicholas Pedgriffe, que aparentemente negociou o contrato deles com David Landsman.

— Vocês têm advogados que negociam contratos com outros advogados? – perguntei.

— O rock'n'roll é isso aí – disse Bono.

Bill Drummond e Max Hole, chefe do departamento de A&R da WEA, nos levaram para almoçar em um elegante restaurante chinês no West End de Londres.

— Posso me acostumar com isso – disse eu, devorando um estranho pedaço de algo que não consegui identificar com outro pedaço de alguma coisa que não reconheci, tudo muito bem disposto ao lado do prato.

— Seja lá o que for – acrescentou Ivan.

Ah, estávamos em boa forma. Bill e Max foram calorosos ao elogiar a Shook Up!. Eles entenderam. Sabiam exatamente de onde vínhamos. Não precisávamos explicar nada.

— Vemos vocês como uma grande banda pop com um apelo misto – disse Bill. – Entendem como funciona o jogo. São jovens o suficiente para um público de garotas adolescentes, têm a teatralidade para atrair seguidores e substância suficiente nas letras para chamar a atenção de ouvintes mais velhos.

— Uau – disse Ivan. – Somos excelentes!

— É um equilíbrio muito incomum de elementos – disse Max. – Acreditamos que vocês têm potencial para ser tão populares quanto o Duran Duran, e ouso dizer até quanto o The Police.

Sim, que ousadia dizer isso, pensei, sorrindo contente enquanto observava uma coisa que mais parecia a maquete de um vulcão chegando como prato principal. O que eu devia fazer, escalar ou comer?

— Acho que vocês podem ser um dos maiores grupos do planeta – disse Bill.

Era como se ele conseguisse ler meus pensamentos! Bill explicou que assinaríamos direto com a WEA (e não com o selo dele, Korova). Éramos um grupo de grande público, e isso exigiria um investimento substancial. O acordo ofertado não era o tipo de esquema de um milhão de dólares que Ossie buscava (na verdade, tenho uma suspeita secreta de que ele recusou mais, nas nossas negociações no passado), mas um adiantamento de 30 mil libras não podia ser desdenhado, principalmente com uma gravadora que estava tão entusiasmada com o nosso potencial. Nós nos encontramos com o advogado de Bono no dia seguinte para examinar o esboço do contrato. Algumas cláusulas precisavam ser negociadas, mas, como aquela era nossa única oferta e estávamos loucos para assinar logo, ele sugeriu que agíssemos depressa, e nós concordamos.

Que dias felizes. Bill conseguiu um estúdio para gravarmos as primeiras versões do que ele considerava possíveis *singles*. Curiosamente, ele incluiu "Some Kind of Loving" e "Sleepwalking", músicas que a Yeah! Yeah! havia divulgado em vão, mas resolvemos não dizer nada sobre isso. Os músicos eram fantásticos e nós sabíamos exatamente o que queríamos, construindo novos arranjos vigorosos e modernos. Estávamos nas alturas. Bill foi nos encontrar no estúdio e balançou a cabeça, entusiasmado, ao som de "Sleepwalking" quando a colocamos para tocar.

— Esse pode muito bem ser o primeiro sucesso — disse ele. Nós gostamos do som. O primeiro sucesso de muitos!

Chovia o tempo todo em Milton Keynes, mas nada nos deixaria deprimidos. Perambulamos pelo imenso acampamento nos bastidores, cumprimentando pessoas conhecidas do U2. Frank Kearns estava lá, e eu e Ivan envolvemos nosso antigo colega de banda em um abraço gigante. A nova banda dele, Cactus World News, tinha acabado de gravar um EP para a Mother Records, com produção do Bono. Ficamos contentes em ouvir a notícia, e ele ficou contente em ouvir a nossa. Éramos um embrulho imenso de admiração mútua. Ficamos debaixo do chuvisco na lateral do palco, com sacolas de plástico na cabeça, e vimos nossos antigos heróis, os Ramones, abrindo o show dos nossos antigos colegas de escola.

— Que maravilha poder estar aqui em Woodstock — disse Joey com um pé em uma poça d'água e um leve sorriso no rosto. — Contando, Dee Dee: Wan-tu-tree-fow!

Os punks alegres de Rockaway Beach passaram por cima daquele clima miserável; Joey cantando como um vendedor de jornal, encurtando oralmente todos os ganchos ("Blitzkrieg Bop" virou "Bliree Bip") e soltando "Yeah! Yeah! Oh Yeah!" toda vez que esquecia a letra (o que aconteceu muitas vezes). Depois do show deles, nos abrigamos debaixo de uma tenda, até que o próprio Joey veio chegando. Um sujeito alto e magricelo, andando com a graça afetada de uma marionete. Parecia que Frank ia desmaiar.

– É... É... É *ele*! – disse, engolindo seco.
– Vamos lá cumprimentá-lo – sugeri.
– Não podemos fazer isso – disse Frank.
– Mas é claro que podemos – insisti.
– O que a gente vai dizer? – perguntou Frank.
– A gente diz o que quiser, Frank. Agora nós somos artistas que gravam! Vamos lá falar com ele sobre nosso contrato de gravação.

E assim fomos. E Joey foi ótimo, curvando-se para falar conosco e dando risadas enquanto contávamos sobre como começamos aprendendo a tocar as músicas dele.

– Bem, nós só nos lembramos disso quando somos número um – disse Joey. – Provavelmente vamos abrir o show de vocês um dia.

– Que nada – disse Frank, horrorizado ao ouvir esse sacrilégio. – Mas talvez a gente abra o seu show um dia.

Joey riu e disse:
– Talvez.

A vida podia ser melhor do que isso? Bono se aproximou e bateu nas minhas costas, mas ele estava ansioso e calado de uma maneira atípica.

– Se o sol não brilhar para nós hoje, ficarei realmente desapontado.
– Quem precisa do sol? – disse eu.
– Por que estão tão felizes? – perguntou The Edge, juntando-se ao nosso grupinho da alegria.

— Pela vida — disse eu. A vida era bela. A vida era mais que bela. A vida era megamaravilhosa. Foi quando vi nosso advogado, Nicholas. — Ei, Nicholas, junte-se a nós! — disse eu. — Como estão as negociações? Nicholas olhou para mim acuado, sem saber o que dizer.

— Você não soube? – disse ele, nervoso.

— Soube do quê? – perguntei.

— Ninguém da WEA falou com você? Aquilo que eu senti era a terra se movendo sob meus pés?

— Falou comigo sobre o quê? – perguntei.

— Bem, não sou eu que deveria te dizer – disse Nicholas, preocupado.

— Dizer o quê? – perguntei.

— Eles cancelaram a oferta. Não vai ter mais contrato.

Eu olhei nos olhos dele, vazio, incapaz de reagir, os pensamentos correndo como sangue na minha cabeça.

— Sinto muito ter sido eu a dar a notícia, rapazes – disse Nicholas.

As pessoas começaram a colocar a mão no meu ombro. Eu podia ouvir murmúrios de solidariedade, mas não conseguia entender o que diziam. Eu fiquei chapado, no sentido literal. Estava entorpecido e totalmente perplexo.

O sonho durou uma semana.

Entrei no meio do público durante o show do U2. Eu queria distância dos meus amigos solidários, da minha namorada apreensiva e do meu irmão igualmente perplexo. Eu queria me ensopar de chuva e me cobrir de lama. Lá, no meio dos pagantes, parecia uma cena perdida de *Apocalypse Now*: 50 mil refugiados da vida real, todos molhados, cobertos de barro, de pé e esperançosos num barranco, esperando serem transportados para outro campo. A chuva parou, mas tudo virou um lamaçal. As pessoas estavam escorregando encosta abaixo, cobertas de barro marrom.

E eu me perdi naquele meio: música, cerveja, luzes atordoantes, casais encolhidos embaixo de guarda-chuvas, gente dançando no atoleiro, com a pele marrom, ensopadas e risonhas apesar de tudo, dando socos no ar e gritando para o alto, juntas, "How long to sing this song", uma multidão imensa, cantando como uma só voz enquanto Bono dominava e Larry conduzia uma bateria adorável. "How long to sing this song? How long? How long? How long? How long?"[1]

Quanto tempo?

Senti um arrepio enorme por dentro, movido mais uma vez pelo poder simples e elementar da música que parecia reverberar diretamente em mim, falar por mim, saber do meu próprio ser.

Houve uma queima de fogos de artifício no final do show, ensurdecedora e atordoante.

– Achávamos que faríamos um show e fizemos outro totalmente diferente – disse Bono depois do show, tão encharcado de suor quanto eu de chuva. – Mas não tem nada de errado nisso, nada mesmo!

Ele estava sorrindo, feliz. Ouviam-se palavras de felicitações voando pelo ar. Havia champanhe sendo estourada. Eu queria derrubar aquela tenda inteira. Queria destruir todos os trailers. Queria acender uma fogueira embaixo do palco e oferecer um sacrifício vivo para que quaisquer deuses sombrios assumissem o controle do meu destino. Mas os meus problemas não eram problemas do U2, e eu sabia disso. Então simplesmente tomei champanhe e fiquei no meu canto.

Joan teve uma intoxicação alimentar e vomitou durante todo o percurso até em casa.

Marcamos uma reunião com Bill para discutir o que havia dado errado.

– Isso precisa ficar entre nós, mas acho que vocês merecem uma explicação – disse ele.

No silêncio de seu refúgio, ele começou a dar uma descrição detalhada da política do ofício e da guerra mortífera dentro da WEA.

---

1 Referência à música "40", do álbum *War*.

O que aconteceu foi que Rob Dickens, chefe da WEA do Reino Unido, voltou de uma conferência com seus superiores dos Estados Unidos, onde foi repreendido pelo desempenho da divisão do Reino Unido. Ele foi acusado de gastar dinheiro demais, não vender discos o suficiente e, em particular, ter fracassado ao romper com alguns contratos maiores (notavelmente com o Simply Red, cujo estilo de *soul* altamente comercial estava caindo no esquecimento). Dickens voltou com um péssimo humor e na mesma hora pisoteou nosso contrato.

— Ele não gostou das novas demos? — perguntei. — Porque nós temos outras.

— Ele não as escutou — disse Bill, envergonhado. — Contudo, ele viu as fotos, e disse que o cabelo do vocalista era curto demais.

— Posso deixar o cabelo crescer! — lamentei.

— Não tem nada a ver com seu cabelo — disse Bill. — Veja só, ninguém aqui tem dúvida de que a Shook Up! podia ser um grande negócio, mas vocês são uma banda pop, e bandas pop exigem um investimento maior. O Duran Duran talvez seja o grupo mais popular no mundo nesse momento, mas eles poderiam ter sido eliminados facilmente depois de dois *singles* se não tivessem um hit. E transformar um *single* em um hit é um negócio muito caro. Não basta ter somente a música certa, é preciso o produtor certo, o marketing certo. Vídeos. Imagem. É um gasto imenso, e, se dá errado, a empresa perde uma fortuna. Agora, se assinamos com uma banda de rock que já faz parte do circuito, que construiu seu próprio público e obteve boas críticas, não gastamos muito com o mercado e é garantido que a banda vai vender uma quantidade razoável de discos. Ou pelo menos a teoria é essa. E esse é o tipo de banda com quem vamos assinar daqui para frente.

Mas vamos deixar uma coisa mais clara.

— Não tem nada a ver com vocês ou com o talento de vocês — garantiu.

A ideia era fazer com que nos sentíssemos melhor?

Começou a parecer que nunca tinha a ver conosco ou com nosso talento. Era como se tivéssemos ficado presos no meio de um jogo complexo e ninguém dissesse quais eram as regras. O que precisávamos era o que toda banda sem contrato precisa: um bom agente. Mas onde encontramos um? É um verdadeiro paradoxo: os agentes que já têm um histórico estão com as bandas que já têm contrato. Do contrário, apostamos em um desconhecido que provavelmente tem tanto conhecimento das regras quanto nós, mas, se tivermos sorte, pelo menos ele terá alguma ideia de que tipo de jogo estamos jogando.

Bill largou os negócios com a música pouco tempo depois e passou a gravar os próprios discos. Escreveu um livro chamado *The Manual (How to Have a Number One the Easy Way)*, depois demonstrou a eficácia de suas teorias gravando um hit, que chegou ao número um das paradas, chamado "Doctorin' the Tardis", com o Timelords. Em 1987, ele formou o KLF, os revolucionários guerrilheiros do som, que chegaram ao topo de várias paradas e venderam milhões de cópias antes de se separarem com uma apresentação violentamente antagônica diante uma plateia aturdida, com membros da indústria fonográfica, na cerimônia do Brit Awards em 1992. Depois disso, deixaram um carneiro recém-abatido na entrada da festa pós-premiação com uma etiqueta na qual se lia: "Morri pela ovelha. Bom apetite".

De vez em quando me encontro com Bill, quando ele sai da vida tranquila de um semirretiro com a família para promover seus livros raríssimos, porém brilhantes (recomendo sua coletânea de ensaios, *45*, a todos que se interessam por música e arte).

— Acho que, no rock, ninguém vence — disse-me ele uma vez, quando perguntei sobre seu descontentamento com a indústria musical. — Acho que, como um todo, a maioria das pessoas sai machucada da indústria. A maioria chega aos quarenta sem alcançar o sucesso e está cheia de "e se" e "eu era tão bom quanto", ou teve sucesso quando jovem e hoje não sabe por que o sucesso acabou ou como obtê-lo de volta. E quem ainda faz sucesso não se importa com quantos discos tenha vendido, a gente olha e pensa: "Caramba, será que ele não percebe que se transformou em um completo imbecil?".

É muito fácil perceber em qual categoria dos quarenta e poucos Bill me colocaria.

Ali estávamos nós, desolados, abandonados, total e completamente fodidos. Foi quando aconteceu uma coisa extraordinária. A nova edição da *Record Mirror* chegou às prateleiras. Ela era a prima pobre dos semanários musicais (*NME, Sounds* e *Melody Maker*) e recentemente, para tentar sobreviver, tinha se transformado em uma revista formato A4, em papel de alta qualidade. Mas, enquanto os semanários maiores haviam ignorado nosso show, a *Record Mirror* o assistiu e ficara claramente impressionada com o que vira. Eles colocaram uma foto grande na página dois, com um texto declamatório anunciando que éramos o futuro da música pop:

> Sabemos quem são os irmãos Kemp, os Jacksons, até mesmo os Osmonds. Está na hora de conhecer os irmãos McCormick – os mais recentes dessa grande leva de irmãos músicos. Neil e Ivan McCormick formam o núcleo da Shook Up! – uma nova banda de Dublin, ávida, preparada e capaz de empolgar qualquer um com sua vigorosa música pop. Com Neil nos vocais e Ivan na guitarra, eles agora acrescentaram bateria, baixo e teclados, produzindo um rock firme, dançante e cheio de energia. Um megassucesso se aproxima. Definitivamente, NÃO deixe passar batido.

As gravadoras começaram a nos ligar. Todas as pessoas dos departamentos de A&R que não haviam ido ao nosso show queriam saber onde podiam nos ver tocar. E com quem estávamos falando? A notícia do desastre da WEA estava se espalhando, o que era uma faca de dois gumes. Outras empresas queriam saber o que havia chamado a atenção da WEA, mas também queriam descobrir as falhas que fizeram com que a gravadora nos dispensasse tão rápido. Mas pelo menos os departamentos de A&R estavam falando conosco agora. Obviamente, "falar" nos termos do A&R é um eufemismo para longos períodos de procrastinação. Quando uma gravadora quer alguém, ela age. Quando não tem certeza se quer ou não, mas teme que outra pessoa queira, ela conversa.

Nós tínhamos de fazer outra apresentação. O problema é que estávamos quebrados. Arrebentados. Sem um tostão furado. Devendo. Prestes a falir. Vivendo à custa das namoradas e envergonhados demais para pedir ajuda mais uma vez ao papai. Explicamos essa situação (quer dizer, talvez sem os detalhes) para um sujeito do A&R da London Records que estava especialmente a fim de nos ver tocar.

– O departamento de seguro-desemprego do governo não banca shows de demonstração – expliquei.

– Eu achei que vocês trabalhassem como *chefs* de cozinha – disse o cara do A&R.

– Como assim? – perguntei.

– E qual o motivo dos uniformes, então? – perguntou ele.

Entendi que ele se referia a um par de camisas brancas, iguais, com botões laterais, nas quais eu e Ivan havíamos desperdiçado nosso dinheiro.

– É alta costura. Você devia saber disso.

– Não queria ofender – disse ele, desculpando se. – Alguns *chefs* têm uma ótima aparência.

De todo modo, ele concordou em colaborar com cem libras e nós conseguimos juntar dinheiro suficiente para fazer um show em um *pub* fora do circuito, o Half Moon, em Putney. Dessa vez a indústria musical foi ver a gente tocar, uma fila de observadores encostados no balcão no fundo do *pub*. O lugar estava lotado, e a maior parte do público era de pessoas que haviam ido ao outro show. O atmosfera era de empolgação. Fui ao banheiro antes de subirmos ao palco e uma garota muito bonita me seguiu.

– Quero chupar seu pau – ela disse.

Isso não era o tipo de coisa que costumava me acontecer. Além disso, o *timing* da minha suposta tiete era horrível.

— Preciso ir para o palco – desculpei-me.

— Depois do show – disse ela, em tom convidativo.

Posso dizer que fomos um arraso aquela noite. Mas não quero me gabar, então acho que posso deixar que alguém o faça por mim (e não me refiro à minha mais nova admiradora, que, até onde sei, acabou se gabando com o nosso baterista, sucumbindo ao charme peculiar e feromônico dele durante o show). Damien Corless da *Hot Press* estava em Londres para uma entrevista e apareceu para resenhar nosso show. Damien fazia parte de uma nova geração na *Hot Press*, um escritor que eu não conhecia e que não me devia nem amizade, nem favor, mas que depois acabou se tornando um grande defensor da banda.

> A Shook Up! tem muito mais que faixas cativantes para oferecer. A principal atração é o líder Neil McCormick, cujo humor mantém o público ligado do início ao fim. Ivan, o irmão, toca uma excelente guitarra sem nem chegar perto dos clichês, enquanto Vlad, o baixista, completa a linha de frente de modo admirável. O jeito engraçado e excêntrico de se comportarem no palco, com coreografias cuidadosas, conquistou o público... A Shook Up! é divertida, irlandesa e promete!

Eu não teria dito de um jeito melhor.

Depois de dois bis, descemos até o público como um exército triunfante. Alguns membros do A&R até se aproximaram cheios de elogios, com toda aquela bajulação exagerada que, para mim, chegaria ao auge com a declaração "Queremos assinar com vocês". Mas as palavras mágicas não foram ditas.

Fomos nos encontrar com o cara da London Records, com um discurso cheio de poréns, como se tivesse caído de cama por conta de um caso terminal de indecisão.

— Muito divertido, músicas muito boas, uma ótima apresentação – disse ele como se falasse para si mesmo.

Depois de um longo silêncio, Ivan explodiu.

— E o que mais você quer? – perguntou ele.

Eu não acho que ele soubesse de fato o que queria a mais.

— Não há dúvida de que venderia – disse ele depois de certa reflexão. – Mas estou interessado em alguma coisa com um pouco mais de substância.

Ele estava sentado diante de um pôster do Bananarama, maior grupo da London Records.

Mas, apesar disso, ele não disse não. Ele não nos colocou porta afora pedindo que nunca mais voltássemos. Só pediu que o mantivéssemos informado dos acontecimentos. Essa era uma frase que começaríamos a ouvir com uma regularidade desanimadora. "Não assinem com ninguém sem falar com a gente antes" era outra.

"Alguém já fez alguma oferta real pra vocês?". Essa era boa.

Quando entramos em uma rotina de apresentações, nossos shows se tornaram um local de encontros regulares da comunidade A&R londrina. Até os jornalistas notaram. "A música que abre as apresentações é muito boa, uma *tour de force* comercial que chama a atenção antes que os caras do A&R sequer pensem em desligar seu aparelho de surdez", disse uma resenha da *Melody Maker* em relação ao nosso show no Embassy Rooms. "'Love Is Stranger than Fiction' é um caso de perfeição da banda, começando com uma linha de baixo já planejada para os remixes e explodindo em uma melodia muito bem elaborada". E continua: "Passar quarenta minutos com a Shook Up! é como escutar o embrião de um *Greatest Hits*". Por alguma razão, isso não pareceu suficiente para impressionar a observadora comunidade A&R, embora outros se beneficiassem dessa atenção. Nosso show foi aberto por uma banda de Liverpool chamada Black, que tocou um rock fúnebre pós-Bunnymen e destruíram o camarim enquanto tocávamos, estragando nossos cartazes com slogans do tipo

"Punheteiros londrinos" e roubando tudo o que não estivesse trancado. Eles receberam uma oferta de contrato de um dos caras que foram nos ver. Apesar disso, eu fico feliz em informar que o vocalista principal, Colin Vearncombe, largou imediatamente a banda de ladrões filhos da puta e seguiu carreira solo. Depois de um tempo, conversei com o mesmo sujeito do A&R que os contratou e ele orgulhosamente me disse que, no meio do dilúvio sonoro, ele havia previsto "um enorme hit". E ele estava certo. Um tanto. A Black chegou à nona posição com uma música chamada "Wonderful Life", que teve suas raízes roqueiras removidas e foi transformada em uma balada triste e convencional. Veja bem, isso foi o máximo que as pessoas ouviram falar da banda, portanto a Black não teria um *Greatest Hits*. Mas desprezar as conquistas dos outros nunca fez ninguém se sentir melhor em relação aos próprios fracassos. Colin teve o seu hit e, nas palavras imortais de Loudon Wainright III, "melhor ser um 'já fui' que ser um 'nunca fui'".

Dispensamos os serviços do nosso mercenário e careiro tecladista e recrutamos um jovem maestro chamado Damien Le Gassic, que agia como se estivesse pronto para pagar para entrar na nossa banda. Damien era um jovem gênio magrelo, pálido e de olhos arregalados, que havia acabado de sair da faculdade de música e cujo entusiasmo tolo fazia com que nos sentíssemos veteranos grisalhos, mas cujas habilidades musicais nos davam vergonha. No entanto, foi preciso ficar de olho em Damien. Ele era tão pequeno e frágil que, numa manhã muito fria, enquanto colocávamos o equipamento dele em uma *van* alugada, ele desmaiou e teve uma geladura, caído inconsciente na neve. Ele se mostrou imensamente popular com um grupo específico do nosso crescente exército de fãs. A cada show, percebemos que aumentava o número de garotas orientais na plateia. Elas eram estudantes estrangeiras de inglês e adoravam a Shook Up! – embora aparentemente, dada sua compreensão ainda rudimentar da língua inglesa, não fossem as letras que as cativavam. Uma das adolescentes, bem bonitinha e que se dizia virgem, se ofereceu para perder a virgindade com Steve. Depois ele acabou dizendo que a experiência foi tão estressante que não teve êxito – até que a convenceu de que seria melhor se as amigas preocupadas esperassem do lado de fora do quarto em vez de sentadas como plateia, assistindo e dando dicas. Duas garotas se entregaram aos charmes de Ivan, que não deu grande importância ao conceito de lealdade à sua paciente namorada, Cassandra. Mas o preferido das orientais, de longe, era o tímido Damien. No apartamento onde moravam várias garotas, eu vi um altar para Damien, com flores e lembranças dispostas em volta de uma montagem fotográfica muito benfeita, com velas e incenso queimando. Depois eu soube que, no Oriente, a pele pálida era considerada muito atraente; Damien era o garoto mais pálido que eu tinha visto na vida.

A essa altura, eu tinha entrado no que era simultaneamente a fase mais recompensadora e mais frustrante da minha tortuosa relação com a indústria musical. Aquela era a melhor formação que a banda já teve. Músicos magníficos, pessoas inteligentes, todos entusiasmados pela música e motivados por uma causa comum. Até os ensaios eram sensacionais, e nós criamos arranjos complexos para novas canções. E tocar ao vivo era positivamente sensacional. Havia momentos em que todos os elementos do quebra-cabeça musical se encaixavam perfeitamente. Era como um alinhamento de planetas. Nós praticamente decolávamos, subíamos ao espaço embalados pelo ritmo, o abalo secundário emitia uma vibração musical pelo lugar, que envolvia todo o público na órbita do nosso rastro, todos se comunicando no mesmo comprimento de onda, flutuando na gravidade musical zero. Nossa banda era tudo com o que podia sonhar um músico. Com certeza, isso era inegável. Por que, então, a indústria fonográfica continuava nos dizendo não?

As resenhas eram incandescentes, e o público, crescente. Toda apresentação acabava em múltiplos bis. Nós conquistávamos o público de qualquer banda para a qual abríssemos e éramos chamados para voltar em todos os lugares que tocávamos. Em pouco tempo começamos a preencher com regularidade a agenda londrina de locais como o Rock Garden, o Embassy Rooms e o Fulham Greyhound por merecimento próprio. O U2 tocou no Live Aid, no Wembley Stadium, e dessa vez eu paguei o ingresso e fui vê-los. Fiquei mexido e impressionado com a extravagância de Bob Geldof; parecia inacreditável que um irlandês pudesse reunir o mundo todo daquela maneira. E eu estava enfeitiçado pela participação do U2, uma apresentação estranhamente maníaca na qual Bono, desesperado como nunca para se envolver com o público, desaparecia durante longos momentos no meio daquela multidão patriota enquanto a banda, desfalcada do cantor principal, improvisava partes de "Ruby Tuesday", "Sympathy for the Devil" e "Walk on the Wildside". Mas eu não me senti em nenhum momento menosprezado em ver meus antigos amigos naquele estágio, pois a Shook Up! havia contribuído um pouco, e à própria maneira, para o Live Aid, encabeçando uma lista de quinze bandas promissoras em um evento de caridade feito pelo DJ Bruno Brookes, da Radio One, no Le Beat Route, angariando algumas centenas de libras por nossos esforços. A indústria da música pode não ter se impressionado, mas foda-se: estávamos criando nosso próprio *momentum*.

Nós não precisávamos mais pagar para gravar demos, pois os estúdios começaram a nos convidar para trabalhar com eles. Nós gravamos uma das músicas favoritas dos shows, "Stop the World", com o talentoso produtor Terry Thomas, que depois trabalhou com Bad Company, Foreigner, Richard Marx e Three Colours Red. Era um rock vigoroso, influenciado pela Motown, sobre a angústia global, um tema típico da Shook Up!.

Conseguimos um agente, um austero irlandês do norte chamado Barry Campbell, especializado em *reggae* e *indie rock*, dois estilos dos quais éramos nítida e completamente diferentes. Mas ele podia nos colocar nas faculdades, onde realmente poderíamos ganhar alguma grana. Fizemos duas turnês pela Irlanda com a ajuda do agente da In Tua Nua, Mark Clinton, quando fomos cumprimentados como heróis que retornam à casa. Aparecemos em um programa de horário nobre na RTE TV cantando "Stop the World". Fomos notícia em todos os jornais do país. "Arrasando no caminho para a fama e a fortuna" foi a manchete que soou como uma trombeta no *Sunday Press*, o qual, de uma maneira pitoresca, percebeu que a "Shook Up! foi violentamente aplaudida por adolescentes desvairadas e estrelas famosas, como Bono".

Bono e Ali fizeram parte de uma plateia apreciativa na Trinity College. Bono disse ter ficado razoavelmente impressionado.

– Não entendo muito de pop – disse ele, brincando –, mas sei do que gosto! – Ele nos disse que o que fazíamos o lembrava o Queen, o que tomamos como elogio, mesmo que talvez fosse uma das bandas menos modernas do universo. – A presença de palco é maravilhosa, as canções são clássicas. Não consigo entender como as gravadoras ainda não fecharam com vocês.

Mas elas não fechavam. Nossas resenhas eram deslumbrantes. Estou convencido de que tivemos mais resenhas entusiasmadas do que qualquer banda sem contrato da história. Montei um folheto de dez páginas com as melhores e distribuí pelas gravadoras. A primeira página era assim:

"UMA BANDA NOVA REALMENTE EMPOLGANTE" – *Capital Radio*
"ARRASANDO NO CAMINHO PARA A FAMA E A FORTUNA" – *Sunday Press*
"ROCK DANÇANTE E CHEIO DE ENERGIA" – *Record Mirror*
"REFRÕES ATRAENTES E MÚSICAS BEM ESTRUTURADAS" – *In Dublin*
"UMA APRESENTAÇÃO CHEIA DE ENTUSIASMO, COM COREOGRAFIAS ESTILOSAS E UMA MÚSICA POP DANÇANTE E SONORA" – *Evening Press*
"A SHOOK UP! É REALMENTE ENVOLVENTE" – *Sounds*
"UM MEGASSUCESSO SE APROXIMA. DEFINITIVAMENTE, NÃO DEIXE PASSAR BATIDO" – *Record Mirror*

Conversei com um dos contatos que tínhamos de A&R (ou "Mases e Poréns", como começamos a nos referir a ele).

— As citações estão meio exageradas — disse ele. — Suponho que você as criou?

Mas com que merda de necessidade eu faria isso? Fizemos tantos shows bacanas, tivemos tantas reações fantásticas, tanta cofiança — tínhamos certeza de que as gravadoras eram incapazes de enxergar isso e viravam as costas. De novo e de novo. Visitei Ross Fitzsimons na MCA, onde Lucian Grainge não trabalhava mais. Estava mostrando a nossa demo de "Stop the World" para Ross quando a porta do escritório abriu de repente e Gordon Charlton, o novo chefe do departamento de A&R, entrou de uma vez.

— O que vocês estão ouvindo? — perguntou ele. — É fantástico! — Ele quis saber onde podia escutar mais e eu disse que estaríamos naquela mesma noite no Rock Garden. — Estarei lá — ele disse. E ele foi mesmo. Eu o vi passando no meio da apresentação, parar lá no fundo e ver duas músicas antes de sair, o que (como podem imaginar) foi extremamente desconcertante. No dia seguinte eu telefonei para saber da reação dele. — É comercial demais para o meu gosto.

— Comercial demais? — disse eu, num ímpeto só. — Como alguém pode ser comercial demais? Você quer dizer que pode ser popular demais? Que venderemos muitos discos?

— Foi tudo muito bem executado — disse ele. Como esse cara conseguiu aquele emprego?

— Talvez a gente deva ensaiar um pouco menos — resmunguei.

Ele me disse que gostava de coisas com arestas menos aparadas. E assinou com a Cactus World News.

Comecei a compreender vagamente que o próprio ramo que escolhemos estava agindo contra nós. Éramos alegres, dançantes e abertamente comerciais, mas tínhamos canções sobre violência sexual, ganância, medo, religião, amor, dor e tudo o mais. Éramos como um peixe fora d'água, e não importava de que ângulo a indústria musical nos olhasse (e, para ser justo, eles sempre voltavam e davam mais uma olhada), ninguém conseguia descobrir como nos colocar dentro do aquário chamado "pop".

Então, aconteceu o inevitável. No final do verão de 1986, depois de um ano fazendo shows, Vlad nos contou que estava deixando a banda.

– Achei que você acreditasse no destino – disse eu.

– Eu acredito – disse Vlad.

– Bem, sua namorada não disse que seríamos a maior banda do mundo? – apelei.

– Ela falou com o pai dela sobre isso ontem à noite – disse Vlad.

Como sabíamos, o pai dela estava morto, mas aparecia de vez em quando para mantê-la informada dos acontecimentos no mundo espiritual. O veredito dele foi que "O destino não está gravado em pedra, há diferentes caminhos para se escolher", Vlad nos contou. Aparentemente, nós tomamos uma direção errada na bifurcação espiritual.

– Cosmicamente falando, vocês se foderam – disse Vlad. Eu esperava que ele estivesse errado. Nunca podemos ter certeza.

Vlad desistiu do baixo e resolveu se dedicar à produção. Assinou um contrato de gravação com a 10 Records (subsidiária da Virgin) e, em janeiro de 1988, chegou ao sexto lugar nas paradas com "The Jack that House Built", de Jack'n'Chill (ele era o Jack), a primeira música de house feita na Grã-Bretanha.

Damien foi o segundo a nos deixar, voltando para a faculdade de música, desiludido com a indústria musical. Ficamos anos sem ter notícias dele, mas, no final da década de 1990, começamos a ver seu nome em grandes gravações. Ele coescreveu algumas coisas do álbum *Music*, da Madonna, e produziu um disco para a K. D. Lang. Ivan esbarrou com ele em um clube em Londres. Pelo que soube, Damien estava bem feliz, morava em Los Angeles e suas habilidades musicais eram bem requisitadas por grandes estrelas. Nosso antigo símbolo sexual oriental e pálido, de acordo com Ivan, parecia bem bronzeado.

Steve trabalhou algumas vezes para estrelas peitudas da música pop como Taylor Dayne, Tiffany e Samantha Fox (devem ter sido os feromônios). O Brother Beyond, um quarteto de rapazes bonitos que tinha contrato com a Parlophone, contratou Steve para algumas apresentações e eu fui vê-los tocar em um show fechado. Eu me perguntava qual era a diferença entre eles e nós. Eles tinham dois compositores talentosos, Eg White e Carl Fysh, um vocalista bonito, Nathan Moore, e um pop dançante moderno e estiloso. Era tudo muito polido, sem as arestas e a extravagância que a Shook Up! tinha ao vivo. Mas a diferença crucial apareceu quando eles começaram a gravar um material escrito para eles pelos produtores top do Europop, Stock, Aitken e Waterman. Eg saiu do grupo, indignado. Steve, por outro lado, mostrou ser tão popular com os fãs (os feromônios de novo) que foi chamado para entrar de vez para a banda. Nós éramos muito amigos e Steve tinha receio de nos deixar na mão, mas tinha recebido na bandeja a oferta do estrelato do pop. No fim, os rapazes do Brother Beyond tiveram carreiras curtíssimas como celebridades atraentes (chegaram à primeira posição das paradas em 1988, mas saíram do *top ten* um ano depois e desfizeram o grupo em 1991) antes que Steve voltasse a trabalhar sob contrato, tocando com artistas que iam de Duran Duran a Jeff Beck. Ele ainda é um dos bateristas mais requisitados no meio musical.

    Já eu e Ivan refletimos durante um breve período sobre os passos que demos na estrada cósmica para tentar entender o que tinha dado errado. Mas foda-se. Também não acreditávamos nessa merda toda. Tínhamos simplesmente que prosseguir e continuar com a esperança de estarmos mais ou menos na direção certa.

CAPÍTULO 16

Fui convocado para comparecer à sala de entrevistas número 4 no Departamento de Saúde e Segurança Social. Misteriosamente, havia um "nº 58" grudado na porta e por isso foi bem difícil encontrá-la, o que me levou a chegar cinco minutos depois que meu nome tinha sido chamado pelo alto-falante.

Era minha terceira visita ao escritório do DSSS em algumas semanas. Em todas as vezes, tive de viajar até Euston e esperar algumas horas até que me dissessem que meu horário deveria ser remarcado (por causa da sobrecarga de trabalho ou qualquer outra desculpa). Tinha a sensação de que eles estavam me testando.

— Então, finalmente nos encontramos! — brinquei com a matrona cinquentona e sombria sentada do outro lado de uma pasta grossa, presumivelmente a minha. Ela não respondeu, apenas olhou sutilmente para o relógio. Não estava muito certo do que iria encontrar lá. Sempre estive confiante de que, se mantivesse minha sagacidade, poderia prolongar essa fraude do seguro-desemprego por tempo indeterminado. A pessoa que me entrevistou anteriormente era uma magricela ingênua e nervosa que parecia pedir para ser enrolada. Mas tive a nítida sensação de que a nova responsável pelo meu caso estava um degrau acima da anterior e tinha mais poder de decisão.

— Você tem noção de que assinou atrasado todas as quinzenas dos últimos três anos? — comentou a interrogadora, lendo minhas notas com atenção.

— Sério? — disse — Sabe, não é fácil chegar ao escritório do seguro naquela hora da manhã quando não se tem dinheiro para a condução.

Eu tinha debatido mentalmente sobre qual atitude adotar (Indignado? Estúpido? Penitente?), mas decidi que o melhor seria sorrir e ser o mais educado possível, enquanto tentava adivinhar qual era a dela. Ela começou a me dar uma lição sobre as minhas responsabilidades para com o Estado.

— Você não conseguiu um emprego desde que saiu do colégio, há cinco anos — observou ela.

— Já faz tudo isso? — perguntei, inocentemente. O que eu deveria dizer? — Desculpe, senhora, deveria ter abandonado todas as minhas ambições estúpidas e aceitar o primeiro emprego que aparecesse na frente? Esse momento esporádico de tédio era o preço que eu pagava por seguir meu sonho do rock'n'roll. Foi quando ela cometeu um erro tático.

— Você deve jogar de acordo com as regras do jogo — disse ela. Mal pude acreditar no que eu estava ouvindo. Ela, Ossie, a indústria musical e todos aqueles jogos de merda! Achei que seria corajoso dizer "Isso não é um jogo, é a minha vida!", mas achei que seria sentimental demais. Então deixei-a divagando sobre o assunto até que ela disse, de modo otimista:

— Essas são as regras do jogo...

Aí já foi demais.

— Isso não é um jogo — declarei, apaixonadamente. — Essa é a minha vida!

Ela de fato entendeu. Ficou perturbada e se desculpou pelos comentários, enquanto eu dei ênfase à minha superioridade dizendo, com sinceridade e desespero:

— Você sabe o que é passar a semana com 24 libras?

Não, claro que ela não sabia. Nem eu.

Eu ainda fazia alguns trabalhos para a *Hot Press*. Desenhei com regularidade algumas tirinhas, cujo assunto é bastante revelador. Chamavam-se "Ofertas de Emprego", e mostravam uma dupla de vagabundos desempregados sentados em um bar discutindo questões do mundo. Por exemplo:

— Você viu que Mick Louco foi preso por beber ao volante? — diz um dos vagabundos.

— Não, o que aconteceu? — diz o outro.

— Ele foi para um bar, ficou muito bêbado e não conseguiu pegar um táxi, então roubou uma BMW e bateu em uma viatura policial a caminho de casa! — conta o vagabundo.

— Isso está se tornando um problema sério na cidade hoje em dia! — responde o amigo, com tristeza.

— É verdade. — concorda o vagabundo. — A gente nunca consegue um táxi quando se precisa.

Fon!

A entrevista terminou com mais uma suspensão de cumprimento da sentença. Para satisfazer a funcionária, no entanto, eu precisava de provas de que eu estava realmente procurando trabalho. Então me candidatei a várias vagas de emprego retiradas da seção de Mídia do jornal *The Guardian*. O problema era que eu queria respostas, mas não queria entrevistas, pois estas demandariam muito tempo e eu poderia acidentalmente conseguir um emprego.

No início eu achei um tanto triste me candidatar a empregos para os quais eu era altamente qualificado enquanto me vendia por pouco de propósito. Meu ego havia sido muito bombardeado nos últimos tempos, e eu tremia só de pensar que as pessoas poderiam me tomar por idiota (apesar do fato de que, se tudo corresse bem, eu jamais as encontraria). Mas, resignando-me à tarefa, comecei a sentir um prazer perverso na elaboração sutil das minhas cartas de apresentação, redigindo-as em um papel bem fino, dobrando-o várias vezes e, no topo, borrifando abundantemente um desodorante masculino de odor acre. Esperava apenas que eles não as arquivassem e as revelassem quando eu ficasse famoso, para não me envergonhar.

Veja só, eu ainda estava convencido de que conseguiria. Só estava demorando um pouco mais do que o esperado, nada mais.

Passei por um momento assustador enquanto conversava com Leo, o ex-baterista da Yeah! Yeah!, em um *pub* em Kilburn (uma área de Londres conhecida como o 28º condado da Irlanda por seus moradores). Leo ainda mancava em decorrência do acidente, uma deficiência física que (depois de um período tocando bateria de pé com um trio de *rockabilly* bastante popular chamado Those Handsome Devils) acabou tolhendo sua carreira musical. Leo recebeu uma indenização substancial e fez algumas viagens pelo mundo, durante as quais desenvolveu um interesse por fotografia. Ele apareceu na Inglaterra para ministrar um curso na London College of Printing e se tornou o mais novo emigrante a se mudar para o nosso apartamento.

De todo modo, Leo teve a ideia de fazer um ensaio fotográfico para a *Hot Press* sobre a comunidade irlandesa de Londres, o que era uma boa desculpa para sair em busca de informações, bebendo Guinness em cada boteco de Kilburn. Eu estava entrevistando um taberneiro quando nossa atenção se voltou para um homem gordo e cheio de rugas sentado no bar, rindo sozinho.

– Você é mesmo irlandês? – perguntou Leo.

– Sim, sou sim – disse o gorducho com um forte sotaque de Galway, dando risadas.

– Quando você saiu da Irlanda? – perguntou Leo.

– Vim para Londres em 1952 para um jogo de futebol e nunca mais voltei – disse o velho.

Depois começou a nos contar que jogou no time dos Galway Rovers e emigrou com a promessa de uma carreira de jogador de futebol profissional que nunca aconteceu. Ele tinha 26 anos na época, agora estava com 63. E nunca mais voltou para casa. Mas era resoluto em dizer que retornaria "um dia".

– Nunca assinei nada – insistiu ele.

– Como assim, nunca assinou nada? – perguntei.

– Quer dizer, assinei os papéis do seguro-desemprego, é claro, mas nunca jurei fidelidade à rainha! – declarou o velho. Tomou um pouco da cerveja amarga. A Guinness era muito cara para ele naquela época. – Voltarei um dia, voltarei – disse ele. – Sim, voltarei.

– Esse é você daqui a uns quarenta anos – disse Leo quando saímos do *pub*.

Não ri. E o pensamento já havia me ocorrido. Estava perigando me tornar o personagem daquela bonita balada irlandesa chamada "The Mountains of Mourne":

> Oh Mary, this London's a wonderful sight
> With people here working by day and by night
> They don't sow potatoes, nor barley, nor wheat
> But there's gangs of them digging for gold in the street
> At least when I asked them that's what I was told
> So I just took a hand at this digging for gold
> But for all that I found there I might as well be
> Where the mountains of Mourne sweep down the sea[1]

Joan viajou para a Austrália. Eu a afastei, e estava com nojo de mim mesmo. Joan era linda e engraçada e me amava completamente, sem reservas e sem esperanças. E eu... não sabia o que eu queria. Só sabia que queria algo mais, algo diferente. Tive medo de jamais sentir por outra pessoa o que senti por ela, e tive medo de seguir com a minha vida sem descobrir ao certo. Nosso relacionamento era feito de idas e vindas, mas aqueles últimos meses juntos tinham sido estranhamente harmoniosos. Quando Joan encontrou uma solução para o meu dilema em relação ao compromisso dizendo que estava indo embora, todos os nossos

---

[1] Oh, Mary, Londres tem uma vista belíssima/ De pessoas trabalhando dia e noite/ Elas não plantam batatas, nem cevada, nem trigo/ Mas há gangues procurando ouro nas ruas/ Pelo menos foi isso o que me disseram quando perguntei/ Então os ajudei a procurar ouro/ Mas por tudo que encontrei aqui, deveria era ter ficado/ Onde as montanhas de Mourne se arrastam para o mar.

problemas evaporaram. Passamos o verão de 1986 como um jovem casal ternamente apaixonado. Até que um dia, em outubro, acompanhei-a até o aeroporto de Heathrow. Joan era só lágrimas. Despedimo-nos com um beijo no portão de embarque. Ela se virou para o outro lado. E foi embora. Saiu da minha vida. Foi como se uma onda gigante de náusea passasse como uma avalanche pelo saguão do aeroporto e se quebrasse contra o meu corpo. Saí cambaleando para fora da onda de choque e emoção, confuso e desnorteado, sentindo um suor frio formigando a minha pele. Corri até o banheiro e vomitei minhas entranhas na pia. Um funcionário olhou para mim em tom de reprovação enquanto eu limpava a boca.

— Sinto muito — eu disse. Eu *realmente* sentia muito. Muito, muito mesmo. Mas não por ele.

Escrevi uma música naquela noite, pois era dessa maneira que eu lidava com as emoções. Chamava-se "Fool for Pain":

> Your disappearance moves through me like a tenant
> Touching all the things you left behind
> Whispering your name for my penance
> Leaving fingerprints on all I thought was mine
> So this is what it means to be free
> And all my independence was in vain
> How could you be a fool for me
> When I'm such a fool for pain?
> All alone, I know there's something missing
> I fill the space but the emptiness remains
> It tugs my mind, like the sound of gas escaping
> Fool for Pain
> On the phone, the sound of heavy breathing
> It's just mine, there's no way to explain

I wanted you to go... till you were leaving
Fool for Pain²

Haveria arte maior do que uma música que exorciza um sentimento? É poesia com melodia para preencher todos aqueles espaços que as palavras não conseguem tocar. Mas é verdade que as músicas precisam ser lançadas no mundo para que a sua mágica funcione? As minhas estavam se congestionando dentro do estúdio da minha mente, tornando-se cancerígenas.

Bono ligou um dia para me contar que ele havia composto uma música. Ele estava todo animado por causa da criação, transbordando de necessidade de compartilhar.

– Sabe quando você diz que o U2 não compõe músicas de verdade? Então, acho que mudamos isso – disse ele. – Acho que escrevemos uma música de verdade, um clássico.

– Como se chama? – perguntei.

– "I Still Haven't Found What I'm Looking For" – disse Bono.

– O título é ótimo – admiti.

Ele começou a cantar para mim no telefone: "I have climbed highest mountains/ I have run through the fields/ Only to be with you [...]/ I have run, I have crawled, I have scaled these city walls/ These city walls/ Only to be with you [...]/ But I still haven't found what I'm looking for"³.

---

2 Seu sumiço move-se em mim como um morador/ Tocando tudo o que você deixou para trás/ Sussurrando seu nome para me punir/ Deixando marcas no que eu pensava ser meu/ Então é isso que significa ser livre/ E toda minha independência foi em vão/ Como poderia ser louca por mim/ Se sou louco pela dor?/ Sozinho, sei que há algo faltando/ Preencho o espaço, mas o vazio persiste/ Esgota minha mente, como o som do vazamento de gás/ Louco pela dor/ Ao telefone, o som da respiração ofegante/ Sou só eu, não há como explicar/ Queria que você fosse embora... até que você foi/ Louco pela dor.

3 Escalei as montanhas mais altas/ Corri pelos campos/ Só para estar com você [...]/ Corri, rastejei e escalei os muros da cidade/ Só para estar com você [...]/ Mas ainda não encontrei o que estou procurando.

Eu fiquei arrepiado. Como Bono poderia saber o que se passava na minha cabeça? Afinal de contas, ele era o homem que tinha tudo: fama, riqueza, amor, fé, satisfação criativa. Enquanto eu ainda estava procurando. Você pode até pensar que, nessa altura, eu e Ivan teríamos desistido. Será que qualquer pessoa sã saberia que estava tudo acabado? Tínhamos queimado os últimos cartuchos. Percorremos todos os caminhos possíveis. Mas tínhamos um ao outro para sustentar nossa loucura mútua, discutindo o velho clichê de que aquilo que não mata fortalece, e que no final o talento acabaria ganhando. Chegamos até a encarar a rejeição como um tipo de encorajamento perverso, pensando que aprendemos bastante ao longo do caminho, melhorando como músicos e crescendo como pessoas. E ainda éramos jovens, livres e sem responsabilidades. O futuro nos pertencia. E o prêmio, quando chegasse, seria o mais doce.

Outras formas de encorajamento também nos faziam persistir. Soubemos que Clive Davis, lendário diretor da gravadora Arista, nos Estados Unidos, estava interessado nas nossas demos. Mas ele via um problema: a falta do importantíssimo primeiro *single*, o hit imbatível que, para nós, parecia ser o Santo Graal de uma comunidade A&R tímida demais e sem imaginação para confiar nos próprios artistas. Já parou para pensar por que tantas bandas fabricadas são lançadas com versões cover? Porque as músicas já foram hits. Elas são examinadas e testadas. Até mesmo George Martin queria que os Beatles fizessem uma regravação como segundo *single* antes que John e Paul, magoados com a crítica implícita às suas composições, lançassem o álbum *Please Please Me* e dessem início à Beatlemania.

Eu e Ivan decidimos fazer algo que deveríamos ter feito há muito tempo: gravar e lançar nosso próprio *single*. Nós tínhamos um cuidado excessivo com as nossas músicas. Como aspirávamos ao mais moderno do pop, o que é um negócio caro, menosprezamos a ideia de lançar qualquer coisa que fosse menos do que perfeita. Agora queríamos algo que pelo menos validasse a nossa existência, um tipo de testemunho dos anos dedicados à música. Queríamos algo para segurar nas mãos e colocar no toca-discos. Para variar, havia um obstáculo: não tínhamos dinheiro. Barry Campbell, nosso agente, interveio. De modo geral, Barry era um vigarista como outro qualquer, que acabou admitindo ter o mesmo conhecimento que nós sobre as artimanhas do alto escalão da indústria fonográfica. Mas, em troca de um contrato de agenciamento, ele estava disposto a investir na nossa causa e, para ser franco, nós não tínhamos mais a quem recorrer. Ele pagaria a gravação e lançaria o *single* por um selo independente, com o qual já estava negociando. Fechamos um orçamento de 4 mil libras e, enquanto os contratos estavam sendo elaborados, fizemos reservas para três dias no estúdio Terminal, na Elephant and Castle.

Vlad voltou a bordo como produtor e baixista. Steve voltou para tocar bateria. Conseguimos um novo tecladista por meio da *Melody Maker*. Richard Ford era um jovem que consertava televisores, um músico brilhante e de grande técnica. O único problema era que ele morava muito longe, em Yorkshire, o que nos custaria uma fortuna em combustível. Era uma viagem de 800 km só para ensaiar.

Escolhemos a música "Invisible Girl". Era uma das nossas favoritas ao vivo, mas nós a considerávamos extraordinariamente sutil, com um ritmo agradável e suave e uma melodia rica e melancólica. O tema da letra (no estilo típico da Shook Up!) era o abuso sexual de crianças – inspirada em uma notícia de jornal em que a vítima do abuso reclamava que ninguém havia lhe dado ouvidos – e continha a frase de efeito: "We are the silent children/ We speak but no one listens"[4]. O sentimento parecia atrair o público. Depois de um show, uma jovem chegou até mim chorando e desesperada para falar sobre a "Invisible Girl".

— Eu sou a garota da música! — ficou repetindo.

A gravação no estúdio Terminal foi bem trabalhosa. Demorávamos horas só para afinar o som da bateria. Gravar um disco é como montar

---

4 Somos as crianças mudas/ Falamos, mas ninguém escuta.

um quebra-cabeça sonoro, e ainda estávamos encaixando com dificuldade as primeiras peças quando Barry telefonou. Ele parecia nervosíssimo enquanto relatava uma longa e complexa saga sobre uma grande quantia de dinheiro que um promotor no leste europeu roubara dele.

— Isso é terrível! — disse eu, perguntando-me o que isso tinha a ver comigo.

— Acontece, Neil, que estou preso entre a cruz e a espada — disse ele.

Não gostei nada do rumo que a conversa estava tomando.

— Qual é exatamente o problema? — perguntei.

— Eu não tenho dinheiro para pagar o estúdio — admitiu. — Tenho que cair fora.

Cadê o acordo que tínhamos? Você com certeza está pensando o mesmo que eu estava. Cadê o maldito acordo com esse empresário de merda, num universo sem deus? Quer dizer, existe alguém olhando por mim lá de cima?

— Você não pode cair fora — disse eu. — É tarde demais para parar. Que piada. Já deveríamos ter parado há anos.

— Sinto muito — disse Barry. — Coisas acontecem.

Claro que acontecem. Por que eu deveria esperar algo diferente?

Sussurrei as novidades para Ivan. Confabulamos rapidamente. Parar de gravar naquele momento custaria pelo menos metade do preço, então decidimos não falar nada sobre a nossa falência repentina. Enquanto Vlad e o resto dos músicos trabalhavam sem saber de nada, Ivan se apressou por trás dos panos, recorrendo a vários aliados e associados. Um amigo íntimo dele, Martin Lupton, um médico residente e de boas condições financeiras, nos deu mil libras. Leo, que ainda tinha parte da grana da indenização, deu mais mil libras. O restante veio de um telefonema que demos para a Irlanda, conversando com nosso paciente pai. Quando chegou a hora de fazer a mixagem, um dia ou dois depois, tínhamos o dinheiro para pagar tudo, e um bolo de notas promissórias pendurado no pescoço.

Mas quando ouvimos a gravação, vimos que valeu a pena. "Invisible Girl" não se parecia com uma demo. Aveludada, completa e cristalina, além de doce, triste e onírica, a música soava como uma gravação real, perfeita. Mas era uma gravação que não tinha casa.

Mas ainda havia um telefonema a fazer. Um favor que sempre relutei em pedir. Voltei à Irlanda para me encontrar com Bono.

O U2 estava instalado em um estúdio em St. Stephen's Green, trabalhando na mixagem e em lados B para o novo álbum. Todos estavam lá: Bono, The Edge, Adam e Larry. Inclusive Paul McGuinness. Os trechos que escutei eram impressionantes: rígidos, sombrios, poderosos, ardentes, cheios de emoção. Eles deram outro salto corajoso e criativo, e na linha de frente estava a voz de Bono, abrindo caminho através da parede sonora da banda. O abismo entre o U2 ao vivo e o U2 de estúdio sempre foi o abismo entre The Edge e Bono. Agora eles estavam juntos de corpo e alma.

– O que você achou? – perguntou-me Bono, com um sorriso discreto insinuando que já sabia a resposta.

– Estou sem palavras – disse eu.

– O que é uma diferença – disse The Edge.

Eu e Bono nos dirigimos à sala de estar do estúdio, onde sentamos para conversar enquanto eu lhe explicava a minha situação. Salientei que ele de fato tinha apoiado a Cactus World News e a In Tua Nua, dentre outras bandas de Dublin, telefonando para os chefões das gravadoras e insistindo em defesa das bandas. Nunca pedi nada disso a ele. Mas lembrei que uma vez ele se ofereceu para lançar um *single* nosso pelo selo Mother, e eu queria saber se a proposta ainda estava de pé.

– Não quero pressioná-lo – disse eu. – Mas nós realmente precisamos de uma oportunidade.

Bono me explicou que todas as decisões referentes ao Mother eram tomadas por cinco pessoas: os membros do U2 e o empresário. As decisões tinham de ser unânimes. Cada um tinha, de fato, um poder de veto.

— Não quero me desentender contigo por conta disso – disse ele –, então você precisa entender o processo.

— A gente não vai se desentender – prometi.

— Então vamos ouvir a música – disse Bono, colocando a fita cassete no gravador.

"Invisible Girl" veio deslizando pelos alto-falantes, doce e melódica. Estava a um milhão de quilômetros de distância do rock sombrio que tínhamos acabado de ouvir.

— Música pop – disse Bono, com um sorriso acolhedor.

— Tudo é música pop – disse.

— Deixa comigo – disse Bono.

Quando me levantei para ir embora, Adam entrou na sala.

— Que ritmo gostoso – observou.

— Muito obrigado, Adam – disse eu, com prazer genuíno. Senti como se o peso do mundo estivesse saindo dos meus ombros. As coisas estavam caminhando bem.

Louise, minha irmã mais nova, terminou o colégio no ano anterior e conseguiu um emprego em um estúdio de gravação, aparentemente impassível diante do fato de seus irmãos serem praticamente uma propaganda ambulante de tudo o que havia de errado com a indústria musical. No entanto, minha irmã estava tendo um curso muito mais prático do que tudo o que havíamos feito. Ela estudou engenharia de som e, no momento, tomava conta do pequeno estúdio Lab, de oito canais, em Dublin. Como tínhamos tempo, eu e Ivan nos aproveitamos desse recurso. Na ausência de uma banda, optamos por gravar algumas de nossas músicas menos pop e mais acústicas, músicas mais excêntricas com as quais, acreditávamos, poderíamos desenvolver uma linha mais *folk*. Os títulos podem dar uma ideia do meu estado mental: "King of the Dead", "Buried Alive", "Heaven Bent", "Fool for Pain" e "This House is Condemned". Meu espírito lírico estava se tornando um tanto deformado.

Alguns dias depois, recebi uma ligação para me encontrar com Bono em um *pub* perto de onde o U2 estava ensaiando. Sentamos em um canto escuro e pedimos duas cervejas. Pensativo, Bono tamborilava na mesa.

– A resposta é não – anunciou subitamente.

Fiquei incrédulo, mas não falei nada. Já havia feito inimigos o suficiente com as minhas reações sinceras à crítica e à rejeição. Estava determinado a não romper com Bono por causa disso.

– Você sabia do nosso acordo – disse ele. – Não quero dizer quem votou contra; isso não importa, porque se um diz "não", então todos também dizem "não". É assim que funciona. Tudo o que posso dizer é que vocês foram vetados.

Não disse nada. Bebi de uma só vez minha cerveja e digeri essa última rejeição, talvez a mais cruel de todas, por ter sido feita por um amigo.

– A questão, Neil, é que se trata de música pop – disse Bono. – Acho que a gente não entende de música pop, não é disso que tratamos. Então é isso. Você vai ficar bem?

– Sim, estou bem – disse eu.

Duas garotas norte-americanas rondavam ostensivamente a nossa mesa. Usaram o silêncio que se instalou entre nós para começar a falar.

– Você é o Bono? – perguntou uma delas.

Bono riu, aliviado com essa distração absurda.

– Sim, sou eu! – admitiu.

– Pode nos dar um autógrafo?

– É claro – disse ele, rabiscando seu nome artístico no papel que lhe deram. Mas elas não tinham acabado ainda. Nervosas, empurraram o papel na minha direção. – Você é o The Edge?

– Autografe o papel para elas, The Edge! – provocou Bono.

Então autografei: "Deus abençoe, The Edge". Talvez essa tenha sido a situação mais próxima das armadilhas da fama que eu chegaria a viver.

CAPÍTULO 17

Uma noite, fui a uma festa de inauguração de uma grande casa noturna. Costumava ir a essas ocasiões depois de conseguir ingressos para lançamentos de discos e shows fechados como representante da *Hot Press*. Passava metade da noite enchendo os bolsos com aperitivos e enfiando garrafas de vinho no meu paletó, levando tudo depois para nossa simples residência. Mas essa era uma grande festa e, por algum motivo, meu nome não estava na lista de convidados.

– Deve haver algum engano – disse eu. – Olhe de novo.

Mas o segurança de rosto esquelético não conferiu. Ele me empurrou, gritando em protesto, de volta para a grande multidão prensada contra o cordão vermelho que separava os convidados VIP do público pateta. Refletores formavam arcos de luz no ar frio da noite. Eu queria mesmo ir lá para dentro, onde tudo acontecia, e comecei a examinar o rosto dos convidados na esperança de encontrar um conhecido. Foi quando uma limusine branca parou e, entre os flashes das câmeras, apareceram os integrantes do U2, acenando para o público. Por sorte, eles teriam de passar exatamente por onde eu estava. Acenei. Mas todos ao meu redor também acenavam. Adam, Larry e The Edge caminharam pelo tapete vermelho, correspondendo aos aplausos, e Bono ficou na retaguarda.

– Bono! – gritei.

Mas todos ao meu redor também estavam gritando o nome dele. Foi patético. Mas ele estava só alguns centímetros à frente. Estendi a mão e toquei seu ombro.

– Bono! – e ele se virou para o meu lado.

Mas o olhar dele simplesmente me atravessou, e sua indiferença doeu fundo.

Um segurança pegou minha mão, torcendo-a dolorosamente.
— Cai fora! Ele é meu amigo! — gritei.
O segurança olhou para Bono para confirmar.
— Não o conheço — disse Bono.
E foi embora.

Acordei com um calafrio. Que porra foi aquela? Deitei na cama, olhando para o teto, tentando me livrar das sensações que o sonho havia evocado. Senti-me humilhado. Mas, pior que isso, eu estava envergonhado. Envergonhado por sonhar com meu amigo daquela maneira. Envergonhado por suplicar o reconhecimento dele de modo tão descarado. Envergonhado apenas por ter sonhado com ele. Não queria que Bono viesse morar nos meus sonhos, como se tivesse liberdade para se mover no meu subconsciente.

Mas Bono estava em todo lugar, então por que não estaria na minha cabeça? *The Joshua Tree* saiu em março de 1987 e se tornou o número um das paradas em todo o mundo, sendo o disco que vendeu mais rápido na história da música britânica, ocupando o primeiro lugar nas paradas norte-americanas por nove semanas consecutivas e registrando o excesso de vendas de 6 milhões de discos. O U2 foi saudado como quem carrega a tocha do rock'n'roll, foi analisado em editoriais de jornais, fotografado pelos *paparazzi* e colocado na capa de todas as revistas concebíveis. Eles até apareceram na capa da *Time*, um lugar excessivamente estranho para se ver o rosto familiar dos amigos de colégio. Bono foi reconhecido como o mais novo profeta vidente, uma espécie de cruz sagrada entre Jim e Van, os Morrison. Havia uma espécie de mania no ar. Eles tocaram duas noites no Wembley Stadium, um lugar com capacidade para 70 mil pessoas. Aquela noite foi surpreendente. Havia só uma meia dúzia de bandas em todo o mundo que poderia lotar o Wembley Stadium, e o U2 teve os ingressos esgotados duas vezes.

Vi o U2 três vezes em junho de 1987 e não fiquei entediado. Os shows eram impressionantes. Depois dos anos em que, musicalmente, eles evoluíram à medida que prosseguiam, orgulhando-se de sua autossuficiência e jamais olhando para o passado, o U2 finalmente começou a abraçar o passado do rock, aprofundando-se em uma tradição que vinha do *folk* e do *blues* e se estendia ao *heavy metal* e ao *rock art*. O repertório deles se estendia do intimista ao apocalíptico, abarcando uma versão do clássico "Stand By Me", do Ben E. King, durante a qual todos cantavam e dançavam junto; a triste e saudosa "Running to Stand Still"; a gradativa, emocionante e oniabrangente "40"; a ternura taciturna de "With or Without You", que se transformava em uma versão animada de "Gloria", do Van Morrison; uma versão sarcástica e renovada da anti-Thatcher "Maggie's Farm", do Bob Dylan, e a épica, pesada, apocalíptica e sensacional "Bullet the Blue Sky", com a banda banhada em luz vermelha, a guitarra nervosa de The Edge uivando feito Led Zeppelin depois do rompimento da barragem[1] e Bono controlando um refletor de mão, entoando e divagando poesia Beat: "Eu caminhava pelas ruas de Londres, pelas ruas de Kilburn, Brixton e Harlesden, e senti que estava a um longo caminho de San Salvador, mas mesmo assim o céu estava rasgado, a chuva jorrava pela ferida aberta, golpeando mulheres e crianças que esperavam nas filas dos hospitais, que esperavam na fila para retirar dinheiro, golpeando mulheres e crianças que correm... correm para os braços de... Margaret Thatcher!".

O primeiro show que vi, na verdade, foi no Birmingham National Exhibition Centre. Foi uma marca de como o U2 havia chegado tão longe, pois agora a arena com capacidade para 12 mil lugares era um lugar intimista para eles. Meu tio Jim, que vivia na parte central do país, queria ver o show, e a produção do U2 me deu vários ingressos e credenciais. Eu e Ivan fomos de trem junto com Cassandra, namorada dele.

Durante uma versão divertida de "People Get Ready", de Curtis Mayfield, Bono geralmente convidava alguém do público para subir ao

---

1 No original, "After the levee broke". Referência à canção "When the Levee Breaks", última faixa do disco *IV*, do Led Zepellin, lançado em 1971.

palco e tocar a guitarra dele. Era uma tentativa de romper a divisão entre a banda e o público, compartilhar a música. Se o convidado tivesse o mínimo de competência, havia a chance de fazer um trabalho melhor do que o Bono fazia no palco, o que certamente aconteceu em Birmingham. Bono perguntou ao honrado convidado se ele tinha uma banda. O rapaz assentiu avidamente.

— A banda toda está aqui? — perguntou Bono. Estavam todos lá. — Traga-os aqui — disse Bono.

Os integrantes subiram animados ao palco, onde receberam instrumentos e se juntaram ao U2 para uma versão caótica de "Knocking On Heaven's Door", do Dylan, frente a um público frenético de 11 mil pessoas.

Olhei para Ivan e ele sorriu levemente para mim. A pontada de inveja que nos atingia era forte o suficiente para quase ser visível.

— Aposto que você queria estar lá — disse meu tio Jim, o que achei um tanto desagradável. Aquela foi a última vez que o presenteei com ingressos.

Logo em seguida, apresentamos as credenciais e entramos nos bastidores. Mas tudo estava muito estranho. As credenciais davam acesso só ao espaço grande e vazio logo atrás do palco, onde os *roadies* guardavam os equipamentos e alguns convidados vagavam sem rumo. Eu me senti estranho, sem saber qual era o protocolo. Não sabia onde estava a banda. Havia uma grande área gradeada, com dois seguranças de jaqueta amarela na frente. Quando mostrei minha credencial, eles só balançaram a cabeça.

— A banda está vindo? — perguntei.

— Talvez, não sei muito bem — foi tudo o que disseram.

Nós nos afastamos, pensando se havia alguma razão para continuarmos ali e mal conseguirmos dizer "oi". O conjunto da situação me causou uma sensação ruim. A máquina do U2 havia crescido tanto que eu não sabia mais onde eu me encaixava — se é que ainda encaixava. Foi quando Larry apareceu para conversar com algumas pessoas e viu que estávamos à espreita, desconfortáveis, do outro lado daquele vasto recinto. Ele acenou para nós.

— Vocês deveriam ter pedido para alguém nos dizer que estavam aqui! — repreendeu, amavelmente, instruindo os seguranças a nos deixarem passar.

Foi um alívio ser bem recebido no camarim, onde Bono e The Edge nos cumprimentaram cordialmente. Adam não estava por ali.

— Assim que acaba o show ele desaparece com a mulher mais bonita do lugar — disse Bono. — Uma mulher diferente a cada show. Não sei como ele consegue! Um conquistador perfeito, aquele ali. — O comentário me pareceu estranhamente ingênuo, um tipo de negação voluntária da verdade óbvia: Adam era um *rock star* entregue aos vícios do rock.

Bono estava exausto e rouco, com uma toalha enrolada no pescoço para absorver o suor, mas nos convidou para ir ao hotel no dia seguinte, onde poderíamos conversar com mais calma. Mas outra vez tivemos problemas com os seguranças.

— Não há ninguém registrado com esse nome aqui — disse o atendente do hotel quando pedimos para ir ao quarto de Bono.

— Tente Paul Hewson — disse eu.

— Sinto muito, não há ninguém com esse nome aqui. — Devo dizer que o atendente não estava nem aí. Aliás, ele parecia bem presunçoso.

— Eu sei que ele está aqui — disse eu. — Tem gente lá fora com cartazes do U2. E Bono nos convidou, então você poderia avisá-lo que estamos aqui?

— Sinto muito, mas terei de pedir que se retirem — disse o atendente, acenando para chamar o porteiro.

Naquele exato momento, Adam passou pelo lobby, todo desalinhado, com o braço por cima do ombro de uma moça bonita que não parecia ter dormido muito durante a noite. Sorridente, ele garantiu ao atendente que não éramos perseguidores psicopatas. Aparentemente, Bono estava registrado com um nome falso e se esqueceu de dizer qual era. Subimos até o quarto, onde ele estava sozinho, bebendo vinho tinto, assistindo a *Sem perdão* na TV, um filme de suspense pantanoso de Nova Orleans que ele já tinha visto várias vezes. Tive a sensação de que Bono estava em um tipo muito curioso de prisão de veludo – os fãs do lado de fora limitando seus movimentos e ele passando os dias em uma cadeia interminável de quartos de hotel sem a familiaridade ou a pessoalidade de um lar. Certamente ele parecia muito feliz em nos ver, insistindo que o acompanhássemos no vinho enquanto nos presenteava com longos relatos das suas últimas aventuras. Ele foi simpático e atencioso com Cassandra. Bono consegue ser muito galanteador com as mulheres. Se ele quisesse, obviamente, poderia seguir os passos de Adam Clayton e satisfazer todos os seus desejos com as mulheres mais atraentes do mundo. No entanto, ele já tinha uma das mulheres mais bonitas do mundo esperando por ele em casa. A fé poderosa de Bono deve ter servido para manter as tentações bem longe, mas não o impediu de cogitar as possibilidades, flertando com o seu poder sexual, brincando com fogo.

Uma vez eu o acusei de ser um *voyeur* do lado obscuro da vida.

– Sou um *voyeur* do meu próprio lado obscuro – riu ele. – Não há nada mais sórdido que seus próprios planos, feitos na calada da noite!

Em Birmingham, no entanto, eu senti que Bono estava sozinho. Ali tinha sua própria vida em Dublin e se recusava a ser uma espécie de satélite da estrela de Bono. Ela ia aos shows quando queria, em vez de se juntar ao séquito pela estrada. E Bono costumava brincar que ela, de vez em quando, costumava rejeitá-lo só para mantê-lo na linha. Acho que a verdade era que, quando ele voltava das turnês, todo excitado após meses de adulação, ela insistia que ele ficasse em um hotel durante duas semanas para se reintegrar aos valores da vida mais simples que ela levava antes de voltar para casa. Era uma espécie de câmara de descompressão de realidade.

– Ali não vai ganhar um par de chifres – era a frase encantadora de Bono. – Ela é muito independente.

Mas de tempos em tempos eu o ouvia reclamar de como "era quase impossível ser casado e ter uma banda na estrada".

— Sabe, essa coisa da fama pode ser muito árdua — disse ele em Birmingham. — Há muita coisa pesada lá fora. E não falo de drogas ou bebida, falo sobre outras maneiras de se ver o mundo sob o prisma de uma estrela e de ser tão privilegiado a ponto de se intoxicar. Essa coisa toda de as pessoas pensarem que você é importante porque escreve uma música e a canta em vez de ser enfermeiro ou bombeiro. Não é absurdo? Um senhor disse para mim uma vez: "Meu filho é médico, ele salva vidas. Quantas vidas você já salvou?".

— Você não pode reclamar da fama — disse eu. — Você tem tudo o que sempre quis.

— Tenho tudo o que *você* sempre quis — reagiu Bono. — Como você sabe o que quero?

— Tenho uma teoria sobre a fama — disse eu.

— Por que será que não estou surpreso? — satirizou Bono.

— Sempre ouvimos as pessoas famosas serem descritas como maiores do que a vida — disse eu. — Acho que a fama pode de fato fazer os seres humanos muito maiores por dentro. Porque você tem a liberdade de ser quem quiser ser. Tudo o que faz é aceito e encorajado, então pode expandir no espaço criativo. Você é livre da mundanidade e da existência do dia a dia.

— É, isso é verdade. Eu sou — respondeu Bono. — Mas você faz isso parecer uma acusação. A verdade é que nunca fui muito bom no mundano. Mas eu não preciso lidar com ele, não preciso me preocupar com financiamentos, contas. Tudo é resolvido por outras pessoas. Mas tenho minhas próprias preocupações. Sabe, Neil, você é talentoso demais, mas ainda está lutando com uma série de coisas. E não estou falando só em lutar para pagar o aluguel. Você luta contra coisas que tem dentro de si mesmo. Não quero lhe dizer como viver a sua vida, por mais que eu seja muito bom em aconselhar as pessoas, mas com certeza você não pode esperar vencer o mundo enquanto ainda está ocupado vencendo a si próprio, não é mesmo?

Aquilo me calou. Bono tomou mais um gole de vinho e acendeu um cigarro.

– Você está fumando? – disse Ivan, que detestava o hábito.

– Você acha que é muita estupidez? – perguntou Bono. – Começar a fumar quando se é adulto? Isso é por conta de todo o estresse com o qual tenho de lidar. A fama é dura, cara. Acredite, você não vai querer isso – disse Bono, dando gargalhadas. Ele sabia que não nos desencorajaríamos com facilidade.

Deixamos Bono com uma fita das músicas que gravamos em Dublin.

A próxima vez que nos vimos foi nos bastidores do Wembley Stadium. Estive nos dois shows. Vi poucas apresentações capazes de prender totalmente a atenção de um estádio, mas o U2 conseguiu a façanha como se aquele fosse o *habitat* deles, prendendo-nos ao show como se estivéssemos na sala de ensaio. Eles tinham uma mistura complexa de elementos em comum com Bruce Springsteen e a E Street Band (minha outra favorita dos estádios), combinando exibicionismo com integridade (uma proeza nada fácil) e criando intimidade mesmo nos lugares mais amplos pela simples força da personalidade e da musicalidade. Eles estavam impressionantes. Mais uma vez.

Depois do show, havia duas áreas de recepção distintas, a maior delas com um jantar para centenas de representantes da indústria musical, e a menor, separada, reservada para convidados especiais. Quando se é bem-sucedido, até mesmo as salas VIP têm salas VIP. Na sala menor estava Ali com seus velhos amigos de Dublin. Era a grande noite do U2. Eu estava prestes a ir embora quando Bono se aproximou e imediatamente começou a falar da minha música.

– Aquela fita que você me deu é extraordinária – disse ele. – A música "Fool for Pain" é tão crua que é doloroso escutá-la. Você está nu naquela música, com a calça arriada e o pinto para fora, para todo mundo ver. Quase senti vergonha quando a ouvi. É o tipo de coisa que vocês devem fazer. Esqueçam a música pop. Você e Ivan são dois dos melhores compositores que já apareceram na Irlanda, mas ninguém sabe disso. E por quê? Porque vocês não estão deixando ninguém ouvir o que vocês podem fazer de verdade!

– Tocamos no Wembley! – disse eu, defendendo-me. Bono olhou para mim ceticamente. – Wembley Carroças & Cavalos – acrescentei.

Bono riu.

– Não sei o que você vê de tão engraçado – disse eu. – Foi um show maravilhoso.

A lacuna entre nós agora estava tão grande que poderíamos nos perder dentro dela. Quais eram as chances de isso acontecer? Não bastava ter ido para o colégio com alguns rapazes que se tornaram estrelas do rock. Não. Eles tinham que se tornar os maiores campeões de venda e os *rock stars* mais aclamados da nossa geração no mundo inteiro. Tudo o que queria quando criança era ser famoso. Agora, mesmo que milagrosamente realizasse meu sonho, estaria diminuído pela simples escala de realizações de uns garotos que costumavam sentar do meu lado na aula. Era uma reviravolta do destino graças ao Deus vingativo do Velho Testamento do Bono.

Eu estava passando por algumas reviravoltas sombrias na minha vida. Eu e Steve estávamos saindo com algumas garotas. Ele também tinha acabado de sair de um relacionamento longo e passávamos muito tempo juntos, frequentando adegas, falando sobre a vida e caçando sexo (não necessariamente nessa ordem), de preferência só por uma noite, sem compromisso. É claro que o problema em tentar pegar mulheres na companhia de um feromônio ambulante era que ele sempre ficava com as mais bonitas, incluindo uma modelo da Playboy que ele jurou ter inspecionado cuidadosamente buscando cicatrizes de grampeador na barriga dela. Acontece que nenhum de nós parecia estar curtindo muito toda aquela experiência. Estávamos naquilo porque era naquilo que tínhamos entrado. O rock'n'roll tinha se revelado um pouco decepcionante. Steve não usava drogas e, para ser sincero, eu não tinha como comprar as drogas que queria. Então só restava o sexo.

Eu não era um coelhinho feliz. Realizava a maioria das minhas fantasias sexuais, marcando-as em uma lista mental, mas devo dizer que, comparando com o sexo feito com alguém de quem gostamos muito, esses encontros acabavam sendo uma grande decepção. E olhe que fiz sexo a três com duas bissexuais maravilhosas, que na época saíam juntas, enquanto cheirávamos cocaína e tomávamos champanhe, uma fantasia que talvez esteja no topo da lista da maioria dos homens. E quer saber? Depois de gozar algumas vezes, perdi o interesse. As duas continuaram a noite inteira. Levantei e fui para o quarto ao lado assistir TV.

E não quero nem pensar na mulher que colocou o cachorro no meio da jogada.

Sabe qual é o problema de um universo sem Deus? Estamos sozinhos. Somos responsáveis por nós mesmos. E toda vez que contemplamos o futuro, somos forçados a concluir que nosso destino final é simplesmente deixar de existir. O que torna difícil pensar em se importar com outras coisas, inclusive conosco. É tão fácil se render às distrações e aos vícios. Tendemos a pensar "Sei que não deveria estar fazendo isso, mas... foda-se!".

Talvez eu estivesse passando por uma crise existencial.

Steve ficou famoso com sua *boy band* e eu perdi meu companheiro de encrencas. Uma lição muito cruel sobre a natureza da fama. Não que Steve tenha se tornado um tipo de monstro egoísta; era mais como se ele estivesse distraído por um instante pela explosão repentina dos flashes... mas foi o tempo suficiente para que ele perdesse de vista alguns dos amigos mais próximos.

De todo modo, devia ser uma chatice me ter por perto. Eu achava um saco ser negligenciado pelas fãs animadas e insinuantes que se aproximavam de Steve na rua e me davam a máquina para tirar fotos com o ídolo. É provável que tenha feito algumas piadas sarcásticas sobre seu status de modelo. Mas nós deixamos de conversar todos os dias e sair várias vezes durante a semana (dois jovens com uma visão de mundo incrivelmente parecida, compartilhando experiências) e passamos a conversar só quando ele conseguia atender o telefone e a nos encontrar só quando ele conseguia me encaixar na agenda. Então pensei: "Não vou mais ligar até que ele me procure". Nunca mais tive notícias dele.

Alguns anos depois, encontrei-o por acaso em uma festa. Num gesto louvável, ele estava encabulado e pediu desculpas. Na época, ele havia saído do outro lado do estrelato e genuinamente percebeu como tinha sido afetado. Trocamos telefone, mas nunca nos ligamos. O estrago feito em nossa amizade não tinha mais conserto.

Por algum estranho fenômeno de conectividade social, enquanto alguns poucos eleitos entravam na estratosfera, reunindo-se em uma galáxia de celebridades, com os parasitas e outros satélites orbitando sem fim ao redor, os aspirantes, os fracassados e outros vários rejeitados do meio musical começaram a se reunir no espaço negro dos confins dessa constelação de estrelas, contando histórias engraçadas sobre o fracasso para tentar se sentir melhor e falando mal dos amigos mais famosos pelas costas. Devo dizer que meus companheiros sem sucesso eram boas companhias. O grupo mais extraordinário, talentoso e deliciosamente excêntrico que podíamos imaginar. Talvez o fracasso seja um formador de caráter maior do que o sucesso.

Havia Gerry Moore, é claro, que voltou para a Irlanda, onde fez carreira como narrador de propagandas de rádio, muitas vezes encarnando cantores que Gerry teria colocado no chinelo. Havia também Reid Savage, um contador de histórias erudito que também era um dos guitarristas mais emocionantes que já ouvi na vida. Reid assinou com a MCA quando Ossie nos disse para não fazermos isso, e foi dispensado depois do primeiro álbum. Sempre pensei que ele poderia ser um guitarrista notável e engenhoso como The Edge, mas Reid estava atuando com sua mágica pessoal no circuito dos *pubs*, não nos estádios. Ele se casou com Louise Goffin, a filha única dos compositores Gerry Goffin e Carol King, que tiveram de lidar com um tipo muito diferente de rejeição do que o resto de nós. Louise lançou um álbum com letras complexas e melodias pretensiosas chamado *This Is the Place*, em 1987, mas todas as resenhas e entrevistas focaram a conexão familiar, e a maioria considerou o disco insatisfatório.

– O que é bom o suficiente para os outros não é bom o suficiente pra mim – disse ela, com ar de tristeza.

Havia também Frank McGee, um sujeito pavorosamente ferrado, que tinha um *sex appeal* repugnante, o carisma de um astro de Hollywood e um lado poético e selvagem que poderia tê-lo transformado em uma lenda do rock, mas a sua banda, Jo Jo Namoza, de alguma maneira sempre assustou a comunidade A&R. Para ser sincero, Frank era um cara assustador. Uma vez ele me disse que seu encontro ideal seria voltar à casa de uma mulher, comê-la por trás e depois cagar na bolsa dela. Mas a Jo Jo era uma banda estranha, ágil, moderna e totalmente singular, e foi uma perda para o mundo quando eles se separaram em virtude da timidez da indústria musical, impedindo que a posteridade tivesse a chance de apreciar clássicos como "Yes, I Am a Fishhead". Vejo Frank aparecer na tela da minha TV de vez em quando, geralmente como um policial ou um bandido em uma novela de baixo orçamento. Ele deveria ter sido uma estrela. Mas esse é o epitáfio de tantos talentos. Deveria ter sido. Poderia ter sido. Teria sido. Se.

Essas eram as pessoas com quem eu e Ivan saíamos no finalzinho dos anos 1980 enquanto pensávamos em qual caminho seguir. Sabe os filmes de ação norte-americanos em que as pessoas sempre dizem coisas do tipo "O fracasso não é uma opção"? Pois então, o fracasso foi, definitivamente, uma opção. Pode não parecer o tipo de opção específica que teríamos escolhido para nós mesmos, mas àquela altura nós nos demos conta, atrasados, de que essas questões não dependiam de nós.

Fomos abordados por um jovem irlandês chamado Paddy Prendergast, que dirigia uma gravadora independente. Paddy admirava tanto a Yeah! Yeah! e a Shook Up!, e estava tão apaixonado pela qualidade de "Invisible Girl" que se ofereceu para produzir o *single* a crédito. Fiz a criação da capa usando uma foto esquisita na qual nossos rostos se misturavam ao fundo. Vlad voltou e fez um remix bem dançante para o 12 polegadas. "Stop the World" seria o lado B. Era fantástico imaginar que podíamos ter sucesso nas paradas sem a máquina de uma grande gravadora por trás, mas assim que o *single* ficou pronto, todos se convenceram de que essa era a única coisa de que precisávamos para finalmente conseguir aquele ardiloso contrato que buscávamos há tanto tempo. Até mesmo Barry voltou para a luta com a promessa de nos ajudar pagando a propaganda e um assessor de imprensa. A PRT, uma distribuidora pequena, também se envolveu na história, dizendo que eles acreditavam se tratar de um hit independente, mas que as capas teriam de ser reimpressas com um código de barras e que precisariam do triplo de cópias que pretendíamos imprimir.

Todos estavam levemente entusiasmados. Os custos estavam aumentando. Mas, finalmente, em fevereiro de 1988, dez anos depois de formarmos a primeira banda, eu e Ivan, como Shook Up!, lançamos nosso *single* de estreia pelo selo Planet Pop. Fomos ao clube Brown's no dia do lançamento. Era um lugar cheio de estrelas, frequentado por badalados do pop como George Michael e Elton John, mas geralmente conseguíamos entrar. Entregamos uma cópia do disco para o DJ, que o incorporou ao repertório, e sentamos e assistimos, com sorrisos largos estampados no rosto, enquanto os frequentadores mais atualizados de Londres dançavam na pista com a nossa música. Talvez tudo fosse ficar bem.

A *NME* fez uma crítica arrasadora do *single*: "Essa dupla taciturna e mal-humorada que toca bateria em prol das vítimas do incesto têm ótimas intenções, mas quem lucra com isso? Há uma linha tênue entre mencionar uma tragédia e banalizá-la. A Shook Up! cruzou essa linha."

A *Sounds* fez uma saudação ambivalente. A *Record Mirror* e a *Hot Press* foram gentis, como era de esperar, já que elas nos apoiaram desde o início. A *Music Week*, no entanto, foi uma revelação. A revista da indústria musical recomendou o *single* para os distribuidores com as seguintes palavras: "Os irmãos McCormick, acompanhados pelo baixista Vlad Naslas, do Jack'n'Chill, e pelo baterista Steve Alexander, da Brother Beyond, estreiam com uma música pop dinâmica e dançante. Uma banda que merece ser vista". Mas o melhor de tudo foi que Simon Mayo, um dos DJs mais famosos do país, começou a tocar a música no seu programa, o mais prestigiado da Radio One. Fomos ouvidos por milhões de pessoas. Nossos amigos nos telefonavam emocionados e diziam "Ouvi vocês no rádio!".

Agora dependia do público. Mas pensei que só tinha dado o primeiro passo, então fui até a Virgin na Oxford Street, a maior loja de discos de Londres, e mexi nas prateleiras procurando meu rosto. Não o encontrei em lugar algum. Então fui ao balcão e pedi uma cópia do "Invisible Girl", da Shook Up!.

– Não temos nenhuma – disse ele.

Pedi para ele encomendar uma cópia. Ele desapareceu durante um tempo e foi conferir no computador.

– Como é que se escreve? – perguntou.

Escrevi para ele. Sumiu novamente.

– Não existe esse disco – disse ele quando retornou.

– Posso garantir que sim! – insisti.

– Olha só, meu amigo, se não está no computador é porque não foi lançado, tudo bem? – disse ele.

– Toca no rádio – disse eu.

– Talvez seja lançado daqui a algumas semanas – disse ele. – Mas não está no cronograma.

Saí da loja atordoado. O que estava havendo? Entrei em outra loja de discos. A mesma história. E outra. Mesma história. O disco não existe.

Nunca ouvimos falar. Não temos o disco. Você tem certeza de que soletrou certo? "Invisible Girl" era um *single* invisível. Liguei para Barry e ele me deu a má notícia. Houve algum tipo de mancada na PRT. Não lembro exatamente qual foi o problema, mas a distribuidora estava com problemas e fechou naquele mesmo ano. Nossos *singles* nunca saíram do depósito. Exceto na Alemanha, onde, aparentemente, vendemos 64 cópias.

CAPÍTULO 18

Então quer dizer que desistimos, certo? É o que todos pensariam. Já era para a ficha ter caído. Com certeza, acordamos enfim para o fato de que não éramos queridos, não é? Era hora de aceitar a derrota. Depor as armas. Dar a volta por cima. E conseguir um emprego decente, sugestão que nos era dada cada vez mais pela maioria dos adultos trabalhadores que conhecíamos.

Mas tínhamos acabado de vender 64 discos na Alemanha! Então é isso! Havia uma forte evidência de que alguém nos amava. E quanto a Simon Mayo? Um dos DJs mais queridos da Grã-Bretanha havia tocado nossa música – prova do nosso potencial comercial, se é que precisávamos dela. Além disso, tínhamos de vender 2 mil cópias do *single*, recuperadas da PRT, para pagar as dívidas.

Tarde demais para parar agora.

Começamos então a montar outra banda, dessa vez com a justificativa de que os interessados em nosso *single* conseguiriam nos ver ao vivo. Mas tudo estava sendo feito de um jeito indiferente. Era como se tivéssemos medo de voltar às gravadoras, medo de insistirmos em chamar a atenção e as gravadoras dizerem "Ah, não, os irmãos McCormick de novo, não". Como percebemos que seríamos incapazes de fazer mais uma audição com 150 bateristas e outros músicos, bolamos um plano com nosso tecladista, Richard, para tocarmos com sequenciadores, sintetizadores e faixas pré-programadas, pois estaríamos na moda e seguindo o caminho dos Pet Shop Boys e outras estrelas do *electropop*. Basicamente, só precisávamos de nós três no palco, mas apimentaríamos as coisas com uma banda de mulheres, recrutando uma saxofonista chamada Chrissie Quayle e um grupo de *backing vocals* composto por Margo Buchanan, Julie Harrington e Rebecca De Ruvo.

As garotas foram indicadas por músicos que conhecíamos. Elas formavam um grupo extremamente talentoso que tinha trabalhado com Tina Turner, Level 42, Billy Idol, Eurythmics, Paul Young e Stock, Aitken and Waterman, entre outros. Elas concordaram em usar o próprio talento para colaborar com nossa causa porque tinham certeza, como muitos tiveram antes, de que as gravadoras, tão tolas, seriam incapazes de nos ignorar.

Eu me senti um pouco marginalizado pela nova formação musical. Praticamente todo o trabalho era feito por Ivan e Richard. Eu só precisava encaixar minha voz nos espaços deixados pelos arranjos pré-programados. Eu e Ivan não estávamos nos dando muito bem. Percebi uma espécie de provocação nas atitudes dele. Ele me descrevia como uma *prima-dona* e me acusava de ter um apreço excessivo pela minha arte. Ivan sempre teve uma postura arrogante e colocava os instintos acima do intelecto. Talvez esse tenha sido o caminho escolhido para se manter separado de mim. Nossa parceria de composição tinha de se manter equilibrada entre o meu desejo de escrever letras com substância e a preferência dele por músicas dançantes e vigorosas, mas quanto mais adentrávamos nessa área tecnológica, mais ele insistia que eu escrevesse segundo suas especificações.

– Diga-me o que quer e eu faço – disse eu, rispidamente, cansado de tantas discussões aos gritos. – Quantos refrãos? Quantas estrofes?

– Quero que o refrão seja maior que a estrofe.

– Tudo bem – concordei.

– Comece com os refrãos.

– Como quiser.

– Faça um refrão duplo. Refrão, estrofe, refrão, estrofe. Se precisar de uma ponte de oito compassos, que seja curta. Ou melhor, faça com dois compassos. Ou esqueça tudo isso e crie vários refrãos.

– Sem problemas – eu disse.

– Versos curtos.

– Se é isso o que você quer.

– E nada de estupros, vômito, abuso sexual infantil, nem palavras que precisamos procurar no dicionário.
– Perfeito – eu disse.

Escrevi uma letra em trinta minutos. Chamava-se "Comme Ci, Comme Ça". O refrão era mais ou menos assim:

> It comes and it goes
> You got to learn to live with it
> It comes and it goes
> You got to learn to live without it
> Comme Ci, Comme Ça
> Like This, Like That
> [repete duas vezes][1]

Tudo bem, tinha um pouco de francês na música, mas Ivan adorou e tivemos paz em casa durante algum tempo.

As músicas são uma espécie de diário para mim. Posso dizer o que estava vivendo quando escrevi uma letra, mesmo que não tivesse ciência disso naquele momento. Acho que essa música era sobre meu irmão e eu. Sobre tudo o que tínhamos passado e a inevitável separação por vir. Como exigiu Ivan, ela não era exatamente sutil.

Tivemos de desocupar o apartamento. O proprietário queria vender o prédio. Parecia o fim de uma era, a cortina sendo fechada depois de cinco anos de festa. Demos nossa última festança, que terminou com os vizinhos sofredores chamando a polícia. Talvez eles tenham se irritado com o espetáculo pirotécnico que demos no quarto. Eu e Ivan alugamos um apartamento de dois quartos em West Hampstead, que, apesar do nome, não tem relação nenhuma com a sofisticada área de Hampstead. Parece mais com East Kilburn. Ou, como costumávamos chamá-la, Wild West Hampstead.

---

1 As coisas vêm e vão/ Precisamos aprender a viver com elas/ As coisas vêm e vão/ É preciso aprender a viver sem elas/ Comme Ci, Comme Ça/ Assim e assado.

Havia um aspecto no comportamento do meu irmão que estava realmente começando a me incomodar. Ele estava mantendo relacionamentos simultâneos com duas garotas: sua namorada de longa data, Cassandra, e a líder do nosso grupo de fãs orientais, Ina Hyatt. Eu não estava em condições de lhe dar lição de moral sobre sua atitude em relação ao sexo feminino, mas odiava estar preso àquela enganação e ter de mentir por ele para duas namoradas. Escrevi uma música que, pelo que imaginei, passaria essa mensagem, chamada (sem nenhuma delicadeza) "Somebody's Gonna Get Hurt"[2].

– Essa música é sobre mim? – perguntou Ivan quando leu a letra.

– Sim – admiti.

– Adorei – disse ele. – Quero cantar essa. – Essa não era exatamente a reação que eu esperava.

Fizemos a estreia da nova Shook Up! em uma apresentação com ingressos esgotados no Rock Garden, em março de 1988. Foi um sucesso estrondoso. O som foi elegante e moderno. As garotas estavam bem dispostas, exuberantes e cantaram como as profissionais que eram, envolvendo minha voz em blocos de harmonias cálidas. Eu e Ivan estávamos com um novo visual: cabelo comprido (eu não cortava o cabelo desde que Rob Dickens se recusou a fechar um contrato conosco alegando que meu cabelo era muito curto), jaqueta e calça jeans justas, com cintos feitos de corrente de moto. Na minha fivela estava escrito "Shook", e na de Ivan, "Up". Assim, contanto que ele ficasse sempre à minha esquerda, ninguém pensaria que nos chamávamos Up Shook.

A simples emoção de estar de volta ao palco, sob as luzes, diante de um público barulhento, me encheu de entusiasmo durante algum tempo. Mas as limitações dos arranjos com sintetizadores começaram a aparecer quando Barry conseguiu para nós uma apresentação em uma faculdade para o público menos receptivo de todos. Estávamos presos

---

2 Alguém vai se ferir.

às programações. Com uma banda ao vivo, podemos simplesmente modificar as coisas, acelerar, desacelerar, desenvolver canções junto com o público, improvisar. Há espaço para o improviso. Já diante de um público composto por estudantes bêbados, de madrugada, eu podia sentir as pessoas escapando, sem poder fazer nada quanto a isso. Minhas falas entre as canções começaram a ficar cada vez mais desesperadas. Ninguém pediu bis, o que acontecia pela primeira vez nos shows da Shook Up!. Tive um ataque de fúria no camarim, estimulado pela distribuição generosa de álcool que Barry negociou para nós em uma cláusula adicional do contrato.

– Acho que você deve samplear a merda da minha voz junto com todo o resto, assim nem preciso sair de casa – disse eu para Ivan.

– Acho que só assim mesmo pra você não desafinar – respondeu Ivan.

– Meninas, vamos parar com isso! – interveio uma das *backing vocals*. – Não foi tão ruim assim. São estudantes. Estão bêbados. Vocês esperavam o quê?

Ah, mas esse era o resumo do problema. O que esperávamos era tocar para pessoas que realmente quisessem nos ouvir. Trabalhamos tanto durante tanto tempo que era mortificante ver a nós mesmos retrocedendo para onde havíamos começado.

Resolvemos dar a última tacada. Gravamos uma nova demo contendo "Comme Ci, Comme Ça", "Somebody's Gonna Get Hurt" e uma música chamada "Back in the Machine", que dava algumas pistas de como nos sentíamos:

> There's a sound machinery makes as it's grinding to a halt
> The death rattle of pumps and chains as the arteries clog
> And that's the only sound I heard for an eternity
> Nothing seemed to work anymore, and that included me...[3]

---

3   A máquina faz um som quando para de funcionar de repente/ A agonia moribunda de correntes e propulsores quando as artérias entopem/ E é o único som que ouço há uma eternidade/ Nada parece mais dar certo, inclusive eu mesmo...

E isso era só a introdução falada.

Precisávamos de uma resenha para dar andamento às coisas, mas a essa altura já éramos notícia velha e era difícil despertar o interesse dos jornais. Mas havia uma solução óbvia para esse probleminha. Afinal de contas, eu já fui acusado de ter criado minhas próprias resenhas. Portanto...

Eu tinha uma amiga chamada Gloria. Ou, como teria dito Van Morrison: o nome dela era G! L! O! R! I-ai-ai-ai-ai-ai... Ou, como teria cantado o U2: Gloria in te domine. Gloria Exulte!

O nome dela era Gloria Else, na verdade.

— Sabe que você tem o mesmo nome da música do U2 — disse a ela uma vez.

— U o quê? — disse ela. Gloria não tinha interesse em música pop. Na condição de divorciada, com dois meninos para criar, ela costumava ter questões mais importantes para se preocupar. Mas eu estava interessado nela. Na verdade, ela foi a primeira mulher que me despertou um interesse real desde que Joan partira. Gloria tinha (e todos os nossos amigos concordavam) algo especial. Ela era deslumbrante, alegre, tinha um espírito jovial e uma risada contagiosa. E tinha os mais belos olhos azuis. E lábios macios feito algodão. Eu seria capaz de fazer um sofá com os lábios dela, e me acomodar nele confortavelmente. Ah, eu estava apaixonado por Gloria. Sempre me oferecia para ajudá-la, fosse cuidando das crianças ou realizando outra tarefa qualquer. Eu, sozinho, era o grupo de apoio à mãe solteira.

Mas Gloria tinha outras ideias. Ela tinha sido nossa vizinha em Belsize Concert e acabou vendo algumas coisas. Para Gloria, eu era um músico desempregado, cabeludo, irresponsável, que dormia o dia inteiro, aprontava a noite inteira e, como ela mesma disse uma vez, parecia estar com uma mulher diferente toda vez que saía pela porta.

— Mas isso era só porque você não saía comigo — retruquei.

— Eu não me importo de sair com você, Neil – disse ela. – Só não vou ficar com você.

Deixe-me contar mais uma coisa que eu adorava na Gloria. Ela era serena. Parecia estar envolta por uma bolha de tranquilidade. Minha vida era uma espiral caótica, um turbilhão emocional. O apartamento dela se tornou um refúgio, um porto para a minha tempestade pessoal.

De todo modo, como já se pode perceber, uma coisa que eu sou é persistente. Estava preparado para participar de um longo jogo com Gloria. Naquele exato momento, eu via o seu charme grandioso como um trunfo a ser explorado para que a Shook Up! conseguisse uma resenha. Pedi a Gloria que telefonasse para a *Melody Maker*, passando-se por uma estudante que queria saber como entrar para o jornalismo musical. Eu sabia que as revistas de música estavam loucas para recrutar jornalistas mulheres, e sabia exatamente o que diriam a ela: vá a um show e mande--nos uma resenha. O jeito dela ao telefone foi o que me deu a confiança de que eles prestariam atenção quando o texto chegasse.

A Shook Up! abriria um show da Auto Da Fe, uma banda gótica irlandesa veterana, no Mean Fiddler. Depois do show, escrevi a resenha. Fui bacana ao falar da Auto Da Fe. Mas fui melhor ao falar da banda de abertura, mantendo um tom de sarcasmo para que a *Melody Maker* não desconfiasse de nada.

A Shook Up! prometeu nos conduzir para as maravilhas da tentação: sexo seguro, pecado sem culpa e a dócil salvação do amor, abrindo o show com "Faithless", música pop de peso que poderia ser cantada por Kylie Minogue usando couro e meia arrastão. Composta por três rapazes e três garotas em completa harmonia, a Shook Up! não descansa um minuto sequer, arrasando com seis hits em potencial, como se estivessem se aquecendo para a contagem regressiva da parada do *Top of the Pops*.

Melódica, dançante, costurada de maneira brilhante: faltava algo de errado com a apresentação da Shook Up!, o que aconteceu no meio do show, quando o vocalista principal, bonito, de cabelo cacheado, parou de sorrir por um momento e disse, com sinceridade: "Essa música fala de algo que acontece em toda parte, embora a gente nunca veja. É sobre o abuso de crianças". Percebemos de repente que, no núcleo dessa máquina pop e onírica, há compositores e cantores angustiados, embora a canção "Invisible Girl" seja moderna o bastante para manter nossos pés na pista de dança e diga o suficiente, sem ofender ninguém. Depois do show, a banda se misturou ao público, vendendo cópias autografadas da faixa. Quem está ávido pelo sucesso merece uma oportunidade (e, em um mundo perfeito, ser notado tão logo acabem seus quinze minutos de fama).

Tudo bem, talvez eu estivesse exagerando um pouco. Mas consegui o que queria. A resenha da Gloria foi publicada na edição seguinte da *Melody Maker* e todas as gravadoras perceberam. Enquanto isso, Gloria agia na defensiva diante dos telefonemas empolgados que recebia da *Melody Maker*, que queria contratá-la para uma matéria principal e perguntava se ela poderia ir até o escritório conversar com o editor, ou talvez até sair para almoçar. Quando ligaram de novo, eu disse que Gloria havia sido chamada à África do Sul para o funeral da avó. Ninguém nunca mais ouviu falar dela na imprensa do rock.

Ouvíamos dizer com frequência que era um erro administrarmos a nós mesmos — mesmo que isso refletisse a opinião de que, pelo menos para os poucos criativos (categoria que definitivamente incluía os departamentos de A&R), os artistas não se interessavam muito pelo mundo implacável e brutal dos negócios. Agentes fazem planos. Artistas têm visões. Além disso, eu sabia que havia contrariado muita gente com minha franqueza. Desse modo, na ausência da coisa real, resolvemos inventar um pseudoagente: o dr. Martin, médico residente amigo de Ivan, e minha amiga Gloria (que tinha curtido toda a tática usada na *Melody Maker*) concordaram em posar como uma nova e brilhante equipe de agenciamento e entrar em contato com as gravadoras. Eu descreveria para Martin e Gloria as pessoas com quem eles se encontrariam e como deveriam agir, depois iria me sentar no fundo durante a reunião e parecer tão confuso por conta da dinâmica dos negócios quanto qualquer artista deveria parecer.

Agendamos um show fechado no Theatre Museum, um espaço atraente e incomum no centro de Londres. Enviamos convites elegantes (e depois lembretes) com mapa e opções de transporte. Era no início da noite e no meio da semana, para não perturbarmos a vida social agitada das pessoas. No papel de nossos representantes, Martin e Gloria garantiram que tocaríamos apenas quatro músicas, depois cada um podia cuidar do próprio negócio. Era uma tentativa totalmente cínica e forçada de levar a montanha a Maomé, pois Maomé evidentemente não estava preparado para ir ao Rock Garden.

O mais impressionante é que tudo funcionou como um sonho. Praticamente todas as gravadoras compareceram, até as que não convidamos. Diminuímos as luzes, detonamos quatro músicas e deixamos que eles discutissem entre si.

Depois disso, Martin e Gloria estavam misturados com o pessoal da indústria musical quando um executivo sênior se aproximou deles.

— Esse é o show de divulgação mais impressionante a que já fui — disse ele. Mas ele não estava interessado em assinar com a Shook Up!. Ele queria que Martin e Gloria agenciassem um de seus grupos.

Mesmo assim, o prognóstico foi bom. Bem, foi OK. O chefe da Chrysalis Publishing queria nos encontrar no dia seguinte. A Arista demonstrou interesse. Várias outras balançaram a cabeça em tom de aprovação. Depois de todo o esforço, foi desolador não receber uma oferta consistente. Mas já tínhamos alguma coisa. E alguma coisa era melhor que nada. Praticamente.

Fomos ao Browns naquela noite (não pela primeira vez) e nos infiltramos na área VIP (de novo). Tomamos champanhe (na conta de outra pessoa, obviamente) e brindamos ao futuro, comemorando como se tivéssemos recebido as chaves do reino em vez de apenas termos visto mais uma centelha de luz pela fresta de uma porta parcialmente aberta.

Boy George estava lá e conversamos sobre Vlad, que estava produzindo algumas faixas do novo disco de George.

— Eis um sujeito bem estranho — observou Boy George.

— Com certeza — confirmamos.

—Vocês acham que a namorada dele é mesmo médium? — perguntou George.

— Bem, ela disse que seríamos a banda mais famosa do mundo — disse Ivan.

— Engraçado, ela disse a mesma coisa para mim — disse George, rindo. — Eu disse: "Tarde demais, querida. Já passei por isso".

Elton John estava na área VIP. George Michael também. E nós! Nós pertencíamos àquele lugar. Só que fiz a burrada de descer para a pista de dança e fui barrado por um segurança quando tentei voltar.

—Todos os meus amigos estão lá — eu disse.

— Que péssimo — ele respondeu.

Achei que não custava nada tentar. Quer dizer, se existisse alguém que se parecia com um *pop star*, esse alguém era eu. Enchi o peito de audácia e perguntei:

—Você sabe quem eu sou?

— Sim, eu sei quem você é, agora cai fora! — disse o segurança.

Não houve um momento sequer em que eu decidi que estava tudo acabado. Mas se desistir desse fantasma de uma carreira era o resultado de uma série de pequenas epifanias, então certamente eu tinha vivido uma ali. Parei diante do segurança, tremendo de vergonha, disse "Ótimo", dei meia volta e saí da boate. O segurança sabia quem eu era. Mas eu sabia? Voltei para casa de ônibus, sozinho. Precisava de tempo para pensar.

O que eu deveria fazer? Sentia tudo se esvaindo, mas o que me mantinha preso ao penhasco da minha carreira eram minhas unhas quebradas; eu estava pendurado com a determinação implacável dos verdadeiramente desesperados. Senti que, se eu soltasse, estaria em queda livre, despencando sem defesa direto para as rochas lá embaixo, em vez de girar rumo à liberdade de um futuro impensável. Fama e Fortuna eram o ponto mais alto do meu desejo. Mas por que eu sentia que era imperativo escalar essas montanhas em particular? E por que eu haveria de me sentir fracassado se jamais chegasse ao topo? Essas perguntas precisavam ser respondidas.

Conversei com Bono. Saímos para uma longa caminhada no campo e eu coloquei tudo para fora, minhas esperanças, meus medos, meu sentimento de que eu tinha muito para oferecer, toda essa criatividade que fervilhava dentro de mim sem nenhum resultado, até que a pressão foi aumentando como um vulcão na minha cabeça. Tinha medo de uma combustão espontânea.

— Comece a viver – disse Bono.

— O quê? – perguntei sem saber se tinha escutado direito.

— Você tem uma vida pra viver – insistiu Bono. – Mas não vê isso. Está tão ocupado pensando em um futuro imaginário que mal consegue perceber o que está vivendo agora.

— Não estou vivendo a vida que quero – argumentei.

— Não se pode ter tudo o que se quer[4] – disse Bono.

— Não comece a citar as músicas do Rolling Stones como se fossem aforismos zen – reclamei.

— A vida é o que acontece enquanto estamos ocupados fazendo outros planos – disse Bono.

— John Lennon disse isso – observei.

— Eu sou John Lennon – disse Bono. Olhei para ele bem de perto. Seu rosto estava sombreado, desenhado em silhueta pelo sol que irradiava atrás de sua cabeça. – Eu sou John, Paul, Mick, Keith, Elvis, Jimi, Bob, Johnny e todos do rock'n'roll. Vejam minhas obras, ó poderosos, e desesperai-vos![5]

---

4   Referência a "You can't always get what you want", do Rolling Stones.
5   No original, "Look on my works, ye mighty, and despair!". Trata-se de um verso do soneto "Ozymandias", escrito pelo poeta romântico inglês Percy Bysshe Shelley (1792-1822).

Merda! Acordei com o coração acelerado. Os sonhos com Bono só pioravam. Às vezes eu estava no palco com o U2, diante de um estádio cheio de fãs ensandecidos, e de repente percebia que não sabia a letra da música; Adam, The Edge e Larry olhavam para mim desesperados enquanto Bono aparecia e tomava o microfone de mim. Outras vezes, estávamos tocando guitarra, conversando sobre música, tendo um momento raro e especial, quando outras pessoas entravam na sala e começavam a tumultuar em volta dele enquanto eu era afastado cada vez mais, até que todos o rodeassem para ouvi-lo cantar e eu ficasse de fora. Às vezes eu me via do lado de fora do cordão vermelho que separava a banda de seus fãs. Outras vezes ainda eu me via do lado de dentro, divertindo-me na presença dos meus amigos do estrelato e sendo reconhecido como um deles, o que se tornava humilhante quando eu acordava. Como eu podia ser tão covarde na minha necessidade de fazer parte do U2? Eu não queria me sentir ainda mais diferente de Bono do que eu já me sentia, contudo ele assumia no meu subconsciente esse estranho papel arquetípico, um Deus do rock presidindo tudo o que eu desejava.

O U2 lançou um novo álbum em outubro, *Rattle and Hum*. É um disco muito bom, acho eu, que mistura registros ao vivo com gravações em estúdio feitas durante uma turnê pelos Estados Unidos em uma tentativa crua de abarcar a herança rica do rock. Há canções fantásticas no disco: "Desire" é a evocação, ao estilo de Bo Diddley, ao desejo ardente; "Hawkmoon 69" é uma melancólica e atmosférica narrativa de viagem; "All I Want Is You" é uma épica canção de amor, arrebatadora e cheia de cordas. Mas a verdade é que o disco, naquela época, me perturbava demais. Eu pensava: "Quem são eles para se declararem herdeiros das maiores figuras do rock?". Bono mal sabia quem era Bob Dylan quando éramos adolescentes, e agora está compondo com ele, tendo seu nome creditado junto com o de Dylan na letra de "Love Rescue Me". E na faixa de abertura, "Helter Skelter", o grupo que outrora se descrevia felizmente como a pior banda cover do mundo ousava gravar uma música dos meus ídolos. "Charles Manson roubou essa música dos Beatles; estamos roubando de volta", disse Bono uma vez enquanto tocavam uma versão desleixada desse clássico do rock, o *White Album*. Eu fiquei mesmo irritado com isso. Aquela música pertencia a mim tanto quanto a qualquer um, mais do que poderia pertencer aos iniciantes que jamais tiveram um disco dos Beatles na adolescência. Eles gravaram uma versão também ensaiada às pressas de "All Along the Watchtower", de Bob Dylan. Quando Jimi Hendrix gravou essa música, ele criou uma música nova. O melhor que podia ser dito sobre a versão do U2 é que eles a tocaram até o fim.

Mas a canção que realmente me deixou uma fera foi "God Part II", a continuação que o U2 fez para a destruidora de mitos "God", de John Lennon, o auge do primeiro álbum solo depois dos Beatles. A epopeia melódica e gentil de Lennon tinha sido um ataque aos sistemas de crença, uma litania de tudo aquilo em que ele perdera a fé (desde "Não acredito em Jesus" até "Não acredito nos Beatles"). "O sonho acabou", concluía rudemente.

Bono tomou outro rumo. Com um baixo surrado em um único tom e uma linha de bateria atacada por explosões violentas de guitarra, Bono colocava para fora parelhas de versos curtos e sombrios reconhecendo as contradições entre a teoria e a prática ("I don't believe in excess, success is to give/ I don't believe in riches but you should see where I live [...] I don't believe in deathrow, skidrow or the gangs/ Don't believe in the Uzi it just went off in my hands"). A conclusão de todas as estrofes era quase uma declaração melancólica: "I believe in love"[6]. Na inóspita e cínica década de 1980, eu achava que a fé de Bono no poder do amor não convencia. E ela parecia contrariar diretamente a própria desilusão de Lennon. Eu considerava o comentário comovente e aborrecido de Lennon uma afirmação do seu próprio idealismo fracassado: "Eu realmente

---

6   Não acredito no excesso, o sucesso consiste em conceder/ Não acredito nos ricos, mas você deveria ver o lugar onde moro [...] Não acredito em corredor da morte, submundo ou gangues/ Não acredito na Uzi, ela simplesmente disparou na minha mão. [...] Acredito no amor.

achava que o amor salvaria a todos nós". Essa poderia ser a inscrição irônica na sua lápide, as últimas palavras famosas de um defensor da paz que desmoronou com uma rajada de balas, morto por um dos próprios seguidores. A tentativa de Bono de reviver esse idealismo parecia contradizer as tristezas que ele tinha a dizer ("Don't believe in forced entry, I don't believe in rape/ But every time she passes by wild thoughts escape"[7]). A contradição mais desconcertante surgia quando Bono cantava: "I don't believe in the sixties, the golden age of pop/ You glorify the past when the future dries up"[8]. Contudo, a música foi escrita em homenagem a um ícone dos anos 1960 e incluída em um disco que glorificava os estilos musicais e pontos de referência do passado.

Olhando para trás, parece óbvio que minha fúria tinha mais a ver com meus próprios desejos frustrados em estabelecer meu lugar na hierarquia do rock do que com qualquer imperfeição intrínseca na música do U2, mas eu estava suficientemente exasperado para compor uma música, um *blues* bem tradicional em Mi menor que resultou em uma espécie de declaração ateísta, niilista e existencialista da descrença.

I don't believe all men are equal, that's a rumour put about
By them who have it all and don't want to let it out
I don't believe the meek will inherit the earth
Till it's been robbed of all its minerals and fucked for all it's worth[9]

Ela era cheia de estrofes sórdidas, incluindo uma sobre Bono: "I don't believe in rock stars preaching from the stage/ Instead of acting high and mighty, I wish they'd act their age". E me refiri também ao criador:

---

7   Não acredito em invasão, não acredito em estupro/ Mas toda vez que ela passa por mim, deixo escapar pensamentos selvagens.
8   Não acredito nos anos 1960, a década áurea do pop/ Você glorifica o passado enquanto o futuro fenece.
9   Não acredito que todas as pessoas sejam iguais, é um rumor difundido/ Por aqueles que têm tudo e não querem abrir mão de nada/ Não acredito que os humildes herdarão a Terra/ Antes que seja roubada de todos os minerais e destituída de todo valor.

"I don't believe in nothing I can't smell, taste, touch or see/ I don't believe in God and He don't believe in me"[10].

Dei à canção o título de "God Part III". Enviei a letra para Bono em uma carta. Não sei o que esperava receber como resposta. Será que ele escreveria de volta admitindo que o verdadeiro gênio do rock era eu, e que já estava na hora de se afastar para que eu assumisse o controle? Algumas semanas depois, fui à estreia do filme *Rattle and Hum* no Leicester Square. No telão estava Bono, no lugar onde eu sempre quis estar. Maior que a vida. Era impossível continuar ignorando as emoções misturadas que o U2 despertava em mim. Na mesma medida em que eu os admirava, o sucesso deles consumia algo dentro de mim, eliminando blocos do meu ego já muito bombardeado. Uma coisa que amamos não deveria nos ferir, não é verdade? A música deles havia me inspirado a querer estar em uma banda, e mesmo assim, vendo-os no cinema, eu senti que cada acorde edificante e cada sentimento magnânimo exerciam o efeito contrário, jogando-me para baixo. Eu era jogado para o segundo plano até mesmo no teatro da minha própria vida. A dimensão da fama do U2 parecia zombar de mim, tornando as mínimas realizações da minha própria existência patéticas. O U2 fazia com que eu me sentisse pequeno. A própria ideia de que eles pudessem me afetar desse jeito fazia eu me sentir ainda menor.

Depois da exibição do filme houve uma festa no Science Museum. Bom, se tiver de dar uma festa em algum lugar...

Eu e Ivan fomos até lá. Do lado de fora, holofotes gigantescos cruzavam o céu e multidões se juntavam no frio tentando um vislumbre de seus heróis. Mostramos o convite e andamos até o *hall* principal, onde o esqueleto de um tiranossauro, alto e feroz, fazia todos os presentes parecerem insignificantes, meros mortais caminhando inevitavelmente

---

10 Não acredito em *rock stars* que pregam no palco/ Em vez de agir autoritariamente, melhor seria agir com maturidade. [...] Não acredito no que não possa tocar, ver, cheirar ou provar/ Não acredito em Deus e Ele não acredita em mim.

para a própria extinção. Havia muita gente misturada, e eu não conhecia ninguém. Olhei em volta procurando o U2.

E lá estava ele: o cordão vermelho de isolamento, separando os astros da ralé. Um calafrio terrível passou pelo meu corpo, uma sensação alucinante de *déjà vu*, como se meu pesadelo pessoal estivesse sendo encenado no mundo real. Seguranças sem expressão protegiam a entrada do santuário secreto. Era preciso um convite especial para entrar, e nós não tínhamos um. Eu não sabia se me aproximava do cordão vermelho e me expunha à possível humilhação de ser rejeitado ou se simplesmente aceitava que minha relação de proximidade com o U2 tinha se rompido. Nossos mundos se desalinharam. Talvez eu devesse me considerar sortudo por estar na festa, tomando cerveja de graça e brindando o sucesso dos antigos amigos. Um dia, pelo menos, eu poderia contar para os meus netos que eu estive ali quando tudo começou.

Mas Ivan não concordou com nada disso. Ele foi até o cordão e acenou. The Edge se virou e acenou de volta. Quando vi, já tínhamos passado pelo cordão e nossos velhos amigos estavam nos recebendo como... bem, como velhos amigos.

– Estávamos nos perguntando se vocês conseguiriam vir – disse The Edge. – O que acharam?

Conversamos um pouco sobre os pontos fracos e fortes do filme. Para alguém que assume o papel de herói da guitarra, parecia faltar egoísmo ao The Edge. Na verdade, parecia lhe faltar as arestas. Além de aceitar críticas, ele parecia interessado nelas, ponderando-as com um distanciamento analítico em vez de se entregar a elas como se fosse um ataque pessoal. Na escola, ele era capaz de se encrespar com a competitividade de qualquer um dos nossos contemporâneos, usando do humor sarcástico algumas vezes na tentativa de defender seus ideais, mas, com o passar dos anos, The Edge foi ficando cada vez mais tranquilo e mais centrado. O sucesso, é claro, gera confiança, mas estava claro que ele também se fortaleceu por conta das fortes convicções da fé.

Adam estava exuberante, esbanjando um sorriso aberto, quando se aproximou para perguntar se eu ainda tinha o primeiro baixo que pertenceu a ele, e depois a mim.

– Tenho certeza de que está guardado em algum lugar – eu disse.

– Eu queria comprá-lo de volta.

– Vai lhe custar um pouco mais que sessenta libras – respondi. – Você me roubou quando me vendeu aquela tábua.

– Dê seu preço – ele disse. – Já ganhei um dinheirinho desde aquela época.

Mais tarde, naquela mesma noite, me sentei com Bono.

– Aquela música! – disse ele, incisivo.

– Como assim?

– Eu fiquei mal. Suas músicas fazem Leonard Cohen parecer o mais alegre de todos.

– Eu estava um pouco enciumado – admiti. – Você sabe, eu simplesmente não consigo acreditar em alguma coisa. Não consigo. Mas olho em volta, vejo o patamar de vida das pessoas e percebo que quem tem fortes crenças parece estar em uma situação melhor do que as pessoas confusas, que não creem em nada.

– Você está sugerindo que crença e confusão são mutuamente excludentes – respondeu Bono. – Eu não penso assim. Acho que a crença nos dá um norte no meio da confusão. Então, o que tem te incomodado?

– Não acredito que você escreveu uma música com o Bob Dylan – respondi, praticamente incapaz de disfarçar minha inveja.

– Será que é muita sorte? – riu Bono – Sabe o que é estranho? Eu estava em Los Angeles e uma noite sonhei com Bob Dylan. Acordei e comecei a escrever aquela música, que fala de um homem a quem as pessoas continuam se dirigindo como se fosse um salvador, mas a vida dele só fica mais confusa e ele mesmo precisa de certa salvação. Escrevi algumas estrofes e não sabia mesmo o que fazer com elas, mas pensei o seguinte: sou um *rock star*, certo? Tenho o telefone do Bob Dylan em algum lugar... Então por que não ligo pra ele? Então fui até a casa dele, disse que tinha uma música ainda inacabada e ele pediu que eu a tocasse. E começou a criar a letra na mesma hora. Foi inacreditável, os versos simplesmente brotavam. E eu de fato acabei terminando a música com o cara do meu sonho!

– Detesto ter que dizer isso, mas tenho sonhado com você – eu disse.

– Não sei bem se quero saber o que tem sonhado.

– E eu não sei bem se quero te contar! Não te quero nos meus sonhos! Eles são meus!

– Tentarei me lembrar disso da próxima vez que estiver vagando por aí durante a noite, procurando a cabeça de alguém para entrar – disse Bono, rindo.

– Fico muito agradecido – disse, mas eu seria incapaz de levar o assunto adiante, de contar para ele como eu realmente me sentia. – Então, como foi trabalhar com o Dylan? – perguntei, trazendo de novo a conversa para um terreno seguro.

– Então, ele gravou a voz para aquela música, mas depois não deixou a gente usar – disse Bono. – É inacreditável. As pessoas continuam dizendo que ele não consegue cantar, mas eu aprendi muito mais sobre fraseado e dicção musical simplesmente por ouvi-lo cantar aquela música do que imagino ter aprendido em dez anos no palco. Cada verso que ele canta é como uma verdade, ele tem uma convicção absoluta. Gostaria que ele tivesse deixado acrescentar a música no disco, mas ele se defendeu dizendo que não queria um conflito com o disco da Traveling Wilburys. Não sei se era verdade ou se a música era contundente demais. Há desespero e arrependimento nela. Acho que ele ficou com medo de ser retratado dessa maneira. Mas vou te contar uma coisa engraçada. A gente estava no estúdio, construindo os vocais, quando ele disse: "Hum, não posso usar essa estrofe". Eu disse "Qual o problema? A estrofe é ótima". Era uma dessas estrofes que ele cantou sem pensar muito, de cabeça.

E ele continuava dizendo que não podia usá-la. "Mas por quê?", perguntei, e ele respondeu "Já a usei antes". E ele tinha mesmo usado!

Eu estava rindo de Bono imitando a voz estranhamente sinuosa de Dylan, balançando a cabeça sem acreditar na situação como um todo. Bono também parecia se divertir com o caráter absurdo de seu encontro burlesco com esse herói legendário. E por um momento parecemos unidos, como na época em que éramos colegas de escola, olhando de fora esse mundo fantástico dos sonhos do rock, com o nariz encostado nas vitrines. Foi muito bom estar com o Bono na festa do *Rattle and Hum*. Foi como nos velhos tempos. Nós conversamos a noite toda, enquanto as pessoas vinham apressadas tentando chamar a atenção dele. Revisitamos todos os nossos temas prediletos, espremendo-os só para ver se ainda saía alguma coisa. Até que chegou a hora de ir embora.

– Deus te abençoe – ele disse.

– Sim – respondi. – O mesmo pra você.

Demoraria muito tempo para que eu o visse de novo.

CAPÍTULO 19

Os sonhos não morrem facilmente. Eles claudicam rumo ao horizonte, saem cambaleando com as próprias feridas, resmungando sozinhos, tentando convencer o ouvinte de que o que se aproxima é uma cavalaria, e não uma nuvem de poeira.

Quer dizer, foi assim comigo e com Ivan. Não encontraríamos dignidade na morte da ambição. Nem mesmo o alívio de que tudo estava acabado, exceto o *post mortem*. Nós carregamos a carcaça até onde aguentamos, depois caímos de joelhos, exaustos, ainda confusos pensando em como deixamos as coisas chegarem àquele triste estado, questionando em silêncio se aquele podia mesmo ser o fim. O lento e amargo fim.

Que aconteceu mais ou menos como se segue.

As negociações da Shook Up! com a Chrysalis Publishing travaram nos detalhes. A Chrysalis estava realmente interessada, mas havia outra coisa acontecendo nos bastidores, outra agenda difícil de compreender. Eles nos ofereceram a gravação de novas demos no estúdio deles, e uma das músicas que queriam que a gente gravasse era "Sleepwalking". Nós não dissemos que já havíamos gravado aquela música duas vezes. Mas que inferno! Com sorte, seria a terceira vez.

Enquanto estávamos no estúdio, o engenheiro foi chamado para uma reunião extraordinária com a equipe da Chrysalis. Ele voltou um pouco abalado e nos disse que havia conversado com o diretor-geral. A EMI estava assumindo o controle da empresa, e haveria mudanças maiores adiante.

Eu e Ivan fomos até o andar de cima para ver o editor com quem estávamos negociando. Em um tom de tristeza, ele admitiu que não estava na condição de assinar contratos. Talvez no próximo ano, isso se ele conseguisse se manter no emprego.

Era a mesma velha história. Eu e Ivan já tínhamos ouvido isso tantas vezes que nem nos abalávamos mais com essas novas reviravoltas. Era como se já esperássemos por algo assim. Estávamos desanimados, mas nos recusávamos a reconhecer a derrota. Em público, pelo menos. Ou até mesmo um para o outro. Mas na calada da noite era bem diferente. Havia um pensamento martelando na minha cabeça, uma pergunta que só eu podia responder: acabou?

A Arista também estava passando por uma reformulação completa e nos colocou na geladeira, um lugar em que já estávamos acostumados a ficar. Paul Tipping era um agente experiente que havia assumido o controle das coisas depois do show de divulgação, ajudando-nos a negociar o contrato da Chrysalis que nunca existiu. Ele sentia que teríamos um contrato assinado com a Arista ou com alguma das outras gravadoras interessadas se conseguíssemos aprová-lo antes do Natal. Mas nós estávamos em novembro, e o relógio não parava de rodar. Até que Paul nos disse francamente que precisávamos de um contrato fechado, assinado e registrado em dezembro; do contrário, as empresas com quem estávamos negociando se esqueceriam de nós depois que voltassem das férias. Mas o que mais poderíamos fazer pela nossa causa? O que tínhamos a oferecer além do que eles já tinham? Nada. O saco estava vazio: se alguém encostasse, desmoronávamos.

O prognóstico de Paul tinha sido muito preciso. Mas não foram apenas as gravadoras que se esqueceram de nós. Paul também se esqueceu.

Mesmo assim, nós ainda não havíamos dito um para o outro "Então é isso", nem levantado a bandeira branca, nem nos rendido. Não olhamos nos olhos um do outro, não apertamos a mão um do outro e dissemos: "Fizemos o melhor que pudemos. Não era para ser". Em vez disso, nos acovardamos, evitando um ao outro, procurando refúgio nos braços das mulheres.

Eu estava apaixonado. Pela primeira vez, senti que podia dizer isso sem medo, sem equívocos ou sem me preocupar com compromisso.

E talvez o fracasso tenha me libertado da prisão do ego e da ambição, de modo que eu não contemplava mais o futuro com os olhos gananciosos de uma criança em uma doceria. Ou talvez o amor fosse um paraíso seguro para o meu ego ferido, porque ele torna todo mundo especial. Qualquer um pode ser uma estrela na constelação do amor. As pessoas que amávamos amavam nossas músicas. Pediam para tocarmos nossas canções, mesmo quando ninguém queria ouvir mais nada. Talvez eu não conseguisse acreditar, como John Lennon e um sem-número de outros sonhadores, que o amor me salvaria. Mas pelo menos ele lamberia minhas feridas.

O objeto do meu desejo era Gloria. E quando ela finalmente retribuiu, depois de um longo cerco à fortaleza de seu coração (uma cidadela avariada, mas bem fortalecida, que sobreviveu a uma longa e desgastante guerra com o ex-marido), eu subi temporariamente ao sétimo céu, sentindo-me um rei de tudo o que havia inspecionado. No calor do abraço dela, eu ignorava minhas falhas. Eu podia até agradecer pelo caminho torto que minha vida tomou, dizendo a mim mesmo que ele havia me levado até essa mulher maravilhosa. Não me intimidava o fato de ela ser mãe e ter dois filhos. Os garotinhos se tornaram meus novos companheiros de diversão. Em retrospecto, é claro, vejo que a maternidade pode ter sido parte do que me atraía nela, pois eu buscava um refúgio para os meus sonhos falidos no seio de uma família feita. Mas Gloria não era moleza. Pela primeira vez em uma década, eu tinha uma namorada capaz de resistir aos meus charmes e enfrentar minhas artimanhas. Quando estávamos juntos, nosso amor era dócil e louco, como no primeiro florescer da emoção, mas ela tinha outras prioridades. Ela não queria que os filhos soubessem que estávamos saindo, o que me fazia sentir em constante provação, saindo da casa dela às três da madrugada para que as crianças não me vissem lá durante o café da manhã.

A vida amorosa de Ivan era uma bagunça ainda pior. Na canção que compus, previ que alguém se machucaria. No final, todos se machucaram. Quando Cassandra descobriu que Ivan a traía, ela ficou arrasada, não sem razão. Mas o triunfo de Ina ao se tornar a única mulher na vida de Ivan durou pouco. Ela ficou transtornada com o joguinho do meu irmão e voltou a morar com a família na Indonésia. Ivan assumiu a pose de amante ferido, embora estivesse claro que a ferida havia sido causada por ele mesmo. Quando o último contrato veio por água abaixo e ele não tinha em quem se apoiar, resolveu ir ao Oriente encontrar-se com Ina e dizer que a amava.

Você deve estar se perguntando como ele conseguiu bancar a viagem, pois nós dois sobrevivíamos com o auxílio do governo. Então, nós havíamos entrado em uma nova iniciativa do governo, um entre os muitos esquemas criados especificamente para reinserir no mercado de trabalho malandros preguiçosos como nós. Esse esquema específico era chamado Auxílio Empreendedor. Na verdade, recebíamos mais dinheiro (o aumento era gradativo, mas quando se é tão pobre quanto nós, qualquer quantia era válida) e não tínhamos que assinar nada (um ponto positivo para dois mandriões vagabundos como nós). A desvantagem era que o benefício durava apenas um ano, e depois disso precisaríamos nos virar sozinhos. Tivemos de participar de dois cursos que duravam um dia inteiro, nos quais supostamente aprenderíamos mais sobre a cultura empresarial e depois deveríamos montar nosso próprio negócio. Era um programa totalmente ridículo, sem dúvida, mas tirava efetivamente as pessoas do seguro--desemprego e dificultava bastante a reinscrição no benefício, portanto os participantes eram mais ou menos forçados a levantar a bunda da cadeira e arrumar um emprego. Os dias de dinheiro fácil estavam chegando ao fim. De todo modo, Ivan se mandou para a Indonésia com o pretexto de que estava importando tabuleiros luxuosos de xadrez.

Eu disse para o assistente social que começaria a trabalhar como jornalista *freelancer*. Mesmo que não conseguisse admitir para mim mesmo que a banda tinha acabado, eu já estava pensando há algum tempo nas minhas opções de trabalho. Trabalhei dois dias em uma obra, chegando em casa fisicamente quebrado e totalmente coberto de poeira e sujeira, tudo para receber 25 libras em dinheiro, o que foi suficiente para me convencer de que eu não levava jeito para o trabalho manual. Pensei em trabalhar com design gráfico, mas como eu havia sido diretor de arte aos dezenove anos, minha habilidade com o estilete e a cola estava ultrapassada. A principal ferramenta de trabalho agora era o computador. Passando o olho pelos classificados, percebi que não era mais qualificado. Uma década sem trabalhar fará o mesmo com você. Eu provavelmente conseguiria um trabalho como cartunista, mas, se criar uma piada a cada quinze dias para a tirinha que eu fazia na *Hot Press* já me parecia um esforço gigantesco, uma por dia seria pior do que trabalhar das nove às cinco. Então, eu teria de entrar para o jornalismo.

Eu adorava escrever. E eu escrevi boas matérias ao longo dos anos, quando alguma coisa em particular me chamava muito a atenção ou quando eu estava desesperado por dinheiro. Mas eu não queria ser jornalista profissional. Principalmente, eu não queria ser crítico de rock. Eu ouvi muitas pessoas reclamarem que críticos de rock não passam de músicos frustrados, e concretizar esse clichê seria o maior reconhecimento da derrota. Mas escrevi algumas cartas pouco entusiastas para as revistas, o que era suficiente para tirar o assistente social da minha cola.

Se eu conseguisse de fato uma entrevista de emprego, seria provavelmente das únicas pessoas que concebivelmente me dariam trabalho: alguma revista desprezível para motoqueiros. Ou uma gazeta para o povão. Eu sempre fui presunçoso. Os espelhos eram meus amigos, um substituto barato para a tela da TV onde eu queria ver o meu rosto. Então suponho que tenha sido bastante significativo quando deixei a barba crescer até cobrir metade do meu rosto. Por conta do cabelo comprido e desgrenhado e da jaqueta de couro surrada, eu começava a atrair olhares nervosos de estranhos. Eu não os culpo. Eu estava parecendo o tipo de pessoa que eu evitaria atravessando a rua.

Então aconteceu um desastre. Ou um desastre em potencial, pelo menos. Eu e Ivan fomos convocados para uma entrevista com a agente social do Auxílio Empreendedor para que vissem como estava o andamento dos nossos planos de negócios. O problema era que nenhum dos nossos planos estava progredindo, além do fato de Ivan estar fora do país e de sua longa ausência ser contra as regras do programa. Mas que se foda todo mundo. A burocracia do desemprego não me amedrontava em nada. As entrevistas foram marcadas com um dia de diferença e eu tomei a decisão de que iria nas duas como os irmãos McCormick. A entrevista do Ivan foi a primeira. Cheguei lá descabelado, com a barba cerrada, usando uma roupa espalhafatosa e me comportando como um completo imbecil. Depois da avaliação contundente do esquema de negócios do Ivan, o assistente ficou estranhamente satisfeito.

— Então você planeja importar jogos de xadrez exóticos da Indonésia?

— Essa é a ideia – disse eu.

— Então por que você colocou no cartão de visitas, se é que podemos chamar esse pedaço quadrado de cartolina barata de cartão de visitas, a foto de um peão simples e ordinário, e não uma das peças exóticas?

— Boa observação – disse eu. – Por que não pensei nisso antes? – A resposta verdadeira, é claro, era que eu mesmo tinha feito o cartão e não tinha comigo nenhuma foto de peças exóticas de xadrez da Indonésia. Na verdade, eu não tinha a menor ideia de como seria uma coisa dessas.

No dia seguinte, voltei ao departamento para assumir o meu papel. O assistente gostou muito mais de mim que do meu irmão. Fiz a barba (para o alívio de Gloria). Prendi o cabelo em um rabo de cavalo. Coloquei óculos. Vesti um terno barato. Representei Ivan como um sujeito falante, mas eu era quieto e retraído.

— Tenho mandado ideias para algumas revistas – disse eu, mostrando para ele as cartas de recusa. – É um ramo muito competitivo, mas acho que estou progredindo.

– O que te leva a pensar assim? – perguntou o assistente.

– Bem, as cartas de recusa estão ficando mais educadas – observei.

Ele foi muito prestativo e me deu dicas de como eu deveria proceder.

– Você mora com seu irmão – observou ele, quando a entrevista estava quase acabando.

– Sim – disse eu, nervoso. Onde isso chegaria?

– Eu o conheci ontem – disse ele.

– Sim, eu sei – concordei.

– Sua aparência é muito melhor do que a dele – disse o assistente. – Acho que você poderia ajudá-lo.

– Ah, ele nunca me escuta. Só gosta do som da própria voz.

– Eu tive mesmo essa impressão – respondeu o assistente, rindo simpaticamente.

– Espero que ele não tenha sido antipático demais.

– É você que tem de conviver com ele – observou o assistente.

Todo o episódio me deu de volta um pouco de energia. Cheguei até a pensar que eu realmente *poderia* mexer com jornalismo. Qual era o problema? Pelo menos deixaria o assistente feliz.

Entrei em contato com uma pessoa na *Sunday Times Magazine*, enviando *clippings* do que eu fizera na *Hot Press* em vez de uma das cartas propositalmente despretensiosas. Aparentemente eles ficaram impressionados e me chamaram para entrevistar a Sinead O'Connor. Eles devem ter sido influenciados pela afirmação sempre levemente exagerada de que eu conhecia a Sinead desde criancinha (bem, eu havia me encontrado com a jovem cantora uma vez quando ela estava ensaiando com a In Tua Nua).

Foi uma tarefa de prestígio. A cantora irlandesa, bonita, de cabeça raspada, voz etérea, já era infame por causa de suas opiniões sinceras e combativas, mas eu tinha certeza de que, por conta do histórico que tínhamos, nos daríamos muito bem. Minha técnica de entrevista tinha melhorado desde a primeira, aquele doloroso encontro com a Fay Fife e a Revillos, mas como eu não queria deixar nada ao acaso, preparei uma extensa lista de perguntas. Sinead, no entanto, não pareceu levar tão a sério. Para começar, ela se mostrou impassível diante da afirmação de que já havíamos nos encontrado, murmurando "Não me lembro" com desdém. Ela estava sentada em uma sala da Chrysalis, comendo um *curry* e comunicando-se, entre uma bocada e outra, com frases de uma palavra. Ou menos. Terminei a lista de perguntas em dez minutos exatos, sem conseguir nada que fosse digno de uma citação.

Tentando encontrar um assunto que a envolvesse, resolvi mencionar suas exóticas crenças religiosas. Tendo como base uma coisa que ela havia dito no passado sobre como escolhemos nossos pais antes de nascer, perguntei por que ela não tinha escolhido uma mãe melhor, já que ela sempre reclamava da que tinha. Ela ficou enfurecida e disse que nosso encontro tinha acabado. Sugeri que ela terminasse de comer em paz e que talvez começássemos a entrevista novamente. Em uma observação que refletia o sarcasmo da avaliação degradante que a Fay Fife fizera das minhas habilidades, ela retrucou:

— Isso não foi uma entrevista. Estava mais para uma conversa de ônibus!

Eu sabia que desperdiçara uma chance, mas o que eu podia fazer? Resolvi ir embora. Sinead, no entanto, não me deixou sair. Não que ela estivesse cheia de remorso. Ela queria a fita da nossa conversa.

— Você vai me fazer parecer uma idiota – disse ela, rispidamente.

— Acho que você já está fazendo um excelente trabalho por si só – retruquei. Ela avançou em cima do gravador e nós o disputamos rapidamente por cima da mesa. Mas Sinead tinha a metade do meu tamanho e, quando percebeu que eu não soltaria o gravador, ela saiu correndo da sala para pedir ajuda. Tentei sair correndo, mas Sinead e uma assessora de imprensa me alcançaram descendo as escadas.

— Sinead quer que você entregue a fita – disse a assessora, constrangida, enquanto a *pop star* se mantinha atrás dela, encorajando-a.

Salientei que eu não trabalhava para a Sinead nem para a Chrysalis. – Ela acha que você usará a fita contra ela – disse a assessora.

– Bem, ela deveria ter pensado nisso antes de ser antipática e se recusar a responder às minhas perguntas.

– Perguntas de merda! – gritou Sinead.

– São necessárias duas pessoas para fazer uma entrevista – gritei de volta. – Eu não precisava ter perdido meu tempo vindo até aqui para ver você comer. Se você não quer falar com a imprensa, não fale com a porra da imprensa, só não me peça para ficar ali sentado enquanto você não fala!

Sinead estava absolutamente furiosa, com o rosto vermelho de raiva.

– Que assim seja! – disse ela, e saiu ensandecida.

A assessora continuou implorando até que eu saí do prédio.

A *Sunday Times* não gostou nem um pouco. Eles queriam uma matéria elogiosa a uma comovente cantora irlandesa, não uma briga violenta nas escadas. Mas eu não me importei. Eu não queria mesmo trabalhar para a *Sunday Times*. Eu queria ser um *rock star*. Eu queria tanto que doía. Eu queria do jeito que uma criança quer os brinquedos que joga para fora do carrinho. Eu sempre quis o que achava ser meu por direito e não conseguia entender por que os detestáveis adultos não me davam.

Ivan voltou da Indonésia com Ina. Eu fiquei aliviado por tê-lo de volta. Escrevi sete músicas enquanto ele estava ausente, sendo que todas teriam sido melhores com o toque melódico do meu irmão. Os títulos já contam a própria história sobre meu estado de espírito: "I Let It All Slip Through My Hands", "Careless", "The Love that Harms", "Poison", "A Long Time Coming", "Mad", "What's It All About?", "Stick to Me".

A última música era o puro e miserável desespero.

Stick to me
Please stick to me

We made it this far
How much farther can it be?[1]

Ivan leu a letra até o fim e abriu um sorriso curioso, intencional e quase de compaixão. Ele trabalhou em cima das músicas, mas era difícil conversar com ele sobre o futuro, sobre como deveríamos agir ou, na verdade, se deveríamos ou não agir. Ele se esquivava das discussões, e eu acho que tinha medo de forçar o assunto e dizer o óbvio.

Acabou.

Eles não nos querem.

Hora de seguir em frente.

Era difícil me desvencilhar da impressão de que Ivan estivesse, sei lá, meio puto comigo. E ele não tentava exatamente disfarçar isso. Ele costumava virar os olhos enquanto eu falava. Suspirar. Ele dava muitos suspiros. Isso quando eu não estava no meio de uma exposição da minha teoria da vida, do universo ou seja lá o que fosse e ele me interrompia ruidosamente, muitas vezes mudando o assunto por completo, atravessando minha fala. E havia também um monte de pequenas brigas domésticas, sobre de quem era a vez de lavar a louça ou quem tinha comido a linguiça que estava na geladeira (era minha, por sinal. A linguiça era sempre minha. Meu queijo. Meu leite. E a resposta dele, sempre perene: "Mas era só uma linguiça!"). O pavio dele tinha encurtado, mas era curto só comigo.

No fundo, eu entendi o que estava acontecendo. Era a rebeldia dele (talvez atrasada) contra a tirania do irmão mais velho. Ele queria mostrar que era um ser independente e que não tinha obrigação nenhuma para comigo. Porque estivemos juntos durante muito tempo. A vida inteira. E durante todo esse tempo, eu tive a vantagem de ser o mais velho, aquele que estabeleceu a ordem preexistente. Ele simplesmente

---

[1] Agarre-se a mim/ Por favor, agarre-se a mim/ Já chegamos tão longe/ Até onde mais podemos ir?

apareceu e foi integrado ao meu mundo como um tipo de apêndice: eu, eu mesmo e ele. Eu me apoiava nele sem pensar, do mesmo jeito que me apoiava nos meus membros. A gente acorda de manhã: braços e pernas estão lá, onde sempre estiveram. Funcionam de modo previsível. Não passamos muito tempo perguntando sobre como seria a vida sem eles, não é mesmo? Mas Ivan estava se preparando para uma amputação.

O leitor inteligente já deve estar muito além de mim nesse momento. Porque, em muitos aspectos, desde o insignificante ao mais importante, Ivan é a parte ausente dessa história. Ele sempre esteve por perto, mas para vê-lo é preciso olhar mais para as entrelinhas do que para as linhas. Eu poderia esboçar em algumas frases o conhecimento que tenho sobre ele, mas o que eu poderia de fato dizer sobre o meu irmão? Poderia dizer que ele foi a pessoa mais importante da minha vida. Mas até que ponto eu o conhecia? Eu respeitava seu talento musical. Gostava de seu raciocínio rápido. Mas nunca me envolvi com ele como pessoa mais do que me envolvi comigo mesmo. Eu não dava a ele o devido valor.

Cheguei a pensar que Ivan, em muitos aspectos, moldava-se como uma reação a mim. Ele era anti-intelectual de uma maneira determinada, porque eu era intelectual. Escolheu ocupar um espaço físico, emocional e instintivo, deixando a leitura, a filosofia e o raciocínio para mim. Quando eu era criança, minha família sempre se admirava com minha habilidade artística e meu jeito com as palavras. Quando Ivan descobriu a música e começou a se dedicar a ela, ele deve ter sentido que demarcava o próprio território. E então, como uma criança ciumenta que prefere os brinquedos dos irmãos, eu invadi o espaço dele e o obriguei a compartilhá-lo comigo.

Mas, mesmo assim, teria ficado tudo bem (como de fato ficou durante muitos anos) se tudo tivesse resultado em alguma coisa. Mas não chegamos a lugar nenhum, e não havia mais lugar nenhum para ir. E em algum lugar, no fundo da alma dele (porque Ivan jamais admitiria nada disso, nem para si mesmo), a criança estava gritando. Ele tomou meus brinquedos. E quebrou todos eles!

Ainda acho quase impossível ter essa conversa com meu irmão, mais de uma década depois. Ele simplesmente dá de ombros e nega qualquer rancor. Mas estava lá, no comportamento dele, nos comentários pungentes, na impaciência, na grosseria e no clima geral de descaso e desrespeito. Ivan me culpava por não termos conseguido a fama e a fortuna que tanto desejávamos. Ele culpava a complexidade das minhas letras. Minha relutância em me comprometer. Minha arrogância em lidar com a indústria musical. Minha presença de palco (ele sempre achou que tinha mais presença de palco do que eu). Meu jeito de cantar (ele também julgava cantar melhor do que eu). Ele provavelmente pensava que Rob Dickens estava certo quanto ao meu corte de cabelo, por sinal. Ele me culpava e talvez nem precisasse de uma razão específica para isso. Só precisava descarregar em alguém.

Um grupo grande de amigos nossos saiu para jantar no aniversário de Gloria. Ivan se levantou e disse que tinha algo para falar. Presumimos que fosse um brinde à aniversariante, mas em vez disso ele anunciou que se casaria com Ina.

Foi praticamente uma bomba. Ivan era a última pessoa que todos os presentes pensariam que se casaria. Ele era visto como um festeiro, famoso entre os amigos por causa do comportamento selvagem e do espírito geral de impropriedade. E ele era um paquerador do tipo que fazia minhas incursões nessa área do empreendimento humano parecerem insignificantes. Acho que é justo dizer que, ao longo dos anos, ele tratou Ina como merda, enganando-a, rejeitando-a, afugentando-a quando ela estava por perto e perseguindo-a quando não estava. Mas eis que ali estavam eles, casando-se. Era difícil não ver isso como um ato tortuoso, um paliativo para as cicatrizes da desilusão e da rejeição. Ina era espirituosa, engraçada, excêntrica, mas eles sempre formaram um casal do tipo água e óleo. Ela gostava de conforto material. Ele, de não fazer nada. Ela queria estabilidade. Ele, viajar. E como brigavam! Mesmo no casamento deles, que aconteceu alguns meses depois naquele mesmo ano, criando uma daquelas ocasiões em que os convidados murmuravam baixinho que não duraria. E, de fato, não durou. Eles se divorciaram alguns anos depois, o que deixou Ina extremamente magoada.

Enfim, estávamos ali, no jantar de aniversário de Gloria, que rapidamente se transformou em uma festa de noivado. Gloria ficou chateada porque sentiu que Ivan tinha se apoderado da comemoração dela. E eu fiquei chateado porque descobri que Ivan tinha pedido Ina em casamento seis meses antes, mas preferiu não me contar seus planos, mesmo que tivessem um impacto significante sobre os meus. Ina confessou a intenção deles de viajar o mundo durante um ano antes de pensarem onde queriam se estabelecer.

Eu estava procurando uma oportunidade para ficar a sós com Ivan e conversar com ele longe da tagarelice repleta de toda aquela banalidade do "felizes para sempre". Mas ele continuava me deixando de escanteio, afirmando não haver a possibilidade de um mundo privado. Isso durou até o fim da noite, quando o segui até o banheiro. Ficamos lado a lado no mictório. Aquele era o lugar apropriado. Não era só a urina que descia pelo ralo.

— Então — disse eu.
— Então — respondeu ele.

Quando se passa muito tempo junto com alguém como nós passamos, é possível dizer muita coisa com uma palavra apenas. Meu "então" estava carregado de dor e traição, tomado de uma acusação aborrecida, mas com a sombra de uma pergunta, agarrando-se à última centelha evanescente de esperança. O "então" dele tinha a firmeza da confirmação e da desconsideração. Era arrogante e um pouquinho cruel. E derradeiro.

Ficamos de pé, urinando por um tempo.
— Então é isso? — disse eu.
— É isso — confirmou ele.

Fechamos o zíper e seguimos por caminhos separados.

E apesar de tudo isso, ainda foi difícil aceitar que estava tudo morto e enterrado. Eu era como um boxeador que não sabia quando era atingido. E tinha tomado uma surra dos infernos. Havia sangue espalhado por todo o ringue. A multidão inteira gritava para que eu continuasse no chão até o fim da contagem. Mas ainda havia algum instinto primitivo se impondo, obrigando-me a ficar mais uma vez de pé. Uma voz na minha cabeça dizendo "Um soco, tudo se resume a um soco. Você ainda pode acertá-lo".

Teoricamente, eu estava refletindo sobre minha posição. Eu estava tocando guitarra melhor por causa da prática. Continuei escrevendo várias canções. Talvez eu me saísse melhor sozinho.

Eu precisava acertar mais um golpe.

O copo ainda precisava de uma gota para transbordar.

E a gota caiu, cruelmente, numa noite enquanto eu estava na cama com Gloria. Estávamos deitados, dominados pela paixão, e eu comecei a falar sobre o futuro, imaginando todos os tipos de cenários fantásticos, quando ela foi direto ao assunto.

– Eu te amo, Neil – disse ela. – Amo estar com você. Você me faz rir, é tudo de bom pra mim. Mas não posso ter uma vida com você.

– Por que não?

– Olhe para si mesmo – disse ela, com suavidade e tristeza. – Você não tem emprego. Nunca tem dinheiro. Não assume responsabilidade de nada nem de ninguém, quando muito de si próprio. Você vive de pensamentos. Toda a sua vida consiste em sonhos sobre o futuro. Quando é que você vai acordar? A vida está acontecendo aqui e agora, e eu estou tentando seguir com a minha. E não posso contar com você. Porque, vamos admitir que...

– Que o quê? – disse eu, ressentido.

– Nada – respondeu, pensando melhor.

– Admitir o quê? – insisti.

– Você é um perdedor.

Recuei como se tivesse levado um tapa no rosto.

Recuei como recuaria da verdade. De uma verdade que tentei esconder de mim mesmo. De uma verdade que machuca.

— Eu não sou um perdedor – falei, tanto para mim quanto para ela.

CAPÍTULO 20

Não foi como se eu tivesse levado uma bronca e voltasse ao trabalho por conta disso. Mas o que Gloria disse ficou remoendo na minha cabeça. E, no decorrer de 1989 e 1990, comecei a me reorganizar. Acho que tive um bom início como jornalista. Conheci o ofício cometendo alguns erros na Irlanda e depois fui encontrando minha voz sob a orientação de Niall Stokes e de todos os colegas da *Hot Press*. Tinha algum talento com as palavras, bastante curiosidade e baixa tolerância para bobagens, o que me servia muito bem, mas havia muito mais que isso. Eu não era um garoto ingênuo saindo do colégio. Estivera vivendo, amando, perdendo e aprendendo duras lições. Não chegaria tão longe a ponto de me descrever como maduro, mas tinha como base um poço bem fundo de experiência.

E eu tinha algo a provar. Dediquei-me de fato à tarefa que tinha em mãos. Porque se a minha profissão tinha de ser essa, eu não queria apenas ser publicado: queria fazer coisas notáveis. Queria escrever artigos que mais ninguém escreveria. Queria que meus artigos saltassem das páginas e agarrassem os leitores pelo pescoço. Se eu seria um jornalista, então tomaria isso como uma licença para investigar e explorar, para ter acesso a lugares onde as pessoas comuns nem sempre eram bem-vindas, para descobrir histórias raramente contadas sobre as pessoas, para viajar em uma jornada de descobertas. Meu coconspirador nisso era Leo, que estava disposto a realizar algo extraordinário com suas habilidades de fotojornalismo. Não era prestígio o que ele buscava. Ele queria era se infiltrar. Nós falávamos pelos cotovelos. Decidimos (talvez de modo arrogante) que grande parte do jornalismo só tocava a superfície. Nós queríamos entrar nas histórias para trazer à luz os cantos escuros que a maioria dos jornalistas sequer percebia.

Até certo ponto, suponho que eu estava operando uma transferência de ambições. Se eu não podia ser uma estrela do rock, então seria uma estrela da imprensa. Mas havia algo além disso. Havia uma imersão genuína na tarefa. Um compromisso em fazer algo que valesse a pena. E, a cada artigo publicado, eu reconstruía lentamente minha dignidade arruinada e restituía meu orgulho próprio.

Mas eu também não iria escrever sobre rock. Qualquer coisa, menos música. Estava fascinado pela vida fora do útero, onde perdedores como eu se reuniam e buscavam meios de ter o próprio lugar no mundo – então eu também fui atrás do meu. E, um dia, tive sorte.

Eu costumava ler os jornais irlandeses para me manter atualizado sobre as notícias de casa e acompanhei o caso de Martin Cahill, que diziam amplamente ser o General, o famoso chefão do crime de Dublin. Alvo da operação mais concentrada da história da Garda, a polícia irlandesa, ele foi abertamente acusado na mídia, denunciado no parlamento e (talvez o maior prejuízo de todos) discutido nos *pubs*. Em geral, o anonimato é considerado um elemento essencial para uma vida bem-sucedida no mundo do crime, mas mesmo assim Cahill conquistou um status geralmente reservado às estrelas do pop e atores de cinema: ele tinha um nome de família. Talvez tenha sido isso o que me levou a ele: um sujeito cuja fama lhe foi imposta, e não desejada. O que vendeu facilmente a história dele para os editores da revista *GQ*, no entanto, foi o fato de a fama ser um fardo carregado com humor considerável por Cahill.

Mantido sob vigilância constante da polícia, ele disse aos repórteres do lado de fora do tribunal que passaria a atuar no ramo da segurança, satirizando: "Como a Garda está em toda parte, podemos oferecer uma escolta armada para as movimentações de grandes somas de dinheiro". Cahill era um piadista incontrolável, um poderoso chefão que usava cuecas do Mickey Mouse e mostrava a bunda para os perseguidores. No entanto, apesar de toda a publicidade, ele se manteve em uma obscuridade curiosa. Quando comparecia ao tribunal por perturbar a ordem pública, diversas testemunhas da Garda eram incapazes de identificá-lo, embora um detetive estivesse preparado para atacá-lo, declarando: "Ele está usando peruca, bigode falso e óculos, e, se tirasse a mão do rosto, eu seria capaz de identificá-lo". Todas as vezes que Cahill aparecia em público, ele escondia o rosto com balaclavas. Ele era um vilão que, de certa maneira, refletia o país que o havia gerado. Os Estados Unidos tinham o Al Capone, a personificação do crime organizado polido, violento e ousado. A Inglaterra tinha os brutais e badalados Krays. E a Irlanda tinha o General, um gângster com senso de humor.

A GQ perguntou se eu conseguiria uma entrevista. Eu, confiante, disse: "Por que não?". Na verdade, eu poderia pensar em várias boas razões para dizer não. Os agentes da polícia que cruzaram o caminho de Cahill no passado foram sequestrados, vítimas de carros-bomba ou levaram tiros no joelho. E ainda havia rumores constantes de que ele tinha arrancado a pele da perna de um informante, além de pregar no chão um suspeito de traição. Não estava muito certo dos protocolos do jornalismo criminal e achei simplesmente razoável que, se eu estava escrevendo sobre o General, deveria dar a ele a oportunidade de mostrar o seu lado da história.

Era fácil descobrir onde ele morava. Até meus pais sabiam. Eles estavam entusiasmados com a minha nova ocupação, que aludia a um traço de respeitabilidade ignorado no filho errante.

– Nunca pensei que você fosse feito para o mundo do rock – declarou meu pai, suprimindo alegremente sua parte na história. – Sempre achei que você se daria melhor como escritor!

Ele me levou de carro ao covil do criminoso mais notório da Irlanda e esperou do lado de fora, com medo de que a nova carreira de seu filho tivesse um fim brutal antes mesmo de ter começado.

Era difícil não ver a casa de tijolos do General em Cowper Downs, um bairro rico ao sul de Dublin. Havia uma equipe de vigilância policial estacionada do lado de fora. Não sei o que eles pensaram de mim, mas duvido que eu tivesse a aparência de um dos visitantes usuais do General. Meu cabelo ainda estava com longos cachos, remanescentes do rock. De calça e jaqueta jeans, segurava firmemente um caderno e uma caneta. Abri o portão do jardim tremendo nas bases. A placa "Cuidado com o cão", junto da silhueta ameaçadora de um Rottweiler feroz, não me encorajava nem um pouco.

O latido começou imediatamente, ruidoso e agitado. Cruzei o jardim bagunçado, rezando em silêncio para que o cão estivesse preso. Mal havia alcançado a porta da frente quando o vi, avançando na minha direção com os dentes à mostra. Não deveria ter mais de 15 centímetros de altura o cachorrinho preto que só faltou rolar e fazer xixi no meu pé. Respirei fundo e toquei a campainha.

Depois do que me pareceu uma eternidade, a porta foi aberta por um adolescente cheio de espinhas.

– O sr. Cahill está? – perguntei. Minha cabeça girava enquanto tentava aceitar a domesticidade inimaginável da situação. Onde estavam os capangas e os brutamontes que deveriam proteger o chefe?

– Paaai – gritou o jovem antes de voltar para dentro da casa. O que aconteceria em seguida?

A figura que apareceu na porta semiaberta não condizia com nenhuma imagem de criminoso da primeira divisão. Ele era baixo, corpulento, vestia uma calça gasta, uma camiseta manchada e tinha alguns solitários fios de cabelo presos na careca. Os dentes tortos e amarelados não ajudavam a dissipar o ar de decadência física. Ele me olhou de perto enquanto eu me apresentei, citando com a voz trêmula um discurso pronto, sacudindo para cima e para baixo o caderno na minha mão. Quando Cahill sorriu, todo o seu rosto pareceu iluminado.

– Você está nervoso? – perguntou ele, de um jeito suave, com um forte sotaque dublinense, dando nuance às palavras tranquilizadoras.

Ele estendeu o braço, tocou o meu, e perguntou:

– Você não acredita em tudo o que lê agora, não é mesmo?

E era exatamente isso o que eu buscava. Era tudo o que eu queria ouvir. Porque tudo o que eu sabia sobre a zona cinzenta que chamamos de submundo vinha dos livros e jornais, ou dos filmes e da TV. Eu queria a verdade, nua e crua. Isso foi o que me levou à porta de Cahill.

Encontrei-me com Cahill duas vezes e entrevistei-o longamente.

– Você não quer conversar sobre crimes, não é? – perguntou ele, com um ar gentil e brincalhão.

Mas é claro que eu queria. Ele se mostrou um conversador loquaz, embora comedido em relação a certos assuntos, como era de esperar. Ele havia desenvolvido um jeito curioso de falar sobre as coisas na terceira pessoa, como se fosse um especialista dando sua opinião, mas as respostas vinham sempre adornadas com sorrisos astuciosos.

– Odeio mentirosos – disse ele. – Mas às vezes preciso mentir. Você entende? – Jamais esperaria conhecer um gângster tão genial quanto ele, embora não houvesse dúvidas de que Cahill era propenso à violência extrema, e essa reputação o ajudou nos negócios. – Você quer saber se há algo sórdido por baixo desse sorriso? – perguntou-me quando insisti no assunto. – O crime é uma forma de vida. Muitas vezes coisas ruins acontecem quando se está no crime.

Para mim, a banalidade essencial do mundo de Cahill era uma espécie de revelação. Ali estava a figura mais famigerada da Irlanda, sentada em uma sala de estar bagunçada, oferecendo-me xícaras de chá enquanto discutíamos atos criminosos de uma maneira tão casual quanto se eu estivesse conversando com meu pai sobre o dia de trabalho dele. Havia desenhos das Tartarugas Ninjas presos na parede. As crianças corriam pela casa, entrando e saindo dos quartos, e ele as saudava afetuosamente. No entanto, uma vez ele pregou um sujeito no chão, uma ação que considerava alegremente como parte do seu trabalho.

A repercussão do artigo publicado foi modesta, e eu comecei a descobrir como era se sentir um homem procurado. Depois de anos vendo as portas se fecharem na minha cara, percebi que de repente elas estavam escancaradas e eu caminhava para elas de braços abertos. A revista *Esquire* queria me contratar. Quando contei o ocorrido para o editor da *GQ*, Michael VerMeulen, ele retrucou:

— Você não pode escrever para a *Esquire*!

— Por que não? – perguntei.

— Porque vamos te promover a editor!

Tenho certeza de que ele decidiu aquilo na hora. Michael era um norte-americano inspirador, cujo trabalho transformou a *GQ* na revista masculina mais vendida do país. Além de me colocar sob suas asas, ele me deu primeiro o cargo de editor assistente e depois o de editor pleno, um título pretensioso para uma posição fantasticamente atraente que envolvia ir ao escritório só duas vezes na semana (para participar de discussões editoriais e delegar tarefas), deixando-me livre o resto do tempo para executar meu trabalho de escrita.

Comecei a escrever mais matérias sobre o crime. Conheci ladrões armados, assaltantes, arrombadores, gângsteres, receptores, traficantes de drogas, vigaristas e até assassinos. Jantava na casa deles, bebia com eles em *pubs* e clubes e, às vezes, quando as coisas não saíam conforme o planejado, visitava-os na prisão. Meu encontro com Cahill me fez perceber algo bastante óbvio. Todas essas pessoas, frequentemente demonizadas na mídia, mas sem acesso a ela, tinham histórias para contar e estavam ansiosas pela chance de ver suas histórias contadas. Nunca consenti com nada, e ninguém nunca me pediu isso. Tudo o que queriam saber era se eu escreveria honestamente o que eles tinham para dizer. Uma vez me gabei ao encontrar um artigo que escrevi sobre cafetões ampliado e pendurado na parede de uma delegacia em Charing Cross. Um investigador uma vez me disse que todos estavam impressionados por eu ter conseguido chegar aos cafetões, geralmente os criminosos mais discretos, e conversar sobre o negócio deles de uma maneira tão franca. Fui até Bradford e investiguei o assassinato de uma prostituta. Entrevistei um psicopata que se vangloriava de ser o assassino mais prolífico da Grã-Bretanha. Saí tanto com bandidos armados quanto com policiais armados, em uma busca para descobrir como era fácil comprar uma arma ilegal no Reino Unido (levei três meses, mas acabei colocando minhas mãos em uma Uzi). Passei um mês trabalhando com um traficante de crack, preocupado com o fato de que eu também poderia ir preso se a polícia o pegasse. Investi tempo nessas histórias, muitas vezes um tempo e um esforço consideravelmente maiores do que o justificável pelo que recebia. Mas queria saber as coisas da maneira mais clara.

Mas também vivi aventuras. Eu era imprudente e corria riscos estúpidos. Fui até a Rússia participar de uma *rave* e tomar ácido com membros da máfia, que ficaram tão magoados com o que escrevi sobre eles que me ameaçaram de morte (imagine, já havia um psicopata me mandando cartas ameaçadoras da prisão, então eles teriam de esperar na fila). Fui à África do Sul explorar um país dividido pelo *apartheid* e, quando vi, estava subindo um penhasco, sozinho, no meio do nada (eu realmente pensei que morreria naquele dia, mas, só de pensar na vergonha de morrer de maneira inútil e patética, recuperei minhas forças para seguir em frente). Fui aos Estados Unidos e viajei pelo país, embebedando-me em bares com estranhos até que fui assaltado por uma *stripper* em Nashville e tive de voltar para Londres com apenas 25 dólares no bolso. Passei bons momentos lá. Tomei um porre com Billy Joel e convencemos o gerente a nos deixar bebendo até amanhecer, mesmo que o bar já tivesse fechado. Alguns velhos amigos nova-iorquinos de Billy apareceram e percebi que se tratava de um grupo meio duvidoso. Lembro-me especificamente de um sujeito chamado Rocco.

— Você transaria com a garçonete? — perguntava ele o tempo todo.

A garçonete era feia, mas Rocco também não era lá muito atraente.

— Eu transaria — admitiu. — Mas nesse momento eu transaria até com uma caixa de marimbondos.

Billy foi ao piano e cantamos alguns clássicos do rock. Pelo que me lembro, minha versão de "Twist and Shout" (com Billy fazendo a segunda voz) foi particularmente bem recebida.

Está certo, eu também escrevi algumas matérias sobre jornalismo de rock. Mas só sobre os melhores. Defini que não conversaria com artistas promissores, pois seria doloroso demais. Eu morria de inveja quando eu via as bandas no palco – qualquer banda, em qualquer palco. Eu queria subir, arrancar a guitarra das mãos do guitarrista e mostrar para o público do que eu era capaz. Essa não é uma boa posição crítica. Mas conheci alguns dos meus heróis. Passei algumas horas encantado por Leonard Cohen, um dos cavalheiros mais graciosos e eloquentes que já conheci. Passeei por Las Vegas em uma limusine com Keith Richards, tomando vodca e ouvindo no rádio gravações antigas da Motown (era para termos saído da gravação de um vídeo e ido direto para o hotel de Keith, mas ele se divertia tanto me contando sobre os músicos que tocaram em cada faixa que pediu ao motorista para continuar, balançando o copo com vodca e dizendo "Dirija, só isso. A noite toda!"). Acho que jamais faria isso se fosse uma estrela do pop. Mas me consolava saber que, no estrelato do jornalismo, nem tão cheio assim de estrelas, eu começava a brilhar.

Em maio de 1992, estava no escritório da *GQ* quando recebi um telefonema do escritório do U2 em Dublin. Eles queriam se certificar de que eu tinha ingressos e credenciais para o show que aconteceria no Earl's Court. Era o primeiro show que o U2 fazia na Grã-Bretanha desde o Wembley Stadium, cinco anos atrás. Fiquei surpreso e lisonjeado por ter sido encontrado. Embora tenha conversado com Bono algumas poucas vezes pelo telefone, não via ninguém do U2 há alguns anos. Nem mesmo me encontrei com Adam para vender seu velho baixo, embora eu tivesse procurado o instrumento quando estive na Irlanda, pensando no dinheiro que eu poderia ganhar. O baixo foi visto pela última vez com Deco, o antigo baixista da Yeah! Yeah!, mas quando estive em sua casa, ele me entregou uma coisa que eu só poderia descrever como o braço de um baixo com um pedaço quadrado de madeira colado nele.

– O que é isso? – perguntei.

— É o velho Ibanez.

— O que você fez com ele? – gritei.

— Serrei o corpo fora – disse ele, alegremente. – Queria que se parecesse com um daqueles baixos do Devo. Mas não se preocupe, ainda funciona.

Meu sonho de arrancar uma pequena fortuna de Adam foi para o espaço.

— Não tem mais valor nenhum – disse eu, desanimado, contemplando as ruínas.

— Não fale isso, Neil – respondeu Declan. – Ele nunca teve valor. Era só um pedaço de lixo, mas agora parece bom!

Independente disso, eu e Gloria fomos ao show no Earl's Court. Queria apresentá-la ao Bono. Quando eu não estava viajando a trabalho, eu e Gloria morávamos juntos no apartamento dela em Belsize Crescent, exatamente na mesma rua onde eu e Ivan fazíamos festas uma década antes e sonhávamos com o estrelato. Mas agora as coisas eram bem diferentes. Introjetei os conceitos de fidelidade e responsabilidade, o que fez meu relacionamento com Gloria florescer. Quando provei que falava sério em querer me organizar, Gloria me apoiou durante a luta para me estabelecer como jornalista, e eu estava fazendo o meu melhor para recuperar a confiança dela. Estávamos virando uma família. As crianças eram adoráveis, como geralmente todas são. Basta abrir o coração para que elas entrem nele. Eu não era o pai delas, mas estava me tornando algo mais que isso, algo talvez ainda melhor: um sujeito com quem eles gostavam de estar e que ocupava um lugar entre pai e amigo. A vida estava tomando uma forma totalmente diferente para mim. Mas fiz uma descoberta bastante peculiar quando falei com Gloria sobre o show do U2 pela primeira vez.

— Você é mesmo amigo do Bono? – perguntou ela (a banda era tão famosa no momento que até Gloria já sabia da existência deles).

— Claro! Já te falei isso antes.

— Sim, eu sei, mas você me diz uma porção de coisas, nunca sei quando está brincando – disse ela, encolhendo os ombros.

— Quer dizer que você não acredita em mim? – perguntei, incrédulo.

— Bom – disse ela, razoavelmente. – Eu conheço a maioria dos seus amigos. Por que nunca o conheci?

Não consegui explicar de fato. Quando eu queria falar com Bono, precisava ligar para o escritório do U2 e falar com um assistente que passaria a mensagem adiante, geralmente dizendo alguma coisa desencorajadora sobre ele estar em algum lugar do mundo fazendo um grande trabalho em prol da justiça social, e que já havia uma montanha de ligações esperando por ele.

Muitas vezes passavam-se semanas até que ele retornasse a ligação, e era pura sorte quando ele me encontrava. Daí eu escutava uma voz na secretária eletrônica dizendo "Estou atrás de você", então tinha de ligar para o escritório e começar o processo todo novamente. Era realmente um caminho longo demais para conseguir uma coisa tão trivial quanto fazer contato. Além de o acesso ser restrito pelos canais do sucesso, todos agora queriam um pedaço do Bono. Em uma das poucas vezes que consegui contatá-lo (ou ele me contatar), ele foi interrompido por um assistente e voltou só para dizer:

— Preciso desligar, o presidente está na outra linha.

— Que presidente? – perguntei.

— Boa pergunta! Que presidente? – perguntou ele ao assistente.

(A propósito, era o presidente da Irlanda).

Tendo de competir com líderes mundiais, estrelas do cinema e modelos internacionais, eu estava sempre no final da fila e não conseguia chegar na frente.

Acontece que talvez eu até preferisse manter certa distância. De vez em quando eu acordava suando frio depois de ter um pesadelo com Bono e não gostava nada daquilo. O U2 era tão popular que era impossível evitá-los. Eles reluziam como um farol no meu horizonte pessoal, um lembrete constante de tudo aquilo que não consegui conquistar. E mesmo assim eu queria vê-los de novo. Como uma banda viva, eles eram a minha pedra de toque: a primeira banda que vi tocar na vida, e a melhor de todas. E como amigos... bom, seria interessante descobrir a posição que eu ocupava.

O show em Earl's Court fazia parte da extraordinária turnê Zoo TV, que começou a ser feita em arenas antes de partir para os estádios. O *Achtung Baby* foi lançado em 1991, um álbum maravilhoso, com músicas complexas e extraordinárias, tocadas de uma maneira extremamente contemporânea, marcando um afastamento do flerte com o rock tradicional para se conectar com a modernidade e com o *art rock*. Eles melhoraram muito a própria imagem: havia muito brilho e humor. Os críticos alegaram que eles haviam adotado a ironia, mas não havia ironia nas músicas, que continuavam tão substanciais, comoventes e comprometidas quanto antes. A ironia estava na embalagem. O U2 abraçou as contradições de seu lugar no palco do mundo: irlandeses apaixonados e festejados como superestrelas no universo das celebridades, um universo trivial e sedento por fofocas. E abraçaram também as contradições de sua própria personalidade: verdadeiros fiéis com um senso de humor. Eles queriam se divertir.

E os shows da Zoo TV foram muito mais que divertidos. Era uma instalação de arte e multimídia de alta tecnologia, uma apresentação de coração e alma, um espetáculo de tirar o fôlego com *slogans* luminosos, imagens gravadas, filmagens ao vivo e canais de televisão aleatórios bombardeando os sentidos a partir de paredes com telões interativos. Bono continuava sendo o para-raios do público, o elemento responsável pela experiência comum, mas conduzia essa sinfonia de emoção coletiva com uma nova e estranha vitalidade, canalizando tudo por meio da figura da Mosca[1], uma faceta mais sombria do seu *self*, vestido em couro preto e

---

1 Referência à música "The Fly".

óculos escuros como um guru dos infernos, uma criatura tão provocante quanto Gavin Friday no apogeu das Virgin Prunes.

O show da Zoo TV foi projetado em uma escala inacreditável, mas, com o U2 no centro, ele parecia uma coisa viva, respirando. Aquele foi verdadeiramente o evento ao vivo mais impressionante que eu já testemunhara. Será mesmo que o rock'n'roll poderia chegar tão longe? E poderia ter percorrido todo esse trajeto pelas mãos daqueles mesmos garotos que agitavam o ginásio da escola fazendo versões do Bay City Rollers?

Talvez eu estivesse impressionado. E eu queria muito dizer isso à banda. Todas as minhas restrições foram por água abaixo enquanto eu e Gloria caminhávamos até os bastidores. As credenciais eram lindas, de plástico laminado, e serviram para abrir nossa passagem no meio de uma multidão de simpatizantes. Parecia que os bastidores foram montados com o mesmo esforço gasto para criar o show. Os convidados com credenciais VIP comuns ficavam restritos ao espaço do bar, mas os nossos cartões laminados davam acesso a um túnel branco, em forma de tenda, passando por um bar reservado às pessoas que tinham menos relação com a banda, até chegar a uma tenda de recepções com telões da Zoo TV exibindo imagens aleatórias e garçonetes servindo sushi e champanhe. Algumas celebridades estavam lá. Elvis Costello, Chrissie Hynde... e Sinead O'Connor. Eu já havia conhecido todos em minhas viagens, e os cumprimentei apresentando-os para Gloria (exceto Sinead, é claro, que talvez quisesse me revistar em busca de um gravador). Mas não havia sinal da banda. Pensei que eles poderiam aparecer para nos cumprimentar depois de se arrumarem. Mas o tempo foi passando. Até que vi Elvis, Chrissie e Sinead sendo levados por uma garota com uma prancheta na mão e escoltados por mais um túnel. Havia mais um recinto adiante.

Eu me aproximei do segurança na entrada do túnel, com um sentimento de naufrágio no peito.

— Desculpe – disse ele, educadamente. – Essa credencial não dá acesso a essa parte.

— Vamos embora – disse eu para Gloria. Senti o peso da decepção, mas não queria sustentar esse sentimento, a sensação de humilhação tão familiar nos meus sonhos.

— Pensei que você quisesse cumprimentá-los – disse Gloria.

Senti um gosto amargo, uma reação infantil e petulante ao ver as celebridades tendo o privilégio de um encontro pessoal enquanto eu era deixado para trás. Mas não queria que Gloria suspeitasse de que pudesse existir dentro de mim tal mesquinhez. Queria ser maior e melhor do que aquilo. Tive de aceitar que a conexão pessoal que um dia eu tive com o U2 foi corroída pelo tempo e pela mudança das circunstâncias. Eles se mudaram para bem longe de mim. Aquela parte da minha jornada de vida tinha acabado.

— Só quero ir para casa – disse eu.

CAPÍTULO 21

No final de 1995, eu estava sentado diante do computador no meu escritório em cima da casa de apostas em Piccadilly, concentrado em uma matéria sobre o assassinato do meu velho amigo, o General, e sua substituição na hierarquia social do submundo irlandês por um sujeito igualmente bizarro conhecido como Monk, quando recebi uma ligação de Sarah Sands, a nova editora assistente do *Daily Telegraph*. Eu ainda não tinha falado com ela. Meus contatos no mundo do jornalismo eram curiosamente limitados. Apesar do meu relativo sucesso, eu nunca tive de fato entusiasmo para me envolver na prática de *networking* pela qual a maioria dos meus colegas jornalistas, que trabalhavam como *freelancers*, parecia sobreviver. Eu estava trabalhando em uma matéria para a *GQ* e estava certo de que, quando terminasse uma história, sempre apareceria outro trabalho. Mas eu conhecia o *Telegraph*, obviamente. Era um dos jornais mais veneráveis e populares da Grã-Bretanha. Sua visão política era um pouco mais direitista que a minha, com fortes relações com o partido conservador e o velho *establishment* britânico, mas de vez em quando eu folheava suas páginas. O *Telegraph* sempre teve uma cobertura nacional de notícias, com matérias bem escritas e bem pesquisadas, o que me dava inspiração e orientação para as duras matérias criminais que eu escrevia. De todo modo, Sarah me fez uma oferta inesperada.

– Tenho certeza de que você já sabe – disse ela –, mas Tony Parsons está saindo do jornal.

– Sim – disse eu, mesmo não tendo conhecimento do fato. Eu nem sabia que Tony Parsons trabalhava no *Telegraph*, muito menos que estava saindo. Mas suspeitava de que essa admissão pudesse ser um erro. Seja como for, eu sabia quem era Parsons: um punk ex-*NME* que ganhou fama como um dos jornalistas mais pugnazes e prepotentes da Grã-Bretanha.

– Queríamos saber se você teria interesse em ficar com a coluna dele – disse Sarah.

– Claro, tenho interesse sim – respondi, tentando parecer o mais calmo possível.

Ter uma coluna é o sonho da maioria dos jornalistas, um fórum próprio para despejar suas teorias e opiniões (e eu tinha um monte de teorias e opiniões apodrecendo nas catacumbas escuras da minha mente). E uma coluna no jornal mais vendido da Grã-Bretanha... Bem, talvez para mim isso não tivesse o mesmo significado que atingir a primeira posição das paradas com um *single*, mas no meu ramo isso era, definitivamente, o equivalente ao *Top of the Pops*. Mesmo assim, ajudaria se eu soubesse do que se tratava a coluna.

– Podemos nos encontrar para conversarmos melhor? – perguntou Sarah.

– Quando quiser.

– Que tal agora? – disse ela.

– Sem problemas. Eu preciso de uma hora, mais ou menos, tudo bem?

Na verdade, eu tinha um grande problema. Além de não saber exatamente sobre o que conversaríamos, eu estava envolvido em uma tarefa importante há vários dias, durante os quais não prestei muita atenção na minha aparência. Tinha uma penugem no meu rosto por conta da barba há alguns dias sem fazer. E eu compensava a falta de aquecimento no meu escritório usando uma calça de lã e um suéter grande e felpudo. Senti que minha aparência não condizia com um emprego no *Telegraph*. Mas tive uma ideia. Subi correndo a Regent Street até o escritório da *GQ* e me joguei nos braços das meninas do departamento de moda. Elas me deram um terno ultraelegante, uma camisa e uma gravata levemente extravagante (separada para uma seção de fotos que ainda aconteceria), fizeram minha barba, me deram um perfume e me dispensaram com a aparência completa de um homem da *GQ*. Sarah deve ter ficado impressionada, de todo modo. Ela me ofereceu o emprego na mesma hora. Mas, que emprego? Fiquei de ouvido em pé tentando captar qualquer pista.

— Acho que você é a pessoa ideal para o *Telegraph* — disse Sarah. — Você é jovem...

(Nessa época eu já não era chamado de jovem com tanta frequência, mas o jornalismo é bem diferente da indústria musical, e em um jornal cujo correspondente mais famoso, Bill Deedes, estava chegando perto dos 80 anos, suponho que um sujeito de 34 ainda era considerado um franguinho.)

— ... dinâmico...

(Ela gostou do corte do meu terno.)

— ... é um escritor extraordinário...

(O que posso dizer? Fiquei lisonjeado por alguém ter percebido o bom trabalho que eu vinha fazendo.)

— ... e pode trazer a riqueza da sua experiência para o trabalho...

(De qual experiência ela estava falando, exatamente?)

— ... porque, ao contrário da maioria das pessoas nessa profissão, você esteve dos dois lados...

(Não sei se estava gostando do rumo da conversa.)

— ... na verdade você esteve nesse meio e fez alguma coisa.

— Com certeza — disse eu, com a esperança de que ela me pedisse para contar onde estive e o que tinha feito.

— Acho que você será um crítico de rock extraordinário para o *Daily Telegraph*.

Balancei a cabeça, pensativo. Meu passado não tinha ficado para trás. Mas eu estava fadado a isso, aconteceria mais cedo ou mais tarde. Mas tinha uma coisa que precisávamos esclarecer.

— Nunca gostei do termo "crítico de rock" — disse eu.

— Por que não?

— Porque nem tudo é sobre rock, não é mesmo? — salientei. — E se eu quiser escrever sobre um cantor de rap? Ou de *reggae*? Ou de uma rainha da disco?

— Entendo — disse Sarah. — Qual termo você prefere?

— Pop — disse eu.

E então comecei a escrever uma coluna semanal para o *Telegraph*. Tinha uma foto minha com uma legenda: "Neil McCormick sobre o Pop". E se o título desse a entender que eu estava ficando maluco, seria o pequeno preço a pagar por não admitir que eu finalmente aceitara o que o destino me reservou: percorri aos solavancos os atalhos da fama e da fortuna, de suposto *rock star* a amargurado crítico de rock.

Amargurado, não, na verdade. Para a minha surpresa, e de mais ninguém, descobri que gostava do meu novo papel. Eu tinha uma tribuna da qual eu podia gritar e fazer alarde sobre as maldades do meio musical, mas também defender a música que eu gostava, ser uma voz para o artista e não para as corporações, celebrar o talento (na sua gama amplamente variada) enquanto observava de perto as cínicas maquinações e manipulações da indústria. A música nunca deixou de fazer parte da minha vida, mesmo que eu tivesse me tornado um consumidor em vez de um participante ativo. Ela ainda influenciava minha imaginação. Eu era incapaz de passar por uma loja de discos e não vasculhar as prateleiras, buscando pedras preciosas. Gloria às vezes reclamava que nunca havia um momento sem música em nossa casa. Se eu tocava música, ouvia música, lia sobre música, pensava em música e falava sobre música, então que eu também escrevesse sobre música. E como eu já tinha tirado a rolha daquela garrafa específica, nada mais me impedia. Já havia me servido.

Eu ligava continuamente para minha editora no caderno de artes, pedindo mais espaço.

— Talvez eu não possa explicar o renascimento da música ambiente como parte da cultura *club* em oitocentas palavras — reclamei.

— Bem, então de quanto espaço você precisa? — disse a paciente Sarah Crompton, suspirando.

— Preciso de um livro – disse.

— Posso aumentar para 1.200 palavras – respondeu Sarah, generosamente.

— Mas há tanta coisa pra dizer! – lamentei.

E como representante musical do jornal mais vendido da Grã--Bretanha, conheci praticamente todo mundo que sempre quis conhecer (e mais alguns), de Aaliyah a Warren Zevon (e todas as letras mais do alfabeto).

Não conheci Kurt Cobain nem Tupac Shakur (os dois morreram na época em que comecei), e ainda não conheci Madonna, Michael Jackson, Prince, Bruce Springsteen, Eminem e Robbie Williams (devo ser a única pessoa no meio musical britânico que não conheceu Robbie, mas não espero ansioso pelo encontro). Por outro lado, embebedei-me em um bar com Debbie Harry (meu coração ainda bate por ela), e nos demos bem de forma memorável depois de superarmos meus impertinentes comentários sobre sua aparência. Se bem me lembro, "Vá se foder, seu estúpido" foram as palavras de Debbie quando sugeri que ela tinha engordado um pouquinho desde a época em que eu tinha um pôster dela na parede. "Tem muita gente no mundo que gosta de gordinhas, sabia?", acrescentou ela, rindo suntuosamente. E jantei com Elton John, David Beckham, Posh Spice e Lulu na mesma noite. Na verdade, foi durante o lançamento de um disco, ao qual cheguei cambaleando depois do embriagante encontro com Debbie e sentei-me na mesa errada por engano. Mas todos foram muito educados. Elton não sabia quem eu era, mas jogou conversa fora alegremente e, pelo que soube, perguntou depois quem era o bonitão de suéter de lã (uma peça do estilo punk rock de vestir que usei em homenagem a Debbie).

Fui fazer compras com Michael Stipe em Los Angeles. Estávamos sentados ao sol, tomando cappuccinos, quando Daryl Hannah parou para cumprimentar, envolvendo o *superstar* em uma conversa agradável e despretensiosa.

— Esse foi um momento bem característico de Los Angeles — disse Michael, mais tarde. — Nunca tinha me encontrado com ela antes.

Mick Jagger levou champanhe para mim em Cannes. Fui servido por um mordomo no jardim da casa do Sting. Uma das moças do Sugababe se sentou no meu colo em uma festa do P-Diddy em Barcelona.

Topei com Boy George em um quarteirão supermovimentado em Xangai, onde ele me abraçou e disse que eu tinha escrito as coisas mais legais que alguém já escrevera sobre ele, depois passou as próximas doze horas tentando me seduzir (repreendendo-me pelo meu hábito de dizer "Me fode!" quando quero expressar surpresa, ele declarou: "Se disser isso mais uma vez, pode deixar que eu me encarrego"). E Bob Geldof me convidou para seu aniversário de 50 anos. Era uma festa à fantasia.

— Você pode ir vestido de boceta — disse ele. — Nem vai precisar de fantasia.

E um dos Beatles me ligou uma vez, em casa.

— Paul ligou — disse Gloria quando cheguei uma noite.

— Que Paul? — perguntei.

— Não sei. Ele só falou que o nome dele era Paul — disse Gloria. Pensei em todos os Pauls que eu conhecia, mas ela insistiu que não era nenhum deles. — Tenho certeza de que você o conhece — disse ela. A voz dele era familiar.

O mistério foi resolvido quando ele me telefonou de novo.

— Posso falar com Neil McCormick? — disse uma voz cordial com um leve sotaque de Liverpool.

— Sou eu mesmo — respondi.

— Olá, é o Paul McCartney — disse ele.

— Caramba! Olá, Paul! — declarei.

— Acredita que sou eu, não é?

— Sim, por que não?

— Geralmente preciso passar meia hora convencendo a pessoa de que sou eu mesmo – explicou ele.

Ele pegou meu número de telefone com seu assessor de imprensa. Queria me agradecer pessoalmente por um artigo que escrevi sobre a parceria de composição dos Beatles. Eu tinha falado que era uma tolice falar (como muitos críticos faziam) sobre Lennon *ou* McCartney. É Lennon *e* McCartney.

— Jamais diria isso, mas o que você escreveu representa exatamente o que sinto – disse ele.

Então, enquanto conversávamos ao telefone, eu o bombardeei com perguntas sobre os Beatles, as quais ele respondeu graciosamente. E não deve ter sido nada doloroso, pois na verdade ele me ligou várias vezes. Chegou ao ponto em que as crianças cobriam o telefone com a mão e gritavam "Paul McCartney no telefone de novo!".

Acho que tenho sido um crítico gentil. O que não quer dizer que algumas vezes não tenha zombado e menosprezado o esforço criativo das pessoas (prefiro escrever sobre a música que gosto, mas quando um artista importante lança um novo disco, faz parte do meu ofício dizer honestamente o que achei); e é claro que ataquei os aspectos da indústria que considero mais abomináveis, como a quantidade excessiva de recursos dados ao entretenimento fútil, cinicamente produzido e nada sofisticado. Mas espero que eu tenha trazido para a minha prática com o jornalismo musical a sensação de que a música é feita pelas pessoas e, independentemente de ser do meu gosto ou não, acredito que as pessoas tentam fazer o melhor que podem. Inclusive os músicos.

E eu descobri David Gray. Quer dizer, eu fui o primeiro jornalista do Reino Unido a defender sua causa quando o disco *White Ladder* ainda pertencia ao selo do próprio David, antes de ser lançado pela East West e vender 5 milhões de discos no mundo inteiro, sendo talvez o maior sucesso boca a boca da história da música. David já fazia música há uma década sem muito sucesso, e foi recusado por três grandes gravadoras. Eu fiquei tão impressionado com o álbum caseiro dele que telefonei para o selo, me identifiquei e perguntei se seria possível marcar uma entrevista.

– Sou eu mesmo, David Gray! – disse ele, nervoso, do outro lado.

A longa luta de David por reconhecimento o transformou no santo padroeiro das Causas Perdidas. Seu nome se tornou sinônimo do triunfo do talento sobre a publicidade, personificando a batalha dos pequenos contra a grande e brutal máquina da indústria. Ele foi enaltecido como um exemplo de como o talento e a perseverança (lemas que outrora eu repeti como mantra, antes de a minha perseverança chegar ao fim) podem algumas vezes resultar no triunfo. Mas David disse uma coisa que realmente mexeu comigo, palavras que eu transmito para muitos artistas batalhadores:

– Eu fui mastigado, cuspido e disso tudo obtive uma espécie de sabedoria – disse ele. – Eu não culpo a indústria musical. Embora haja uma incompetência grosseira em todos os níveis, tenho certeza de que o talento, quando transborda, acaba sendo pisoteado e jogado para a beira da estrada. Percebi que, como artista, a responsabilidade acaba aí. A menos que se tenha muito dinheiro e força para fabricar o sucesso, o que na verdade criamos tem de convencer as pessoas espontaneamente.

Então na maioria das vezes, apesar das minhas reservas iniciais, eu gostava da minha profissão de jornalista musical. Na maioria das vezes. Preciso reconhecer que houve ocasiões em que jorrava de mim uma sensação de inveja ou ressentimento.

Um exemplo seria quando um *pop star* qualquer, cocreditado como compositor simplesmente por ter passado um tempo sentado no estúdio se intrometendo na conversa enquanto vários profissionais consagrados trabalhavam para fazer o disco, vinha falar comigo (comigo!) sobre o ofício da composição. "Preste atenção, eu sei mais sobre a dor e a beleza da maldita arte (não ofício!) da composição do que você possa imaginar", era o que queria dizer para Natalie Imbruglia, Samantha Fox e Mel C, das Spice Girls. Mas eu precisava ficar calmo. Porque elas tinham hits. E eu tinha um monte de fitas velhas, rejeitadas pelas mesmas gravadoras que as transformaram em estrelas.

Ou quando algum engraçadinho, cuja sorte e aparência o haviam levado muito além do que garantiria o próprio talento, começava a reclamar sobre como foi difícil se tornar famoso. "Qual é, você já tem mais do que merece, então aproveite o máximo disso", era o que queria gritar para Gavin Rossdale, do Bush, Dolores O'Riordan, do Cranberries e Simon Le Bon do Duran Duran. Mas eu não podia dizer nada, porque eles tinham e eu não tinha. E era isso que contava.

Ou quando o pavoroso tema do destino mostrava sua cara horrorosa. E quando alguma estrela que já tinha tudo o que queria começava a falar sobre como tudo *tinha de acontecer*. Será que realmente acreditavam nessa merda? Ou melhor, será que o fato de Kylie Minogue e Jason Donovan terem liderado as paradas foi real, verdadeira e fatalmente inevitável? E que eu estaria sentado na suíte de hotel dos outros, escutando absurdos sem sentido de cretinos sortudos que tinham a metade do meu talento?

Isso não quer dizer que eu era amargo. De jeito nenhum. Mas sempre que alguém, não importa o quanto seu talento fosse genuíno, supremo ou indiscutível, começava a falar como se a fama estivesse predeterminada, eu queria desligar o gravador e dizer: "Veja só, colega, deixe-me te contar um segredo que todo mundo sabe e que é dito livremente nas ruas, mas sequer sussurrado entre os poderosos: há um mundo gigantesco lá fora, e às vezes, apesar dos nossos melhores esforços, as coisas saem do nosso controle".

Uma vez me encontrei com Rob Dickens em uma cerimônia de premiação. Ele não era mais diretor na WEA, mas continuava sendo um dos indivíduos mais importantes do cenário musical britânico. Mas, no meu campo privado da demonologia, Dickens era o maior monstro de todos. O fato de ter rejeitado a minha banda foi algo cruelmente arbitrário. Eu nunca me esqueci que Bill Drummond disse-me que seu chefe sequer tinha escutado nossa música antes de rasgar nosso contrato. Uma pessoa que nós dois conhecíamos nos apresentou, e depois ficou paralisada quando percebeu o que tinha feito.

– Você recusou minha banda na sua gravadora – disse eu enquanto apertava a mão dele.

– Com certeza você se lembraria de mim – disse ele, com um sorriso malicioso. – Eu recusei um monte de bandas.

– Shook Up! – disse eu.

– Ah, sim – disse ele. – O grupo de Bill Drummond. Mas vocês nunca gravaram nada, não é? Então eu estava certo.

Que *filho da puta*! Minha vontade era lhe dar uma cabeçada ali mesmo, quebrar o nariz dele e deixá-lo sangrando no chão, depois talvez chutá-lo para ele sentir o mesmo que senti. Mas pensei que provavelmente essa seria uma conduta inapropriada para um representante do *Daily Telegraph*. Então apenas sorri e soltei a mão dele.

Nós teríamos conseguido. Ainda acredito nisso. Só acho que precisaríamos de um pouco mais de imaginação, algo além da fórmula pronta usada por Rob Dickens.

Sendo assim, depois de todos esses anos escrevendo uma coluna de jornal e relacionando-me com pessoas importantes do cenário musical, muitas vezes me perguntam quem é a pessoa mais famosa que conheci. E a pergunta sempre parece capciosa. Eu poderia dizer Dylan, mas só estive perto dele uma vez. E Paul McCartney é bem famoso, mas só conversamos pelo telefone. A verdade é que a pessoa mais famosa que já conheci é um rapaz com quem me encontrei pela primeira vez em Dublin, quando eu era um garoto de 14 anos.

Encontrei-me com Bono de novo em maio de 1996, em um funeral. Bill Graham morreu de infarto, com apenas 44 anos de idade, depois de passar anos bebendo demais. Voltei a Howth para prestar minha homenagem a um sujeito que foi um mentor para muitos de nós, o melhor jornalista de rock que a Irlanda já teve, o homem que descobriu o U2 quando não havia nada a ser descoberto, e fez amizade com a banda, acreditou nela, serviu de guia, desafiando-a e inspirando-a. Mas ele inspirou muita gente além deles, inclusive eu. O pequeno grupo de irmãos e irmãs que montaram a *Hot Press* no passado está unido para sempre por uma história comum de longas noites de música, risadas e muito trabalho árduo para manter a Irlanda preparada para o rock'n'roll. Eu tinha falado com Bill quando visitei Dublin pouco tempo depois de começar a trabalhar no *Telegraph*. Ele estava todo entusiasmado (depois ele pediu que eu devolvesse um disco que tinha me emprestado quinze anos antes – quando se tratava de música, Bill nunca se esquecia de nada). Lembro-me de que era bom saber que eu podia contar com seus incríveis recursos musicais. Se eu ficasse paralisado por conta de uma ideia, bastava ligar para Bill e ouvi-lo divagar. Bill era um rio exuberante de ideias e *insights*; era possível criar artigos inteiros com os afluentes da conversa dele.

Mas não era para ser. Nunca mais teríamos o prazer da sua companhia preciosa, extraordinária, gentil e muitas vezes embriagada. Bill se foi.

Ele recebeu no funeral uma homenagem incrível, tão excêntrica quanto ele próprio. Parece que toda a indústria fonográfica irlandesa estava presente e de pé na igreja de Howth, uma monstruosidade cinza, vigiada por gárgulas, construída na era vitoriana, bem no centro do povoado. Fomos recebidos pela melodia de violinos e guitarras da banda *folk* Altan. Maire Ni Bhraoinain, do Clannad, provocou arrepios com sua voz suave e etérea enquanto cantava um lamento gaélico antes da leitura do Evangelho. Mas não foi uma ocasião muito sombria. Eu ainda morro de rir quando me lembro do pároco recebendo um ofertório de Liam Mackey; lá estava o padre diante do altar, com aquela vestimenta suntuosa, segurando solenemente uma cópia do *Bitches Brew*, do Miles Davis, acima da cabeça (a psicodélica capa do disco mostra uma mulher negra, nua, com seios proeminentes). Durante a comunhão, Bono cantou, no balcão, a elegíaca "Tower of Song", de Leonard Cohen, junto com The

Edge e os integrantes da Altan. Gavin Friday cantou "Death Is Not the End", de Bob Dylan. Depois Simon Carmody, da banda irlandesa de *trash rock* Golden Horde, fez uma versão solo melancólica e trôpega de "You Can't Put Your Arms Around a Memory", composta por Johnny Thunders, do New York Dolls, enquanto Bono, The Edge, Gavin Friday, Niall Stokes, Liam Mackey e outro velho amigo, John Stephenson, carregavam o caixão sob a brilhante luz do sol. Esse foi o momento mais difícil. Acho que todos pensamos em quando éramos jovens e ainda estávamos nos acostumando com a própria ideia da mortalidade dos nossos contemporâneos. Alguns de nós foram até o cemitério Fingal, onde o caixão de Bill foi enterrado aos acordes solitários de um trompete.

    Depois, como manda a tradição, houve uma festança no Royal Hotel, em Howth. Eu estava tentando confortar Liam Mackey, que estava extremamente emotivo, quando Bono e Ali se sentaram à nossa mesa. Eu não os via há muito tempo, mas não dissemos nenhuma palavra sobre isso. The Edge se juntou a nós. E Gavin. E fizemos um brinde a Bill.

    – Ele não era um sujeito qualquer – disse Bono. – Ele tinha tantos contatos que era capaz de apresentar você para você mesmo. Fico muito feliz por tê-lo conhecido, e realmente vou sentir falta daquela voz que mais parecia uma tuba, um instrumento de sopro no ouvido às quatro horas da manhã.

    A tarde se arrastou com histórias e bebidas, como pede uma ocasião desse tipo, e um pequeno grupo continuou a homenagem durante a noite no clube Lillie's Bordello, em Dublin. Não me lembro em que momento Bono se despediu, mas lembro-me de conversar com ele sobre minha irmã, Louise, que tinha sido a última da família McCormick a se envolver com o U2. Ela participou como engenheira assistente na gravação de alguns lados B para o *Achtung Baby* e se deu tão bem com Bono que ele passou a chamá-la para gravar suas demos pessoais. Louise era fã do U2 desde as primeiras gravações. Aos 13 anos, ela ouviu tanto o meu exemplar do *Boy* que eu quase enjoei. Mas ela tinha uma serenidade peculiar, e aceitou trabalhar com seu ídolo adolescente de uma maneira muito tranquila. Louise ficava muito na dela no estúdio, aparentemente, e demorou um tempo para que sequer mencionasse que tinha um parentesco comigo, Ivan e Stella.

— O que teria sido do U2 sem a família McCormick? — brincou Bono.

— Eu costumo me perguntar o que teria sido de mim sem o U2 — respondi. — Talvez eu estivesse muito melhor.

— Ah, não faça assim, Neil — disse Bono.

— Sabe, eu tenho minha coluna no jornal mais vendido da Grã--Bretanha, com uma foto bem bonita no topo — disse eu. — Tenho mais de um milhão de leitores, pelo que me dizem. A BBC manda equipes de filmagem até a minha sala sempre que há uma notícia bombástica. Minha avó ficou toda feliz porque me viu no jornal das seis. Sou sempre convidado para uma dúzia de programas de rádio e, se você acordar bem cedo pela manhã, pode me ver na TV no primeiro jornal. E mesmo assim eu me sinto um fracasso. É ridículo. Não tive o tipo de fama que sempre quis, mas sob quaisquer outras circunstâncias eu provavelmente teria sido a pessoa mais famosa da minha classe na escola, pelo menos. Mas eu tive de ir para a escola com você!

— Você não é o único amigo que reclama de como é difícil ter me conhecido — disse Bono, sorrindo.

— Todo mundo tem um dragão para derrotar — reclamei.

— É, mas quem você precisa matar é o Bono — disse ele, gargalhando. Essa ideia parecia diverti-lo bastante. — É isso! Você precisa me matar — riu ele. — Para o seu próprio bem! E para o meu!

— Eu não tenho o menor ressentimento de você — disse eu. — Acho que você tem tudo o que mereceu. O que me preocupa é: isso quer dizer que eu tive o que mereci?

Depois disso, estabelecemos uma nova relação, uma mistura do pessoal com o profissional. Minha coluna musical era uma desculpa para manter contato. Eu podia ligar para o Bono e pedir que comentasse alguma coisa sem sentir que estava me beneficiando dele de algum modo. O advento do telefone celular também significou que existia um número no qual eu podia deixar uma mensagem pessoal, em qualquer lugar do planeta, sem ter de passar por uma comitiva de assistentes. E ele começou a me telefonar com mais frequência, sempre que se lembrava de mim.

Como quando o U2 resolveu que o título do próximo disco seria *Pop*.

— Não acredito — zombei. — Quantas vezes você me disse que não faz música pop?

— Passei a gostar da palavra "pop" — riu Bono. — Eu achava que toda aquela coisa pop na qual você estava envolvido era pejorativa e não percebia como era bacana. Eram os adultos que a chamavam de música pop, e agora somos todos adultos. Alguns mais que outros!

Conversamos sobre o significado do pop quando ele pegou um dicionário na prateleira.

— Tenho uma definição ótima de pop — insistiu ele. — Deixe-me ver... *Povo. Prática. Pragmático. Prazo.* Deus, quantas palavras! *Prece. Precioso. Precoce.* Espere, passei adiante. Vamos lá... P-o... POP. *Pop, pop, pop. Gerar ou produzir um estalido.* Não é ótimo? E que tal esse? *Usado informalmente para se referir a pai.* Gosto desse, gosto muito desse. — E continuou perambulando pelas palavras do dicionário. *Pipocar. Papa.* Essa é a minha predileta. A palavra papa lembra pop. Vou fazer uma camiseta escrito "Pop João Paulo II".

— Que tal "Pop John Paul George e Ringo"? — sugeri.

Bono se referia a essas conversas como "diálogo contínuo". Um dia almoçamos juntos e conversamos, só para variar, sobre Deus.

— A religião é responsável por várias coisas ruins que aconteceram no mundo — admitiu Bono depois de mais uma das minhas críticas pungentes. — Mas preciso admitir que também é responsável por muitas coisas boas. É um pouco politicamente incorreto, mas se olharmos ao redor, se olharmos para as coisas práticas que os missionários realizaram em algumas das regiões mais penosas do mundo, como hospitais e escolas na Nicarágua e em Calcutá... bem, não quero me passar por um defensor da religião, mas eu poderia sê-lo se fosse preciso. Mas isso sem considerar a bizarra inquisição espanhola.

Depois, passeamos por uma livraria que parecia um labirinto. Quando estávamos indo embora, ele me entregou um exemplar de *O reino de Deus está em vós*, de Tolstói.

Eu ri, mas fiquei lisonjeado.

— Você acha que ainda há esperança para mim?

— Sempre há esperança — disse Bono.

Peguei um avião até São Francisco para a turnê PopMart, assistindo ao show da mesa de mixagem na companhia de Liam e Noel Gallagher, do Oasis. A maior banda inglesa tinha acabado de abrir o show da maior banda do mundo.

— Impressionante, cara! Intenso! — repetia Liam, maravilhado, no decorrer do que sem dúvida era o espetáculo multimídia mais impressionante desde... o último show do U2. Liam, que não era considerado uma pessoa das mais articuladas, tinha um jeito muito característico de se expressar. — É a primeira vez que vejo o U2 — disse ele. — Agora eu entendo! É tipo... puuuuuuuutz!

Eu sabia exatamente como ele se sentia. A PopMart foi espetacular e insana, apelando para todos os níveis concebíveis: artístico, intelectual, emocional, visual e musical. O U2 tocou sob um arco de neon resplandecente, na frente de uma parede de vídeo gigantesca com imagens modernas de *pop art*. Um solo de guitarra era transmitido para um telão psicodélico atordoante, que media setecentos metros quadrados. A banda chegava para fazer o bis dentro de um óvni brilhante em forma de esfera. O show não teve interrupções e foi feito em uma dimensão que fez a lua cheia, suspensa em um céu claro sobre o estádio aberto, parecer apenas mais uma peça no equipamento de luz. Com tudo isso, ainda havia espaço para personalidade, improvisação e intimidade. Bono exibia o dom que tinha de transcender o problema da distância física com a generosidade e a humanidade de sua performance.

Depois do show, Liam (que parecia ter assaltado o estoque de bebidas dos bastidores) se apoderou do aparelho de som no camarim do U2.

— Você precisa ouvir isso — insistiu ele. — É do caralho!

Era o novo disco do Oasis, direto do estúdio. Quando a música começou a ressoar das caixas de som, Liam segurou Bono pelo ombro, cantando as letras olhando para o rosto dele. Apoderando-se rapidamente do refrão, Bono cantou junto. The Edge balançou a cabeça em um gesto de aprovação.

— As pessoas dizem que as músicas do Oasis são óbvias, mas a forma como as melodias se relacionam com os acordes é bastante incomum — disse Liam à sua maneira, tipicamente analítica. — Você tem a sensação de que já ouviu as músicas antes, e mesmo assim elas surpreendem. — Movimentando-se com a graciosidade animal de um símio esplendoroso, Liam abriu bem os braços e urrou: — "Stand by me, wherever you a-a-a-are..."[1]. Um grupo coeso de farristas (incluindo a estrela do cinema Winona Ryder e o namorado, da banda punk Green Day, as modelos e cantoras Lisa M e Lisa B, o dissidente escocês DJ Howie B e os produtores Nelle Hooper e Hal Wilner) observava admirado, aplaudindo o espetáculo privado e surpreendente. Noel estava sentado no sofá prestando atenção em tudo, com um sorriso permanente no rosto.

De alguma maneira eu acabei em um canto com Bono, em uma conversa embriagada sobre o significado simbólico da azeitona gigante pendurada na ponta de um palito também gigante que se destacava acima do palco enquanto o U2 cantava músicas sobre fé e dúvida, paixão e

---

[1] "Fique comigo, onde quer que você esteja". Da música "Stand By Me", do álbum *Be Here Now*.

reflexão, amor e guerra. Eu queria saber o significado daquilo. Três acordes, a verdade[2]... e uma azeitona no topo? – Há toda uma filosofia que acompanha a palavra "pop" – dizia-me Bono. – Você vivia martelando essa questão e hoje consigo ver isso. Você estava certo. Eu já te disse alguma vez que você estava certo? – Só esta noite você já me disse umas dez vezes – respondi. – Mas pode continuar dizendo, se quiser. É como música para os meus ouvidos.

– Nós vivemos em um mundo comercial, e artistas pop como Warhol queriam fazer parte do mundo real; eles não queriam estar na parede de uma galeria, eles queriam imprimir sua arte e torná-la acessível. Na verdade, Warhol foi uma das pessoas que, em vez de se esquivarem das contradições de sua situação como artista que trabalha no mundo comercial, gostavam e se baseavam nesse mundo. Há liberdade nisso. Liberdade, para nós, é não sermos punidos pelas nossas músicas, que são espinhosas, amargas, contendo certo pesar. Só saímos impunes disso tudo se nos cobrirmos de neon e brilho cósmico. Esses são os anos 1990! Uma década que se parece com essa grande festa e a ressaca que vem depois. E acho que há um valor em encarar isso, em encarar o outro lado da festa, porque é impossível viver a vida sem que ela seja introspectiva e ao mesmo tempo superficial.

– Deixe-me ver se entendi bem. A azeitona representa a liberdade. E também simboliza uma década de excessos. A véspera do próximo milênio. – Bem, culpem o horário tarde do show, culpem o champanhe, a cerveja e o vinho que brotavam nos bastidores, mas tudo aquilo parecia fazer sentido. Até certo ponto. – E o limão de doze metros embaixo da azeitona?

– É preciso ter um limão – disse Bono. – Vodca e tônica sem limão não são a mesma coisa.

---

2 "Three chords and the truth". Referência à canção "All Along the Watchtower", escrita por Bob Dylan e gravada pelo U2 no álbum *Rattle and Hum*.

Bono disse que visitaria um bar chamado Tosca's, que ficou aberto para receber a banda. Era um dos refúgios prediletos dele, um enclave de escritores boêmios que já fora frequentado por Charles Bukowski, Sam Shepherd e Tom Waits (o irmão de Bono nomeou seu restaurante em Dublin em homenagem ao Tosca's e ao antigo amor do pai por ópera). Os últimos teimosos se amontoaram em um micro-ônibus. The Edge e Liam se sentaram no banco de trás, Noel se espremeu entre mim e Bono, agarrando o joelho do cantor enquanto tagarelava entusiasmado sobre o show e as músicas do U2 de que ele gostava. Até que, em uma sincronicidade surpreendente, o rádio do micro-ônibus, ligado em uma estação noturna, começou a tocar o hit "One", do U2.

— Essa é a melhor canção já escrita na história – gritou Noel. Ele e Liam começaram a cantar a plenos pulmões. Dominados pelo entusiasmo dos irmãos, Bono e The Edge se juntaram à cantoria. E, enquanto passávamos por alguma avenida de São Francisco, muito depois da meia-noite, quatro dos maiores *rock stars* do mundo aumentaram o tom de voz em uma versão apaixonada e improvisada de uma canção sobre união e amor fraternal. "We are one", cantavam eles, "but we're not the same/ We've got to carry each other, carry each other…"[3].

E eu cantei também. Porque, se essa era a canção de todos, era a minha também. A canção do *doppelgänger* de Bono.

Somos um. Mas nao somos o mesmo.

Lembro-me de Bono, em algum momento da bebedeira, subir no balcão do Tosca's para cantar uma ópera. E de Nellie Hooper arrastando pelo cabelo sua namorada, Lisa B, para fora do lugar, aparentemente enfurecido por ela estar conversando comigo. E do recém-casado Liam desaparecendo no meio da noite com Lisa M, com quem ele teve um filho. E de Bono juntando os retardatários (The Edge, eu e algumas garotas), muitas e muitas e muitas horas depois, para que fôssemos ver o sol nascer sobre a Golden Gate Bridge.

---

3   Somos um, mas não somos o mesmo/ Temos de apoiar um ao outro, apoiar um ao outro.

Quando acordei, no início da tarde, com a cabeça estourando e um sorriso no rosto, qualquer ressentimento ou inveja que eu pudesse ter de meus antigos amigos se esvaíra ao sol da Califórnia. E pensei em como era um privilégio conhecê-los, acompanhar a notável história da banda se desdobrando, de perto e de uma maneira tão pessoal, e ser convidado, de tempos em tempos, para me juntar a eles, cantar junto e dividir a aventura.

Como na época em que fomos a Roma visitar o papa.

Estávamos em 1999. Bono e Bob Geldof estavam fazendo uma campanha para o Jubilee 2000, uma organização beneficente que queria convencer líderes do mundo todo a reduzir a dívida externa que paralisava o Terceiro Mundo. Foi marcado o encontro entre eles e o Papa João Paulo II em seu palácio nas colinas albanas. "Ele controla um eleitorado muito amplo", como disse uma vez Geldof (ateu declarado) de maneira tipicamente pragmática. Eles queriam um jornalista para acompanhá-los, então fui convidado para a viagem.

Bono e Geldof formavam uma dupla extremamente esquisita: o primeiro era alegre, idealista e otimista, motivado por seu longo e duradouro comprometimento com a cristandade; o outro era um cínico ateu, pessimista e beligerante que parecia fazer boas ações contra a própria vontade. Juntos, no entanto, eles representavam uma dupla genuinamente dinâmica: dois *rock stars* irlandeses em uma missão para salvar o mundo. Na noite anterior, a conversa foi sobre conjuntos musicais irlandeses da década de 1970, e não sobre economia, mas assim que as câmeras e os microfones foram apontados para eles, Bono e Geldof se transformaram em defensores imponentes da causa. Eles claramente tinham feito o dever de casa, e, seguros de si, usavam o domínio que tinham de números e fatos importantes para dar suporte a frases fortes e emotivas.

— Sabe o que é engraçado? — confidenciou-me Bono. — Eu não aprenderia isso na escola nem que me pagassem ou me batessem. Mas adivinhe? Descobri que tenho facilidade com essas coisas. Descobri que consigo memorizar notas informativas sem nenhum problema.

Talvez porque isso fosse algo que realmente importava para ele. Todavia, soube que Bono teve sérias dúvidas em ser o líder representativo da campanha.

— É um absurdo, se não obsceno, o fato de as celebridades serem uma porta pela qual esses problemas precisam passar para que os políticos prestem atenção — reclamou ele. — Mas a questão é essa. O Jubilee não pode entrar nos escritórios e eu posso. A ideia, no entanto, tem uma força toda própria. Só estou potencializando essa força. E você sabe: fazer barulho é a tarefa perfeita para um *rock star*.

A fama de Bono chegou a proporções bem bizarras. Na Itália, onde é um *superstar* entre *superstars*, o simples fato de ele aparecer provocava ondas de agitação visíveis em todo o arredor. O tráfego parava totalmente no meio do buzinaço em comemoração. Multidões de pedestres se aglomeravam. Os *paparazzi* se acotovelavam tentando conseguir espaço. O Jubilec 2000 disponibilizou uma tropa de seguranças, todos eles visivelmente mais bem vestidos do que o homem que protegeriam. Seus ternos cinzentos e vistosos, cabelos bem cortados e óculos escuros de grife fizeram Bono (que usava jeans e uma jaqueta preta barata, óculos roxos gigantes e sapato *creeper*) parecer um malandro que tinha acabado de sair de uma liquidação. Mas, numa era em que a fama era retratada mais como um fardo do que como um privilégio, Bono passava uma impressão destemida e agradável e se recusava a se desligar do mundo por uma proteção excessiva. Sempre que ele se aventurava a atravessar a escolta do hotel, era imediatamente cercado pela mídia e pelo público. Como não era o mais alto dos homens, muitas vezes sumia de vista, deixando os seguranças extremamente tensos, olhando descontrolados para todos os lados no meio do tumulto. Para alívio geral, Bono acabava aparecendo com todos os membros no lugar, rindo enquanto dava o último autógrafo ou soltava mais uma frase de efeito para as câmeras de TV.

Uma multidão de espectadores gritava por Bono do lado de fora da residência papal enquanto a escolta policial conduzia nosso micro-ônibus por uma enorme arcada, entrando em um pátio amplo e murado, o lar do homem considerado o representante de Deus na Terra pela Igreja Católica Apostólica Romana. A expressão bíblica "Na casa de meu pai há muitas moradas" seria uma descrição justa da residência do papa. A casa onde eu cresci caberia tranquilamente dentro de um único cômodo dela. Nossa pequena comitiva foi conduzida de uma sala imensa para outra até que chegamos aos aposentos do pontífice. Eu estava realmente ansioso para conhecer o papa. Afinal, esse era o cara responsável pelo fim da Modulators. Eu queria saber como se parecia na carne o enviado de Deus. E eu tinha solenemente prometido a Bono que não usaria essa oportunidade para soltar minhas teorias sobre o universo sem Deus ou fazer perguntas embaraçosas sobre o significado de passagens bíblicas específicas. Mas quando nos aproximamos da porta, seguindo o protocolo, um segurança glorificado (conquanto usasse a vestimenta medieval da Guarda Suíça do Vaticano) insistiu que eu esperasse do lado de fora.

Eu devia ter desconfiado! Essa era a história da minha vida com Bono. Eu quase nunca tinha a credencial correta ou o prestígio suficiente para ter acesso ao santuário final.

– Só não vá dizer que não sou católico, hein? – sussurrou Bono para mim enquanto era conduzido pela Guarda Suíça.

Fiquei sentado em um banco de pedra esperando ele voltar. Mas eu não bufei, praguejei ou excomunguei minha sorte. Sentei e ri comigo mesmo do absurdo da situação como um todo. Pensei no meu amigo, na pessoa maravilhosa que ele se tornou, um indivíduo complexo, gregário, imensamente compassivo, que sempre apostava nas coisas em que acreditava.

No decorrer dos anos, Bono e seus companheiros de banda fizeram campanhas para a Anistia Internacional, para os Artistas Unidos contra o Apartheid, Live Aid, Self Aid (organização para ajudar os desempregados na Irlanda), Campanha para o Desarmamento Nuclear, Greenpeace e Warchild. O U2 protestou contra a construção de uma usina de processamento de detritos nucleares em Sellafield, uma usina geradora na Inglaterra, famosa por jogar detritos no mar da Irlanda. A banda fez muita coisa para destacar o problema das vítimas da guerra na Bósnia e, ao longo de anos de conflito, apoiou os cidadãos cercados de Sarajevo. Investiram tempo e recursos significantes (incluindo todos os lucros do *single* "One") para despertar a consciência para a questão da aids, e desempenharam um papel pequeno porém importante no processo de paz na Irlanda do Norte, quando Bono cumprimentou no palco o líder do partido democrata, John Hume, e o líder unionista, David Trimble, durante um concerto do U2 em apoio ao Acordo de Belfast em 1998.

– Precisamos começar a encontrar outras maneiras de passar a mensagem adiante – brincou Bono uma vez comigo. – Tenho medo de que, se o U2 fizer mais uma grande declaração sobre a paz, haja uma guerra só para me arrancar o microfone.

Ao observá-lo em Roma trabalhando com a mídia, batendo o tambor contra a fome no mundo, ultrapassando os limites da exaustão por uma causa que tinha o potencial de mudar o planeta, eu fui quase levado às lágrimas. Vi tanto o investimento dele na causa quanto o que dele foi tirado. A campanha do Jubilee tinha exigido tanto tempo e energia de Bono que a banda ficou atordoada, e foi obrigada a adiar a gravação do disco novo por um ano.

– Essa é uma grande ideia, na verdade, a maior ideia da qual já tive conhecimento – disse Bono. – Eu não tinha como pular fora. Não significa apenas dar esmola aos pobres, mas sim olhar para toda a estrutura da pobreza. E será muito desagradável com o restante da banda. É desagradável mesmo. Eles têm sido muito pacientes comigo, mas não é fácil para eles esperarem no estúdio enquanto eu visito o papa!

Bono poderia dar uma lição em uma entrevista. No centro de um verdadeiro motim da mídia, ele permaneceu impressionantemente concentrado em sua causa, afirmando e reafirmando o caso em prol da redução da dívida externa com uma combinação potente de charme, sinceridade, sagacidade e convicção. Enquanto Geldof discutia estratégia com os representantes do Jubilee antes de partir para reuniões de negócios em Roma, Bono respondia às mesmas perguntas repetidas vezes, tentando introduzir com muita coragem algo novo em cada entrevista. Embora visivelmente cansado com o passar do dia, com a voz cada vez mais rouca devido ao discurso incessante, o assunto sempre parecia capaz de envolvê-lo.

— A questão é mais moral que intelectual — insistiu ele durante uma entrevista por telefone para a *Newsweek*. — Você pode argumentar com a ideia o quanto quiser, e eu tive debates extraordinários com intelectuais extraordinários, mas a questão é essencialmente moral, e o fato de não conseguirmos fazê-la acontecer diz muito sobre um entorpecimento moral.

Ao desligar o telefone, Bono disse, rindo:

— Não é uma coisa cafona? Acho que preciso arrumar um chapéu de feltro e uma maleta.

Um dia que começou com uma entrevista pelo telefone, no início da manhã, para o programa *Today*, da Radio Four, finalmente terminou quase à meia-noite em uma salinha caótica em Roma, onde havia um tapete velho preso na parede para servir de pano de fundo colorido para uma transmissão via satélite para a equipe de jornalismo da CNN nos Estados Unidos. Bono claramente começou a perder o rumo, tropeçando nas próprias frases e improvisando um *reggae* sobre o pontífice moderno quando a transmissão caiu pela quarta vez.

— Acho melhor você me tirar daqui antes que eu comece a dizer coisas como "Os pobres devem dar aos ricos o que querem" — disse ele para um assistente, em tom de brincadeira.

Sob a lua cheia, jantamos ao ar livre em um restaurante suíço em Roma, brindando à saúde do frágil pontífice de 82 anos que tinha dado uma forte declaração em apoio à causa. Geldof, como era de esperar, representava a solitária voz dissidente, duvidando do fato de estarem realmente próximos do objetivo, mas, com o vinho passando livremente, até seu pessimismo era considerado motivo para mais um brinde. Algumas horas antes, Geldof havia pedido descaradamente ao papa um terço para dar a seu pai, mas agora se jogava em um discurso não atípico sobre a simples imbecilidade da crença religiosa. Observei que ele e Bono formavam uma dupla e tanto.

– Bono é um padre jesuíta – declarou Geldof, para o riso de todos. – Um padre de *mullets*! Já percebeu como ele anda com as mãos unidas na frente do corpo? – Geldof falava alto o bastante para ter certeza de que Bono escutava. – E eu ando com os punhos presos na lateral do corpo! Não preciso acreditar para ter a sensação de que as coisas não estão corretas e podem ser corrigidas. De todo modo, Deus é um conceito psicodélico, esse superser que determina tudo. Será que o mundo todo anda usando drogas? É algo tão improvável!

– Me dá vontade de rir quando você começa com todo esse discurso – declarou Bono, colocando o braço no ombro de Geldof. – Você está tão perto de Deus. Mais perto que a maioria das pessoas que conheço.

Foi a única vez que vi Geldof sem palavras.

Por volta das duas da manhã, só restavam alguns retardatários. Até Geldof havia se despedido, dizendo que tinha um apartamento em Roma ao qual ele nunca ia (ah, as provações da vida multimilionária). Bono, no entanto, resistia a todas as tentativas de convencê-lo de que a noite tinha acabado. Embora tivesse de pegar um avião às seis da manhã para Washington com Jeffrey Sachs, economista de Harvard, para se encontrar com senadores americanos, ele estava aparentemente determinado a restabelecer suas credenciais do rock'n'roll.

– Dormir é para economistas – brincou ele. Ainda havia tráfego nas ruas quando Bono conseguiu fugir da sua equipe e acenou para que eu o seguisse. Eu não sabia o que ele estava planejando, mas o segui de perto enquanto ele andava a passos largos no meio da rua, levantando o braço para parar, de maneira dramática, um carro que passava.

Se eu estivesse sozinho, sem dúvida teria sido atropelado por um motorista furioso e abandonado em uma estrada romana até morrer. Mas Bono fez o trânsito simplesmente parar por completo. O motorista do carro na nossa frente estava praticamente gritando de empolgação com um astro do rock na sua janela, perguntando alegremente se o motorista conhecia algum lugar ali perto onde ele pudesse beber alguma coisa. Foi quando percebi que o carro estava cheio de transexuais. Antes que a equipe de Bono percebesse o que tinha acontecido, nós já estávamos espremidos no banco de trás, encostados no joelho de algum travesti italiano peludo. E foi assim que, às quatro da manhã, estávamos em uma mesinha de um clube lotado, entre pessoas bonitas de gênero indefinido, bebendo champanhe de graça enquanto uma jovem quase sem roupa tentava chamar a atenção de Bono dançando na mesa.

— Me ajude a lembrar: em que consiste mesmo toda essa coisa de *rock star*? — refletiu Bono, fumando um charuto gigante. — Ah, sim. Garotas histéricas. Roupas da moda. Gente tocando guitarra. Entendi!

E naquele momento pensei que o estrelato do rock não poderia ter acontecido para um sujeito mais legal e, francamente, mais merecedor do que ele. O uso que ele fazia daquilo com certeza era muito melhor do que eu teria feito.

CAPÍTULO 22

O pai de Bono, Bob Hewson, morreu às quatro da manhã de uma terça-feira, 21 de agosto de 2001, aos 75 anos de idade, depois de uma longa batalha contra o câncer. Bono estava no leito de morte do pai quando ele morreu. Mas naquele mesmo dia, pegou um avião até Londres para tocar com o U2 no Earl's Court como parte da turnê All That You Can't Leave Behind. Ajoelhando-se diante de 17 mil estranhos, Bono fez o sinal da cruz. "Essa é para o meu velho", disse ele para o público com a voz cheia de emoção.

Assisti a muitos shows do U2 ao longo dos anos, todos com uma característica muito especial, mas aquele estava em outro nível do rock – a vida e a morte flutuavam em acordes poderosos e uma voz muito potente. Músicas que já tinham um forte apelo espiritual ganharam novas dimensões de significado, transbordando com uma pungência tremenda e uma ironia de cortar o coração. "I will be with you again", cantou ele no final de "New Year's Day", evocando a dor crua da perda. "I'm a man, I'm not a child", lamentou Bono em "Kite". "I know that this is not goodbye..."[1].

A atmosfera na arena trepidava com forças invisíveis. Uma energia primitiva era liberada, sentimentos grandes demais para ficar contidos dentro de qualquer pessoa foram transmitidos, de alguma forma, e compartilhados por milhares de pessoas. Bono se inclinava na direção do público com pesar, amor, perplexidade, esperança, raiva e inesgotável otimismo. E o público correspondia, um mar de mãos erguidas para o alto para que ele soubesse que as pessoas se importavam.

---

[1] "Estarei com você mais uma vez", "Sou um homem, e não uma criança" e "Sei que essa não é uma despedida", respectivamente.

Depois do show, fui aos bastidores com Gloria, onde fui recebido por The Edge.

— Estávamos nos perguntando se você conseguiria vir ao show — disse ele, um comentário que me fez sentir valorizado, principalmente na frente de Gloria, que sempre suspeitou que a minha relação com o U2 acontecesse apenas na minha cabeça. The Edge parecia exausto e traumatizado, com a testa brilhando de suor. — Foi um show muito difícil. Não sei como ele conseguiu — reconheceu.

Não é preciso recorrer a nenhum clichê sobre como o show aconteceu para entender o que Bono estava fazendo no palco naquela noite. Quem o conhecia entendeu que ele queria estar ali, talvez até precisasse estar ali, extravasando os sentimentos mais profundos no lugar em que ele se sentia em casa. "Grandes artistas devem cantar para o fundo da plateia. Já os artistas realmente motivados, e acho que você vai concordar com isso, tocam para uma única pessoa. Pode ser a pessoa amada. Mas deveria ser para o pai", disse-me ele uma vez.

Bono nunca falou muito comigo sobre o próprio pai. Era a morte da mãe que parecia ameaçar mais a sua mente, a força invisível que sempre o incentivava, mas o estranho é que uma vez ele me disse que mal conseguia se lembrar da mãe. "Já me esqueci de como ela era", confessou ele, quase envergonhado. Sua principal relação parental era com o pai, mas era uma relação bem frustrante. "Tentar falar com meu velho é o mesmo que tentar falar com um muro", reclamava ele. Ao falar sobre os efeitos da morte repentina da mãe, ele disse que era como se "a casa tivesse desabado. Depois da morte da minha mãe, aquela casa nunca mais foi um lar. Era só uma casa". E era uma casa de homens sofredores, que não se comunicavam. Mas, no fim da vida do pai, Bono parecia ter atingido uma espécie de reaproximação emocional da figura distante com quem ele tinha essa relação saudosa e complexa. Depois que o pai se foi, Bono adorava contar histórias sobre ele, rindo das lembranças com um afeto genuíno, apesar das rudes sementes emocionais que muitas vezes se escondiam em seu núcleo.

— Tive um momento maravilhoso com meu velho na primeira vez que ele foi aos Estados Unidos – disse ele, rindo da lembrança. – Eu o apanhei de limusine. Veja só, eu não gosto de limusines, mas eu sabia qual seria a reação. Ele não entrou! Daí, tivemos de pegar um táxi. Estávamos no Texas, e na passagem de som eu combinei com os iluminadores para que direcionassem o holofote para ele durante o bis. E eu disse: "Quero apresentá-los a uma pessoa, é a primeira vez que ele vem aos Estados Unidos". Gritos! "É a primeira vez que ele vem ao Texas". Mais gritos. "É o homem que me deu minha voz: Bob Hewson!". A luz se acendeu, 20 mil texanos olharam para ele, que se levantou e me mostrou a mão fechada! Depois do show, geralmente costumo ficar uns minutos sozinho só para me acalmar, mas escutei passos atrás de mim. Quando olhei para trás e vi meu pai com os olhos cheios de lágrimas, eu pensei "Então é isso! Esse é o momento! Finalmente ele vai me dizer alguma coisa! E pode ser muito interessante, é o momento que esperei a vida inteira". Meu pai iria dizer que me amava. Ele chegou perto de mim, inseguro, levantou a mão um pouco trêmula, porque ele tinha bebido um pouco, daí olhou nos meus olhos e disse: "Filho... você é muito profissional!".

Esse é o tipo de história que você escuta e não sabe se ri ou se chora. Bem ali, quase tangível, havia o abismo emocional que separava Bono de mim, a estrela do aspirante a estrela.

— Se você estiver tentando preencher esse tipo de buraco, fazer música e ser um artista é um caminho óbvio – admitiu ele. – Você vai acabar insatisfeito, mas descobri que a insegurança está na raiz dos empreendimentos mais interessantes. Quando a pessoa é totalmente segura de si, e dizem a vida toda que ela é o máximo dos máximos, ela provavelmente vai acabar com um emprego respeitável na prefeitura ou algo do tipo. E é isso que quero que meus filhos sintam, por sinal. Não quero ser um "rapaz chamado Sue"[2].

---

2   "A Boy named Sue", canção composta por Shel Silverstein e gravada em 1969 pelo cantor norte-americano Johnny Cash. A música conta a história de um homem abandonado pelo pai aos 3 anos de idade e que cresceu sendo ridicularizado por ter um nome feminino.

Bono e Ali têm quatro filhos. Duas adolescentes, Jordan e Eve, e dois filhos mais novos, Eli e John.

— Fico tão feliz por ter dado as crianças ao Bono — disse-me Ali uma vez. — Ele é uma graça com as meninas, mas a relação entre pai e filho é muito especial, e não acho que ele realmente tenha tido essa relação com o pai.

Uma noite saímos para jantar em Dublin: eu, Bono, Ali, Jordan, Eve, um bando de amigos adolescentes das garotas, Gavin Friday, Guggi, The Edge e quem mais aparecesse. Bono conduziu seu séquito para o restaurante do hotel Clarence. Não tínhamos reserva e o restaurante parecia bastante lotado, mas os garçons foram extremamente receptivos, arrumando duas mesas isoladas na sacada para um número indeterminado de pessoas, e respondendo graciosamente à instrução genérica de Bono para "trazer comida", com uma seleção diversificada do menu. Mas, afinal, o U2 é dono do hotel. Sentamos em um recanto discreto de onde podíamos observar o movimento lá embaixo sem sermos observados.

— Você gosta? — perguntou Bono. — Eu mesmo que projetei.

Os amigos continuavam aparecendo à medida que comíamos, e Bono pedia para se sentarem à mesa e se juntarem a nós, até que havia pelo menos vinte pessoas reunidas, comendo e bebendo. Havia rostos familiares dos velhos tempos e algumas pessoas badaladas da cena rock de Dublin. Shane McGowan, compositor alcoólatra, chegou cambaleando e percebeu que Bono, prevendo sua chegada, já havia pedido seu uísque predileto. Sinead O'Connor chegou em determinado momento, olhou para mim curiosa e perguntou se já nos conhecíamos. Eu neguei.

Ali estava estontante: cabelo preto brilhante, olhar esperto e pele macia. Os anos foram muito gentis com ela, o que talvez tenha sido ajudado pelo estilo de vida luxuoso que a riqueza proporcionava. Não que Ali levasse uma vida particularmente mimada. Além de ser mãe de quatro crianças e esposa por força maior, Ali estudou Política na universidade, formando-se em Ciências Sociais, e se tornou uma ativista notável em causas ambientais. Conversar de política com Ali, no entanto, era uma coisa levemente surreal, pois ela e Bono tinham o costume de conviver com muitos líderes de estado. Quando ela dizia, por exemplo, "Gosto muito do Tony Blair", nunca tínhamos certeza se era um elogio político ou pessoal. Ao falar sobre a presidência dos Estados Unidos, ela disse, como se fosse a coisa mais normal do mundo, que tinha ido à África com a família Clinton na semana anterior para ver o Nelson Mandela. Que legal.

– É preciso ficar de olho em Chelsea – aconselhou Ali. – Bill e Hillary são muito inteligentes, mas Chelsea herdou o cérebro dos dois.

As duas filhas pareciam ter sido abençoadas com as feições da mãe, ao passo que do pai pareciam ter herdado a ousadia, conversando felizes com qualquer pessoa que falasse com elas, saindo-se muito bem no meio de um amontoado de gente cada vez mais turbulento.

– Uma mulher pediu meu autógrafo outro dia – revelou Eve, com uma mistura de incredulidade e orgulho. – Eu disse: "Por que você quer meu autógrafo? Eu só tenho doze anos! Peça para o meu pai!".

As duas estavam agarradas a Bono, contando animadamente os acontecimentos do dia para o pai, que parecia, de algum modo, capaz de prestar atenção em todo mundo – nas filhas, nos amigos delas, nos próprios amigos. Bono estava sentado na ponta da mesa, e para mim ele parecia um rei entre os cortesãos; no entanto, ele não parecia ter consciência desse efeito, intencionalmente alheio ao papel central que desempenhava na vida de tantas pessoas.

– Sabe, Neil, sua vida e a minha não são tão diferentes – disse ele enquanto conversávamos sobre os acontecimentos de Londres, onde eu tinha comprado uma casa estilo vitoriana com sacada para acomodar a breve chegada do meu primeiro filho.

Eu devo ter bufado como reação a esse comentário. Eu estava devendo até as calças, no meio de um caos doméstico que crescia rapidamente, e não conseguia não imaginar que a conta daquela noite, que Bono pagaria generosamente sem pestanejar, provavelmente seria maior que o meu pagamento semanal, uma quantia que facilmente resolveria minhas dívidas mais urgentes. Mas isso não era o que Bono tinha em mente.

– Talvez você ache que eu viva em uma espécie de atmosfera rarefeita, mas tenho as mesmas preocupações que você. Quando passamos um tempo no Terceiro Mundo, a lacuna entre a vida comum de lá e a vida no Ocidente é enorme, quase inimaginável. Mas a lacuna entre o lugar onde você está e o lugar onde eu estou é microscópica. Não passa de alguns degraus de luxo.

Ele me contou sobre umas férias recentes em família, quando foram para uma mansão na França que ele dividia com The Edge.

– É lindíssimo. Jardins bonitos, vistas fantásticas. É tudo o que se pode imaginar. Eu estava no jardim, observando o pôr do sol, e de repente pensei, num estalo: "Isso é meu. Essa casa é minha! Essa é a minha vida!". Em todos esses anos, esse pensamento nunca tinha me ocorrido. Sério. Porque eu sempre estava no meio disso tudo. E a casa, o dinheiro, o que importa não é isso. Nunca foi importante. O que importa é a família e o trabalho. São as mesmas coisas que importam para você. São as mesmas coisas que importam para todo mundo.

Brindamos.

– Tenho pensado muito nisso ultimamente – disse ele. Bono estava sociável e alegre. Mesmo assim, era difícil evitar a impressão de que o pai dele pairava como um fantasma em nossa conversa. Agora ele era órfão, como todos nós seremos um dia, e talvez forçado a voltar-se para os mecanismos psicológicos que o faziam funcionar. – Estive pensando no que realmente importa, no que eu posso fazer para deixar meus filhos orgulhosos, no que posso fazer para *fazer a diferença*.

– Acho que você fez a diferença – disse eu. – A maioria de nós já é sortuda se conseguir atingir algumas vidas. Você atinge milhões de vidas. Não é você o homem que salvou o mundo?

– Ah, vai se foder! – gritou Bono amavelmente, talvez suspeitando de que eu estivesse brincando com ele. Mas não era óbvio?

— Não sei como você consegue tempo para realmente encaixar sua família e o U2 em todas as causas beneficentes – disse eu.

— Você está começando a falar como o The Edge. Redução de dívida externa não é caridade. Sete mil africanos morrendo todos os dias de uma doença evitável e tratável não é uma causa, é uma emergência!

— Viu só? Lá vem você de novo! – disse eu, rindo. – Você não consegue se controlar.

Eu sei que Bono muitas vezes se desespera com sua imagem de uma espécie de santo dos tempos atuais.

— Não estou em paz, de modo algum – disse-me ele em outra ocasião. – Acho que o mundo é mesmo um lugar injusto e muitas vezes perverso, e a beleza é um prêmio de consolação. E isso não é o bastante para mim. Simplesmente não é. Sempre houve em mim uma espécie de fúria, e ela ainda fervilha.

Estávamos enchendo a cara no bar do Clarence, sendo abastecidos livremente com bebidas que não tínhamos como pagar.

— Tenho certa influência aqui – disse-me Bono, acenando para o barman mais uma vez.

Era tarde da noite, estávamos esperando Ali chegar antes de irmos para uma festa, e estávamos muito bêbados. E conversando sobre Deus, fama, política, pop: todos os assuntos de sempre. Resolvendo todos os problemas do mundo com um copo de cerveja. Ou cinco. Talvez algumas doses de uísque também estivessem no meio. E alguns charutos. E isso depois de Bono ter dito que havia parado de beber e fumar porque estava destruindo sua voz. Mas essa era outra história. Naquele momento, Bono estava falando sobre o peso da fama. Não sobre as banalidades a respeito de caçadores de autógrafos, perseguidores, *paparazzi* e "Oh, como é solitário estar no auge", mas sim sobre o peso moral do qual ele simplesmente não conseguia se livrar.

Esperava-se que o Jubilee 2000 fosse uma campanha que duraria o ano todo, culminando com a chegada do novo milênio, mas os inacreditáveis objetivos eram tão difíceis de atingir que o prazo continuava sendo prolongado. O Jubilee se transformou em uma campanha contínua chamada Drop the Debt. O comprometimento pessoal de Bono nessa campanha ameaçou ofuscar todos os esforços beneficentes anteriores. As exigências eram enormes. Ele tinha se tornado muito mais que um líder simbólico. Bono e Geldof eram capazes de conseguir as coisas, eles podiam mobilizar o consenso popular e podiam fazer com que líderes como Tony Blair, Bill Clinton, George Bush, Jaques Chirac e Vladimir Putin se envolvessem com os problemas e se comprometessem de maneira substancial. E, nos bastidores, eles podiam ir ao escritório e à casa de todos os senadores, governantes, ministros e financistas de menor prestígio, cuja cooperação era essencial para transformar os chavões e as promessas dos políticos em uma realidade prática. Afinal, é como disse o próprio Bono:

— Entre o acordo para conseguirmos garantir o cancelamento de uma dívida de 100 bilhões de dólares e conseguir dinheiro para construir hospitais e escolas, imunizar crianças contra a malária e educar as pessoas sobre o vírus HIV, há uma série de formalidades e burocracia, uma coisa de proporções kafkianas, e todos fogem da responsabilidade e se escondem nas letras miúdas dos contratos. E nós procuramos todo mundo. Mas é muito frustrante, e eu continuo achando que devem existir pessoas mais qualificadas para isso do que eu!

— Talvez não haja — respondi. — É aí que você se encontra nesse momento. Eu costumava me perguntar como eles resolveriam o problema da Irlanda do Norte. Eles precisavam de um indivíduo que estivesse acima do atoleiro. Precisavam de um Nelson Mandela. E conseguiram...

— John Hume — disse Bono.

— Até que a questão da dívida foi colocada em foco e eles precisavam de um líder simbólico. Se você coloca um político lá, ninguém presta atenção. Se você coloca um astro do cinema como Richard Gere, tudo se desintegra. Ele não pode carregar o mundo nos ombros. As pessoas desconfiariam, zombariam dele. Mas você é a pessoa mais famosa do planeta, e veja só o que o trouxe até aqui. Você tem a paixão, a inteligência, a fé, a convicção e vinte anos de história, e tudo isso mostra que você realmente acredita no que faz. Você é o cara certo, no lugar certo, no momento certo.

Bono riu.

— Você conseguiria convencer um cego a atravessar uma estrada.

— E nunca se esqueça de que você tem Deus ao seu lado — disse eu.

— Você se refere à discussão que tenho com meu criador a vida inteira? — disse ele, pensativo. — Acho que não estamos nos dando muito bem ultimamente.

— Bem-vindo ao clube — disse eu.

— A crença de que há amor e lógica no coração do universo é um assunto amplo. Se não há Deus, é sério. Se há um Deus, é ainda mais sério! — riu ele. — Às vezes acho que é preciso muito mais coragem para não acreditar. Não sei o que se passa na sua cabeça durante a noite.

— Eu não desisti completamente de encontrar Deus — disse eu. — Estou mantendo as opções em aberto para uma conversão no leito de morte.

— Você sempre foi essa peça rara — riu Bono. — Até na escola. Eu sempre o venerei por suas perguntas muito inoportunas! Sempre cavando e fuçando, querendo saber por quê, onde, quem e como. Você era muito mais curioso que eu naquela época. Mas agora eu o alcancei.

Precisei de um tempo para digerir isso.

— Você me venerava? — finalmente deixei escapar. Jamais havia passado pela minha cabeça a possibilidade de que eu pudesse ter sido, o mínimo que fosse, o herói do meu herói.

— Eu já te disse alguma vez que sempre quis ser jornalista se não fosse um *rock star*? — disse Bono.

— Se algum dia você quiser tentar, podemos trocar de lugar — respondi.

EPÍLOGO

Ainda deve haver uma reviravolta nessa história. Resta saber se será apenas outra torção na faca cravada entre as minhas omoplatas. Nunca parei de escrever músicas. Nunca deixei de tocar guitarra e cantar. Eu simplesmente parei de tentar impingir meus esforços no resto do mundo. Parei de buscar uma confirmação fora de mim mesmo. Minhas músicas eram meu diário poético, um registro emocional da minha vida com Gloria, nossos altos e baixos, minha luta com o fato de ser padrasto, meu estado de crise existencial perpétua na minha busca constante de significado e propósito. Talvez elas tenham sido as melhores músicas que já escrevi, mas só eram tocadas para mim mesmo, para minha família e amigos mais íntimos. Para minha surpresa, descobri que esse público era suficiente. Praticamente suficiente.

E talvez essa fosse mais uma evidência de que eu nunca realmente tive aquele buraco em forma de Deus do qual Bono falava, aquele motor obscuro do estrelato, aquele buraco negro sem mãe do desejo nu que suga toda a atenção que consegue. "Se tivesse a mente sã, não precisaria de 70 mil pessoas toda noite dizendo que te amam para que se sinta normal", disse-me Bono uma vez antes de acrescentar, refletidamente, "É triste, mesmo".

Mas eu ainda tinha a música. Talvez seja verdadeiro dizer que a música tinha um significado para mim maior do que antes. Pois uma vez que mergulhamos na corrente musical que flui como uma torrente pela história da humanidade, uma vez que nos rendemos verdadeiramente ao seu poder, imergindo na sua força protetora, somente um tolo nadaria até a margem e chacoalharia o corpo para se secar. Tocar um instrumento musical não é apenas algo que nos conduz a uma alegria latente; é um veículo de libertação de todas as emoções retraídas, frustrações insignificantes e pequenas desilusões do dia a dia. A música é um canal para o espírito. É um portal para o nosso eu. Não sei como sobreviveria sem minha guitarra.

E então, no meu aniversário de quarenta anos, Gloria me deu de presente uma guitarra elétrica Custom Telecaster e um amplificador. Grande erro.

Para celebrar a ocasião, reuni uma equipe heterogênea de músicos contemporâneos para tocar em um *pub* local sob o nome de Groovy Dad (porque éramos pais, e éramos modernos). Um dos meus recrutas do rock, Reid Savage, hoje designer gráfico, foi o guitarrista principal e diretor musical. Tínhamos um cenógrafo na bateria. Um astrofísico no baixo. Ivan se juntou a nós nos *backing vocals*. Demos início a uma apresentação curta porém animada, com uma versão de "Rock and Roll", do Led Zeppelin, o que parecia apropriado. Já fazia muito, muito tempo que eu não deitava e rolava com o rock'n'roll.

Já havia passado muito tempo. Eu posso ter desistido dos sonhos com o estrelato do rock (ou, o que seria mais justo, eles desistiram de mim), mas nossa nostálgica excursão lembrou-me de forma pungente o prazer que era tocar pelo simples prazer de tocar. Nossa pequena banda era feita de cidadãos comuns, ninguém em cuja descrição de trabalho estava incluída a palavra "músico", mas todos eram talentosos, já estiveram em uma banda no passado e nunca perderam o amor pelo instrumento que tocavam.

— Quer saber? — disse para Bono quando ele me ligou para desejar feliz aniversário. — Música é para a vida, não só para o Natal.

Bono riu. Mas ele se mostrou apaixonado por essa ideia, salientando que o próprio conceito de sobreviver da música era um fenômeno relativamente recente. Como jovens que cresceram na Irlanda, era possível testemunharmos sessões de *folk* assombrosamente vibrantes nos *pubs* onde os músicos eram fazendeiros ou pescadores locais.

— Há uma ideia estranha de que a música é uma forma de enriquecer rápido – disse Bono. – Mas não costumava ser um trabalho pago. A música fazia parte da comunidade, uma atividade paralela das pessoas. E ela se tornou a minha atividade paralela. Dei início a um grupo informal, que se encontrava de vez em quando, formado por amigos que gostavam de música, chamado Songwriters Anonymous. Descrevi o grupo como um "programa de auxílio em doze passos para cantores e compositores que não conseguem resistir à ânsia de tocar". Acontece que eu só consegui sugerir seis passos:

Aparecer
Afinar
Cantar
Começar a beber
... e...
É isso

Fiquei um pouco preocupado com o fato de o crítico do *Daily Telegraph* sair da posição de defensor dos animais para a de caçador; então, para preservar o anonimato, eu toquei como The Ghost Who Walks, nome de uma antiga revista em quadrinhos[1]. Parecia apropriado. Afinal de contas, no que se refere à música, eu era um fantasma que lentamente voltava à vida.

Aquelas noites foram bem divertidas. A qualidade da música que tocávamos era fantástica. Antigos companheiros de banda, como meu irmão e Margo Buchanan, apareciam e tocavam um pouco. Novos amigos também se juntaram, músicos de sucesso como Robyn Hitchcock, Steve Balsamo e Jamie Catto; mas a verdadeira revelação foi que muitas pessoas que jamais seguiram carreira musical subiram ao palco e tocaram músicas próprias, canções maravilhosas cheias de emoção, sentimento, inteligência,

---

1 No Brasil, *O Fantasma*. (N. E.)

inspiração e paixão. Concluí que os problemas da indústria musical em desenvolver novas estrelas não tinham nada a ver com falta de talento.

Um amigo lançou um pequeno selo, Map Music, e muitas vezes me procurava pedindo conselhos e orientação. Em troca, comecei a usar seu estúdio apertado, porém bem equipado. Comecei a gravar algumas das minhas músicas, chamando Reid para coproduzi-las. Nossa filosofia era simples: chamar os melhores músicos que pudéssemos e deixá-los tocar. Deixar acontecer e depois ver no que dava. A ideia era se divertir. Não estávamos preocupados com a opinião de ninguém porque não fazíamos aquilo para ninguém. Pela primeira vez na minha vida, eu estava fazendo música para satisfazer apenas a mim mesmo. E o resultado (para minha surpresa, mais que de qualquer outro) foi a música mais rica e plenamente realizada que eu havia feito. Outros músicos começaram a aparecer e a falar sobre o que estávamos fazendo. "Vocês conseguem assinar um contrato com isso", meus amigos me diziam. Mas eu não tinha certeza de nada. Eu já tinha me magoado demais com a indústria musical. Pensei que poderíamos dar continuidade ao projeto no Map de maneira tranquila e anônima, e depois lançar sem orçamento, só pela internet. Talvez eu pudesse me divertir com o The Ghost Who Walks na minha coluna. Deixar que outros críticos de rock fizessem uma resenha sem saber na verdade quem eu era.

Um dia acordei de um sonho musical bem nítido, no qual cantava uma música a noite inteira. Eu cantava para Deus, mesmo sem acreditar que Ele pudesse me escutar. Cantava sobre a ideia de Deus em toda a sua glória celestial e crueldade terrestre, falando com um universo vivo sobre questões que me atormentaram a vida toda. E, enquanto cantava para Deus, a música que escutava no meu sonho era apropriadamente divina (nenhuma música se equipara à música dos sonhos), um grande coro gospel de vozes erigidas em louvor e tormenta. Então aconteceu uma coisa estranha: Deus cantou de volta para mim. E o mais esquisito de tudo é que a voz dele parecia muito com a voz do Bono.

Levantei da cama em um sobressalto e comecei a rabiscar tudo de que me lembrava. A letra simplesmente brotava, em parelhas curtas e sutis em um esquema de rima A-A, B-B. Demorei uns quinze minutos para escrever tudo. E lá estava, inteira na página, como um presente dos céus ou do meu subconsciente: a luta que tive com a divindade durante toda a minha vida capturada em uma música. Peguei a guitarra e comecei a dedilhar, e os primeiros acordes que toquei se encaixaram perfeitamente. Foi a música que escrevi mais rápido. E talvez a melhor.

Então aconteceu outra coisa estranha: um incrível momento de sincronicidade. Bono telefonou. Ele não me ligava com tanta frequência. Parecia que estávamos nos falando mais, mas, mesmo assim, às vezes ficávamos meses sem telefonar um para o outro. Mas lá estava ele, do outro lado da linha, enquanto eu explodia de entusiasmo e emoção pelo que havia acabado de criar.

— Escrevi uma música — disse eu. — Chama-se "I Found God".

— Vou ganhar o meu dia — disse ele, rindo.

— Bem, pelo menos ainda estou procurando — disse eu. — Quer ouvi-la?

— E eu tenho escolha? — brincou ele.

Coloquei a ligação no viva-voz. Peguei a guitarra e cantei para ele minha nova música.

I found God in the first place that I looked
I found God in the crannies and the nooks
I found God underneath a stone
I found God, didn't even have to leave my home
I found God

I found the Buddha sitting cross-legged by the door
I found Jesus nailed and bleeding on the floor
I found the Prophet up to his neck in sand

I found God wherever I found man
I found God in a hundred different places
With a thousand different voices and a million different faces
I found God

And I found God down the smoking barrel of a gun
I found God in bones bleached white beneath the sun
I found God amongst the killers and the rapists
I found God between the proddies and the papists
I found God in temples turned to rubble
I found God on the pulpit stirring up more trouble
I found God on both sides of the war
With the bigots and the fascists, kicking down my door
I found God

And I said, "My God, my God, what have You done?
Why is this life so hard for everyone?"

And God said…
"I found you before it all began
I found you when the universe went bang
I found you in the cooling of the stars
I watched worlds collide, I wondered how we got this far?
I found you crawling from the sea
I found you hanging with the monkeys in the trees
I found you before you found me
I found you and I set you free
Free to stand on your own feet, free to watch the sunrise
Free to be what you can be, free to be what you despise
Free to glory in the truth, free to swallow your own lies

'Cause I'm coursing through your bloodstream, I'm staring through your eyes
I found you"

And I said, "My God, my God, what have we done? Why is this life so hard for everyone?"[2]

No final da minha performance improvisada, houve um momento de silêncio. Depois Bono declarou:
— Eu escrevi essa música!
— Quisera! – disse eu.
— Venho tentando escrever essa música a vida inteira – disse ele.
Toquei "I Found God" no próximo encontro dos Songwriters Anonymous. E todos aqueles cantores fantásticos na sala se juntaram no desfecho, até que pude ouvir o coro gospel dos meus sonhos. Depois as pessoas vinham até mim para falar da letra. Todos pareciam ver uma coisa diferente nela, refletindo sobre um aspecto de suas próprias crenças.

---

2   Encontrei Deus no primeiro lugar para onde olhei/ Encontrei Deus nos quatro cantos do mundo/ Encontrei Deus embaixo de uma pedra/ Encontrei Deus sem sequer sair de casa/ Encontrei Deus// Encontrei Buda sentado de pernas cruzadas à porta/ Encontrei Jesus pregado e sangrando no chão/ Encontrei o Profeta enterrado até o pescoço/ Encontrei Deus onde encontrei os homens/ Encontrei Deus em uma centena de lugares/ Com mil vozes diferentes e mil rostos diferentes/ Encontrei Deus// Encontrei Deus no cano fumegante de uma arma/ Encontrei Deus nos ossos lisos sob o sol/ Encontrei Deus entre assassinos e estupradores/ Encontrei Deus entre protestantes e papistas/ Encontrei Deus em templos em ruínas/ Encontrei Deus no púlpito incitando mais confusão/ Encontrei Deus nos dois lados da guerra/ Com os fanáticos e fascistas derrubando minha porta/ Encontrei Deus// E perguntei: "Meu Deus, meu Deus, o que fez?/ Por que a vida é tão difícil para todos?"// E Deus respondeu.../ "Encontrei você antes de tudo começar / Encontrei você quando o universo eclodiu/ Encontrei você no resfriamento das estrelas/ Vi mundos colidindo, e me perguntei como chegamos tão longe?/ Encontrei você rastejando para fora do mar/ Encontrei você dependurado com os macacos nas árvores/ Encontrei você antes que me encontrasse/ Encontrei você e o libertei/ Livre para andar com os próprios pés, livre para ver o pôr do sol/ Livre para ser o que quiser, livre para ser o que despreza/ Livre para glorificar a verdade, livre para engolir suas mentiras/ Porque circulo no seu sangue, vejo pelos seus olhos/ Encontrei você"// E perguntei: "Meu Deus, meu Deus, o que fizemos?/ Por que a vida é tão difícil para todos?"

Alguns viam devoção religiosa. Outros, um discurso filosófico. Alguns ouviam um hino ateísta. A música tinha força própria.

Gravei a música no estúdio Map tendo como suporte oito dos melhores cantores. O álbum (porque hoje percebo que é isso o que ele era) estava começando a se formar e eu comecei a pensar seriamente no que fazer com ele. De todo modo, eu estava ocupado escrevendo minha coluna. Eu só podia gravar quando o estúdio estava livre, não estava tão ocupado e tinha pouco dinheiro extra para pagar os músicos e técnicos, então o processo estava se prolongando, o que me convinha. Significava que eu podia protelar a decisão a ser tomada.

Um dia, estava trabalhando no escritório quando o telefone tocou. A pessoa do outro lado da linha usou uma artimanha corajosa para dar início à conversa.

— Acho que você disse que eu era o maior bundão que já conheceu — disse a voz aristocrata.

— Quem é? — perguntei cuidadosamente.

— Nick Stewart — disse ele.

Tive de pensar por um momento até que a ficha finalmente caiu. Era o homem do A&R que assinou com o U2 e rejeitou a Shook Up!

— Senhor Stewart — respondi —, eu não disse que você era o maior bundão que conheci. Eu disse que você era *um* dos maiores bundões que conheci.

Nós dois demos gargalhadas ao telefone. Descobri que Nick era um grande fã da minha coluna no jornal. Ele era chefe do departamento de A&R agora, onde também dirigia o próprio selo, o Gravity. Nick me chamou para jantar. Tivemos um encontro memorável, deixando para trás todos os contratempos. No final da noite, dei a ele um CD com quatro músicas da The Ghost Who Walks sem dizer o que era. Só pedi que escutasse e me dissesse o que tinha achado.

Nick também tinha agora um programa semanal, tarde da noite, na rádio Virgin, no qual ele era conhecido como Capitão América e tocava uma mistura de *country* alternativo, música norte-americana e cantores e compositores clássicos. E, sem que eu tivesse conhecimento, ele tocou uma das nossas faixas no programa.

Você jamais vai imaginar qual música ele tocou (não, não foi "I Found God")... Ele tocou uma versão nova de "Sleepwalking". Foi a única música antiga, minha e do Ivan, que eu tinha gravado. É uma música adorável. Não pude deixar de fazer uma nova versão com os músicos com quem estava trabalhando. E o telefone da rádio não parou de tocar enquanto a música era executada. As pessoas queriam saber onde poderiam comprar o disco.

– Acho que não está disponível – admitiu o Capitão América.

Ele me convidou para jantar de novo.

– Fale-me sobre The Ghost Who Walks – disse ele.

– Então – disse eu, constrangido. – Ele é cantor e compositor, está por aí e não é tão jovem.

– Hum – disse Nick, pensativo. – Será que posso conhecê-lo?

– Não sei – disse eu. – Ele não gosta de publicidade.

– É você, não é? – riu ele.

– Droga, acabou o segredo – confessei.

– Posso lançar pelo Gravity? – perguntou ele educadamente.

Eu fiquei genuinamente surpreso. Eu não sabia se queria lançar em um grande selo com tudo o que o lançamento implicava: promoção, turnê, pegar estrada em uma *van* para tocar em uma espelunca qualquer no meio do nada para um bando de estudantes bêbados. Agora eu tinha responsabilidades. Financiamento residencial. Filhos. Uma vida. Uma vida legal, tranquila, subsidiada por um bom trabalho do qual eu realmente gostava.

Sugeri que ele esperasse eu terminar o disco e depois conversaríamos de novo.

Descobri uma coisa muito estranha nisso. Quando você diz não para uma gravadora, ela fica ainda mais ávida por você. Nick continuou telefonando para saber do andamento das coisas.

E eu continuei protelando. Aquilo tudo era irônico. Todos aqueles anos tentando assinar um contrato, e agora eu tinha uma gravadora tentando me convencer e eu não tinha certeza se ainda queria um contrato. Eu não queria me empolgar. Não queria começar a sonhar com o estrelato. Não queria ficar preso à minha mania da juventude. E talvez eu não quisesse correr o risco de me decepcionar. Meu coração já tinha sido partido muitas vezes pela indústria musical.

Mas chegou a hora em que eu precisei admitir que tinha acabado. Havia doze músicas prontas de que eu realmente gostava, o suficiente para um álbum. Musicalmente, era um disco radicalmente variado. Eu queria que ele soasse como uma mistura de todas as músicas de que eu gostava, como se o ouvinte estivesse perdido em sua loja de discos predileta. Havia uma obscuridade nas letras, talvez porque a inspiração para escrever geralmente surgia em momentos de sofrimento. Havia músicas sobre morte, vício, perda, apocalipse e desumanidade das pessoas, o mesmo tipo de coisa que eu costumava escrever para a Shook Up!, mas sem a efervescência pop. Enviei cópias para os amigos mais próximos. As respostas eram muito encorajadoras, mas o cartão que Bono me enviou foi a mais significativa delas.

> Neil,
> Ouvi o disco: é fantástico. Nota dez para tudo. Algumas notas sete para a produção. "I Found God" é um clássico. "My Black Heart"... seria impossível fazer algo melhor. O entorpecimento tornou suas letras ainda mais profundas! Você está inquieto... e jamais conseguirá sair da Songwriters Anon.
> Seu fã,
> Bono

Como quis o destino. Nick falou com Bono também.

– Ele fala muito bem de você – comentou Nick, pedindo que eu fosse visitá-lo em seu escritório na BMG. – Esse trabalho é de uma genialidade divina – disse ele, talvez exagerando um pouco, mas eu não estava achando ruim não. – E merece ser ouvido.

Ele me ofereceu um contrato. Era um contrato modesto, muito distante do tipo de proposta que figuras como Ossie Kilkenny costumava oferecer, porém adaptado às minhas incomuns circunstâncias. Tanto que deixei claro que não abandonaria nada para cair na estrada e promover o disco com a energia desesperada de um jovem aspirante.

– Em termos de distribuição, eu não preciso ser um campeão de vendas – expliquei. – Estou satisfeito em ser um poeta menor.

– Acho que podemos fechar em 10 mil – disse ele, o que tornava a proposta economicamente viável. – O disco merece vender 100 mil. Mas, acima de tudo, ele merece ser lançado, e eu ficarei orgulhoso de tê-lo no meu selo.

Então, apertamos as mãos para fechar o acordo. Ele disse que os contratos seriam redigidos. Eu disse que procuraria um advogado.

Saí atordoado do escritório. Mal conseguia acreditar no que tinha acabado de acontecer: antes com 25 anos de atraso do que nunca, pensei.

Telefonei para o meu irmão. Ele havia se casado novamente e morava no litoral. Tinha uma banda cover chamada 29 Fingers, que tocava em casamentos, e compunha músicas para programas de TV de baixo orçamento. Ivan tinha orgulho de conseguir sobreviver como músico, mesmo que fosse algo muito distante das fantasias com fama e fortuna que ambos cogitávamos no passado.

– Você não vai acreditar no que aconteceu – disse eu. – Acabei de receber a proposta de um contrato.

– Parabéns – disse ele, mal-humorado. Eu conhecia bastante a inveja para entender o que ele estava sentindo.

– É um contrato pequeno – falei, tentando fazê-lo se sentir melhor.

Mas um pensamento perigoso começou a bombardear as muralhas da minha mente. Nick disse que merecia vender 100 mil cópias. E se o disco fosse lançado e realmente desse certo?

Quando cheguei em casa, estourei um champanhe com Gloria.

— Acho que poderíamos tirar dois meses quando o disco for lançado — disse eu. — Investir mesmo nisso. Nunca se sabe. Já sou velho demais para ser um *pop star*, mas há um tanto de gente da minha idade procurando música de qualidade, e se eu conseguir levá-la até as pessoas, Nick calcula que podemos chegar a 100 mil cópias. E isso é só o começo. Já estou pensando no próximo disco. Sei que posso fazer um álbum melhor do que esse. Quero fazer uma obra-prima. Quero fazer um disco que comova o mundo. Esse pode ser o início de algo muito maior, meu amor. Pode mudar nossa vida.

Uma semana depois, Nick Stewart foi mandado embora.

ADENDO E AGRADECIMENTOS

É difícil saber quando terminar uma história de vida, pois a vida continua seguindo implacavelmente seu curso. Mas deixe-me contar algumas deliciosas ironias que aconteceram depois que eu terminei o manuscrito.

Desisti por um tempo da The Ghost. Eu já tinha passado tempo demais me esforçando inutilmente. Gloria e eu nos mudamos de casa e tivemos um filho lindo, a quem demos o nome de Finn Gabriel Cosmo Else McCormick (acho que se um dia ele decidir ser um *rock star* terá uma gama de nomes para escolher). Um dia, estava sentado em meu escritório temporário montado no porão, rodeado de caixas, quando o telefone tocou. Era do escritório de Mel Gibson, em Los Angeles, e eles queriam saber se podiam usar minha música "Harm's Way" em um disco de músicas inspiradas pelo filme *A paixão de Cristo*. Naturalmente, tentei agir como se esse tipo de coisa me acontecesse todos os dias e, com certeza, não quis perder a elegância perguntando como eles conseguiram ouvir minha música. A verdade apareceu quando falei com Bono.

– Foi a Ali – disse ele. – Ela escuta muito seu disco. Estava em algum lugar lá em casa e ela simplesmente se apoderou dele. Então o pessoal do escritório do Mel ligou para conversarmos sobre músicas que poderiam servir para o filme, e ela disse "Vocês precisam ouvir essa música", e colocou para tocar no telefone mesmo! Mas veja só que engraçado: ela nem sabia quem era! Ela me perguntou, e você pode bem imaginar a cara dela quando eu disse que era você. Foi muito engraçado. E a ironia maior é que a primeira música lançada por você em um grande selo é de *A paixão de Cristo*! Qual é! E você ainda diz que não acredita em Deus!

– Óbvio! Ele age de formas muito misteriosas – respondi.

Enquanto isso, meu disco, *Mortal Coil*, passou pela mão de várias pessoas, deixando um previsível traço de devastação no caminho. Mal consigo suportar dizer como o chefe de uma grande gravadora independente me ofereceu um acordo fantástico... e em seguida viu a empresa principal parar de funcionar (o efeito indireto de uma distribuidora independente que abre falência devendo milhões). Ele perdeu o emprego. De modo algum ele poderia me responsabilizar por isso, mas eu acho que nós dois levantamos duradouras suspeitas de que a maldição de McCormick atacava mais uma vez. De todo modo, com a ajuda de Nick Stewart, músico por natureza, e Natalie DePace, agente do Divine Comedy, meu álbum teve um lançamento restrito ao Reino Unido, por meio da distribuidora Vital em setembro de 2004. O disco teve algumas resenhas bem legais e vendeu moderadamente bem pela Amazon UK. Mais informações podem ser encontradas em theghostwhowalks.com. Quem tiver interesse em ouvir as músicas da Yeah! Yeah! e da Shook Up! pode encontrar links em realshookup.com e neilmccormick.co.uk.

Preciso agradecer a muita gente, mas devo começar com o sujeito que invadiu cada canto deste livro. Bono foi extremamente encorajador desde que lhe contei que estava pensando em colocar no papel minha triste saga. Contei para ele qual era a primeira frase do livro e depois o ouvi dando gargalhadas durante uns dois minutos.

— Não é tão engraçado! — reclamei. — Eu podia ter sido famoso!

Eu queria dizer mais uma vez, só para deixar registrado, o quanto eu admiro esse cara. Fiquei particularmente impressionado com o fato de que, depois de ler o manuscrito, ele pediu para mudar uma única coisa. E era para acrescentar a palavra "irônica" à minha revelação de que eles tinham tocado uma versão de "Bye Bye Baby", do Bay City Rollers, na sua primeira apresentação.

— Nós discutimos muito sobre isso — disse Bono —, mas acredite: só tocamos Bay City Rollers porque eles eram uma banda de adolescentes e a gente achava isso engraçado! O repertório já era cafona o suficiente, mas, mesmo assim, tente voltar no tempo e pensar em como você era aos 15 anos; se gostasse de rock, é porque odiava Bay City Rollers. Nós não achávamos a banda legal. Ninguém achava que fosse! Mas, ao que parece, as coisas que pensávamos que eram legais eram tão ruins quanto! A propósito, só para constar, naquela época todo mundo na banda tinha direito de escolher as músicas, e, se me lembro bem, Adam escolheu Eagles, The Edge escolheu Rory Gallagher, mas a minha escolha nada legal era a pior de todas: "Nights in White Satin".

Estou feliz por termos esclarecido isso.

Também quero agradecer a Ali, que sempre foi uma protetora feroz do Bono. Acho que ela encarava esse meu empreendimento com uma dose saudável de ceticismo, mas sempre foi mais que gentil comigo. Quer dizer, quase sempre. Lembro-me de estar dirigindo (sem rumo) com Bono em Dublin uma noite quando Ali telefonou para o viva-voz do carro.

– Temos aqui uma voz do seu passado – disse Bono, anunciando minha presença.

Depois de trocarmos gentilezas, Ali disse bem incisiva:

– Só não se esqueça de ouvir tudo o que ele diz com uma pitada de malícia.

– Eu sempre faço isso – disse eu.

– Eu estava falando com Bono – respondeu ela.

Depois de desligar o telefone, Bono riu.

– Também achei que ela estava falando de mim – admitiu ele.

As pessoas perguntavam como eu me lembrava das coisas com tanta clareza. Bem, tive diários, cartas, fitas, fotografias e vários amigos para sacudir minha memória, mas vale a pena dizer que essa é a minha versão da minha vida, e nem todos se lembram das coisas exatamente da mesma forma. Por isso, em particular, quero expressar minha gratidão pela tolerância do meu irmão, Ivan, cuja história de vida também é esta. Ele não concordou com várias coisas no manuscrito, mas pediu que eu mudasse só uma coisa.

Tenho plena consciência de que a vida de muitas pessoas cruza com a minha somente em determinados pontos, então peço desculpas se qualquer um dos meus amigos e parentes se sentir caricaturado ou reduzido no texto em qualquer aspecto. Sei que minha irmã mais velha, Stella, muitas vezes teme ser conhecida somente pela relação desequilibrada que tivemos. Portanto, só para constar, ela é uma mulher esplendorosa, vibrante, devotada ao filho, Nicholas, e com uma vida social plena. E ela insiste em dizer que não arranhou a cópia de *Seasons in the Sun* na minha frente com uma lixa de unhas. Aparentemente, ela o quebrou nas minhas costas. De todo modo, isso é o que mereceu Terry Jacks por ter feito da minha adolescência uma miséria.

Eu amo minha família. Há muitas outras dimensões nela do que as páginas desta história poderiam conter... mas se eles quiserem esclarecer direito as coisas, francamente, terão de escrever seus próprios livros. Meus pais continuam resolutamente orgulhosos dos filhos, mesmo que nunca tenhamos conseguido as coisas que outrora pareciam possíveis. Quando eu e Ivan desistimos dos nossos sonhos musicais, meu pai começou a dizer que Louise era o verdadeiro talento musical da família (com certeza ela canta muito melhor do que eu poderia cantar). Mas Louise acabou desistindo da música também, e se mudou para Cork para cuidar das suas lindas filhas, Juliet e Ophelia. Quando meu livro e meu disco foram lançados, não pude deixar de notar que meu pai começou a falar de novo que eu era o verdadeiro talento da família. Provavelmente, ele só estava esperando que eu pagasse todo o dinheiro que investiu em mim. Infelizmente, ele morreu, repentina e inesperadamente, em novembro de 2004, mas pelo menos conseguiu apreciar indiretamente uma parte do meu pequeno sucesso. Ele ficou particularmente impressionado quando meu editor do *Daily Telegraph* o descreveu como o verdadeiro herói do meu livro, uma avaliação que meu pai contava para todo mundo. Descanse em paz, pai.

Quero agradecer a todas as outras pessoas que se tornaram personagens em meu livro. Em particular, minha ex-namorada Joan Cody.

Sinto muito por tê-la magoado uma vez. Espero que a leitura sobre o que aconteceu não tenha sido dolorosa demais. Tudo o que posso dizer em minha defesa é que eu era jovem e ainda tinha muito o que aprender sobre o amor. Hoje, Joan está de volta à Irlanda; ela tem duas crianças maravilhosas, mas nenhum homem com quem dividir a vida. No entanto, ela tem uma penca de admiradores. Quando volto a Howth, sempre ganho a fama entre os habitantes mais jovens por ter cortejado, no passado, a divina senhora Cody!

Perdi o contato com Barbara McCarney. Ela se casou com meu antigo baixista, John McGlue, e eles se mudaram para a Austrália. Concluí que hoje eles estão divorciados e felizes.

Corro o perigo de transformar este texto em um discurso de agradecimento do Oscar, mas quero agradecer a todos os músicos que lutaram junto com os irmãos McCormick no decorrer dos anos. Grandes laços se formam em bandas, e Frank, Deco, Vlad, Damien e Steve sempre estarão no meu coração. Leo Regan, em particular, continua sendo um amigo muito próximo, um sujeito de uma integridade imensa, que me ajuda a me manter na linha. Leo acabou se tornando um diretor premiado pela Bafta, uma realização e tanto!

Do lado do U2, quero agradecer a The Edge, Adam e Larry, que sempre me trataram com amizade e respeito, mesmo que eu ainda não saiba qual deles foi o canalha que votou contra o lançamento do *single* da Shook Up! pelas minhas costas. Paul McGuinness sempre foi extremamente agradável comigo, talvez porque ainda nutrisse a desilusão de que eu já tinha sido um membro do U2. Sheila Roche, antiga vice-diretora da Principal Management, foi gentil e generosa ao longo dos anos e fez tudo o que estava ao seu alcance para promover este livro. Anton Corbijn foi muito gentil em me deixar usar uma de suas clássicas fotos na capa britânica, tendo em vista principalmente que, de início, ele relutou porque a foto seria alterada. Mas ele leu o livro e entendeu a piada. Conheci Candida Bottaci, da Principle, somente por e-mail, mas ela se tornou uma grande aliada da minha causa. Também quero agradecer a Louise Butterly e, em particular, a Regine Moylett da RMP, agentes de publicidade do U2. Regine foi minha contemporânea na cena punk de Dublin, onde ela tocava em bandas e cuidava de uma loja de roupas, a No Romance (e por isso pode ser considerada diretamente responsável por alguns dos meus piores excessos em relação à moda). Bono (que é muito bom em decidir o que os outros devem fazer para sobreviver) convenceu-a a começar a trabalhar com relações públicas, ramo em que ela tem feito grande sucesso. Regine tem características raras nesse ramo: gentileza, poder de reflexão e consideração, e sempre esteve à disposição para me ajudar, mesmo que o meu projeto estivesse fora da sua área de atuação. Agradeço também ao marido de Regine, Kevin Davies, responsável pela fantástica fotografia de capa para a edição dos Estados Unidos. E devo uma menção especial ao meu grande amigo Darren Filkins, o fotógrafo que usou a foto do Anton. Darren poderia escrever a saga da sua própria vida como alguém que "poderia ter sido", pois largou o Blur quando ainda estava em formação para se dedicar à fotografia. Mas, no caso dele, a escolha nunca pesou tanto. Ele é um guitarrista magnífico (que toca como convidado no disco do The Ghost Who Walks), mas é ainda melhor como fotógrafo.

Este livro tem uma dívida grande para com o encorajamento, a perspectiva e os conselhos da minha tão experiente agente, Araminta Whitley, de sua fantástica assistente, Celia Hayley, e de meu atencioso e entusiasmado editor no Reino Unido, Rowland White. E sou imensamente grato às gentis palavras e ao apoio contínuo da minha editora norte-americana, Lauren McKenna, e de sua agente nos Estados Unidos, Sarah Lazin.

Eu jamais chegaria tão longe sem o apoio da minha muito amada Gloria, cujas risadas enquanto lia algumas passagens foram imensamente encorajadoras. Veja bem, ela ainda não leu os trechos que falam dos excessos com sexo e drogas. Sou um homem diferente desde que a conheci, meu amor. E este livro é dedicado especialmente aos filhos dela, as luzes da minha vida, Abner e Kamma. Espero que vocês não se choquem demais com as coisas que eu aprontava quanto tinha a idade de vocês! Lembrem-se: digam não às drogas, garotos. E agradeço também ao meu gracioso Finn – um dia você vai ler isso tudo e vai descobrir mais sobre o seu pai do que realmente gostaria de saber. Mas lembre-se: a gente sempre precisa começar em algum lugar!

E isso acabou ficando maior do que os créditos de um disco de *hip--hop*. Mas, como eu disse no início, os livros precisam acabar em algum lugar. Então é isso.

... ou seria isto?

POSFÁCIO À SEGUNDA EDIÇÃO, 2011[1]

Como eu já devo ter dito em algum lugar, a vida continua. E continua.

E foi assim que, em fevereiro de 2010, me encontrei em um clube recreativo decrépito nas colinas de Belfast com meu irmão Ivan, meditando enquanto tomava uma *pint* escura, bem escura, de Guinness e uma banda pulava de um lado para o outro em um palco sujo sob refletores baratos com luzes azuis e vermelhas. A fumaça dos cigarros pairava no ar, uma garota nua, na minha frente, balançava os peitos com borlas na ponta, e eu lutava contra a sensação quase vertiginosa de irrealidade, um turbilhão de emoções conflitantes, uma nostalgia de tirar o fôlego, uma vergonha profunda, uma compaixão irreprimível, empatia, orgulho, raiva, constrangimento.

No palco, um cantor charmoso usando camisa vermelha e casaco preto fazia poses e soluçava, todos os seus movimentos e imposições vocais exalavam a jovialidade de seu ego, ambição e pretensão, enquanto sua banda, desiludida, assassinava uma música mediana.

A minha música.

Que ele tinha todo o direito de destruir com todas as forças, pois o idiota, tolo, precoce e saltitante no palco era eu, trinta anos mais jovem.

---

1 Refere-se à segunda edição em língua inglesa. (N. E.)

Então o que fez aquele cínico grisalho se contorcer, nervoso, nas sombras? Um eu diferente, com décadas de rugas, peso e experiência nas costas. Parecia que uma fenda havia sido aberta no espaço-tempo e estava prestes a me engolir quando, misericordiosamente, uma voz gritou "corta", a música parou de repente, a banda ficou estática e o ambiente foi preenchido pelo som de conversa e movimentação, como se todos os presentes tivessem sido libertados de um feitiço. Quando meu estreito ponto focal foi mais uma vez direcionado para as câmeras, luzes, pranchetas, microfones e cabos no set de gravação, uma voz macia, com sotaque inglês, irrompeu no meio do barulho da ação, trazendo-me de volta à Terra com um solavanco.

– Então, o que achou, querido? – perguntou Nick Hamm, o diretor. – Parece que você viu um fantasma!

– Foi fantástico – disse meu irmão, que nunca sofreu realmente da maldição da autoconsciência.

Eu ainda podia sentir os olhos do meu eu mais jovem olhando para mim. O ator, Ben Barnes, provavelmente só estava olhando à espera de uma aprovação do personagem que ele representava, mas para mim parecia muito mais que isso. Eu queria me aproximar de mim, balançar meus ombros e dizer "Mas que merda você pensa que está fazendo?".

Imagine só. Imagine ter a oportunidade de se aproximar do seu eu mais jovem, explicar alguns fatos da vida, evitar erros que ainda não foram cometidos, colocar-se no caminho certo. Quem nunca pensou um dia, "Se eu simplesmente soubesse naquela época o que sei agora..."? Eu poderia dizer algumas verdades profundas e talvez me poupar de um mundo doloroso que ainda viria. Poderia até ser capaz de tranquilizar minha mente mais jovem, me convencer a não tratar tudo como se fosse uma questão de vida ou morte, aproveitar o momento, a música, as pessoas, e aceitar que a vida me levasse, talvez até enfiar naquela cabeça dura que o sucesso e a fama não são diametralmente opostos, mas apenas pontos de partida meramente ilusórios de uma jornada muito maior.

Sem chance, obviamente. Eu bem sei como meu eu de 20 anos de idade teria reagido a algum crítico musical de meia-idade citando o conselho de Rudyard Kipling para "encontrar a desgraça e o triunfo e tratar da mesma forma esses dois impostores". Eu teria pensado, "Sai fora do meu caminho, seu velho Buda, careca e amargo, você não vê que serei uma estrela?". E talvez depois mendigasse uma bebida e explicasse minhas últimas teorias sobre o futuro do pop. Mas se nenhuma das palavras de sabedoria filosófica do meu eu mais velho fosse compreendida, eu poderia pelo menos dar algumas dicas práticas e alguns telefones úteis. Disso, sim, o meu eu mais jovem teria gostado.

É óbvio, eu não fiz nada disso. Afinal de contas, era só um filme. E só um ator.

– É esquisito, Ben – disse eu. – Observá-lo é o mesmo que olhar no espelho. – Quer dizer, talvez um daqueles espelhos que existem nos provadores das lojas de estilistas, com uma iluminação agradável e uma leve curvatura para dar a sensação de que estamos mais magros.

A maioria das pessoas cuja história vira filme fez algo que valeu a pena, ou pelo menos de algum significado histórico. Há guerreiros e líderes mundiais (de Alexandre, o Grande, a Joana d'Arc, Gandhi e Che Guevara), esportistas e rock stars (Ali, Babe Ruth, Elvis, Buddy Holly), ícones do cinema e artistas (Chaplin, Van Gogh, Picasso) e muitas vezes alguns criminosos famosos (Jesse James, Bonnie e Clyde, John Dillinger). Não eu, de todo modo. Tudo o que fiz foi fracassar repetidas vezes, de uma maneira humilhante e nada heroica. Até que resolveram fazer um filme sobre isso. Fui imortalizado em celuloide como um completo perdedor.

Nick Hamm entrou em contato comigo logo depois que o livro foi publicado pela primeira vez, em 2003, para dizer que queria comprar os direitos de filmagem. Aquela sim era uma ligação que eu esperei a vida inteira. No entanto, achei que ele era louco. É uma história tão prolixa e incidental, espalhada durante toda uma vida, na qual a redenção, se é que ela ocorre, é quase totalmente interior, uma lenta aceitação psicológica e filosófica do destino. Nick a encarava como uma história comum a todos, pois a maioria das pessoas tem uma experiência muito maior do fracasso que do sucesso. O mundo pode ter se tornado obcecado pela fama e pela fortuna, mas a pirâmide do *show business* exige que haja muito mais de nós sustentando a base do que vigorando na glória do topo. Nick fez alguns filmes na época dele, com graus variados de sucesso e, talvez o mais importante, de fracasso. Alguma coisa na minha história mexeu com ele, e eu fiquei impressionado por ele estar tão determinado a realizar esse filme.

Demorou seis anos desde o nosso primeiro encontro até as filmagens em Belfast.

A indústria cinematográfica é canalha. Eu posso ter tido uma época terrível tentando dar certo como *rock star*, mas ainda me considero um sortudo por não ter corrido atrás do meu primeiro desejo de ser ator.

É preciso tanto dinheiro para fazer um filme, tantas pessoas envolvidas e tantas coisas podem dar errado que, ao olhar de fora e ver como a produção tinha altos e baixos, os roteiros eram escritos e reescritos, o dinheiro era dado e depois retirado, as datas de filmagem eram marcadas e remarcadas, comecei a pensar que ter um filme pronto era praticamente um milagre. Depois de um tempo, minhas interações com Nick, que no início eram bastante prazerosas, limitaram-se a telefonemas anuais para renovar os direitos autorais, e nesses momentos ele tentava negociar valores mais baixos, colocando a culpa na pobreza iminente e na exaustão nervosa.

– Você arruinou minha vida, querido – disse ele uma vez durante um telefonema tarde da noite. – Você arruinou minha vida.

Pelo menos, na melhor tradição teatral, ele ainda me chamava de querido.

As coisas começaram a esquentar em 2009 com a chegada de um novo produtor, Ian Flooks, que costumava empresariar o U2. Mas quando a produção começou a se reunir e o roteiro passou pela 14ª revisão, novas questões surgiram.

— O problema com a sua vida, querido — disse-me Nick —, é que não há um terceiro ato.

— É porque é uma vida, Nick — salientei.

— Mas não se preocupe — disse ele, sorrindo. — Nós te daremos um.

Não tive certeza se gostei muito daquilo.

Enquanto isso, minha vida real ficou ainda mais entrelaçada com a do U2. Bono gostou tanto do meu livro que me pediu para escrever o dele. E assim me tornei o *ghostwriter* da biografia da banda, *U2 by U2*. Foi o livro sobre música mais vendido no mundo em 2006, embora eu não me engane achando que isso tenha alguma relação com o meu nome na capa.

Foi uma jornada interessante; tive de ver como o U2 funcionava por dentro e presenciei como eles ganhavam a sorte com talento, honra, comprometimento e uma completa e absoluta dedicação. Escrevemos o livro, o desmantelamos inteiro e depois o juntamos novamente. Era para demorar um ano, mas demorou dois, absorvendo minha vida em busca de algo idealizado e intangível, porque o U2 não queria apenas uma hagiografia que ocupasse espaço na prateleira: eles queriam um livro que tocasse no cerne do que significava estar na banda. Nós trabalhamos até o último minuto, fazendo ajustes de última hora enquanto as páginas eram impressas. E, no final, depois de todo o trabalho que fiz, das centenas de horas de entrevistas, da dolorosa tecedura de uma narrativa poética com tantas vozes diferentes, das discussões e dos debates intermináveis com designers e editores, a banda apareceu para receber todos os aplausos. Eu nem me dei ao trabalho de ir ao lançamento. Quem quer falar com um fantasma? Como me disse Bono quando brindamos em um bar altas horas da madrugada:

— Você se juntou a um clube formado por pessoas que essa banda deixou malucas. Agora você sabe como se sentem os produtores do U2.

Ah, mas tivemos algumas outras aventuras. Eu estava por perto durante as gravações de *How To Dismantle An Atomic Bomb*. Entrei no estúdio durante uma tomada de "Vertigo", e enquanto Bono cantava "Your love is teaching me how to kneel"[2], ele se ajoelhou e disse "Ei, Neil!". Acompanhei a banda em algumas datas da turnê Vertigo, passei uma semana na estrada nos Estados Unidos e estive no lançamento do Live8, quando a crescente campanha de Bono e Geldof para convencer os países ricos a reduzir a dívida externa da África culminou em um concerto gigantesco em Londres e uma campanha de lobby na cúpula do G8, com líderes mundiais, em Gleneagles, na Escócia. Levei meu filho pequeno para sua primeira marcha de protesto. Quer dizer, quem marchou fui eu. Ele desfilou no carrinho.

E estive na noite de abertura da turnê 360° em Barcelona, quando a aventura da era espacial da banda, com um palco circular montado embaixo de uma garra alienígena, quase não saiu do papel. No final de um show memorável cheio de problemas técnicos, o controle do casaco que Bono usava, todo coberto de LEDs, de alguma maneira queimou com o suor e o calor de seu corpo, de modo que Bono não conseguia desligar a jaqueta emissora de *laser*. Eu o vi saindo rapidamente dentro de uma *minivan*, desaparecendo em uma estrada espanhola, soltando raios no céu através das janelas escuras. Imaginei o comando terrestre tentando trazê-lo de volta para a Terra: "Hewson, temos um problema". Pareceu-me uma saída curiosamente apropriada, com o ser humano e a alta tecnologia fundidos de uma maneira imprevisível. O futuro quase nunca funciona da maneira como queremos.

Mas eu não fiquei de fora do circo de ficção científica ambulante no Reino Unido e nos Estados Unidos à medida que ele evoluiu e se transformou no show mais grandioso do planeta. Bem, o último modelo, quero dizer. Houve uma noite particularmente extraordinária no Stadio

---

[2] Seu amor está me ensinando a ajoelhar.

Olímpico, em Roma, quando eu estava sentado na base da garra, na base do palco, tão perto da banda que todos podíamos nos sentir de volta ao McGonagles, em Dublin. Mas os olhos deles estavam voltados para o espaço como um todo, acima da minha cabeça. Então me virei para ver o que eles viam e observei uma massa de gente, 89 mil fãs italianos do U2, espalhados pelo gramado do estádio e subindo vertiginosamente nas laterais, feito uma pulsação de seres humanos, absorvendo toda a música e a emoção e devolvendo-as para a banda, com as mãos para cima e a boca aberta cantando as músicas. Havia uma energia maluca naquele momento, um intenso *feedback* de sensações que giravam e crepitavam entre a banda de rock e os fãs de rock, sendo Bono o para-raios daquilo tudo.

E eu fui arrebatado mais uma vez pela simples improbabilidade daquilo tudo – o fato de um colega meu da escola, em Dublin, ter se tornado esse *superstar* fantástico, icônico, absurdo e inacreditável no século XXI.

Depois do show, saímos do estádio em alta velocidade, escoltados pela polícia.

– Já parou para pensar como isso tudo aconteceu? – perguntei para Bono, pelo telefone, porque eu estava em um carro, e ele em outro.

– O tempo todo – riu ele.

A vida é estranha... e fica mais estranha a cada dia que passa. Em um show no bar perto de onde moro, conheci um músico da Irlanda do Norte chamado Joe Echo. Quando me apresentei, ele disse:

– Você é o Neil McCormick? Estou escrevendo as músicas para o seu filme.

Foi quando descobri que os produtores não usariam as nossas músicas originais. Eu fiquei pasmo, mesmo que Ian Flooks já tivesse me explicado pacientemente que ele queria uma trilha sonora com uma pegada mais rock e contemporânea. Depois de discutirmos um pouco, eles concordaram em usar duas músicas nossas, "Sleepwalking" e "Some Kind Of Loving", em versões radicalmente modificadas. Nick Hamm disse que, pessoalmente, ele queria uma música que funcionasse com cada cena, o que significava pedir ao compositor uma péssima música punk ou pedir que reescrevesse "Sleepwalking" como um exemplo desagradável do espasmódico *synth pop* dos anos 1980. Por alguma razão, ele achou que eu resistiria a essas demandas.

— Mas "Sleepwalking" é uma música linda, por que você vai querer destruí-la? — protestei.

— Exatamente! — disse ele.

De certa maneira, eu entendi o que ele quis dizer. Mesmo assim, pareceu-me o maior insulto de todos. Eles fazem um filme sobre a sua vida de músico fracassado e concluem que a sua música não é boa o suficiente.

Fui consultado em relação ao elenco. A primeira vez que assisti a um teste de roteiro com um ator me representando, minha vontade era de me arrastar para fora da sala envergonhado. O grande poeta escocês Rabbie Burns tem dois versos famosos: "Pudéramos nós ter o dom de ver a nós mesmos como os outros nos veem". Não tenho certeza se isso é mesmo um dom. Escrevendo minha história, tive a chance de reconhecer minhas piores características com a percepção irônica de um *eu* mais velho e mais sábio. Talvez eu fosse a vítima da piada, mas pelo menos minha narração me permitia a graça de reconhecer que eu estou na piada. No entanto, diante dessa visão sem intermédios da minha insegurança quando jovem, da minha pretensão, da minha tendência ao excesso e pretensão a falar merda demais, me pergunto hoje como pude me convencer um dia (sem falar de todos ao meu redor) de que eu estava destinado a grandes coisas.

Pelo menos o ator escolhido para me representar era extremamente boa-pinta. Talvez até boa-pinta demais, se é que isso existe. Ben Barnes é um dos jovens atores de destaque mais bonitos e carismáticos da Grã-Bretanha. Ele fez o papel do príncipe Caspian em *As crônicas de Nárnia*, pelo amor Deus! Talvez fosse exatamente assim que eu me via, mas não acho que muita gente concordava com isso. Eu disse para Nick:

— Com a beleza dele e o meu talento, chegaríamos longe.

— Tudo bem, ele está te representando como uma espécie de superchato – disse Nick. – Deve ser o bastante para afastar as pessoas.

Durante as filmagens, para nos diferenciar, a equipe começou a me chamar de Real Neil. Eu me pergunto quanto tempo isso vai durar. Temo estar no processo de me tornar meu próprio *doppelgänger*. Estou esperando o dia em que me apresentarei como Neil McCormick, e a resposta será "Bobagem. Você não se parece nada com ele".

Ou talvez apenas um desapontado "Você estava muito melhor no filme".

Sugeri que o papel de Bono fosse feito por Brendan Gleeson ou Colm Meany. Sabe, um bom ator irlandês, de preferência velho, acima do peso e careca. Seria a derradeira vingança.

Por fim, eles escolheram o jovem ator irlandês Marty McCann. Ele era assustador. Eu estava no set para a filmagem da cena da festa de lançamento do *The Joshua Tree* quando Marty entrou, a caráter. Eu o olhei de soslaio e virei o rosto, pensando por um átimo de segundo: "É o Bono. O que ele está fazendo aqui?". Marty tinha um jeito de salientar o queixo e encher o peito, o andar de um boxeador pronto para a luta, que me lançou de volta no tempo, vinte anos atrás. Depois ele desencarnava o personagem e começava a bater papo com um jovial sotaque da Irlanda do Norte.

Enquanto eles estavam gravando, eu liguei para Bono e disse a ele que o ator que o representava era mais parecido com ele do que ele mesmo.

— Mas com a condição de ser alto – disse Bono. – E modesto – acrescentou ele, depois de pensar durante um tempo.

Alto e modesto. Duas características que talvez a maioria das pessoas não associe a Bono.

Sendo assim, em uma tentativa de dar a esse empreendimento uma conclusão (que está mais para um quinto ato do que para um terceiro), o livro que você acabou de ler virou filme. Se você assistiu, saberá que ele não se prende muito ao original. O filme tem sua linguagem própria, e os roteiristas tomaram a liberdade de criar metáforas visuais para o que, essencialmente, era uma jornada interna e psicológica.

E eles me deram aquele terceiro ato, que é muito mais dramático do que qualquer coisa que eu conceberia para mim mesmo. Penso nele como uma espécie de ironia sobre os temas do meu livro, como a minha vida em um universo paralelo, onde ainda não consegui ser um *rock star*, mas consegui as melhores falas.

Ivan, por outro lado, diz para todo mundo que o filme narra exatamente como as coisas aconteceram. Ele era a verdadeira estrela na família. E eu arruinei a vida dele.

As pessoas me dizem que o filme é bem engraçado, e eu estou preparado para acreditar nelas. Só posso assisti-lo pelas frestas entre os dedos, a mão na frente do rosto, contorcendo-me de humilhação.

Quando eu era criança, é claro, eu acreditava piamente que, um dia, alguém faria um filme da minha vida. Só que nunca me passou pela cabeça que seria uma comédia.

Mesmo assim, como disse no início deste livro, o que parece ter sido uma vida atrás...

... eu sempre soube que seria famoso.

1ª **edição** janeiro de 2013 | **Fonte** Perpetua | **Papel** Offset 75 g/m²
Impressão e acabamento Corprint